La vengeance de McKeltar

KAREN MARIE MONING

La vengeance de McKeltar

Traduit de l'américain par Cécile Desthuilliers

J'AI LU

POUR elle

Titre original :
Spell of the Highlander
Published by Bantam Dell, a division of Random House
Inc., New York

Je dédie ce livre à mon mari, Neil Sequoyah Dover.
Sans toi, je n'existerais pas.
Je t'aime.

Cher lecteur,

Lorsque mes yeux se posent sur un mot que je ne sais pas lire à voix haute, cela m'arrête dans ma lecture et m'en fait perdre le fil. Aussi, je précise ci-dessous la prononciation des noms qui reviennent le plus souvent (l'accent se place sur les lettres soulignées).

Cian : <u>Queil</u>-on (le « c » se prononce « k »).
Dageus : <u>Deil</u>-guis (le « g » se prononce « gu »).
Drustan : <u>Dreuss</u>-tin (le « u » se prononce « eu », comme dans « peur »).
Draghar : Dreu-<u>gor</u>.
Tuatha Dé Danaan : <u>Tua</u> day dhanna.
Aoibheal : Ah-<u>veel</u>.

PREMIER PROLOGUE

Aoibheal, souveraine des Tuatha Dé Danaan, se tenait dans les catacombes creusées sous l'immeuble Belthew. Projection informe d'elle-même, elle était dissimulée par d'innombrables voiles d'illusion, inaccessible à toute vision de *sidhe-seer*[1], et même à la perception de ceux de sa propre race.

Dans la faible lueur qui éclairait le labyrinthe souterrain, Adam Black[2] faisait rageusement les cent pas en se bouchant les oreilles, tout en accablant de malédictions une Chloé Zanders[3] geignarde.

À vrai dire, Aoibheal se fichait bien des soucis d'Adam !

Elle avait un problème, et de taille.

Ce soir, elle avait invoqué sa formidable magie de reine des faës afin de détruire la secte druidique du Draghar.

Bien entendu, ce n'était pas dans ce seul but qu'elle l'avait fait. Comme toujours, son motif en cachait un autre... En utilisant à leur puissance maximale ses

1. Pour préserver leur charme et leur spécificité, certains mots n'ont pas été traduits dans le texte. On trouvera un glossaire à la fin du livre explicitant ces termes.

2. *La punition d'Adam Black*, de Karen Marie Moning, Éditions J'ai lu, n°7809.

3. *Le pacte de McKeltar*, de Karen Marie Moning, Éditions J'ai lu, n°7686.

pouvoirs de Grande Reine de la Cour de Lumière *seelie*, elle avait entraîné un gigantesque black-out sur toute la magie des mortels, qui avait touché la Grande-Bretagne, plusieurs régions d'Écosse et une bonne partie du pays de Galles. Des sanctuaires que les humains pensaient indestructibles avaient volé en éclats, des sorts de protection avaient été annulés, et toutes les reliques sacrées avaient temporairement perdu leur efficacité.

Aoibheal ferma les paupières et tourna vers l'extérieur sa vision à distance pour analyser la trame complexe de son univers. Elle avait retendu un fil ici, en avait tiré un autre là, et les subtiles modifications qu'elle avait espérées avaient commencé.

Quelque part dans les montagnes tibétaines, un chaman recherchait le plus maléfique des Piliers des Ténèbres.

Au cœur des beaux quartiers de Londres, un voleur s'introduisait dans une demeure cossue dont la rumeur disait qu'elle renfermait de fabuleux trésors.

Dans une autre dimension, un Keltar attendait son heure, dans l'espérance de pouvoir enfin accomplir sa vengeance.

Le destin était en marche...

DEUXIÈME PROLOGUE

Certains hommes sont nés sous une bonne étoile.

Objet de toutes les attentions féminines depuis son arrivée fiévreusement attendue dans une famille qui comptait déjà sept adorables petites Keltar, mais hélas ! aucun héritier mâle, Cian McKeltar, un magnifique bébé de plus de cinq kilos, était né *laird* du château, son père étant décédé quinze jours avant sa naissance dans un accident de chasse.

Un bien lourd fardeau pour un si petit enfant…

Arrivé à l'âge d'homme, Cian devint un authentique Keltar, large d'épaules et tout en muscles, paré de la beauté sauvage et sombre d'un ange exterminateur. Sa noble ascendance celte, qui se révélait jusque dans l'agressivité guerrière qu'il devait à son héritage aristocratique, l'avait également doté d'une sexualité impérieuse. Toute sa personne dégageait une aura de sensualité presque animale qui teintait le moindre de ses gestes d'un irrésistible érotisme.

À vingt et un ans, Cian McKeltar était à lui tout seul le soleil, la lune et les étoiles… et il en était parfaitement conscient.

Comme si cela ne suffisait pas, il était également druide. Mais contrairement à l'immense majorité de ses austères ancêtres et collègues (sans parler de ceux qui étaient encore à naître), il adorait être druide.

Sur tous les plans.

Il aimait la sensation de vigueur qui courait dans ses veines telle la sève sous l'écorce d'un chêne.

Il aimait se réfugier, une flasque de whisky à la main, dans la bibliothèque souterraine du château Keltar, qui abritait toute une collection d'antiquités et d'instruments traditionnels, pour approfondir ses connaissances ésotériques ou concocter des sorts audacieux et d'improbables potions, afin d'accroître sa force et son pouvoir.

Il aimait arpenter les collines couvertes de bruyère après l'orage en prononçant les incantations millénaires de guérison de la terre et du petit peuple animal qui court à sa surface.

Il aimait accomplir les rites des semailles et des moissons, lancer son chant sonore sous une lune rousse et ronde comme un fruit mûr tandis que les bourrasques des Highlands dansaient dans ses longues mèches brunes et attisaient son pouvoir, le transformant en vivants piliers de feu. Il tenait la toute-puissance des Tuatha Dé Danaan entre ses mains, et rien n'était plus exaltant...

Il aimait entraîner les jolies filles dans son lit, sentir leurs courbes moelleuses sous son corps dur et musclé et jouer de sa science druidique pour leur prodiguer les sauvages jouissances que, murmurait-on, seuls les amants faës étaient capables de dispenser...

Il aimait jusqu'au frisson de peur qui parcourait son entourage lorsqu'il paraissait, druide Keltar et héritier de la magie ancestrale et terrifiante des Anciens.

Le *laird* dépositaire du savoir sacré des Keltar et responsable de sa transmission en cette fin du IXe siècle ne se contentait pas de posséder la séduction du diable : il était aussi le plus puissant des druides Keltar qui aient jamais foulé la terre.

Personne n'aurait eu l'idée de lui opposer un refus ou de lui lancer un défi. En vérité, la possibilité même que quelqu'un fasse preuve d'une telle audace n'avait jamais traversé l'esprit de Cian.

Jusqu'à cette maudite nuit de Samhain de sa trentième année.

Certains hommes sont nés sous une bonne étoile…

Cian McKeltar n'était pas de ceux-là.

Peu de temps après, la bibliothèque souterraine fut condamnée, on cessa définitivement d'en faire mention, et toute trace de l'existence de Cian McKeltar disparut des annales écrites des Keltar.

Cet ancêtre si controversé a-t-il réellement existé ? Ses descendants n'ont pas fini de se disputer à ce sujet.

Car ce que personne ne sait, c'est qu'aujourd'hui, onze siècles plus tard, Cian McKeltar est toujours vivant.

Enfin… à sa façon, qui est des plus étranges.

PREMIÈRE PARTIE

CHICAGO

1

Vendredi 6 octobre

Le coup de téléphone qui bouleversa la vie de Jessi Saint-James arriva au coucher du soleil. La journée avait été d'une affligeante banalité, sans aucune perspective de rendez-vous pour l'éclairer, et la soirée s'annonçait exactement semblable à l'interminable série de vendredis soir solitaires qui concluaient les semaines sans histoire de la jeune femme et précédaient des week-ends tout aussi mornes.

Jessi était assise sur l'escalier de secours, juste devant la fenêtre de la cuisine de son appartement situé au troisième étage du 222, Elizabeth Street. C'était une soirée d'automne particulièrement chaude – une de ces soirées qui vous donnent des envies de balades au clair de lune et de tendres baisers...

Maussade, Jessi observait un groupe de jeunes gens qui riaient et bavardaient devant la sortie de la boîte de nuit située sur le trottoir d'en face. Ces petits veinards avaient une vie sociale, eux...

Depuis quelques minutes, son regard s'était posé sur un couple à l'écart des autres : une rousse aux jambes interminables et son petit ami, sexy en diable avec sa tignasse sombre et ses biceps bronzés, le corps moulé dans un tee-shirt blanc et un jean noir. Marlon Brando dans *Un tramway nommé Désir*, en plus torride !

Dans un geste d'une sensualité à couper le souffle, il venait de plaquer sa compagne contre le mur tout en s'emparant de ses poignets pour les retenir au-dessus de sa tête, sans cesser de couvrir sa gorge de baisers. Et ce jeu de hanches ! Il se frottait contre elle avec une telle fougue que c'en était presque gênant. Au point où ils en étaient, ils auraient aussi bien pu faire ça dans la rue, songea Jessi, incapable de s'arracher à sa contemplation.

La jeune femme laissa échapper un soupir de dépit. Un homme l'avait-il déjà embrassée avec tant de passion, au moins une fois dans sa vie ?

La rousse parvint à libérer ses mains, qu'elle posa sur les fesses de son amant pour les pétrir en une invitation des plus éloquentes. Instinctivement, Jessi referma ses doigts... sur le vide.

Puis le type effleura ses seins – pardon, les seins de la fille – dont il caressa les pointes de ses pouces en gestes lents, infiniment érotiques.

Jessi ne put réprimer un frisson. Il lui semblait presque sentir la chaleur rugueuse de la pierre contre ses reins, les mains impatientes de l'homme sur sa poitrine, la pression de ses hanches sur elle, comme si c'était elle et non la rousse qui s'apprêtait à se donner à lui, toute pudeur oubliée, là, sur ce trottoir...

« Pourquoi est-ce que ça ne m'arrive jamais, à moi ? » eut-elle envie de gémir.

« Attends d'avoir passé ton doctorat ! » répondit une petite voix en elle.

Malheureusement, ce type de rappel à l'ordre commençait à se montrer moins efficace qu'il ne l'était quelques années auparavant, à l'époque où Jessi préparait sa licence.

La jeune femme en avait assez d'user ses jeans sur les bancs de l'université, assez d'être une éternelle étudiante toujours fauchée, et surtout, assez de courir de la bibliothèque de recherche aux amphithéâtres et à son appartement encombré de livres pour y bûcher ses partiels toute la nuit, ou bien, si elle avait de la chance, s'accorder quatre ou cinq heures de sommeil... avant de recommencer une nouvelle journée aussi éreintante.

Son emploi du temps réglé à la minute ne lui laissait pas un seul instant à consacrer à un minimum de vie sociale – sans parler d'une hypothétique vie sentimentale –, et cette situation commençait à peser sur son moral. Car pendant ce temps, les autres, eux, sortaient et s'amusaient !

Il semblait à la jeune femme qu'elle ne pouvait plus faire un pas sans croiser un couple, et tous ces duos paraissaient n'avoir qu'une occupation : être heureux à deux et s'enfermer dans leur bonheur égoïste.

Manifestement, cette vie-là n'était pas pour elle. Jessi n'appartenait pas à cette jeunesse dorée qui pouvait étudier le jour et s'amuser le soir. Le temps lui était compté, car en plus des cours qu'elle suivait et de son job d'assistante du professeur Keene, elle assurait quelques heures d'enseignement par semaine.

Bref, il lui restait tout juste le temps de se nourrir, de se doucher et de dormir. Le reste était du luxe.

Les uns après les autres, les rares garçons qu'elle avait tenté de fréquenter s'étaient lassés de son manque de disponibilité et, surtout, de son absence totale d'empressement à tomber dans leur lit. Ces obsédés semblaient tous persuadés que s'ils n'étaient pas parvenus à leurs fins au troisième rendez-vous, c'était le signe que quelque chose n'allait pas chez elle ! Ils étaient tous partis voir ailleurs si l'herbe était plus verte, et elle ne les avait pas pleurés. Ses études passaient avant tout le reste.

Et, elle en était sûre, elle n'avait pas accepté en vain tant de sacrifices. Car, contrairement à bien des gens – sa mère, en particulier, qui désespérait de la voir se marier et pouponner, à l'exemple de ses sœurs –, Jessi n'imaginait pas de carrière plus exaltante que celle d'archéologue. Manipuler des antiquités, les étudier au microscope, les forcer à livrer leurs secrets... quoi de plus passionnant ?

Professeur Jessica Saint-James... Son rêve était presque à portée de main ! Plus qu'un an et demi de patience, et elle obtiendrait son doctorat. La vie lui appartiendrait enfin ! Elle pourrait sortir autant qu'elle voudrait, danser en boîte tous les soirs, rattraper le temps perdu...

Cependant, le moment de la délivrance n'était pas encore venu. Pour l'instant, elle devait rester sage. Elle n'allait tout de même pas gâcher tant d'efforts sur un coup de tête, pour la simple raison que ses hormones la travaillaient !

Pensive, elle laissa son regard errer sur la petite foule qui se massait sur le trottoir, en contrebas. Dans quelques années, ces joyeux fêtards seraient encore là, leur vie n'aurait pas changé d'un *iota*. Elle, en revanche, voyagerait dans des contrées lointaines, dirigerait des chantiers de fouilles, effectuerait de passionnantes découvertes. Sa vie serait une véritable aventure.

Et qui sait si l'homme de sa vie ne l'attendait pas sur l'un de ces sites archéologiques ? Peut-être son destin n'était-il pas de brûler les étapes. Peut-être n'était-elle, tout simplement, qu'une fleur tardive...

Jessi cligna des yeux, incrédule. Avait-elle bien vu ? En bas, le beau brun venait de glisser la main dans le jean de la rousse ! Et cette effrontée en faisait autant... Là, dans la rue ! Au su et au vu de tous !

Dans les profondeurs de l'appartement, entre les piles de dossiers en équilibre instable et la poubelle qui menaçait de déborder, le téléphone se mit à sonner.

Jessi esquissa un geste de contrariété. Pourquoi fallait-il que la triste réalité choisisse toujours les pires instants pour se rappeler à son souvenir ?

Dring ! Dring !

Après un dernier regard fasciné aux amants impudiques, elle se leva et rentra à contrecœur dans la cuisine en enjambant le rebord de la fenêtre. Puis elle descendit le store d'un geste rageur – le spectacle qui se déroulait sur le trottoir mettait ses nerfs à trop rude épreuve – et se dirigea vers le salon-bureau-bibliothèque qui lui tenait lieu de quartier général.

Driiiing !

Bon sang, où était ce maudit téléphone ?

Elle le localisa finalement sur le canapé, presque enseveli sous une avalanche de coussins, d'emballages de sucreries et de boîtes à pizza vides, dont l'une contenait – horreur ! – une matière verdâtre vaguement phosphorescente.

Jessi écarta le carton d'un geste dégoûté et tendit la main vers le téléphone… avant de suspendre son geste, indécise.

L'espace d'un instant, un pressentiment s'imposa à elle, aussi étrange qu'impérieux : il ne fallait pas qu'elle décroche. Même si le téléphone devait sonner tout le week-end.

Plus tard, elle se reprocherait de ne pas avoir écouté son intuition.

Elle eut soudain l'impression que le temps s'était suspendu. Une sensation curieuse s'empara d'elle : la création tout entière retenait son souffle, dans l'attente de sa décision.

Jessi secoua la tête, incrédule. Comme si l'univers se souciait un instant de l'existence de Jessica Saint-James ! Vraiment, on n'avait pas idée de se montrer aussi présomptueuse…

Souriant de sa propre naïveté, elle décrocha le combiné.

Lucan Myrddin Trevayne faisait les cent pas devant la cheminée.

Lorsqu'il dissimulait sa véritable apparence grâce à son art de la sorcellerie – ce qu'il faisait dès qu'il n'était pas seul –, il prenait les traits d'un bel homme d'une quarantaine d'années, grand et solidement bâti, dont les cheveux noirs se mêlaient de fils d'argent sur les tempes.

Les femmes se retournaient sur son passage et les hommes reculaient d'un pas, car tout dans son allure proclamait : « Le pouvoir ? Je l'ai, vous pas. Inutile d'essayer de me défier. » Ses traits d'une élégance tout européenne et ses yeux aux reflets irisés, tel un *loch* sous un ciel d'orage, cachaient une autre réalité, bien moins séduisante.

Au cours d'une existence considérablement plus longue que celle du commun des mortels, il avait accumulé une fortune colossale et une puissance qui ne l'était pas moins. Il détenait des parts dans de nombreuses entreprises, dans les secteurs d'activité les plus variés, depuis la finance jusqu'à l'industrie pétrolière en passant par les médias. Il possédait des résidences dans une douzaine de capitales, et toute une équipe de spécialistes se consacrait exclusivement à la gestion de son patrimoine.

L'un d'eux était assis à sa gauche, dans un confortable fauteuil.

— C'est absurde, Roman ! grommela Lucan. Pourquoi diable cela prend-il autant de temps ?

Son employé s'agita sur son siège, mal à l'aise. Son prénom s'accordait à merveille avec son profil de médaille et sa longue chevelure blonde.

— J'ai plusieurs hommes sur le coup, monsieur Trevayne, dit-il avec un léger accent russe. Les meilleurs. Seulement, ce que vous cherchez a été vendu au marché noir, tout s'est éparpillé aux quatre coins du globe. Cela va prendre du temps, mais…

— Du temps ? C'est bien la seule chose que je n'aie pas, coupa sèchement Lucan. Chaque minute, chaque seconde qui passe réduit mes chances de récupérer ces maudits bibelots.

Les « maudits bibelots » en question n'étaient autres que les Piliers des Ténèbres, ou objets *unseelie*, des pièces dotées de pouvoirs incommensurables forgées par une race à présent disparue, les Tuatha Dé Danaan, ou faës, que les livres d'histoire des hommes s'obstinaient depuis des siècles à présenter comme des créatures mythologiques.

Lucan avait cru qu'il n'existait pas d'endroit plus sûr pour conserver ses trésors que sa résidence privée de Londres, mieux gardée que Fort Knox.

Il s'était trompé.

Et il n'avait pas fini de le regretter !

Il ne savait pas exactement ce qui s'était passé quelques mois plus tôt, alors qu'il était parti pour l'étranger en quête du Livre Noir, le dernier et le plus puissant des quatre Piliers des Ténèbres, mais un événement inattendu s'était produit dans Londres – il y avait humé ensuite les traces d'une force à l'œuvre, dont il situait l'épicentre quelque part dans les quartiers est – avant de se répandre dans tout le pays.

Un pouvoir colossal, millénaire, avait soudain fait irruption, annihilant toute autre forme de magie en Grande-Bretagne… avant de se volatiliser aussi rapidement qu'il était apparu.

Lucan s'en serait soucié comme de sa première chemise si cette prodigieuse énergie n'avait fait voler en éclats les sortilèges druidiques qui protégeaient les salles dans lesquelles étaient enfermés ses trésors les plus précieux.

Des sortilèges qui les protégeaient si bien, en théorie, qu'il avait ri jusqu'à présent des systèmes de sécurité les plus high-tech…

À présent, Lucan n'avait plus le cœur à rire.

Un voleur s'était introduit en son absence dans le véritable musée qu'était sa résidence londonienne et s'était emparé de pièces de grand prix qui lui appartenaient depuis des siècles, parmi lesquelles ses irremplaçables Piliers des Ténèbres : la Cassette Obscure, l'Amulette Maléfique et le Miroir Sombre. Lucan venait d'investir des fortunes dans une installation dernier cri dotée de caméras de surveillance dans chaque salle... même s'il savait que cela ne lui rendrait pas son bien.

La bonne nouvelle, c'était que des voisins avaient vu le pillard s'enfuir avec son butin. La mauvaise, c'était que lorsque ses hommes avaient remonté la piste du cambrioleur, celui-ci avait déjà tout vendu au premier d'une longue série d'intermédiaires douteux.

Des trésors tels que les Piliers, d'une fabuleuse valeur mais dénués de toute provenance légale, ne pouvaient atterrir qu'en deux endroits : entre les mains des autorités d'un pays quelconque à l'occasion d'une saisie douanière, ou bien sur le marché noir, où ils seraient vendus pour une misère et disparaîtraient sans doute pour des siècles avant que la rumeur ne fasse de nouveau allusion à leur existence.

Les hommes de Lucan n'étaient parvenus à arracher que quelques noms au voleur avant qu'il ne meure, et encore s'agissait-il probablement de pseudonymes. Depuis des mois, ils s'embourbaient dans des pistes malicieusement – et délibérément – brouillées.

Et le temps passait.

— ... mais nous avons déjà retrouvé trois des manuscrits et une des épées, même si nous n'avons encore aucune information concernant la Cassette Obscure et l'Amulette Maléfique, poursuivit Roman. En revanche, je crois pouvoir affirmer que nous avons de bonnes chances de remettre la main sur le Miroir.

Lucan se figea. Le Miroir Sombre ? C'était l'objet *unseelie* dont il avait le besoin le plus urgent. Depuis le temps que le Miroir aurait pu être volé, il avait fallu que cela arrive cette année-là, celle du paiement de la dîme !

Les autres Piliers des Ténèbres pouvaient attendre… même s'il valait mieux que l'attente ne se prolonge pas. Ils étaient bien trop dangereux pour être laissés en liberté. Chacun d'entre eux conférait un don particulier à son propriétaire, à condition que celui-ci ait les connaissances et la force nécessaires pour s'en servir.

Ainsi, le Miroir Sombre offrait l'immortalité à son possesseur… tant que ce dernier satisfaisait à ses exigences. Lucan avait relevé le défi depuis un bon millénaire, et il entendait bien continuer encore longtemps.

— Une cargaison répondant à sa description a quitté l'Angleterre pour les États-Unis via l'Irlande voici quelques jours. D'après nos informations, sa destination est une université de Chicago, plus précisément le département d'archéo…

— Alors, qu'est-ce que vous fichez ici ? coupa Lucan, glacial. Si vous avez la moindre piste concernant le Miroir, vous devez la vérifier personnellement. Et immédiatement.

Lucan n'avait pas le choix, il devait récupérer le Miroir avant Samhain… ou après, mais il n'osait en envisager les conséquences. Il allait le retrouver et payer la dîme : quelques onces d'or pur qui passeraient de l'autre côté du Miroir, comme tous les cent ans, à minuit précisément le soir de Samhain, c'est-à-dire Halloween, comme on l'appelait maintenant.

Dans vingt-six jours très exactement.

Si, dans ce laps de temps, il ne remettait pas la main sur le Miroir, le Pacte serait brisé.

Pendant que l'homme aux cheveux blonds prenait ses gants et son manteau, Lucan réitéra ses instructions.

— Pas de témoin. Si quelqu'un jette ne serait-ce qu'un seul coup d'œil sur l'un des Piliers…

Roman l'interrompit d'un hochement de tête entendu. Lucan se tut. Inutile d'en dire plus. Après tout, son homme de main savait ce qu'il attendait de lui, de même que tous ceux qui travaillaient pour lui et qui étaient encore en vie.

Minuit venait de sonner. C'était la troisième fois depuis ce matin-là que Jessi se rendait sur le campus, dans l'aile sud du département d'archéologie.

Étouffant un bâillement, elle ouvrit le bureau du professeur Keene. C'était à se demander pourquoi elle se donnait la peine de rentrer chez elle ! songea-t-elle, contrariée. Vu le peu de temps qu'elle passait dans son appartement, elle aurait aussi bien pu établir ses quartiers dans le local d'entretien du rez-de-chaussée, parmi les balais et les seaux que personne, du reste, ne semblait utiliser. Non seulement elle aurait évité de perdre un temps précieux dans les embouteillages, mais elle aurait économisé du carburant.

Sans compter que son intuition lui soufflait qu'elle n'avait pas fini de regretter d'avoir répondu au coup de téléphone inattendu qui avait interrompu sa soirée, si morne eût-elle été par ailleurs…

Le professeur Keene l'avait appelée depuis l'hôpital où il avait été admis en urgence après, selon ses propres termes, « un petit accrochage sans gravité » – un léger incident qui lui avait tout de même occasionné de multiples fractures et lui valait plusieurs jours d'arrêt maladie.

Jessi avait d'abord cru que Keene allait lui demander de donner ses cours en son absence, et elle se préparait déjà à voir son quota d'heures de sommeil passer de quatre ou cinq au zéro absolu, mais il n'en était rien. Le professeur avait déjà réglé cette question : il l'avait informée que Mark Troudeau avait accepté d'assurer l'intérim.

— En fait, j'aurais besoin que vous me rendiez un petit service, Jessica. J'attends une livraison et je suis censé me trouver à mon bureau ce soir pour signer le bordereau, avait-il expliqué de cette voix rocailleuse qui n'avait jamais perdu son accent chantant, même après vingt-cinq ans passés loin de son Irlande natale.

Jessi adorait cet accent. Elle aurait rêvé de s'asseoir dans un pub de Dublin qui aurait résonné de ces mélodieux timbres irlandais, attablée devant un *irish stew* et une chope de bière. Après, bien entendu, avoir passé la journée à écumer le musée national d'Irlande, afin de voir de ses yeux des trésors aussi fabuleux que la Broche de Tara, le Calice d'Ardagh et la collection Broighter de pièces d'or...

Elle avait coincé le combiné du téléphone entre son épaule et son oreille et avait consulté sa montre, dont les chiffres phosphorescents indiquaient 22 h 10.

— Quelle sorte de colis peut-on bien livrer aussi tard ? s'était-elle étonnée à haute voix.

— Ne vous inquiétez pas de cela, lui avait répondu Keene. Contentez-vous de signer le bon, de fermer le bureau à clé et de rentrer chez vous. C'est tout ce que je vous demande.

— Entendu, professeur, mais quel...

— Signez, mettez le colis en sécurité et n'y pensez plus, Jessica.

Puis, après une pause, il avait ajouté :

— D'ailleurs, il n'est pas nécessaire de parler de ceci à qui que ce soit. Il s'agit d'une affaire strictement personnelle.

De surprise, Jessi avait failli laisser tomber le combiné. C'était bien la première fois que le professeur Keene lui parlait sur un ton aussi désagréable ! Il semblait mal à l'aise, sur la défensive... voire légèrement paranoïaque. Toutefois, elle n'avait pas montré ses réticences.

— Je comprends. Comptez sur moi, je m'occupe de tout. Et reposez-vous.

Qu'aurait-elle pu dire d'autre ? Sans doute les antalgiques qu'on avait administrés au blessé agissaient-ils sur son humeur. Pauvre professeur Keene, lui d'ordinaire si pacifique ! Elle se rappelait avoir été elle aussi d'une humeur massacrante après avoir pris des calmants pour une simple rage de dents. Pas étonnant qu'avec les multiples fractures dont il souffrait, le professeur ne soit pas dans son état normal !

À la faible lueur qui tombait des néons du couloir, Jessi sortit son double de la clé du bureau et l'inséra dans la serrure. Un nouveau bâillement lui échappa. Si seulement elle avait pu dormir, ne serait-ce que quelques heures ! Elle s'était levée tôt pour être ponctuelle à son cours qui commençait à 7 h 30, et lorsqu'elle pourrait enfin rentrer chez elle ce soir – enfin, ce matin –, elle aurait pratiquement fait le tour du cadran. Une fois de plus.

Elle poussa la porte, chercha l'interrupteur à tâtons et alluma le plafonnier. Comme toujours lorsqu'elle entrait dans ce sanctuaire, elle huma avec délices les senteurs mêlées des livres, des fines reliures de cuir, du bois ciré et de l'*irish blend* dont le professeur bourrait sa pipe. Un jour, elle aurait un bureau comme celui-ci... le tabac en moins, et quelques fleurs en plus.

C'était une pièce assez vaste, dont les murs disparaissaient derrière des bibliothèques intégrées qui allaient du sol au plafond, et percée de hautes fenêtres par lesquelles, lorsqu'il faisait jour, le soleil entrait à flots, illuminant les arabesques du tapis aux riches nuances d'or, de miel et de bronze. Les meubles d'acajou étaient d'une élégance toute masculine : un bureau ministre aux lignes sobres, un canapé Chesterfield recouvert d'un cuir aux profondes tonalités pain brûlé et deux bergères à oreilles assorties. De nombreuses vitrines et plusieurs consoles accueillaient des répliques des objets préférés du maître des lieux. Une copie de lampe Tiffany, posée sur le bureau, apportait une discrète touche féminine à l'ensemble. En fait, sans l'ordinateur qui trônait juste à côté, on aurait pu se croire au XIXe siècle, dans la bibliothèque d'un manoir anglais.

— C'est ici, dit-elle par-dessus son épaule à l'intention des livreurs qui la suivaient.

Après les explications du professeur Keene, elle s'était attendue à une grosse enveloppe, voire à un paquet de modestes dimensions. En fait de « colis », il s'agissait d'une véritable caisse, et de belles proportions ! Celle-ci était oblongue et aussi grande qu'un sarcophage. Inutile de dire que son transport à travers le dédale des couloirs de l'université n'avait pas été une mince affaire.

Jessi se retourna. Les deux livreurs étaient en train d'affronter une dernière épreuve : faire passer l'objet par la porte du bureau.

— Hé, doucement ! grommela l'un. Penche-la, penche-la ! Aïe ! Tu m'as écrasé le doigt ! Recule et tourne-la !

— Pigé, marmonna l'autre. Ce foutu machin pèse aussi lourd qu'un âne mort !

En soufflant et en ahanant, ils finirent par incliner la caisse sous le bon angle pour lui faire franchir le seuil.

— Vous y êtes, dit Jessi pour les encourager. Tenez, déposez-la ici.

D'un geste, elle désigna l'espace libre au centre du bureau. Quelques instants plus tard, l'énorme colis atterrissait en douceur sur le tapis d'Orient.

— Je crois que je dois signer un papier ? reprit-elle.

S'ils voulaient bien se dépêcher un peu ! Elle n'avait qu'une envie : rentrer chez elle et sombrer dans les bras de Morphée.

— Va d'abord falloir vérifier ce machin, ma p'tite dame, dit l'un des deux hommes.

— Vérifier ? répéta-t-elle, interdite. Comment ça ?

— Ce truc-là vaut un sacré paquet de fric, et le patron veut un papier signé comme quoi y a pas de lézard. Pour l'assurance, comprenez ?

Il lui tendit un imprimé.

— Tout ce qu'il me faut, ajouta-t-il, c'est un autographe là-dessus.

En haut de la feuille, Jessi lut : « Vérification et accord du client exigés », écrit en gros caractères à l'encre rouge. Suivait une double page décrivant dans un jargon aussi pompeux qu'incompréhensible les droits et obligations respectifs de la société de livraison et du client.

Jessi refoula un soupir de découragement et passa sa main dans ses courtes boucles brunes. Le professeur n'allait pas aimer cela. N'avait-il pas bien précisé qu'il s'agissait d'une affaire personnelle ?

— Et si je refuse que le colis soit ouvert et inspecté ? demanda-t-elle.

— On le rembarque, dit le livreur. Mais le patron risque de pas apprécier la plaisanterie, c'est moi qui vous le dis, ma p'tite dame.

— Ouais, renchérit son collègue. Ça coûte les yeux de la tête à assurer, cet engin-là. Va falloir que ce M. Keene paie une deuxième livraison. Lui aussi, il va pas aimer.

« Lui non plus », faillit rectifier Jessi, avant de renoncer. L'heure n'était pas à une leçon de grammaire ! Les deux hommes soutenaient son regard d'un air de défi, manifestement peu enclins à « rembarquer », comme ils disaient, l'énorme caisse pour repartir en sens inverse à travers le labyrinthe des bâtiments de l'université, charger de nouveau l'engin dans leur camionnette... avant de recommencer la même manœuvre quelques jours plus tard !

Ils ne lui parlaient même pas en louchant sur ses seins, contrairement à la plupart des hommes, surtout la première fois qu'ils la voyaient. Ce qui en disait long sur leur impatience d'en finir avec cette pénible livraison !

Elle jeta un regard au téléphone, puis à sa montre.

Elle ne connaissait pas le numéro direct de la chambre de Keene à l'hôpital, et vu l'heure, elle craignait fort que le standard ne refuse de le réveiller pour une communication, si urgente fût-elle.

Quelle était l'option la moins périlleuse ? Se montrer indiscrète en inspectant le contenu de la caisse ou renvoyer le colis, ce qui obligerait le professeur à dépenser une fortune pour le faire réexpédier ?

C'était cornélien ! Elle devait pourtant prendre une décision, et vite. Les livreurs s'impatientaient. Finalement, ce fut l'étudiante aux poches toujours vides qui prit la décision.

— C'est bon, s'entendit-elle répondre. Ouvrez cette caisse, et qu'on en finisse.

Vingt minutes plus tard, les livreurs empochaient le précieux imprimé sur lequel Jessi avait griffonné sa signature à la va-vite et s'en allaient avec la caisse de bois vide.

Le silence retomba dans le bureau.

Intriguée, Jessi observa le miroir que les deux hommes avaient ôté de sa caisse et débarrassé des nombreuses couches de papier qui l'avaient protégé durant le transport. Ils l'avaient appuyé contre un mur de rayonnages, côté est.

Haute d'environ deux mètres, la glace était enchâssée dans un cadre d'or aux motifs très travaillés. Le moindre centimètre carré était recouvert de symboles gravés, et l'ensemble était d'une telle cohésion qu'il évoquait irrésistiblement une sorte d'alphabet. Jessi s'approcha, curieuse, pour mieux voir les éléments graphiques, mais elle n'était pas spécialiste en la matière, et il lui aurait fallu compulser un certain nombre d'ouvrages pour reconnaître dans ces signes des lettres ou des glyphes qu'elle puisse traduire.

À l'intérieur de ce cadre aux ornements si chargés, les bords du miroir étaient voilés par des traces sombres et irrégulières. Le reste de la surface, en revanche, était d'une extraordinaire brillance. Jessi était prête à parier que la glace avait été brisée, remplacée, et qu'à l'examen, on s'apercevrait qu'elle était plus jeune de plusieurs siècles que son cadre.

Aucun miroir ancien ne présentait une telle netteté. Les plus antiques que les archéologues aient découverts remontaient à 6200 avant Jésus-Christ, mais ils étaient d'obsidienne polie, et non de verre. Quant aux premières glaces fabriquées dans cette matière qui aient eu une taille relativement importante, soit un mètre par un mètre cinquante environ, elles ne dataient que des années 1680, et c'était le miroitier italien Bernardo Perroto qui les avait réalisées pour la galerie des Glaces, à Versailles. Il fallait bien, à l'époque, l'extravagance et la prodigalité d'un Roi Soleil pour commander de telles merveilles !

En général, les miroirs de verre de la taille de celui qui dressait devant elle ses deux mètres étaient vieux de deux ou trois siècles tout au plus. Celui-ci, compte tenu de son argenture immaculée, ne pouvait avoir plus de cent ans.

Jessi recula d'un pas, puis s'avança de nouveau, perplexe. L'archéologue en elle aurait donné cher pour savoir d'où provenait cette pièce superbe, et l'assistante qu'elle était se demandait pour quelle raison le professeur Keene avait commandé cet objet.

Quel besoin avait-il d'un miroir ? En matière de décoration, ses goûts allaient en général aux reproductions d'armes anciennes et d'instruments de mesure et d'observation, tel l'astrolabe du XVIe siècle qui trônait sur son bureau. Et d'ailleurs, comment le professeur avait-il pu s'offrir sur ses modestes émoluments cette pièce splendide qui valait probablement « les yeux de la tête », comme auraient dit les livreurs ?

Jessi haussa les épaules et fouilla dans la poche de son jean pour y prendre son trousseau de clés. Il était plus que temps qu'elle s'en aille. Après tout, elle avait fait ce qu'on lui avait demandé. Sa mission était accomplie !

Elle éteignit la lumière, franchit le seuil... et se figea, mal à l'aise. Son cœur se mit à cogner dans sa poitrine.

On l'épiait. Comme on guette une proie...

Elle pivota brusquement sur ses talons, rentra dans la pièce et se posta devant le miroir. Dans la lueur bleutée que diffusait l'économiseur d'écran de l'ordinateur, l'objet semblait sortir d'un conte de fées. L'or du cadre se nimbait de nuances argentées ; des ombres se dessinaient dans les profondeurs de la glace. Et entre ces masses brumeuses, il lui sembla voir...

Non, c'était impossible !

Jessi crut que son cœur allait s'arrêter de battre. Puis elle se ressaisit et bondit vers l'interrupteur. Aussitôt, une vive lumière éclaira la pièce.

Une main tremblante posée sur son cœur affolé, Jessi s'obligea à regarder le miroir.

La glace ne lui renvoya rien d'autre que le reflet de son visage hagard et de ses traits tirés par la fatigue et par une ridicule crise de panique.

Elle était seule. Autour d'elle, le bureau était le même qu'en temps normal.

Pourtant, la sensation de terreur ne relâchait pas son étau autour de sa poitrine. Jessi voulut rire, mais sa voix s'étrangla dans sa gorge. Un hoquet suraigu sortit de ses lèvres et résonna étrangement dans la pièce, comme si les dimensions du bureau ne coïncidaient plus avec l'espace disponible dans ce coin de l'univers...

— Ma pauvre fille, tu perds la boule, murmura Jessi.

Son esprit et son corps surmenés commençaient à lui jouer des tours. Il était temps de rentrer se coucher, songea-t-elle en sortant de la pièce pour de bon et en refermant la porte d'un geste plus nerveux qu'elle ne l'aurait voulu.

Sans un regard en arrière, elle remonta le couloir en hâte, franchit le hall du bâtiment en frissonnant, avant de traverser le parking au pas de course, faisant voler sur son passage les premières feuilles mortes de l'automne.

À mesure qu'elle s'éloignait de l'université, cependant, elle recouvra son calme. Comment avait-elle pu se montrer aussi impressionnable ? Le fait d'être seule, en pleine nuit, sur le campus ne justifiait pas un tel émoi !

Lorsqu'elle serait envoyée sur des sites de fouilles dans les coins les plus reculés du monde, quelques années plus tard, il faudrait bien qu'elle s'habitue à travailler tard le soir, sans personne pour lui tenir la main. Elle ne pourrait plus se permettre d'être aussi émotive !

Cependant, quelque chose continuait à l'intriguer. Au moment de quitter la pièce, il lui semblait avoir vu...

Non, elle devait se tromper. Son imagination lui avait joué un tour, voilà tout. Jessi savait d'expérience qu'il était parfois difficile, voire impossible, de rester de marbre devant un objet très ancien, comme une broche druidique vieille de vingt-cinq siècles, ou une épée ouvragée datant de l'âge du fer. Certaines reliques semblaient porter en elles des traces d'énergie résiduelle, souvenirs encore vibrants de ceux qui, bien longtemps auparavant, les avaient touchées...

Toutefois, cela n'avait rien à voir avec l'image incongrue qu'elle avait cru distinguer dans le miroir, tout à l'heure, dans le bureau de Keene !

— Je deviens cinglée, murmura Jessi en réprimant un frisson. Ou alors, c'est la frustration sexuelle qui commence à faire son œuvre.

Si seulement la rousse et son ami ne s'étaient pas donnés en spectacle sous ses fenêtres ! Il y avait de quoi tourner la tête de la plus sage des étudiantes...

Elle ouvrit sa portière d'un geste décidé et s'assit derrière le volant, résolue à chasser de son esprit l'hallucination érotique qu'avait fait apparaître dans le miroir, à la faveur de la pénombre, le souvenir des ébats des deux tourtereaux, sur le trottoir en bas de chez elle.

Car, l'espace d'un instant, il lui avait bien semblé voir, au milieu du bureau du professeur Keene, un homme à moitié nu d'une beauté des plus troublantes.

« Simple mirage dû à la présence inhabituelle du miroir ! » maugréa en elle la voix de la raison.

Un dieu de l'amour aux larges épaules et à la grâce de fauve, tout en muscles et en sensualité, affamé de désir, prêt à lui prodiguer des plaisirs qu'une fille raisonnable comme elle ne connaîtrait jamais, même dans ses fantasmes les plus débridés...

Ma pauvre fille, il est temps de te trouver un gentil fiancé et d'oublier ces sottises !

Un chasseur guettant sa proie, muscles bandés, sur le point de bondir sur elle...

Tout cela est parfaitement absurde !

depuis l'intérieur du miroir.

Dans un lieu qui n'en était pas un, une forteresse située nulle part, un endroit qui aurait rendu fou de terreur n'importe quel homme, un Highlander entravé depuis le IXe siècle étira son mètre quatre-vingt-quinze.

Un grondement d'animal affamé monta de sa gorge.

Un parfum de femme. Il n'avait pas rêvé.

2

Quelques jours plus tard

Lorsque Jessi ouvrit de nouveau la porte du bureau du professeur Keene, tard dans la soirée du lundi suivant, elle eut la vague impression que quelque chose clochait, mais elle ne prêta pas attention à cette sensation fugace. Elle était bien trop occupée à se lamenter sur son sort.

Elle tourna la clé dans un sens, puis dans l'autre, ce qui revenait à verrouiller, puis à déverrouiller la porte, mais elle s'en rendit à peine compte.

Si elle n'avait pas été en train de pester contre le travail supplémentaire que lui valait l'hospitalisation de Keene – une douzaine de références à vérifier et à lui envoyer pour qu'il puisse tranquillement travailler à son prochain bouquin, ce qu'elle aurait eu le temps de faire si elle n'avait déjà eu une pile de dissertations d'étudiants de première année à corriger –, peut-être aurait-elle été assez consciente de son environnement immédiat pour s'apercevoir que quelqu'un avait déjà ouvert la porte avant son arrivée.

Peut-être se serait-elle sauvée à toutes jambes, s'épargnant une série de désagréments qui ne faisait que commencer.

Hélas ! Plongée dans ses pensées moroses, elle oublia aussitôt l'impression d'étrangeté qui l'avait effleurée lorsqu'elle avait fait jouer la serrure.

Elle entrouvrit la porte, marqua une pause en soufflant pour écarter de son visage une boucle rebelle et, d'un coup de reins, fit glisser de côté son sac à dos rempli à craquer de livres et de classeurs dont les coins lui labouraient les côtes.

— Cent onze copies à corriger ? C'est du harcèlement moral !

Elle les avait comptées, incrédule, lorsque Mark Troudeau, un thésard à la dévotion de Keene, les lui avait données quelques heures auparavant.

Troudeau lui avait jeté un regard suffisant.

— Écoute, Jess, j'ai accepté d'assurer le remplacement de Keene, et tu sais à quel point mon emploi du temps est serré. Il a dit que tu pourrais t'occuper de ces dissertations.

Oui, et elle savait très bien pourquoi ! Parce que Mark avait appelé le professeur durant le week-end pour lui suggérer de laisser Jessi se charger de ces devoirs. Depuis qu'il avait tenté, sans aucun succès, de la séduire lors du pot de fin d'année du département d'archéologie, Troudeau ne manquait pas une occasion de se montrer odieux avec elle. Quel crétin ! Jessi n'avait jamais supporté les hommes qui ne s'adressaient qu'à ses seins. Est-ce qu'elle parlait à leur braguette, elle ?

Bien entendu, le professeur Keene l'avait appelée pendant qu'elle était en cours... et lui avait laissé son cinquième message en vingt-quatre heures. À croire qu'il ne pouvait pas vivre sans elle ! Cette fois-ci, il la remerciait d'être « une si charmante assistante, et vraiment indispensable ». Mais ce pauvre Mark était tellement débordé, n'est-ce pas ? Bref, le professeur avait dit à celui-ci que Jessi serait « ravie de donner un coup de main ».

Bref, on ne lui avait pas laissé le choix.

Troudeau n'était pas plus occupé qu'elle, mais il en allait dans le monde universitaire comme dans la vie en général : on en demandait toujours plus aux femmes qu'aux hommes. Et chaque fois qu'il prenait à Jessi la fantaisie d'oublier cette vérité, l'existence se chargeait de la lui rappeler...

Poussant la porte de sa hanche, elle entra sans refermer le battant derrière elle, contourna le bureau et se dirigea directement vers la bibliothèque. Inutile d'allumer la lumière, elle connaissait par cœur l'ordonnancement des livres. Et pour cause : c'était elle qui les avait classés ! Non seulement elle savait très bien où chercher les deux ouvrages sur la Gaule celtique que réclamait le professeur, mais elle n'avait aucune envie que son attention soit distraite par le miroir ou, plus exactement, par le tourbillon d'interrogations que l'objet risquait de déclencher de nouveau dans son esprit.

Elle avait chassé de ses pensées le mirage du vendredi soir, qui n'était rien d'autre que l'effet de la fatigue et d'un mauvais éclairage, mais cette étrange glace titillait toujours sa curiosité. S'agissait-il d'une authentique pièce ancienne ? Comment le professeur se l'était-il procurée ? Connaissait-on son origine ? Et que pouvaient bien signifier les curieux symboles qui en ornaient le cadre ?

Jessi était dotée d'une excellente mémoire – qualité bien utile dans sa spécialité –, et l'unique regard qu'elle avait posé sur le miroir lui avait suffi pour retenir le dessin de plusieurs des signes qui y étaient gravés. Depuis, ces images hantaient ses pensées. Pourquoi lui semblaient-elles aussi familières ? Et surtout, pourquoi ne pouvait-elle se défaire de l'impression que quelque chose clochait dans ces inscriptions ? Elle en avait déjà vu de semblables, mais où ?

Son rayon, c'était l'archéologie européenne, depuis le paléolithique jusqu'à l'âge du fer celtique. Le miroir était manifestement de facture récente, mais Jessi ne parvenait pas à s'ôter de l'idée que son cadre aurait pu dater de la fin de l'âge du fer.

Elle se connaissait assez pour savoir que si elle prenait le risque d'examiner le miroir maintenant, la curiosité serait la plus forte, et qu'avant peu, elle serait plongée dans les ouvrages du professeur Keene, à la recherche d'éléments qui lui permettraient d'estimer, à quelques centaines d'années près, l'âge de l'objet.

Non, hors de question qu'elle se lance là-dedans. On ne l'y reprendrait plus ! Elle avait déjà passé trop de nuits à analyser des pièces rares confiées à l'université pour expertise, pour le regretter amèrement le lendemain, lorsqu'elle avait dû affronter une nouvelle journée de travail sans avoir eu un instant de sommeil. D'autant que cette fois-ci, elle avait une pile de copies à corriger. Elle ne pouvait s'offrir le luxe de céder à la curiosité qui la démangeait. Elle était censée ne faire qu'un saut dans ce bureau pour y prendre ce qu'elle était venue chercher, et elle comptait bien s'en tenir à ce plan.

Alors qu'elle se dressait sur la pointe des pieds pour atteindre les deux épais volumes réclamés par le professeur Keene, un léger déclic se fit entendre derrière elle. Elle s'immobilisa, mal à l'aise, avant de se rassurer aussitôt. Ce n'était que la porte qui se refermait. Un simple courant d'air ! songea-t-elle en refermant les doigts sur le premier ouvrage.

— Je ne vais pas me laisser impressionner une fois de plus par ce stupide objet ! déclara-t-elle à l'intention de la bibliothèque. Après tout, ce n'est qu'un miroir.

— Pas tout à fait, murmura derrière elle une voix aux inflexions mélodieuses. C'est même bien plus que cela. D'autres personnes sont au courant de sa présence ici ?

Sous le coup de la surprise, Jessi laissa tomber le livre, qui atterrit sur le parquet avec un bruit sourd.

Pourvu que le précieux volume ne se soit pas corné ! songea-t-elle confusément. Le professeur exigeait qu'on traite avec le plus grand soin sa collection d'ouvrages – ses « instruments de travail », comme il les appelait.

Puis elle focalisa ses pensées sur les paroles qui résonnaient encore à ses oreilles, et elle se mit à trembler.

Le cœur battant, elle pivota sur elle-même.

De l'autre côté de la pièce, nonchalamment appuyé contre la porte, les bras croisés sur sa poitrine, un homme la regardait. Dans la faible lueur que diffusait l'écran de l'ordinateur, elle ne pouvait distinguer que sa silhouette.

— Que... Qui...

La lumière inonda la pièce.

— Je vous ai fait peur, dit l'inconnu en laissant retomber sa main de l'interrupteur.

Sur le coup, elle ne remarqua pas qu'il ne s'agissait pas d'une excuse, mais d'une constatation.

Elle cligna des yeux, gênée par la luminosité, et observa l'individu. Il avait de nouveau croisé les bras et avait repris sa position contre la porte. C'était un homme grand, bien bâti, plutôt séduisant. Ses longs cheveux blonds encadraient un visage glabre aux lignes pures mais viriles.

Puis elle remarqua sa tenue, un costume sombre à la coupe parfaite, une chemise impeccablement repassée, une cravate d'un goût exquis. Il était bien chic, pour un... Au fait, qu'était-il ? Ni un étudiant, ni un enseignant : elle l'aurait reconnu. Un visiteur étranger ? Un conférencier venu donner des cours à l'université ? Cela n'était pas impossible, d'autant qu'il avait parlé avec un léger accent slave.

— Je n'attendais pas de visite, expliqua-t-elle. Vous cherchez le professeur Keene ?

— J'ai déjà eu un entretien des plus divertissants avec le professeur, ce soir, répondit l'homme avec un demi-sourire.

Drôle de façon de s'exprimer, songea Jessi. Cependant, elle n'y prêta guère attention. Elle était très intriguée par la remarque qu'il avait faite au sujet du miroir. Savait-il de quoi il parlait, ou bien n'avait-il dit cela que pour attirer son attention ?

Il ne répondit pas lorsqu'elle lui posa la question. Il se contenta d'avancer d'un pas dans la pièce et reprit :

— J'ai cru comprendre que le miroir avait été livré ici vendredi soir. Quelqu'un d'autre que vous l'a-t-il vu ?

Jessi réfléchit quelques instants, puis elle secoua la tête.

— Je ne pense pas. À part les livreurs qui l'ont déballé, je dois être la seule. Pourquoi me demandez-vous cela ?

Une fois de plus, il éluda sa question.

— Personne ne vient faire le ménage, ici ? demanda-t-il en inspectant la pièce du regard. Vous êtes la seule à posséder la clé ?

Jessi regarda l'inconnu, mal à l'aise. À quoi rimaient ses questions ? Pourquoi ne répondait-il pas aux siennes ? Il commençait à devenir agaçant !

— L'équipe d'entretien passe le mercredi, et en ce qui me concerne, si j'ai le double de la clé, c'est parce que je suis l'assistante du professeur Keene.

— Je vois.

Il fit un pas de plus.

C'est alors que Jessi comprit.

Elle était en danger. Cet homme n'était pas bienveillant. Elle s'était laissé distraire par sa bonne mine, et il avait su piquer sa curiosité par ses paroles énigmatiques. Mais à présent, elle le voyait tel qu'il était – tel qu'elle aurait dû le voir dès le premier instant.

Un loup déguisé en agneau.

Derrière ses manières polies et son costume bien coupé, elle devinait un être froid et sans scrupules, prêt à tout pour parvenir à ses fins.

Au fait, que voulait-il exactement ?

Que lui voulait-il ?

Soudain, elle comprit d'où lui était venue cette impression que quelque chose clochait, lorsqu'elle était entrée dans le bureau. La porte.

Elle était déverrouillée à son arrivée !

Par conséquent, l'homme devait déjà se trouver à l'intérieur. Sans doute s'était-il caché derrière le battant lorsqu'elle l'avait poussé pour entrer.

Une bouffée de panique monta en elle. « Continue à lui parler, ordonna une petite voix en elle. Il faut l'occuper. »

Luttant contre la peur qui paralysait ses pensées et lui coupait les jambes, Jessi se composa un masque impassible. L'homme ne devait pas voir qu'elle se méfiait de lui. Elle n'était pas assez forte pour lutter physiquement contre lui. Elle n'avait qu'une seule chance : faire appel à la ruse.

D'un coup d'œil discret vers sa droite, elle s'assura qu'un certain objet se trouvait bien à sa place, sur une console située non loin d'elle. Il s'agissait d'une réplique de lame ancienne en acier, aussi dangereuse qu'une vraie. Elle devrait s'en emparer pour en frapper l'inconnu avant que celui-ci n'ait compris ce qu'elle faisait.

— Dites-moi, savez-vous quel âge a ce miroir ? demanda-t-elle d'un ton faussement naïf.

Le blond s'approcha encore. Son pas avait une souplesse tout animale. S'il continuait à avancer, il la rejoindrait de l'autre côté du bureau. Elle s'écarta légèrement sur sa droite.

Allait-il mordre à l'hameçon ? Inquiète, elle observa son expression. Il semblait se demander s'il allait ou non lui répondre. Finalement, elle le vit hausser les épaules d'un air insouciant.

— Vous pouvez probablement le faire remonter au paléolithique.

Jessi le regarda, bouche bée. Un instant, elle en oublia même sa peur. Le paléolithique ? Il plaisantait ! Cela était matériellement impossible. Les plus anciennes formes d'écriture, à savoir le cunéiforme et les hiéroglyphes, étaient bien plus récentes. Or, les signes gravés sur le cadre du miroir étaient selon toute probabilité une forme d'alphabet.

— Très drôle, mais je ne suis pas complètement stupide.

Du moins, pas en temps ordinaire. Il fallait reconnaître qu'aujourd'hui, elle battait des records.

— Cela voudrait dire que cet objet date d'au moins dix mille ans ! précisa-t-elle dans un éclat de rire, tout en poursuivant sa discrète progression vers la console.

L'homme avait-il remarqué son manège ? Si c'était le cas, rien ne le laissait deviner.

— C'est exact, dit-il en continuant à avancer. Il est très ancien.

Jessi lutta contre une folle envie de hurler. Non seulement parce que cela ne servirait à rien, l'aile sud étant déserte à une heure aussi tardive, mais surtout parce qu'elle jugeait plus utile de garder son énergie pour se défendre. Seule.

— Bon, admettons qu'il soit aussi vieux que vous l'affirmez, dit-elle sur le ton de la conversation.

Encore un peu vers la droite… Là, elle y était presque. Il ne fallait pas cesser de parler.

— Vous voulez dire, je suppose que le cadre est de l'âge de pierre. Mais les signes y ont été gravés plus tard, et selon toute probabilité, le miroir n'y a été enchâssé qu'il y a un siècle, n'est-ce pas ?

— Non. L'objet tout entier date du paléolithique.

Jessi réprima un geste d'agacement. Pourquoi cet homme s'obstinait-il à mentir ? Il devait bien comprendre que ses affirmations n'avaient aucun sens ! Voulait-il plaisanter ? Elle scruta son visage, mais n'y décela pas la moindre trace d'humour.

— Écoutez, c'est impossible, répliqua-t-elle. Même si l'on fait abstraction de la présence des signes, il s'agit d'un miroir de verre !

Il laissa échapper un petit rire et secoua la tête d'un air désabusé.

— Ce n'est pas tout à fait exact. En général, les objets *unseelie* ne sont pas ce qu'ils semblent être.

— Les objets quoi ? répéta Jessi, interloquée. J'avoue ne pas être familiarisée avec cette classification.

Instinctivement, elle fit jouer les articulations de ses mains. Dans quelques secondes, elle pourrait bondir vers la lame d'acier et tenter le tout pour le tout. Elle entama mentalement un compte à rebours. *Cinq... Quatre...*

— Il n'en existe pas beaucoup. Ce terme désigne un petit groupe de pièces que peu de gens ont vues – du moins, peu qui soient restés vivants pour en parler – et qui furent forgées par les plus maléfiques des Tuatha Dé Danaan.

Trois... Deux...

— Mais ne vous inquiétez pas, Jessica Saint-James...

Quoi ? Il connaissait son nom ? Qui le lui avait dit ?

— ... je vous promets de faire vite. Vous n'aurez pas le temps de souffrir.

— Un ! cria Jessi.

Elle bondit vers la lame au moment où l'homme se jetait sur elle.

« Lorsque l'on est en danger de mort, songea Jessi avec un étrange détachement, le temps s'étire curieusement. On a l'impression que tout se déroule au ralenti, même si l'on sait que les événements se précipitent à la vitesse de l'éclair. »

Elle eut le temps de voir son agresseur s'élancer vers elle, comme si l'action se découpait en une succession d'images d'une parfaite netteté. L'un après l'autre, tous les détails lui apparurent : ses jambes qui se pliaient, sa main qui plongeait dans sa poche pour en retirer un fil de fer aux extrémités enrobées de cuir, son corps qui se ramassait sur lui-même, puis s'élançait d'une détente nerveuse, ses pieds qui quittaient le sol, l'expression de son visage qui se faisait glaciale, et même le frémissement de ses narines, comme sous l'effet de l'excitation sexuelle...

De même, elle eut conscience de chacun de ses propres mouvements. Malgré les battements furieux de son cœur et sa respiration haletante, ses jambes lui semblaient de plomb, et elle eut l'impression qu'il lui fallait une éternité pour s'arracher à la pesanteur de l'attraction terrestre.

L'expression de l'homme se transforma en un vilain rictus. Jessi comprit alors que même si elle parvenait à s'emparer de la lame d'acier, cela ne servirait à rien. Elle était condamnée, elle le voyait dans le sourire inhumain de son agresseur. Il allait la tuer, et elle ne serait pas sa première victime, loin s'en fallait. Comment pouvait-elle en être sûre ? Aucune idée. Mais elle le savait, de toutes les fibres de son être.

Il n'était plus qu'à un pas d'elle. Hypnotisée, Jessi marqua une hésitation. L'homme avait enroulé le fil de fer autour de ses mains. Elle le regarda ajuster son arme, s'approcher encore...

Tout à coup, un reflet dans le miroir attira son attention.

Bon sang, la glace ! Comment n'y avait-elle pas pensé plus tôt ? Elle n'était peut-être pas de taille à lutter contre l'assassin blond, mais elle se trouvait juste entre lui et l'objet que, manifestement, il convoitait...

Un objet extrêmement fragile.

Retrouvant enfin sa mobilité, Jessi se jeta sur la console, balaya d'un geste vif la lame d'acier et referma ses mains sur le lourd pied en étain de la lampe de table posée juste à côté. Dans son élan, elle fit volte-face et recula vers le miroir, brandissant la lampe comme si elle tenait une batte de base-ball.

— Ne bougez plus ! s'écria-t-elle.

L'homme s'immobilisa net, si brusquement qu'il faillit plonger sur le sol. Il ressemblait à une bête sauvage sur le point de charger, songea Jessi en frémissant. S'il posait une main sur elle, elle ne donnait pas cher de sa vie !

— Faites un pas, et je fracasse le miroir, ajouta-t-elle.

Pour faire bonne mesure, elle agita la lampe d'un air qu'elle espérait menaçant... et sursauta en entendant du bruit derrière elle. Un bruit bizarre, comme le hoquet de quelqu'un qui retiendrait soudain son souffle, avant de laisser échapper un juron.

Non, c'était impossible.

Il n'y avait personne dans son dos, pour la bonne raison qu'elle se trouvait tout contre le miroir.

Elle aurait bien aimé s'en assurer, mais elle n'osa pas se retourner. Pas question de détourner un instant le regard de l'homme qu'elle tenait en respect ! Pas question, surtout, de lui montrer qu'elle commençait à céder à la panique...

Elle ravala le hurlement d'effroi qui montait dans sa gorge.

Un silence de mort tomba dans la pièce. Le blond regarda le miroir, et une lueur étrange s'alluma dans ses yeux. Puis il reporta son attention sur Jessi.

— Non, dit-il, vous ne le ferez pas. Vous n'aurez pas le cran de détruire un objet aussi ancien. Ce miroir est d'une valeur inestimable, et il a l'âge que je vous ai dit. Aucun archéologue n'a jamais posé les yeux sur un objet aussi antique. À côté de cette merveille, vos milliers d'années de prétendue « histoire » ne valent rien. Pensez à l'impact que la découverte de cet objet pourrait avoir sur votre monde !

— Vous voulez dire, sur mon monde ? Aucun, si je suis morte. Alors, reculez, si vous tenez tant que cela à garder le miroir intact. Quelque chose me dit que vous n'avez aucun intérêt à ce qu'il soit brisé en mille morceaux...

De fait, elle était bien décidée à passer à l'acte. Si, pour sauver sa peau, elle devait choisir entre le miroir et elle, elle n'aurait aucun état d'âme ! Même si l'historienne en elle protestait avec véhémence à la perspective d'un tel sacrilège...

L'homme tressaillit. Elle avait visé juste ! De nouveau, elle vit son regard se poser sur le miroir, puis revenir sur elle. Il parut vouloir avancer d'un pas vers elle.

— Méfiez-vous, l'avertit-elle. Je ne bluffe pas.

Tout en parlant, elle leva la lampe. Un seul mouvement suspect de l'homme, et elle mettrait sa menace à exécution. Même si cela ne suffisait pas à la protéger, avec un peu de chance, l'autre se blesserait. Mortellement, peut-être...

— Bien joué, murmura-t-il. Vous êtes plus futée que vous n'en avez l'air.

— Si tu tiens à la vie, ma fille, c'est le moment de m'invoquer pour me faire sortir de là, dit alors une voix aux inflexions chaudes et au timbre un peu rocailleux.

Jessi sursauta. Non, elle n'avait pas rêvé. Il y avait quelqu'un d'autre dans la pièce, derrière elle !

Dans le miroir, plus exactement.

Un frisson glacial la parcourut. Comme le vendredi précédent, il lui sembla alors que la pièce était soudain... comment dire... tordue. Que sa taille et sa configuration venaient de se modifier d'une façon qu'elle n'aurait pu expliquer, qu'une porte qui n'avait rien à faire ici s'était ouverte entre ces quatre murs – une porte qui donnait sur une autre dimension de la réalité.

— Toi, boucle-la, ou c'est moi qui te pulvérise ! grommela le blond en regardant par-dessus l'épaule de Jessi.

Un rire moqueur jaillit du miroir. Nom de nom, que se passait-il ici ?

— Tu n'oseras pas, et tu le sais aussi bien que moi, riposta la voix derrière elle. Sinon, tu aurais déjà tué la fille. Lucan t'a donné des instructions bien précises, hein ? Rapporter le miroir intact ? Oui, c'est ça. Tu n'as qu'une frousse, c'est qu'il soit brisé. Parce que tu sais ce que Lucan te ferait. Tu finirais par le supplier de te mettre à mort.

— Ce n'est pas possible, murmura Jessi. Je vais me réveiller !

La logique voulait qu'il n'y ait personne derrière elle en ce moment. Un miroir ne pouvait contenir un être humain !

Son instinct, en revanche, lui disait le contraire. Il y avait quelqu'un derrière elle, et pas n'importe qui. Un homme avec un grand H, qui dégageait l'énergie d'un brasier... Elle pouvait presque sentir la chaleur de son corps dans son dos.

Par contraste, la froideur qui émanait du géant blond en face d'elle lui parut soudain plus glaciale encore. La nuque raide à force de s'interdire de tourner la tête, elle demeura immobile.

Une bonne intuition, comme le lui confirma la voix dans son dos.

— Ne bouge pas, ma belle. Garde les yeux sur notre ami et répète ce que je vais te dire.

Jessi réprima un frisson. Elle ne savait pas qui lui parlait de la sorte, mais elle avait une certitude : elle avait affaire à un être d'une puissance exceptionnelle. Un fauve en cage, avec tout ce que cela supposait de forces contenues et d'appétits insatisfaits...

— Ne l'écoutez pas, dit le blond en soutenant son regard. Vous n'avez aucune idée de ce qu'il y a là-dedans. Ne jouez pas avec le feu !

Jessi s'obligea à prendre une profonde inspiration, qui ne la calma en rien. Tout ceci la dépassait ! C'était tout simplement impossible...

Pourtant, l'homme qui se tenait devant elle était bien réel, de même que la menace qu'il représentait. Elle pouvait percevoir sa fureur, qu'il retenait à grand-peine. Qu'il s'imagine, ne fût-ce qu'un quart de seconde, qu'elle n'aurait pas le courage de briser le miroir, et elle était morte.

Elle ne pouvait pas se permettre la moindre hésitation, le plus bref instant de doute. Mais comment rester sûre de soi, avec cette présence qu'elle devinait derrière elle et dont l'existence contredisait toutes les lois qui régissaient l'univers ?

— C'est de la folie ! gémit-elle.

— La folie, ce serait de libérer celui-là, répliqua le blond en désignant le miroir d'un coup de menton. Écartez-vous de là et faites ce que je vous dis. Je vous promets qu'il ne vous fera pas de mal.

— Vous voulez me faire croire que vous allez me protéger, maintenant ?

— C'est moi qui vais te protéger ! tonna la voix dans son dos.

Jessi secoua la tête, incrédule. Tout ceci n'était pas en train d'arriver. C'était impossible. À mesure que les minutes passaient, elle éprouvait l'impression de plus en plus vive qu'elle se trouvait sur une scène, au milieu d'acteurs qui échangeaient des répliques. Seul problème : tout le monde connaissait son rôle et maîtrisait son personnage, sauf elle.

Les rudes inflexions écossaises dans son dos la ramenèrent à l'instant présent.

— Roman ne me laissera pas te faire de mal, ma jolie, parce qu'il s'en chargera lui-même ! En revanche, tu ne peux pas en dire autant de moi. Tu ignores ce que je te ferais. En un mot, tu as le choix. Une mort certaine, ou une mort possible.

— C'est comme ça que vous pensez me rassurer ? riposta-t-elle, consciente du ridicule qu'il y avait à parler à une glace.

Le dénommé Roman esquissa un sourire carnassier.

— Moi, je dirais que vous avez le choix entre une mort douce et une mort brutale. Ou la vie, si vous acceptez ce que je vous propose : je prends le miroir et je m'en vais. Je vous en donne ma parole.

Jessi raffermit sa prise sur la lampe. À force de garder le bras levé, elle commençait à avoir des fourmis dans la main.

— Bonne idée, répondit-elle. Fichez le camp et je ne fracasse pas la glace.

— Il ne s'en ira pas tant qu'il ne t'aura pas tuée, ma belle. Il est au service de quelqu'un qui le punira sévèrement s'il te laisse en vie, à présent que tu as vu le Miroir Sombre. Je n'ai aucun moyen de te prouver ma bonne foi ; tu dois croire l'un de nous sur parole. C'est lui ou moi. À toi de choisir. Tout de suite.

— Vous vous doutez bien que s'il a été emprisonné dans ce miroir, c'est pour une bonne raison ! protesta l'autre. Figurez-vous qu'il s'agit d'un tueur impitoyable et qu'il n'y avait aucun autre moyen de l'empêcher de nuire.

— Assez perdu de temps. Répète après moi : *lialth bree che...*

— Vous n'allez pas...

— *Lialth bree che bree, Cian McKeltar, drachme se-sidh !*

Aussitôt, Jessi prononça la suite de sons qu'elle ne comprenait pas.

Sans réfléchir. À quoi bon ? Elle venait de comprendre ce qui se passait. Elle était bien entrée dans le bureau du professeur Keene, mais au lieu de se diriger tout droit vers la bibliothèque, elle avait effectué un détour par le canapé pour s'accorder quelques minutes de répit, et elle s'était assoupie.

Elle dormait, tout simplement.

D'accord, c'était un rêve un peu étrange, mais tous les rêves ne l'étaient-ils pas ? De plus, ce que l'on faisait dans ces moments-là ne comptait pas. On se réveillait, et tout était terminé. Par conséquent, il n'y avait aucun risque à libérer la créature prisonnière du miroir.

Elle répéta l'incantation, au cas où la première fois n'aurait pas suffi. Tout à coup, elle vit une brillante lumière dorée éclairer la pièce, tandis que dans son dos, la sensation de chaleur se faisait plus intense. Quant à la pièce, elle semblait à présent bien trop petite pour contenir tout ce qui s'y trouvait. L'impression de distorsion spatiale s'accentua, jusqu'à devenir vertigineuse.

La lampe lui fut arrachée. Deux larges mains se refermèrent autour de sa taille pour la soulever du sol et la déposer de côté. Puis une silhouette masculine se plaça devant elle, la protégeant du blond au regard meurtrier.

Jessi fronça soudain les narines. Seigneur ! Avait-elle jamais humé des effluves aussi musqués ? Intriguée, elle se pencha vers l'homme qui lui faisait un bouclier de son corps et ferma les yeux, gagnée par une ineffable volupté. Il n'y avait chez lui aucune trace de parfum de synthèse, après-rasage ou déodorant chimique, juste la quintessence de la virilité : un mélange de cuir et de peau chauffés par le soleil, une touche de sueur épicée qui évoquait le clou de girofle, la promesse âpre de l'amour…

Si la puissance sexuelle masculine avait un parfum, c'était bien celui-ci, songea Jessi, chavirée.

Elle laissa échapper un soupir, envahie d'une coupable moiteur. Ses seins étaient soudain lourds, et une sourde palpitation venait de s'éveiller entre ses cuisses…

Lorsqu'elle rouvrit les paupières, elle parcourut du regard la silhouette qui se découpait devant elle dans la lueur bleuâtre qui baignait la pièce.

C'était officiel, elle rêvait.

Des hommes comme celui-ci, cela n'existait pas ! Un mètre quatre-vingt-quinze, des épaules de lutteur, une taille étroite, et une cascade de tresses brunes ornées de perles d'or, de cuivre et d'argent, qui retombaient jusqu'à ses reins nus aux reflets fauves.

Un soupir d'admiration lui échappa. Même dans ses fantasmes les plus audacieux, elle n'avait jamais imaginé qu'un homme puisse se parer d'une telle beauté, sauvage et sensuelle tout à la fois.

Mais au fait… c'était son rêve ! Puisqu'elle avait le pouvoir d'en infléchir le cours, pourquoi ne pas opter, à la place de ce cauchemar où tout le monde voulait sa mort, pour une rêverie classée X ?

Ce qu'il y avait de bien, dans ce monde imaginaire, c'était qu'il suffisait de vouloir pour pouvoir…

N'écoutant que son désir, Jessi posa les mains sur le dos du monument à la virilité que son imagination enflammée avait créé et tressaillit de bonheur en sentant jouer sous ses doigts ses muscles saillants. Étrangement, il lui semblait plus réel que bien des garçons qu'elle avait connus... Le corps parcouru d'un long frisson de volupté, elle laissa glisser entre ses mains, telle une cascade liquide, la masse de tresses sombres qui dansaient dans le creux des reins de ce superbe spécimen mâle.

Emportée par son enthousiasme, elle s'approcha encore pour se frotter sans la moindre pudeur contre lui, savourant avec une joie sans mélange le contact de ses fesses rondes et dures contre son bassin. D'un coup de langue, elle suivit le parcours de sa colonne vertébrale. Sa peau avait un goût de sueur et de sel...

L'homme sursauta avec une telle violence que, si tout ceci n'avait pas été un rêve, elle aurait pu s'en alarmer. Puis elle l'entendit réprimer un gémissement, comme s'il endurait un supplice des plus exquis.

— Tu joues avec mes nerfs, ma belle, murmura-t-il d'une voix au timbre délicieusement rauque.

Après avoir donné un coup de tête pour l'obliger à lâcher ses tresses, il franchit en deux pas l'espace qui le séparait de la porte, qu'il claqua d'un geste sec.

Ce ne fut qu'à cet instant que Jessi prit conscience de la disparition du fameux Roman. Il avait dû s'enfuir à l'instant où elle avait prononcé l'incantation de libération. Tant mieux ! On n'avait plus besoin de lui...

Dans un soupir de bien-être, Jessi s'assit sur le canapé. Puis elle s'y étendit, s'étira avec volupté et remonta les bras au-dessus de sa tête. Elle croisa les jambes, les décroisa, se frotta les yeux, se pinça à plusieurs reprises... Elle ne se réveillait toujours pas. Décidément, ce rêve était extraordinaire.

Seigneur, qu'elle était excitée ! Elle ne se souvenait pas d'avoir jamais ressenti un tel désir. Dès l'instant où elle s'était serrée contre le dos de son fantasme, elle avait été parcourue d'un véritable courant électrique, et en un instant, elle avait su qu'elle était prête à se donner à cet homme. Là, sur-le-champ, sans le moindre préliminaire.

C'était donc cela, un rêve humide ? Très instructif. Et assez troublant, aussi… Quel dommage que ce ne soit rien de plus ! Dans quelques minutes, elle allait se réveiller, et tout serait fini avant d'avoir commencé.

3

Jessi se réveilla les membres courbaturés et en proie à un pénible début de migraine. De plus, elle souffrait d'un torticolis – probablement parce que son oreiller avait glissé pendant la nuit, songea-t-elle en réalisant que sa nuque reposait directement sur le matelas.

La journée commençait mal. Jessi ne voyait qu'une solution : prendre un antalgique et revenir s'étendre quelques minutes, le temps que le médicament fasse effet.

Elle s'assit sur son lit, s'étira, ouvrit les yeux.

Mais... elle n'était pas chez elle. Où diable pouvait-elle bien se trouver ? Refoulant un désagréable pressentiment, elle s'obligea à regarder autour d'elle.

Le bureau du professeur Keene ? Que faisait-elle ici ?

Aussitôt, les événements de la nuit lui revinrent en mémoire. Des événements parfaitement incongrus, au demeurant : un étranger aux cheveux blonds avait essayé de la tuer, avant de prétendre que le miroir remontait à l'âge de pierre, puis un homme était apparu dans la glace, et elle l'en avait libéré en prononçant elle ne savait plus quelle incantation magique...

Bref, du *delirium tremens*.

Sauf qu'elle ne buvait jamais une goutte d'alcool.

Enfouissant son visage entre ses mains, Jessi laissa échapper un gémissement affolé. Que lui arrivait-il ? Comment avait-elle pu s'endormir dans ce bureau ? Pourquoi avait-elle fait un tel cauchemar ?

Elle ne voyait qu'une réponse : elle était en train de disjoncter. Trop de travail, trop de stress, pas assez de sommeil...

Après tout, quoi d'étonnant ? Elle ne serait ni la première ni la dernière à craquer sous une pression excessive. À l'université, il ne se passait pas un trimestre sans qu'un ou deux étudiants, incapables de faire face, plaquent tout du jour au lendemain. Les autres déclaraient que c'était bien triste, que les malheureux « n'avaient pas la carrure », secouaient la tête d'un air navré, et la vie reprenait son cours.

Enfin, ce qui vous tenait lieu de vie lorsque vous partagiez votre temps entre les recherches en bibliothèque, les heures d'enseignement que vous suiviez, celles que vous donniez... quand on ne vous accablait pas de copies à corriger par centaines.

Jusqu'au jour où vous craquiez à votre tour.

Car c'était bien ce qui lui arrivait, n'est-ce pas ? Sinon, comment expliquer les hallucinations dont elle était victime depuis quelque temps ?

Jessi laissa échapper un soupir de découragement. À quoi bon le nier ? En moins d'une semaine, elle avait connu deux « passages à vide », durant lesquels elle avait été le jouet de son imagination.

Elle éclata d'un rire nerveux. Quel dommage qu'elle n'en ait même pas profité ! Car non seulement elle perdait tout sens de la réalité, mais elle n'était même pas en mesure de contrôler ses propres rêveries.

Il n'y avait qu'à elle qu'une telle chose pouvait arriver : inventer le mâle le plus sexy de l'histoire de l'humanité et devoir se contenter de jouer les pauvres victimes d'un complot abracadabrant, quel désastre !

Décidément, songea Jessi en massant ses tempes douloureuses, même en fantasmes, sa vie intime était un vrai fiasco.

À moins que tout ceci ne soit réellement arrivé...

— C'est ça, murmura-t-elle en secouant la tête, désemparée. Un type beau comme Apollon et à moitié nu qui sort d'un miroir pour sauver la demoiselle en détresse d'un étrangleur russe en costume trois pièces. Cela arrive tous les jours !

Elle parcourut la pièce du regard, à la recherche d'un indice. Comme il fallait s'y attendre, elle ne remarqua rien d'anormal. Ah, si. La lampe au pied en étain était sur le sol, au lieu de se trouver à sa place habituelle, sur la console. Et il y avait un livre par terre, sur le tapis.

Au demeurant, cela ne prouvait rien. Il arrivait que des objets tombent. Ou alors, c'était elle qui les avait jetés par terre dans une crise de somnambulisme. Au point où elle en était...

Restait un dernier point à vérifier. Le miroir.

Avec une certaine réticence, Jessi posa les yeux sur la surface brillante.

Évidemment, elle ne vit rien, sinon le reflet de sa propre image – celle d'une jeune femme livide et décoiffée. Elle se leva, traversa la pièce, posa ses paumes sur la glace froide.

Toujours rien. Comment avait-elle pu imaginer qu'un homme en était sorti ? Elle devait être encore plus épuisée qu'elle ne l'avait supposé.

Étouffant un soupir de lassitude, elle réunit les livres que lui avait demandés le professeur Keene, les glissa dans son sac à dos et quitta la pièce en verrouillant soigneusement la porte derrière elle.

Pour la première fois depuis qu'elle était étudiante, Jessi s'autorisa une folie. Elle sécha ses cours. Une fois rentrée chez elle, elle prit un antalgique, se mit au lit et cacha sa tête sous les couvertures.

Elle renonçait.

Jamais, de toute sa scolarité, elle n'avait relâché ses efforts. Elle avait toujours scrupuleusement suivi son emploi du temps réglé à la minute, consciente que le moindre petit retard pouvait entraîner une réaction en chaîne catastrophique.

Pas une seule fois elle n'avait failli ! Elle avait bravé l'une des plus violentes tempêtes de neige qu'ait essuyées Chicago pour être à l'heure à l'université, elle avait assisté à ses travaux dirigés en tremblant de tous ses membres à cause d'une forte grippe, elle avait corrigé des copies avec 39 °C de fièvre, elle avait donné ses cours alors qu'une laryngite l'empêchait pratiquement de parler.

Elle avait fait tout cela parce qu'elle s'était juré de réaliser son rêve : être un jour une grande archéologue. Rien ne l'avait découragée.

Seulement, une crise de délire n'était pas un problème que l'on pouvait régler avec un tube d'aspirine et une bonne dose de volonté.

Cette fois-ci, Jessi n'avait aucune prise sur les événements.

Aussi, puisque plus rien n'avait d'importance, ouvrit-elle le tiroir de sa table de nuit et en sortit-elle son arme secrète : la tablette de chocolat qu'elle y conservait en cas d'urgence (brushing raté, examen raté, rendez-vous raté).

Lorsqu'elle l'eut dévorée jusqu'au dernier morceau, elle n'avait toujours aucune idée de la meilleure conduite à tenir. Elle se rabattit donc sur la dernière option : elle enfouit sa tête dans l'oreiller et ferma les yeux.

Il était 21 heures quand elle émergea d'un sommeil lourd et sans rêves.

Elle était dans une telle forme qu'elle faillit rire de ses malheurs. En fait, tout ce dont elle avait besoin, c'était de dormir une dizaine d'heures d'affilée ! Elle n'était plus une gamine, après tout. À vingt-quatre ans passés, les nuits trop courtes, ce n'était plus pour elle.

De plus, une meilleure hygiène de vie ne lui ferait pas de mal, songea-t-elle en s'étirant. Moins de hamburgers et de sodas, plus de légumes frais et d'eau plate... Il suffisait d'un peu de volonté.

Comme toujours.

— C'était juste un peu de fatigue, déclara-t-elle à voix haute en se levant, tout son optimisme revenu.

À présent que le repos lui avait rendu son énergie, elle était prête à attaquer sa pile de copies à corriger. Jamais elle ne s'était sentie aussi bien.

Jusqu'à ce qu'elle allume le poste de télévision.

Se venger.

C'était la seule idée qui avait aidé Cian McKeltar à ne pas devenir fou pendant ses mille cent trente-trois ans de captivité dans le Miroir Sombre.

Vu de l'extérieur, celui-ci ressemblait à tous les autres miroirs, dans une version très ornementée.

Vu de l'intérieur, il s'agissait d'une geôle circulaire d'un diamètre de quinze pas, quel que soit l'endroit où l'on choisissait de la traverser. Et il l'avait traversée un nombre incalculable de fois...

Il en avait compté chaque maudite pierre qui en constituait le sol, les murs et le plafond, au cours des années, des siècles de solitude grise qu'il avait passés ici, où régnait un hiver permanent...

Pourtant, sa colère n'était jamais retombée. La rage qui bouillonnait dans ses veines le maintenait vivant. Il brûlait toujours d'en découdre avec celui qui l'avait enfermé ici.

Se venger.

Oui, c'était son obsession depuis que Lucan Myrddin Trevayne, qu'il comptait alors parmi ses meilleurs amis, l'avait attiré dans le Miroir Sombre afin de s'assurer l'immortalité.

Si l'on considérait la puissance des sorts que Lucan avait utilisés et l'impossibilité où se trouvait Cian de quitter sa prison, à moins qu'on ne l'aide depuis l'extérieur en prononçant une incantation de libération provisoire, on pouvait être tenté de croire que cette envie de vengeance resterait à jamais ce qu'elle était : une idée.

Cependant, Cian était non seulement un druide, mais aussi un Keltar. Il connaissait la nuance entre ce qui paraît impossible et ce qui l'est vraiment.

Bien souvent, « impossible » ne signifiait rien de plus que « pas encore arrivé ». Il en avait eu la démonstration quelque trois mois plus tôt, lorsqu'un cambrioleur s'était introduit dans la place forte londonienne de Trevayne – un événement apparemment impossible – pour y dérober les plus beaux trésors de celui-ci, dont le Miroir Sombre. Mieux encore : le vol avait eu lieu peu de temps avant que Lucan ne doive payer la dîme qui lui permettait de maintenir Cian dans sa geôle.

Enfin, la roue tournait ! Lucan avait perdu le Miroir au moment où il en avait le plus besoin...

C'était le dixième jour du dixième mois. Il suffisait à Cian de rester hors de portée de Lucan pendant encore vingt-deux jours – soit jusqu'au jour de Samhain à minuit – pour satisfaire enfin la soif de vengeance qui le tenaillait depuis plus d'un millénaire. Bon sang, il bouillait d'impatience !

À présent que Lucan avait une piste solide concernant le Livre Noir, le plus dangereux des quatre Piliers des Ténèbres, il devenait encore plus urgent pour Cian de détruire le maudit Pacte qui le retenait prisonnier. Pierre angulaire de la magie noire la plus puissante connue de l'homme, ce Livre, s'il tombait entre les mains du premier venu, pouvait être la cause d'une destruction cataclysmique. Mais si Lucan Myrddin Trevayne mettait la main dessus, il pouvait anéantir le monde tel qu'on le connaissait. Car s'il parvenait à déchiffrer certains des sortilèges complexes qui s'y trouvaient, Lucan pourrait changer le cours du temps et réécrire l'histoire à sa fantaisie...

Cian n'avait pas le choix, il devait empêcher Lucan de s'emparer du Livre. Il lui fallait vaincre son ancien ennemi une fois pour toutes.

Il avait cru que le triomphe était enfin à sa portée. Le Miroir était passé par tant d'intermédiaires depuis le vol, il avait franchi de telles distances que Cian avait espéré que jamais Lucan ne le retrouverait à temps pour renouveler le Pacte.

Ce qui s'était passé la veille avait prouvé le contraire. On l'avait rattrapé. Il était trop tard.

Il avait reconnu l'assassin russe dès l'instant où celui-ci était entré dans la pièce. Ce n'était pas la première fois qu'il voyait Roman, un familier de la résidence londonienne de Trevayne. Cian n'était pas près d'oublier le panorama qui s'était offert à lui pendant si longtemps depuis le mur du cabinet de travail de Lucan, où le Miroir était accroché, et qui se dessinait à travers une rangée de fenêtres donnant sur une rue passante de la ville. Une rue dans laquelle il ne marcherait sans doute jamais...

Encore s'estimait-il heureux d'avoir pu disposer d'une vue ! Si Lucan avait tourné le Miroir contre le mur, plongeant ainsi sa prison dans l'obscurité totale, Cian n'était pas certain qu'il eût conservé toute sa raison. De plus, cela l'aurait privé de l'occasion de mener quelques petites expériences lorsque son geôlier était au loin – il avait fait passer des objets inertes de *son* côté du Miroir, en essayant diverses incantations.

C'était ainsi qu'il avait pu conserver le décompte du temps, qui filait à toute allure, et lire depuis plusieurs siècles tout ce qui se trouvait à sa portée dans le bureau de Lucan : livres, journaux, magazines. Il avait même vu la télévision. Pendant ce temps, la vue depuis les fenêtres du cabinet de travail avait évolué. Les douces collines s'étaient couvertes de maisons, se transformant en une petite ville, puis en une cité bourdonnante d'activité humaine.

Un peu comme ce Chicago dont, la veille, il avait eu un aperçu.

Enfin libre ! Il avait failli hurler de joie lorsqu'il avait foulé la terre de ses pieds, senti l'herbe sous ses bottes et le vent sur son visage.

Il y avait eu des jours où, du fond de sa prison, il aurait donné son bras droit pour humer une seule fois les senteurs d'un feu de tourbe et de branches de bruyère odorante, pour inspirer une unique bouffée d'air iodé, sur la côte sauvage de l'Écosse, ou encore pour s'étendre sur le dos au sommet d'une colline de son pays, aussi près du paradis qu'on peut l'être dans les Highlands, lorsque la nuit envahit le ciel et le lacère de zébrures violacées avant d'y tailler un dais de velours noir pailleté d'étoiles.

Cian n'avait pas revu son Écosse bien-aimée depuis mille cent trente-trois ans. Pour le Highlander qu'il était, cet exil était un véritable enfer.

Si Lucan lui avait parfois accordé de brefs instants de liberté, en échange de son aide pour venir à bout de sorts particulièrement coriaces ou pour mener à bien ses noires entreprises, il avait veillé à s'entourer de toutes les précautions nécessaires, et Cian n'avait pu tenter aucune évasion. En outre, ces escapades étaient d'une désespérante brièveté, et la dernière remontait à plus de cent vingt ans.

Peu importait la rapidité avec laquelle il s'éloignait, peu importaient les pouvoirs druidiques qu'il invoquait pour se protéger, tôt ou tard, la formidable puissance du Miroir Sombre le ramenait dans sa prison. Parfois, il pouvait voler une heure de liberté, parfois une journée tout entière, mais il se retrouvait systématiquement à son point de départ.

De l'autre côté du Miroir.

Il lui avait fallu un certain temps, la veille, pour retrouver Roman, et sa seule crainte avait été que le Miroir ne le rappelle avant qu'il n'en ait terminé avec l'émissaire de Lucan. Aussi avait-il concentré toute son attention sur son but, même s'il savait que, une fois Roman éliminé, Lucan enverrait un autre de ses hommes, et ainsi de suite, jusqu'à ce que le Miroir soit retrouvé, et les témoins de son existence rayés de la surface de la terre.

C'était une habitude chez eux – hommes de magie, blanche ou noire, versés dans l'art du *draiodheacht* – de cacher au monde des pièces telles que les Piliers des Ténèbres. Pour Cian, parce que le commun des mortels devait être protégé de leur influence. Pour Lucan, parce que le monde grouillait de rivaux (lesquels restaient scrupuleusement hors du champ de perception de leurs pairs) qui n'auraient reculé devant rien pour s'emparer des très dangereux et très convoités objets *unseelie*, s'ils avaient appris qu'il les possédait. Contrairement à ce que croyaient la plupart des gens, il n'y avait jamais eu autant de sorciers et de magiciens...

Un druide Keltar aurait forgé un enchantement d'oubli complexe afin d'effacer en douceur la mémoire de ceux qui avaient vu ces pièces, afin qu'ils n'en gardent aucun souvenir.

Lucan avait une autre méthode : le meurtre. Un minimum d'efforts pour un maximum de résultats, sans parler du plaisir qu'il y prenait. Exercer sur ses victimes son pouvoir de vie et de mort était pour lui une pure jouissance.

Cian eut un sourire amer. Lucan sacrifierait sans hésiter quiconque se dresserait entre le Miroir et lui.

Comme la femme aux cheveux noirs, par exemple.

Celle-ci courait un danger mortel, dont elle n'avait absolument pas conscience.

Au souvenir de la jeune femme, ses pensées s'attendrirent... tandis que son corps se durcissait. Cette fille lui avait fait une forte impression, c'était le moins que l'on puisse dire !

Rien dans son apparence n'aurait laissé deviner qu'elle pouvait se montrer aussi courageuse et volontaire. Ses cheveux noirs bouclés coupés très court – à peine arrivaient-ils à ses épaules ! – encadraient un petit visage de chat aux grands yeux verts qui lui donnaient l'air éternellement surpris.

Quant à son corps... Cian frémit au souvenir de ses seins aux rondeurs fermes et arrogantes. À cette seule pensée, il avait des fourmis dans les mains.

Et que dire de ses fesses ? Il lui semblait qu'il en connaissait les contours par cœur, tant le pantalon qu'elle portait les moulait étroitement, les dénudant presque lorsqu'elle se penchait pour ramasser quelque chose, révélant même son sous-vêtement ! Celui-ci, d'ailleurs, ne devait couvrir qu'une infime fraction de ses formes généreuses, s'il en jugeait par le mince ruban de dentelle qui paraissait constituer sa culotte – une petite chose rose vif qui s'ornait juste entre ses fesses d'un papillon grenat, et qui semblait n'avoir été inventée que pour dépasser de la taille de son pantalon et rendre les mâles fous de désir.

Les hommes de ce siècle étaient soit des eunuques, soit des parangons de vertu, pour résister à une telle tentatrice, avait songé Cian, les yeux rivés sur l'étoffe qui plongeait entre les fesses de la fille. D'autant qu'avec sa peau de pêche, son corps de déesse et ses yeux de chat, celle-ci était une ode au péché.

Jessica. C'était ainsi que l'avait appelée l'envoyé de Lucan.

Comme Cian s'y était attendu, elle avait tenté dès son réveil de se convaincre que rien de ce qui était arrivé la veille n'était vrai. Il n'en avait pas été étonné. Lors des rares occasions où il avait été aperçu par des non-initiés, ceux-ci avaient par tous les moyens tenté de nier son existence.

Lui, en revanche, repassait sans cesse dans sa mémoire un moment bien précis de cette nuit. Celui où la belle Jessica s'était frottée contre lui sans la moindre pudeur. Il aurait voulu ne jamais oublier le contact de ses seins lourds et chauds contre son dos, la caresse de leurs pointes durcies, le frôlement de sa langue sur sa peau, comme si elle voulait le goûter...

Il en avait ressenti une telle excitation que sa semence avait presque jailli sur l'instant. Ç'avait été une expérience inédite pour lui que celle de ce violent sursaut qui s'était produit en lui, le transperçant jusqu'à l'âme.

Cian avait dû faire appel à toute sa volonté pour ne pas jeter la fille à terre et la prendre là, sans plus s'occuper de l'assassin. Car il n'avait eu alors qu'une envie : plonger entre ses cuisses et rester en elle jusqu'à ce que la magie noire l'arrache à son merveilleux corps de femme.

Il ne l'avait pas fait.

D'abord, parce qu'il n'avait pas le droit de laisser la fragile flamme de sa vie se faire souffler par une tempête qu'elle n'avait pas déclenchée.

Ensuite, parce qu'il avait besoin d'elle.

— Plus que vingt-deux jours, murmura-t-il.

Il avait attendu sa vengeance plus d'un millénaire, et à présent, il ne restait plus qu'une poignée de jours.

Jessica Saint-James ne le savait pas encore, mais elle allait l'aider à gagner ces jours-là… de gré ou de force. Car Cian était passé maître en magie noire, un art qu'il avait pratiqué – et dans lequel il avait excellé – autrefois. À l'époque où il était prêt à tout pour s'emparer du Miroir Sombre…

4

Château Keltar, Écosse

— Tu ne croiras jamais cela, Drustan.

Dageus McKeltar leva les yeux vers son frère jumeau – son aîné de trois minutes – qui venait d'entrer dans la bibliothèque du château Keltar.

— Après tout ce que nous avons vécu, je ne vois pas ce qui pourrait encore m'étonner, rétorqua celui-ci. Mais dis toujours.

Dageus regarda son frère se diriger vers un bar en acajou encastré parmi les rayonnages chargés de livres et se verser un verre de scotch Macallan de trente-cinq ans d'âge. Puis, posant de côté l'ouvrage relié de cuir qu'il venait de parcourir, il étendit ses jambes en croisant ses mains derrière sa tête. Il laissa son regard errer par-delà les hautes fenêtres drapées de velours, dans les profondeurs du ciel dont le bleu pur était peu à peu envahi par les brumes violettes du soir. Comme toujours, le coucher du soleil sur les collines des Highlands était un spectacle somptueux.

— Tu te souviens du fameux Cian McKeltar, notre mythique ancêtre ?

— Oui, répondit Drustan en rejoignant son frère devant l'âtre où brûlait un feu de bois. Le légendaire et terrible Cian, le seul des McKeltar à avoir volontairement usé de magie noire...

— Pas le seul, coupa Dageus. Moi aussi, je l'ai fait.

Drustan secoua la tête.

— Ce n'est pas la même chose. Toi, tu as agi par amour. Ce Cian, qui n'est sans doute rien d'autre qu'une fable inventée pour renforcer notre fidélité à notre serment, avait une tout autre motivation. La soif du pouvoir.

— Peut-être, peut-être pas... murmura Dageus, songeur.

D'un coup de menton, il désigna l'ouvrage posé près de lui.

— Tu ne devineras jamais ce que je viens de trouver.

Drustan, qui était sur le point de porter son verre à ses lèvres, suspendit son geste. Il tourna vers son frère ses yeux aux reflets d'argent et l'interrogea du regard.

— Non, dit-il en s'asseyant dans le fauteuil voisin du sien.

— Le journal de Cian.

— Vraiment ?

Dageus hocha la tête.

— Un bon nombre de pages ont été arrachées, mais les notes sont d'un certain Cian McKeltar, qui vivait au IXe siècle.

— Serait-ce le carnet que père a trouvé dans la bibliothèque souterraine cachée, à l'époque où tu es parti avec Chloé dans le XVIe siècle ?

Ce cabinet de travail était une longue et étroite crypte aux murs de pierre, profondément enfouie sous le château, où étaient entreposés la plupart des trésors des Keltar, en particulier le Pacte d'or passé entre les Tuatha Dé Danaan et les hommes. Son entrée avait été scellée plus d'un millénaire auparavant, avant d'être dissimulée derrière la plaque d'une cheminée.

Avec le temps, cette pièce dérobée était tombée dans l'oubli. La rumeur affirmait que les Keltar avaient autrefois possédé de nombreuses reliques et antiquités, mais rares étaient ceux qui y ajoutaient foi, et plus rares encore ceux qui avaient recherché ces objets – et si certains l'avaient fait, ç'avait été en vain.

Il avait fallu attendre que la gouvernante, Nell – qui par la suite avait épousé Silvan, le père des jumeaux, ce qui avait fait d'elle leur belle-mère – déclenche par inadvertance le mécanisme d'ouverture en époussetant la cheminée pour que la bibliothèque soit retrouvée.

Supposant que Silvan était au courant de son existence, et par crainte d'éveiller sa colère s'il apprenait qu'elle avait mis au jour des secrets concernant son clan, Nell n'avait soufflé mot de sa découverte, et elle aurait continué à garder le silence si Dageus ne s'était trouvé un jour dans une situation désespérée, exigeant les solutions les plus extrêmes.

Le père des jumeaux avait brièvement rouvert la bibliothèque au XVIe siècle, puis il l'avait de nouveau scellée, en espérant ne pas avoir modifié le cours des événements qui avaient déjà eu lieu entre le XVIe et le XXIe siècle.

Récemment, Drustan avait accepté d'en permettre de nouveau l'accès aux générations futures. Dageus, depuis qu'il pouvait s'y rendre, en avait traduit les plus anciens parchemins, et tout en recopiant les fragiles documents, en avait beaucoup appris sur les anciens bienfaiteurs du clan.

Et aujourd'hui, il avait croisé la piste de l'un de leurs ancêtres... et non des moindres.

— Je ne crois pas, répondit-il à Drustan. Dans ce carnet-là, Cian ne faisait que consigner les événements : *handfastings*, naissances, décès. Ce livre, lui, est consacré à son apprentissage du druidisme ; d'ailleurs, la plupart des notes sont cryptées. Chloé l'a trouvé sous une dalle abîmée sur laquelle elle a failli trébucher. Elle est persuadée que cette bibliothèque n'a pas encore livré tous ses secrets.

L'épouse de Dageus, Chloé, était une historienne passionnée. Elle avait décidé de dresser un inventaire exhaustif de la bibliothèque souterraine, et comme Dageus ne supportait pas d'être séparé d'elle, il s'était résolu à passer ses journées (du moins, jusqu'au jour où sa tendre moitié mettrait au monde l'enfant qu'elle portait) dans le sanctuaire poussiéreux où elle s'activait du matin au soir. Pour passer le temps, il s'était transformé en moine copiste, et ses travaux de transcription le passionnaient de plus en plus.

Il sourit. Plutôt s'enfermer dans une chambre humide et froide avec Chloé que de courir sous le soleil des Highlands sans elle ! L'enfer aux côtés de la femme qu'il aimait serait un séjour plus plaisant que le paradis sans elle…

Il était fou de son épouse, qu'il avait retenue captive aux heures sombres de son existence et qui lui avait offert son cœur malgré le mal qu'il portait en lui.

— Eh bien, qu'as-tu appris sur notre aïeul ? demanda Drustan avec une curiosité polie, l'arrachant à ses pensées.

Dageus réprima une grimace de contrariété. À vrai dire, il regrettait de ne pouvoir faire de révélations fracassantes. Le peu de faits qu'il avait découverts sur leur ancêtre le laissaient lui-même sur sa faim, et il envisageait d'ailleurs de poursuivre ses recherches dans la bibliothèque.

Pour affronter sereinement l'avenir, rien ne valait une solide compréhension du passé, car ceux qui ignoraient l'histoire étaient condamnés à la répéter sans fin… Du moins en était-il convaincu.

— Pas grand-chose, en vérité, sinon qu'il a réellement existé. Quant à la chambre souterraine, elle n'a pas été oubliée, mais on l'a délibérément cachée. Père supposait que ceux qui connaissaient cette bibliothèque étaient tous morts subitement, à cause d'une guerre ou d'une épidémie, sans avoir pu révéler son existence à personne. Ce n'était pas le cas.

Il marqua une pause destinée à accentuer l'intensité dramatique de ses révélations.

— La dernière note du journal n'est pas de la main de Cian. Il s'agit d'un avertissement à propos de l'utilisation de la magie. C'est celui ou celle qui l'a rédigé qui a décidé de sceller l'entrée de la bibliothèque souterraine et de modifier les pièces situées au-dessus afin de la dissimuler à jamais.

— Tiens donc ! s'exclama Drustan en haussant les sourcils d'un air intrigué.

— *Aye*. Il y a eu beaucoup de pages arrachées, j'ignore donc de quoi Cian McKeltar s'est rendu coupable et quel a été son destin, mais cette ultime entrée dans son journal semble claire : c'est à cause de lui que la bibliothèque souterraine a été condamnée.

— Mu... marmonna Drustan en sirotant son scotch. J'aimerais bien savoir ce qu'il a fait pour qu'on décide de priver toutes les futures générations de Keltar de la majeure partie de leur savoir et de leur pouvoir ! J'imagine qu'on ne nous a pas spoliés de notre héritage pour des broutilles...

— *Aye*, renchérit Dageus, songeur. Moi aussi, tout cela m'intrigue diablement...

— Non, mais tu te rends compte ? Quelqu'un lui a brisé la nuque et l'a laissé là, sur la pelouse, raide mort !

— Génial. Exactement ce qu'il nous fallait : une hausse de la criminalité. Les dirigeants de l'université vont en profiter pour renforcer la surveillance et augmenter les frais d'inscription !

Refusant d'écouter les ragots que l'on se transmettait d'une voix excitée, Jessi se fraya un chemin à travers la petite troupe d'étudiants de première année qui se pressaient devant le bar de la cafétéria. Tout en passant sa commande, elle se demanda si elle avait jamais été aussi puérile, ou aussi faussement blasée que ceux qu'elle venait d'entendre. Elle espérait que non !

Sur le campus, il n'y avait qu'un sujet de conversation : la découverte du cadavre d'un homme, la veille, par un vigile. Comme la police, rapidement arrivée sur les lieux, n'avait donné que peu de détails, chacun y allait de ses « révélations personnelles » et affirmait détenir des informations capitales pour l'enquête.

Le plus drôle, songea Jessi avec amertume, c'était qu'elle était sans doute la seule personne à avoir eu affaire à la victime... et aussi la seule à ne pas s'en vanter.

Pour rien au monde elle ne parlerait !

Elle se souvenait encore du choc qu'elle avait ressenti la veille, vers 21 heures, lorsqu'elle avait allumé la télévision et appris le meurtre d'un inconnu blond.

Un inconnu blond dont elle avait passé la journée à se persuader qu'il n'existait pas...

La police recherchait le meurtrier. La victime n'avait pas de carte d'identité, et un appel à témoins avait été lancé : tous ceux qui disposaient d'informations sur l'inconnu assassiné étaient invités à se manifester.

Pour Jessi, cela changeait tout. Si le reste du monde pouvait voir cet inconnu, devait-elle en déduire qu'elle n'était pas folle et qu'il avait bien existé, ainsi que l'autre ? Ou qu'elle n'avait inventé *que* l'homme dans le miroir, ainsi que les folies érotiques qu'elle s'était autorisées sur sa personne ? Ou bien, plus grave encore, qu'elle était folle au point d'inventer (faisant preuve à l'occasion d'une cohérence dans la démence qui forçait l'admiration) des programmes télévisés afin de rendre son délire plus crédible ?

Toutes ces questions lui donnaient le vertige.

Elle avait passé la nuit à réfléchir à ce qui lui arrivait, et à l'aube, elle avait enfin trouvé une issue. Elle allait aborder le problème de la même façon qu'elle aurait traité une énigme archéologique : avec les méthodes rationnelles de l'analyse scientifique.

Elle allait recueillir le plus de faits possible, en valider la véracité dans la mesure de ses moyens, puis elle tenterait de les articuler afin d'en tirer une représentation du réel aussi vraisemblable que ces données le permettraient.

Et plus question de se demander si elle perdait la tête ou non. Elle aurait la réponse une fois qu'elle aurait achevé ses recherches.

Un point essentiel de son travail d'investigation consisterait à interroger le professeur Keene. Elle avait quelques petites questions à lui poser, en particulier à propos de la provenance de ce maudit miroir. Où diable avait-il déniché une telle rareté ?

D'ailleurs, était-elle bien sûre qu'il ne s'agissait pas d'un faux ? À présent qu'elle y pensait, elle trouvait à l'objet une furieuse ressemblance avec l'un de ces accessoires que l'on voyait dans les séries télévisées de science-fiction... Était-ce une blague que quelqu'un – l'un de ses collègues, par exemple, ou d'anciens étudiants – aurait faite au professeur ?

Elle avait sans doute mal estimé le miroir. Peut-être, en l'examinant plus attentivement, y aurait-elle décelé une habile installation audiovisuelle permettant de créer l'illusion qu'un homme se trouvait à l'intérieur...

Mais cela n'expliquait pas que l'individu en question ait pu sortir de la glace. À moins qu'il ne s'agisse d'un hologramme ? Jessi secoua la tête, incrédule. Qui aurait mis au point un dispositif aussi complexe ? C'était se donner beaucoup de mal pour une simple farce !

Autre hypothèse : le miroir était... eh bien... maudit.

Jessi esquissa un geste de lassitude. Qu'avait-elle fait de son esprit rationnel, elle qui avait toujours été dotée d'un solide bon sens ? Jamais elle ne serait arrivée là où elle en était si elle avait été fantaisiste ou désordonnée. Elle ne croyait que ce qu'elle voyait.

La seule personne qui aurait pu lui fournir des indications concrètes était le professeur Keene, qui demeurait injoignable. Elle avait essayé de l'appeler plusieurs fois dans sa chambre d'hôpital – il lui avait donné son numéro direct dans l'un des innombrables messages qu'il lui avait laissés –, mais il n'avait jamais répondu.

Elle avait beau réfléchir aux étranges événements des derniers jours – ou plutôt, des dernières nuits –, elle ne parvenait pas à se croire réellement folle, et elle était certaine qu'il y avait une explication logique à ce qui lui arrivait.

Le point le plus problématique restait l'épisode de l'étranger surgi du miroir.

Une question qui pouvait peut-être s'éclaircir si on la considérait sous l'angle psychologique. Le stress et la frustration sexuelle (à quoi bon se voiler la face ?) qu'elle subissait depuis plusieurs années pouvaient très bien être à l'origine de ses hallucinations érotiques.

Peut-être aurait-elle dû mettre sa menace à exécution et briser ce fichu miroir, tout compte fait.

Non, cela aurait été parfaitement absurde.

Si elle était folle, le dieu de l'amour sorti de la glace élirait domicile dans un autre meuble ; si elle ne l'était pas, elle aurait détruit pour rien une pièce inestimable, une rareté susceptible de faire voler en éclats des décennies de théories et de certitudes concernant l'histoire, la protohistoire et même la préhistoire de l'humanité... Beaux débuts pour une jeune archéologue dévorée d'ambition !

— Il faut pourtant trouver des faits ! murmura-t-elle dans un soupir.

Elle ouvrit son sac, y prit son téléphone portable, l'alluma et consulta l'écran. Aucun message. Elle avait espéré que Keene la rappellerait avant qu'elle n'entame sa journée de travail. À présent, il était trop tard. Elle n'aurait pas de nouvelles avant la fin de la journée.

Elle éteignit l'appareil, but son café, jeta quelques pièces sur le comptoir et s'éloigna d'un pas rapide. Ses cours s'achevaient à 17 heures. À 17 h 1, se promit-elle, elle prendrait la direction de l'hôpital.

17 h 52

La voie rapide aux heures de sortie de bureau était une version moderne de l'enfer. Jessi tapota son volant avec agacement, tout en guettant la file voisine dans l'espoir de s'y faufiler. C'était toujours à côté que l'on roulait le plus vite ! songea-t-elle, dépitée, en inspectant son rétroviseur.

Elle allait déboîter lorsque la sonnerie de son portable se fit entendre. Abandonnant sa manœuvre – qui aurait été inutile car, déjà, les voitures sur sa gauche ralentissaient –, elle saisit l'appareil. Tout de même ! Le professeur Keene se décidait enfin à la rappeler !

Elle déchanta en reconnaissant la voix de Mark Troudeau. Si c'était pour l'accabler une fois de plus de copies à corriger, c'était non ! Elle s'apprêtait à le lui dire en termes aussi clairs qu'imagés lorsque les mots se coincèrent dans sa gorge.

Mark venait de lui annoncer qu'il avait reçu un appel de la police l'informant que le professeur Keene était décédé.

Jessi serra le volant de sa main gauche à s'en faire blanchir les jointures des doigts. Le professeur Keene, mort ? C'était impossible !

— Il a été assassiné, ajouta Mark d'une voix agitée.

Cet idiot avait l'air de trouver la situation excitante ! songea Jessi, partagée entre la fureur et le désespoir. Ne pouvait-il montrer un peu plus de dignité ?

Devant elle, la circulation devint soudain fluide. Jessi essuya son visage ruisselant de larmes d'un revers de manche et appuya sur l'accélérateur.

— D'après la police, il aurait été mêlé à un trafic pas très clair, poursuivit Troudeau, qui, visiblement, buvait du petit-lait. Il paraît qu'il a retiré une forte somme de son compte en banque récemment et hypothéqué son appartement. Il aurait même vendu sa maison de campagne. Les flics n'ont aucune idée de la raison pour laquelle il a eu besoin de tant d'argent.

Avec un temps de retard, Jessi vit que la file de voitures s'était immobilisée. Elle écrasa la pédale de frein, ralentit dans un crissement de pneus, avant de piler à un centimètre du pare-chocs de la voiture arrêtée devant elle.

Le conducteur derrière elle appuya vigoureusement sur son avertisseur, tout en lui adressant des signes de la main des plus éloquents.

— Oh, du calme ! maugréa Jessi. Ce n'est pas ma faute si ça ne roule pas.

Elle se massa les tempes pour chasser un début de migraine. Ce fichu embouteillage était bien le cadet de ses soucis ! Le professeur Keene était mort. Elle ne le reverrait plus jamais.

Si la police ignorait pourquoi il avait eu besoin de tant d'argent, elle, en revanche, avait une petite idée sur la question.

Le miroir devait être un authentique vestige du passé, après tout. Même si Keene se l'était procuré auprès de revendeurs plus ou moins légaux... Et plutôt moins que plus, en vérité, si elle songeait à la façon dont le professeur était mort.

— D'après les flics, il a été garrotté, disait Mark dans un gloussement fébrile. C'est fou, non ? Plus personne ne tue comme ça, de nos jours. Qui peut s'amuser à garrotter sa victime ?

Jessi posa sa paume sur le microphone du téléphone et regarda sans la voir l'interminable file de véhicules qui s'étirait devant elle.

— Bon sang, qu'est-ce qui se passe ? murmura-t-elle, absente.

Mark continuait à jacasser, mais elle ne l'écoutait plus.

« J'ai déjà eu un entretien des plus divertissants avec le professeur, ce soir », avait dit l'homme blond. Une curieuse formulation, mais sur le moment, elle ne s'y était pas attardée, trop préoccupée par sa propre situation.

Et maintenant, Keene était mort.

Ou plus exactement, songea-t-elle avec un frisson d'effroi, d'après les informations que Mark venait de lui transmettre, Keene était décédé le lundi à 18 h 15.

Soit avant qu'elle n'aille chercher les livres qu'il lui avait demandés dans son bureau.

— Et tu ne sais pas le pire ? poursuivit Mark d'un ton indigné. Ellis, le chef du département, m'annonce que je vais devoir assurer les cours de Keene jusqu'à la fin du trimestre. Non, mais tu te rends compte ? Comme s'ils ne pouvaient pas se permettre de recruter un...

— Oh, cesse donc tes gamineries, Mark ! coupa-t-elle, exaspérée.

Sans attendre sa réponse, elle coupa la communication.

Après quelques manœuvres périlleuses, Jessi parvint à s'extraire de la voie rapide. Une fois sortie de l'embouteillage, elle fit demi-tour et mit de nouveau le cap sur le campus.

Dans le désordre de ses pensées, une seule idée se détachait, tel un phare dans la nuit.

Le miroir.

Il fallait qu'elle retourne le voir. Pourquoi ? Elle n'aurait su l'expliquer.

Sans doute parce que c'était la seule chose à faire.

Elle aurait pu rentrer chez elle, mais dans l'état de tension nerveuse qui était le sien, la perspective de tourner en rond dans son petit appartement la terrifiait.

Elle aurait pu rouler jusqu'à l'hôpital, mais il n'y avait plus personne là-bas pour répondre à ses questions.

Elle aurait pu aller voir ses amies, mais celles-ci, aussi débordées de travail qu'elle-même, n'auraient pas apprécié qu'elle arrive à l'improviste. Et d'ailleurs, que leur aurait-elle dit ? « Salut, Ginger, que deviens-tu ? Moi, je vois des types dans des miroirs, et autour de moi, les gens tombent comme des mouches. Ou alors, je tourne le prochain épisode des aventures d'Indiana Jones et personne ne m'en a informée. Tueurs louches, reliques mystérieuses, effets spéciaux, on s'y croirait ! »

Lorsqu'elle arriva devant le bureau du professeur Keene, Jessi s'arrêta net.

La police avait posé des scellés sur la porte.

La jeune femme demeura immobile quelques instants, jusqu'à ce qu'elle comprenne qu'il ne s'agissait que d'une barrière de Scotch, sans doute mise là par la direction de l'université.

Sans l'ombre d'une hésitation, elle l'arracha. Ce n'était pas comme si elle commettait une véritable infraction, n'est-ce pas ?

Tout en faisant jouer la clé dans la serrure – après s'être assurée que celle-ci était bien verrouillée, cette fois –, Jessi réfléchit. Que s'attendait-elle à trouver dans le bureau ? Qu'allait-elle faire une fois à l'intérieur ? Entamer une conversation avec le miroir ? Tenter une imposition des mains sur la glace ? Invoquer le génie qui y résidait ?

Elle eut vite la réponse à ses questions.

Au moment où elle poussait la porte, un éclair de lumière venu du couloir alla éclairer la surface argentée du miroir.

Jessi crut que son cœur allait s'arrêter de battre.

Sa main se crispa sur le battant à moitié ouvert, tandis qu'un vertige s'emparait d'elle.

Dans le miroir, le beau gosse à moitié nu avait les yeux braqués sur elle.

— Tout de même ! Je commençais à me demander ce que tu fabriquais, jeune fille ! s'exclama-t-il d'un ton bourru.

5

L'année de ses dix-sept ans, Jessi avait failli perdre la vie. Lors d'une séance dans un club d'escalade, elle avait fait une terrible chute, qui s'était soldée par de multiples fractures et un traumatisme crânien. Tout cela parce que sa meilleure amie lui avait dit que le joueur de foot dont elle était amoureuse devait s'entraîner sur ce mur d'escalade ce même après-midi !

À cause de son accident, elle avait manqué le lycée pendant deux trimestres, le temps d'une interminable convalescence. Elle était restée cachée dans sa maison, la tête rasée à l'endroit où les chirurgiens avaient dû fixer une plaque de métal pour faire tenir les os disjoints de son crâne, pendant que ses camarades de classe passaient leurs examens et s'amusaient dans les fêtes de fin d'année scolaire.

Et en plus, son joueur de foot n'était même pas venu au club d'escalade.

De cette expérience, la jeune femme avait tiré quelques leçons. Premièrement, la loi de l'em... quiquinement maximum était une réalité. Non seulement elle avait perdu une année scolaire, mais elle n'avait pas pu aller encourager son équipe de football favorite la seule fois où celle-ci avait joué en finale, elle n'avait jamais porté la jolie robe rose achetée en vue du bal de promo, et elle n'avait assisté à aucune soirée avec les élèves de terminale.

Deuxièmement, quand la situation semblait catastrophique, seul l'humour pouvait vous sauver. Vous aviez le choix entre rire de vos malheurs ou en pleurer, mais les larmes n'arrangeaient rien. Et surtout, elles ne vous arrangeaient pas.

Voilà les pensées qui traversèrent l'esprit de Jessi tandis que, immobile, elle regardait dans le miroir quelque chose – quelqu'un ? – qu'elle n'aurait pas dû y voir, dans cette pièce où elle avait failli perdre la vie et dont l'occupant officiel venait d'être assassiné.

Pas de doute : elle pouvait raisonnablement considérer que sa situation était encore plus catastrophique que celle qu'elle avait vécue l'année de ses dix-sept ans.

Un rire nerveux lui échappa.

Le beau brun à moitié nu fronça les sourcils d'un air furieux.

— Ce n'est pas le moment de glousser comme une poule ! Entre et ferme cette porte, vite ! Nous avons à parler. Le temps nous est compté.

Jessi réprima un nouvel accès d'hilarité.

Le temps nous est compté ? Qui parlait encore comme cela ?

— Pour l'amour du Ciel, ma fille, il faut que tu me sortes d'ici, ajouta l'homme d'un ton impatient. Vas-tu te dépêcher, à la fin ?

— D'abord, je ne suis pas votre fille, répliqua-t-elle d'un ton hautain.

Quitte à parler à un miroir, autant se faire respecter, non ?

Un grondement agacé monta de la large poitrine de l'homme.

— Tu m'as déjà invoqué pour me libérer, femme, et je ne t'ai fait aucun mal. N'as-tu donc plus confiance en moi ?

Jessi hésita. Décidément, cette conversation était la plus surréaliste qu'elle ait jamais eue ! Un nouvel éclat de rire jaillit de ses lèvres.

— L'autre jour, je croyais que je rêvais, rétorqua-t-elle. Je ne me suis même pas demandé si je devais me méfier de vous.

— J'ai tué l'homme qui voulait te mettre à mort, cela ne te suffit pas ?

D'un seul coup, toute envie de rire déserta Jessi.

Devant elle se tenait l'homme qui avait brisé la nuque de l'inconnu blond dont on avait retrouvé le cadavre sur la pelouse de l'université. Cette possibilité lui avait bien sûr déjà traversé l'esprit, mais elle l'avait repoussée, en même temps que les incompréhensibles événements de la soirée de lundi.

Malgré elle, elle posa les yeux sur les mains de l'homme – des mains larges, puissantes, capables de tuer.

Pourtant, elle franchit le seuil de la pièce et referma la porte derrière elle.

Étrangement, toute sa nervosité l'avait quittée. Ne restaient que les dizaines de questions qui se bousculaient dans son esprit.

Elle glissa les mains dans ses poches et observa le miroir avec attention. Puis elle ferma les yeux de toutes ses forces avant de les rouvrir – une manœuvre qu'elle recommença plusieurs fois, par mesure de précaution.

Rien à faire, l'homme était toujours là.

Oh, non...

— Je perds la boule, gémit-elle.

— Non, dit l'homme d'un ton un peu sec. Tu es réellement en train de vivre tout ceci. Et si tu tiens à ta peau, tu as intérêt à m'écouter et à me croire.

— Personne ne peut se trouver à l'intérieur d'un miroir, protesta-t-elle faiblement. C'est impossible.

— Ah, oui ? Et ça, c'est impossible ?

Tout en parlant, il donna un formidable coup de poing dans la vitre.

— Très spectaculaire, mais je ne suis pas convaincue.

— Alors, il faudra que tu te contentes de ma parole. Avant qu'on n'envoie un autre homme de main pour te tuer. Enfin, c'est ton problème, pas le mien.

Il avait parlé d'un ton si blasé que Jessi fut prise de doutes. Ce... spectre affirmait, en substance, qu'il existait bel et bien et que si elle était trop stupide pour le comprendre, il s'en lavait les mains.

Cela ne collait pas. Une véritable illusion, dont la seule raison d'être était de tromper le monde, aurait tout fait pour la convaincre de son existence. Par conséquent, elle n'avait pas affaire à un fruit de son imagination délirante, mais à...

Un homme. Un vrai. Même si cela paraissait inacceptable du strict point de vue de la logique.

C'était bien la première fois que Jessi se trouvait confrontée à un événement aussi inexplicable. Des faits ! se rappela-t-elle avec vigueur. Elle devait rassembler des faits et réserver sa conclusion pour plus tard ! N'était-ce pas là la seule attitude possible pour la scientifique qu'elle était ?

Sa décision prise, elle tendit la main et appuya sur l'interrupteur. Un flot de lumière inonda la pièce.

Pour la première fois, elle put enfin voir clairement le visage de l'homme dans le miroir.

Bonté divine !

Elle écarquilla les yeux, incrédule. Lors de leurs deux précédentes « rencontres », elle l'avait tout juste entrevu. La pièce était plongée dans l'ombre, et elle avait d'autres priorités ! Tout ce qu'elle avait alors retenu de lui était une impression générale de force et de sensualité.

Elle n'avait pas vu les détails.

Éblouie, elle laissa son regard descendre vers ses pieds, avant de remonter jusqu'à sa tête. Et de redescendre. Et de remonter.

— Prends ton temps, ma jolie, murmura l'homme très doucement. En ce qui me concerne, j'ai bien l'intention d'en faire autant avec toi.

Elle l'entendit à peine, trop occupée à admirer le magnifique spécimen de mâle qui se dressait devant elle. Il lui semblait plus grand que dans son souvenir, mais ses larges épaules et sa puissante musculature éveillaient toujours le même trouble en elle.

Intriguée, elle examina l'unique vêtement qu'il portait, une étoffe où se croisaient des fils noirs et rouge sombre drapée autour de sa taille – un authentique kilt, si elle ne se trompait pas –, et les éléments qui complétaient sa tenue, de larges bracelets de métal et une paire de bottes de cuir souple.

Ce type semblait tout droit sorti des aventures d'*Ivanhoé*.

Jessi cligna des yeux. Tiens ? Ces inscriptions étranges tatouées sur sa poitrine… On aurait dit des runes ! Elle avança d'un pas, gagnée par un sentiment où se mêlaient la curiosité professionnelle et une indéniable attirance physique.

Les signes tracés en pourpre et noir, à la rudesse un peu effrayante, couraient sur le côté gauche du torse de l'homme, depuis le bas de sa cage thoracique jusqu'à l'un de ses seins, et remontaient sur son épaule pour s'achever à la naissance de sa mâchoire. Ses solides biceps étaient également encerclés d'une bande de signes bicolores.

Elle laissa son regard descendre. Une ligne sombre, qui se formait au niveau de son abdomen plat et dur, plongeait sous l'étoffe qui ceignait ses reins.

Jessi frissonna. Elle referma ses mains dans le vide, démangée par la tentation de les poser sur toutes ces merveilles qui s'offraient à sa vue.

Ô seigneur ! Là, cette bosse qui tendait son kilt... Avait-elle bien vu ?

Hypnotisée, elle demeura immobile de longues secondes – ou peut-être plus ? – avant de trouver le courage de s'arracher à sa contemplation.

Lorsqu'elle détourna enfin les yeux, elle sentit ses joues la brûler. Comment pouvait-elle se montrer aussi indiscrète ? Une jeune femme bien élevée ne regardait pas les messieurs de cette façon ! D'autant que celui-ci n'était pas dupe. Elle avait observé son anatomie avec une telle insistance qu'il ne pouvait pas ne pas l'avoir remarqué !

Bravement, elle leva les yeux vers son visage.

Comme le reste de sa personne, il rayonnait de beauté et de séduction. C'était celui d'un guerrier celte, comprit-elle, fascinée par ses traits ciselés et empreints d'une noble fierté. Mâchoires carrées, pommettes hautes, nez aristocratique dont les narines frémissaient avec sensualité...

Et ces lèvres ! Elles s'incurvaient en une ombre de sourire si sexy que Jessi, inconsciemment, passa la langue sur les siennes. Cet homme avait une bouche faite pour l'amour et les baisers... Par contraste, la barbe naissante qui assombrissait ses joues faisait paraître ses lèvres plus douces et plus tentantes, si cela était possible.

Contrairement à ce que Jessi avait cru dans l'obscurité, les cheveux de l'homme n'étaient pas noirs, mais d'une riche nuance acajou éclairée de fils d'or. Une bonne partie de sa crinière était rassemblée en une douzaine de tresses fines, terminées par des perles de métal brillant. Ses yeux avaient des reflets d'ambre, sa peau était mate et veloutée.

Il émanait de lui une virilité sauvage, presque primitive, qui le faisait paraître aussi ancien que le miroir qui l'enfermait et lui donnait l'air de venir d'un lointain passé, d'une époque où les hommes régnaient en seigneurs et maîtres et où les femmes se soumettaient sans discuter à leurs désirs…

Jessi tressaillit. Comment des idées aussi rétrogrades pouvaient-elles lui venir à l'esprit ? Elle avait toujours mis un point d'honneur à faire respecter l'égalité entre les sexes, et son intuition lui soufflait que, question parité, le Cro-Magnon qui la dévorait du regard n'était pas vraiment au point…

Hélas ! Son corps ne semblait pas partager son indignation. Pire, il avait l'air d'apprécier l'énergie dominatrice qui nimbait l'étonnant personnage dans le miroir. Elle n'aurait pas été autrement surprise d'entendre ce dernier susurrer un ordre, tel que : « Ôte tes vêtements, femme, et laisse-moi goûter le sel de ta peau du bout de ma langue. »

Pour être honnête, elle en avait presque envie.

Presque.

Pour ne rien arranger, il avait tout du type d'homme qui entend « oui » quand on lui dit « non », et malgré son manque d'expérience, Jessi savait d'instinct ce qu'il était : un amant insatiable, exigeant… inoubliable.

— Fais-moi sortir d'ici, femme, ordonna-t-il de cette voix profonde qui avait le don de l'électriser.

— Non, dit-elle faiblement.

Elle refusait de libérer ces quatre-vingt-dix kilos de muscles, de sueur et de virilité dont la seule présence éveillait en elle de coupables images.

— Alors, sois gentille, cesse de me regarder comme cela.

— Comme cela ? répéta-t-elle sans comprendre.

— Comme si tu allais recommencer à passer le bout de ta langue sur mon dos… et ailleurs aussi.

Il se mordit les lèvres en une mimique suggestive et décocha à Jessi un de ces sourires à la fois arrogants et enjôleurs dont il semblait posséder le secret.

— Je n'avais pas l'intention de vous lécher, l'autre jour ! protesta-t-elle, prenant conscience, trop tard, de la portée érotique de ses paroles. Je croyais que je rêvais.

— Dans ce cas, je veux bien t'aider à réaliser tes rêves. Tout ce que tu as à faire, c'est prononcer l'incantation qui me permettra de quitter cette prison.

Tout en parlant, il la caressa d'un long regard sensuel, s'attardant comme à plaisir sur ses seins et ses cuisses. Jessi perçut nettement une brûlure là où ses yeux se posaient sur elle.

— Pas question, articula-t-elle, le souffle court.

L'homme haussa alors les épaules d'un air désinvolte.

— À ta guise, ma belle, mais il ne faudra pas te plaindre quand on viendra t'assassiner… Je t'aurai prévenue.

Sur ces mots, il pivota sur ses talons et s'enfonça à l'intérieur du miroir. La surface brillante fut agitée de vagues, comme si elle était devenue liquide, puis l'objet redevint ce qu'il n'aurait jamais dû cesser d'être : une simple glace.

— Attendez ! appela Jessi, prise de panique. Revenez !

Elle n'avait pas eu les réponses aux questions qui se pressaient dans son esprit. Qui était cet homme ? Qu'était vraiment cet objet ? Comment tout ceci pouvait-il arriver ? Et, questions subsidiaires, qui pouvait bien vouloir la tuer, et pourquoi ?

— Que veux-tu ? demanda la voix mâle depuis les profondeurs du miroir.

— Savoir ce qui se passe.

— Alors, c'est donnant donnant.

— C'est-à-dire ? demanda-t-elle, indignée, s'adressant à la surface argentée.

Voilà qu'elle parlait avec une glace, à présent. Elle n'avait rien à envier à l'Alice de Lewis Carroll !

— C'est pourtant simple à comprendre, il me semble. J'ai quelque chose dont tu as besoin. Tu as quelque chose que je veux.

— Pardon ? demanda-t-elle d'une voix étranglée par la honte.

— Tu as besoin de ma protection, et moi, j'ai envie de sortir d'ici. Je sais ce qui se passe, qui te menace et comment t'en protéger.

— Oh !

Elle réprima un soupir de soulagement. Dire qu'elle avait cru qu'il faisait allusion à une réalité plus... triviale ! Puis, de nouveau méfiante, elle demanda :

— Et que désirez-vous en retour ?

— Quelques petits services. D'abord, ma liberté.

Jessi croisa les bras sur sa poitrine dans une attitude de défi.

— Certainement pas. Pour commencer, je ne sais pas...

— Tu sais tout ce que tu as besoin de savoir. Si tu refuses mon aide, je ne donne pas cher de ta vie, mais je n'accepterai aucune condition.

Puis, après une courte pause, il reprit, d'une voix dont l'accent écossais s'était accentué :

— Écoute, femme, c'est à prendre ou à laisser. Je suis enfermé dans cette maudite prison depuis des siècles. Je ne vois pas l'intérêt d'en sortir si c'est pour m'enferrer dans un autre piège.

Jessi toussota, mal à l'aise... avant de sursauter de frayeur en le voyant réapparaître dans le miroir comme s'il émergeait des flots de l'océan, son torse ruisselant de gouttelettes argentées.

Fascinée, elle regarda ses lèvres s'étirer en un sourire gourmand. S'il espérait la rassurer ainsi, il se trompait ! Tout son être rayonnait de puissance contenue et de passion refoulée, qu'un rien pourrait libérer...

Si elle avait vu le lundi soir à quel point il était attirant, jamais elle ne l'aurait fait sortir de sa prison ! songea-t-elle, saisie de peur rétrospective.

Il était bien trop dangereusement séduisant.

Si effrayant qu'il lui ait paru l'autre soir, le tueur russe n'était rien à côté de ce guerrier celte à la force tranquille. Celui-ci avait dû briser la nuque de sa victime d'une simple torsion de la main, comme il aurait écrasé un moustique qui l'importunait.

Elle frissonna. Elle ne savait pas qui il était, mais elle avait une certitude : il était différent des autres. Il y avait en lui une fabuleuse énergie que les gens ordinaires ne possédaient pas.

Et cela l'effrayait.

Elle tendit la main derrière elle pour saisir la poignée de la porte. Toute cette histoire ne la concernait pas. Elle allait quitter ce bureau, refermer la porte à clé, rentrer chez elle et retrouver la vraie vie. Celle dans laquelle on ne croisait pas de miroirs dotés de la parole, de tueurs avides de sang, ni de dieux de l'amour nus sous leur kilt.

— Fais-moi sortir, femme, répéta-t-il avec des accents presque rauques. Prononce l'incantation, et je te protégerai. Tu sais aussi bien que moi que c'est ta seule chance, alors ne sois pas stupide.

Jessi secoua la tête et tourna la poignée.

— Tu refuses ? Tu préfères mourir ? Ne me dis pas que tu as peur de moi ! Crois-tu que ce que je pourrais te faire serait pire que la mort ?

La lueur sauvage qui brillait au fond de son regard en disait assez long sur tout ce qu'il « pourrait lui faire ». Une foule d'images s'imposèrent aussitôt à l'esprit de Jessi... images auxquelles son corps – ce traître ! – s'empressa de réagir.

Bien entendu, elle n'avait pas l'intention de se laisser dicter sa conduite par un sauvage à moitié nu, ni d'être le jouet de ses propres pulsions.

— Il faut que je réfléchisse, marmonna-t-elle en se glissant dans le couloir par la porte entrebâillée.

— Alors, réfléchis vite, car le temps est compté... Jessica.

Tout le monde connaissait donc son nom, ici ? songea-t-elle, furieuse, en refermant derrière elle.

— Et n'oublie pas ! ajouta-t-il de l'autre côté du battant. Le prochain tueur qu'*il* va envoyer à tes trousses ne va plus tarder. Il sera mieux préparé que le premier ; ce sera peut-être une femme.

Puis, après un silence, il ajouta :

— Dis-moi, *lass*, es-tu capable de reconnaître la Mort quand elle rôde ?

Pour toute réponse, Jessi donna un coup rageur dans la porte.

— Très bien, va-t'en. Mais ne pars pas trop loin. Tu pourrais avoir besoin de moi plus rapidement que tu ne le penses.

Jessi proféra un juron, arracha le ruban de Scotch et le roula en boule avant de le fourrer dans sa poche. Puis elle s'éloigna, sans même verrouiller la porte.

Avec un peu de chance, quelqu'un aurait la bonne idée de venir voler le miroir, ce qui réglerait ses problèmes de façon définitive.

Options

1. Aller trouver la police, tout expliquer et réclamer une protection.

2. Me mettre en contact avec la société de livraison, faire réexpédier le miroir à l'envoyeur en espérant ne plus jamais en entendre parler.

3. Fuir à l'autre bout du monde.

4. Prendre rendez-vous avec un bon psychiatre.

Jessi posa son stylo, finit sa tasse de café, relut sa liste et laissa échapper un soupir de désespoir. Les solutions qu'elle avait notées paraissaient bien dérisoires face à une situation aussi invraisemblable que celle où elle se trouvait.

À la réflexion, le dernier alinéa n'était pas une bonne idée. Si elle n'était pas folle, un internement psychiatrique (car c'était sans doute ce qui l'attendait) ne résoudrait rien, et si elle l'était vraiment... eh bien, il serait toujours temps d'aviser.

La première option n'était pas non plus réaliste. Les policiers lui riraient au nez lorsqu'elle leur expliquerait que l'assassin de l'inconnu blond était un guerrier celte qui avait été enfermé dans un miroir vieux de milliers d'années pour quelque sombre histoire de vengeance entre sorciers.

Même elle avait du mal à y croire.

Restaient donc les solutions deux et trois. Si elle ne se trompait pas, s'enfuir du pays et rester à l'étranger jusqu'à la fin de ses jours – en tout cas, jusqu'à ce qu'elle soit certaine qu'on l'ait oubliée – coûterait encore plus cher que les frais de réexpédition du miroir, si élevés fussent-ils. Et si l'envoyeur récupérait son bien, il n'aurait plus de raison de s'en prendre à elle, n'est-ce pas ?

Elle avait au moins une certitude : elle ne pouvait parler de ce qui lui arrivait à personne. Pour rien au monde elle ne prendrait le risque de ruiner sa carrière naissante en passant pour une mythomane.

Autour d'elle, tout était calme. La cafétéria de l'université était peu fréquentée à cette heure tardive. S'assurant d'un regard que les box proches du sien n'étaient pas occupés, Jessi sortit son téléphone portable. Elle appela les renseignements pour obtenir les coordonnées d'Allied Certified Deliveries, la société dont elle avait vu le nom sur le bordereau de livraison du miroir.

Sur une impulsion, elle composa le numéro qu'on venait de lui donner. Ce qui était idiot. À presque 21 heures, songea-t-elle en consultant sa montre, il était peu probable qu'on lui réponde.

À sa grande surprise, quelqu'un décrocha pourtant. Prise de court, Jessi expliqua d'une voix hésitante qu'elle souhaitait retourner un envoi à son expéditeur mais qu'elle ignorait l'adresse de ce dernier, les livreurs ne lui ayant pas laissé de bon.

— Les bureaux sont fermés, rappelez demain, lui dit la femme d'un ton impatient, manifestement pressée de raccrocher.

— Un instant ! dit Jessi. Je ne peux pas attendre. Il faut que cet objet parte demain matin à la première heure.

La femme ne répondit pas.

— C'est une livraison qui a coûté très cher, insista Jessi dans l'espoir de motiver son interlocutrice. Le colis vient d'Europe, il a beaucoup de valeur.

— Vous vous engagez à payer la réexpédition ? demanda l'autre avec méfiance.

— Bien entendu !

Jessi n'était guère enthousiaste à la perspective de dépenser l'argent quelle avait tant de mal à gagner, mais si cela pouvait la sortir de ce guêpier...

— Numéro de dossier ? Référence de la facture ?

— Je viens de vous dire qu'on ne m'avait donné aucun document.

— Nos livreurs sont tenus de remettre une copie du bordereau au client qui réceptionne l'envoi, riposta l'autre d'un ton monocorde. Vous avez dû la perdre.

Jessi réprima un soupir d'agacement.

— D'accord, admettons que je l'aie perdue. Quoi qu'il en soit, je ne l'ai pas.

— Nous effectuons des centaines de livraisons par jour, mademoiselle. Si je n'ai aucun élément précis, comment voulez-vous que je retrouve un dossier ?

— Dans ce cas, effectuez une recherche à partir du nom du client !

— Les ordinateurs sont éteints pour la nuit. Ils ne sont allumés que jusqu'à 20 heures. Rappelez demain.

— Je vous en prie, faites un effort, je vous dis que c'est urgent ! Le colis a été livré très tard, vendredi dernier, à l'université. Je peux vous décrire les livreurs, si vous voulez.

En quelques mots, elle dressa un portrait de chacun des deux hommes.

— Si ce sont eux, ils sont morts, répondit son interlocutrice.

— Pardon ?

— Garrottés, tous les deux, comme ce pauvre professeur dont on a parlé à la télé. Les policiers ne nous laissent plus tranquilles, ajouta-t-elle d'une voix soudain brisée. Ils ont l'air persuadés que mon mari et moi faisons je ne sais quel trafic.

Puis, après une pause, elle demanda :

— Comment vous appelez-vous, au fait ?

Jessi ne répondit pas. Elle avait déjà coupé la communication.

Un coup de poing dans l'estomac ne lui aurait pas causé un plus grand choc que la nouvelle qu'on venait de lui annoncer.

Malgré la peur qui la taraudait, elle ne retourna pas dans le bureau pour demander sa protection à l'homme dans le miroir.

Quémander de l'aide, elle ? C'était mal la connaître !

Pour commencer, elle avait eu sa dose d'humiliations. Depuis quelques jours, elle était même en stage intensif ! Tout lui échappait, et elle détestait cela.

Ensuite, la seule perspective d'appeler quelqu'un à son secours ne rendait que trop réelle la menace qui planait sur elle. Tant qu'elle pourrait rester assise dans ce box, comme si de rien n'était, tout semblerait normal.

Aussi demeura-t-elle au bar de l'université jusqu'à minuit, sirotant des tasses de café dont ses nerfs tendus à se rompre n'avaient nul besoin, perdue dans ses pensées. Elle était trop jeune pour mourir, songeait-elle, morose. Elle n'avait même pas commencé à vivre !

Quelque temps auparavant, son amie Ginger lui avait offert une tasse sur laquelle était inscrit : « La vie, c'est ce qui vous tombe dessus quand vous êtes occupé à faire d'autres projets. » De l'autre côté de la tasse, on pouvait lire : « Vivre sa vie, ça ne se programme pas comme un rendez-vous chez le dentiste ! »

Tristement consciente de la réalité qu'il dénonçait, Jessi avait rangé l'objet tout au fond du placard de la cuisine.

Non, vraiment, elle n'était pas prête à mourir. Dans soixante ou soixante-dix ans, peut-être, mais pas avant ! Cependant, pour prolonger la durée de sa propre existence, il y avait une condition : savoir « reconnaître la Mort quand elle rôde », comme l'avait poétiquement formulé l'homme dans le miroir.

Or, Jessi avait quelques doutes quant à ses talents en la matière.

Elle n'avait pas peur des macchabées – en tant que future archéologue, c'était la moindre des choses ! –, mais elle n'était pas certaine de pouvoir identifier la Faucheuse lorsque celle-ci se présenterait à elle, même vêtue d'un suaire noir et tenant sa faux à la main. Elle serait trop occupée à estimer l'époque de son costume et le style de son arme.

Conclusion : que cela lui plaise ou non, elle avait besoin de l'homme du miroir. Le professeur Keene était mort, les deux livreurs également, et elle le serait bientôt aussi si personne ne l'aidait.

Elle n'avait pourtant pas l'étoffe de ces demoiselles en détresse – mais féminines jusqu'au bout de leurs jolis ongles laqués de rose – qui, dans les romans de gare qu'elle lisait pour se détendre, attiraient les psychopathes pervers et les sauveurs aux muscles d'acier aussi sûrement que le miel attire les ours. Ses ongles étaient courts et dénués de vernis, et elle détestait qu'on se mêle de ses affaires.

Immobile devant la porte du bureau du professeur Keene, elle prit une profonde inspiration pour se donner du courage. Ce n'était pas tous les jours que l'on demandait aide et protection à un fantôme sorti d'un miroir ! D'autant, songea-t-elle, indécise, que rien ne lui permettait d'affirmer qu'elle n'avait rien à craindre du spectre en question…

Peut-être tiendrait-il sa promesse et la débarrasserait-il des assassins lancés à ses trousses… avant d'exiger d'elle un paiement dont il n'avait pas précisé la nature.

Peut-être révélerait-il sa véritable nature de fléau de l'humanité. Elle découvrirait alors qu'on l'avait enfermé pour le bien commun et qu'il n'avait qu'une hâte : lui infliger les pires souffrances avant de la mettre à mort dans un bain de sang.

Elle n'aurait la réponse que lorsqu'elle l'aurait libéré, une fois qu'il serait trop tard pour changer d'avis.

Elle consulta sa montre. Minuit quarante-cinq. Elle ne verrait peut-être pas la fin du jour qui commençait… Tant pis. Il fallait prendre une décision.

Après avoir résolument poussé la porte, elle entra dans la pièce.

— C'est bon, dit-elle, j'ai réfléchi. Je crois que nous…

À peine eut-elle commencé sa phrase que la surface du miroir se rida. L'homme apparut, un sourire insolent sur les lèvres, plus sexy que jamais.

— … pouvons passer un accord, acheva-t-elle d'une toute petite voix.

— Un accord ? Et puis quoi encore ? rugit-il. Fais-moi sortir de là, femme, et sans discuter !

6

— Je ne veux pas le savoir ! tonna Lucan dans le combiné. Roman est mort. J'exige qu'Ève parte pour Chicago tout de suite.

Il se leva pour aller se poster devant les hautes fenêtres de son cabinet de travail. Le jour se levait sur Londres, et les premiers rayons du soleil commençaient à dissiper les brumes de l'aube. Mais le ciel était encore sombre, et Lucan pouvait voir son reflet dans la vitre teintée.

Lorsqu'il était seul, il ne se donnait pas la peine de dissimuler son apparence. Tout son crâne et son visage, jusqu'aux lèvres, étaient recouverts de runes noires et pourpres, et ses pupilles étaient injectées de sang.

On était jeudi matin. Il ne lui restait que vingt jours.

Instinctivement, il tourna les yeux vers l'endroit où le Miroir avait été suspendu si longtemps que le mur, à son emplacement, était resté clair. Retenir Cian prisonnier avait été pour lui une constante source d'amusement. Lui, Lucan Myrrdin Trevayne, avait ensorcelé le légendaire Keltar, le plus puissant de tous les druides ayant jamais existé !

Il crispa les poings rageusement. Ce vide sur le mur devait être comblé, et vite.

Reprenant le fil de sa conversation, il ajouta d'un ton sec :

— La fille Saint-James sait maintenant qu'elle est en danger. Impossible de savoir comment elle va réagir.

Je veux qu'on s'occupe d'elle sans délai. Quant à ce satané Miroir, d'après Roman, il se trouve toujours dans le bureau du dénommé Keene. Récupérez-le et réexpédiez-le chez moi ; ensuite, amenez-moi la donzelle et éliminez tous ceux qui pourraient avoir vu le Miroir.

Roman était un incapable ! À présent, la police fourrait son nez partout, et Lucan soupçonnait plusieurs agents d'avoir vu l'objet *unseelie*. Il allait encore falloir faire disparaître ces quelques représentants de l'ordre, et bien évidemment, cela allait créer des complications.

Dans le passé, il n'avait vu aucun inconvénient aux méthodes de Roman. La strangulation, c'était propre, rapide, efficace. Tant que le travail était fait en toute discrétion, cela lui convenait.

Le problème, c'était que cette fois-ci, Roman avait échoué. Non seulement il n'avait pas eu la fille, mais il s'était laissé occire comme un débutant.

Lucan n'avait que très peu de temps pour rattraper la situation.

En outre, une question le taraudait. Qui avait pu briser la nuque de Roman aussi facilement que s'il s'était agi d'un cou de poulet… sinon Cian McKeltar ? Lui seul possédait la force physique suffisante pour accomplir un tel exploit.

Ce qui signifiait que quelqu'un lui avait permis de s'évader du Miroir. Lucan n'aimait pas cela. Pas du tout…

Il ne voyait qu'une personne susceptible de l'avoir aidé : la fille Saint-James. Lors de son dernier contact avec Roman, ce dernier lui avait dit que quatre personnes dans Chicago avaient posé les yeux sur le Miroir ou, comme le professeur Liam Keene qui ne l'avait pas vu à proprement parler, en savaient trop sur l'objet. Jessica Saint-James était la dernière sur la liste. Or,

Lucan ne l'ignorait pas, le Keltar savait s'y prendre avec les femmes…

Sa lèvre supérieure se retroussa en une grimace de dépit. Cian McKeltar ne se contentait pas d'avoir de l'allure et du charisme, il était un concentré de magie pure. Lucan, lui, avait dû déployer des efforts inouïs pendant des douzaines de vies humaines pour se procurer une infime fraction de la puissance dont il rêvait – une puissance que le Highlander n'avait eu aucun mal à acquérir : il l'avait reçue à la naissance.

Si celui-ci avait séduit cette Jessica Saint-James et qu'elle l'avait libéré, Lucan envoyait Ève à une mort certaine. Bah ! Il serait rapidement fixé. Qu'Ève vienne à disparaître à son tour, et il saurait que la situation était bien plus sérieuse qu'il ne l'avait cru tout d'abord.

— Dis-lui de mettre en attente son autre contact ; j'ai besoin d'elle immédiatement.

Il marqua un silence pour écouter l'objection de son correspondant, avant d'émettre un grognement d'impatience.

— Et moi, je suis sûr que tu sais très bien où la trouver. Expédie-la à Chicago aujourd'hui, c'est un ordre.

À l'autre bout du fil, on continua d'argumenter. Lucan réprima un geste d'agacement. Voilà que ses troupes se rebellaient, à présent ! Il ne manquait plus que cela…

— Tu n'as rien compris, et de toute façon c'est à elle d'en décider. Contente-toi de transmettre les ordres.

Il coupa la communication d'un geste rageur. Il savait très bien qu'Ève obéirait. Elle gagnait sa vie en tant que tueuse à gages et ne craignait rien ni personne. Sauf lui. Ils avaient eu une liaison autrefois, il la connaissait bien. Elle allait obtempérer.

Lucan frotta sa barbe naissante, pensif. Samhain approchait à grand pas. Pour la première fois depuis des siècles, il avait un mauvais pressentiment. Il était resté intouchable, pratiquement invincible, pendant si longtemps que cette sensation lui était devenue presque étrangère.

Au moins, il savait où était le Miroir, se dit-il pour se rassurer. Et si ses hommes continuaient à aller d'échec en échec, il se chargerait lui-même de le récupérer.

Bien entendu, il préférait éviter d'en venir à cette extrémité.

Lors des rares occasions où il avait autorisé le Keltar à sortir du Miroir, il l'avait entouré de nombreux rituels de neutralisation, une précaution aussi épuisante que douloureuse, mais indispensable étant donné la formidable puissance du Highlander.

Parviendrait-il, avec l'aide de ses assistants, à forger un champ de protection autour du Miroir dans l'enceinte de l'université de Chicago ? Rien n'était moins sûr. À vrai dire, l'entreprise était même assez périlleuse. Les choses pouvaient mal tourner. Des témoins pouvaient les découvrir. Une autre sorcellerie, neuve ou ancienne, pouvait se manifester, et des conflits d'intérêt survenir...

Les gens l'ignoraient, mais ils étaient entourés de sorciers plus ou moins chevronnés. Il en avait toujours été ainsi, même si ceux-ci prenaient en ce siècle plus de précautions qu'avant pour ne pas être découverts par le commun des mortels. Autrefois, tout était plus simple...

Lucan réfléchit. Aurait-il la force d'affronter le Highlander sur un terrain non neutralisé ? Sans compter que ce dernier, après tant de siècles de repos forcé, serait au mieux de sa forme...

Par ailleurs, lui-même avait progressé. En mille ans, il avait eu le temps d'accroître sa puissance. Qui sait, peut-être surpassait-il à présent Cian McKeltar ? Peut-être était-il enfin devenu le plus grand sorcier de tous les temps ?

Il se détourna de la fenêtre, moins sûr de lui qu'il ne l'aurait voulu. À quoi bon se bercer d'illusions ? Ce n'était pas grâce à sa puissance magique qu'il avait enfermé le Keltar dans le Miroir, mais par la ruse et la traîtrise.

Il ne lui restait plus qu'à espérer que Cian n'ait pas été libéré. Après tout, peut-être Roman avait-il été victime de quelqu'un d'autre.

Encore un jour ou deux de patience, et il saurait ce qui se passait à Chicago. Alors, il pourrait décider de l'étape suivante.

Cian attendait, les poings sur les hanches. Il avait compris dès le début qu'elle reviendrait. Non seulement elle n'était pas stupide, mais elle avait même été assez futée pour comprendre que le Miroir était sa meilleure arme lorsque Roman l'avait menacée.

Elle finirait par accepter sa proposition, il n'en avait pas douté un instant. La seule question était de savoir si cela lui prendrait longtemps. Car le temps lui était compté.

Vingt jours.

Voilà tout ce qu'il lui demandait.

Ce n'était pas, loin s'en fallait, tout ce qu'il attendait d'elle... En vérité, ce qu'il voulait d'elle aurait fait rougir la plus expérimentée des filles de joie.

Une fois de plus, il parcourut d'un regard gourmand les courbes de son corps. Si seulement elle ne l'avait pas dévisagé ainsi de ses grands yeux de jade, ses lèvres entrouvertes, sa poitrine se soulevant à chacune de ses inspirations !

Malgré lui, son regard fut attiré par ses seins – les plus beaux, les plus ronds, les plus fermes qu'il eût jamais vus ! Une douce tiédeur monta dans ses reins. Il avait déjà sur le bout de la langue le goût de ses mamelons roses, il savait déjà comment il les lécherait, les sucerait, les ferait rouler entre ses dents jusqu'à lui arracher des cris de plaisir... *Och !* Elle avait une poitrine faite pour nourrir de magnifiques bébés.

Ceux qu'il brûlait de lui faire...

Il secoua la tête pour chasser la nostalgie qui montait en lui. À quoi bon rêver à ce qui ne pouvait advenir ? Dès qu'elle aurait prononcé l'incantation qui le libérerait, il utiliserait le pouvoir de la Voix sur elle.

Il devenait de plus en plus urgent de filer d'ici. À présent, Lucan savait très certainement où il se trouvait. Il avait tué Roman le mardi matin à l'aube, soit depuis plus de vingt-quatre heures.

Cian n'avait pas beaucoup arpenté le monde au cours de son millénaire de captivité, mais il savait que celui-ci s'était agrandi dans des proportions démesurées. Il y avait maintenant tant de gens qu'il en avait le vertige ; on pouvait changer de continent en quelques heures et communiquer avec quelqu'un qui se trouvait à l'autre bout du monde grâce aux téléphones et aux ordinateurs.

Ce monde était extraordinaire. Fascinant. Et dangereux.

Il fallait partir immédiatement.

La Voix, l'art druidique destiné à se faire obéir, était l'un des talents qu'il avait reçus et qu'il maîtrisait le mieux. À l'époque où il n'était qu'un tout jeune homme, celle où les pouvoirs naissants d'un Keltar se manifestaient par à-coups, il avait erré dans le château pendant presque une semaine en utilisant la Voix sur tous ceux qui passaient à sa portée sans même s'en apercevoir. Il n'avait pris conscience de ce qui lui arrivait qu'en voyant tout le monde se précipiter pour satisfaire ses moindres désirs. Depuis cet épisode, il avait appris à manier la Voix avec modération. Seuls les fous et les débutants déployaient involontairement leurs pouvoirs.

Une fois qu'il serait sorti de sa geôle, aucun être vivant n'aurait le pouvoir de résister à la Voix, à l'exception de Lucan, et seulement parce que Cian lui-même lui avait appris son art. Dans ce domaine, le maître et son élève développaient, au cours de l'apprentissage, une immunité réciproque.

Comme toutes les autres, la femme serait réceptive à ses ordres. Il lui enjoindrait de l'emmener dans un endroit sûr, où ils pourraient se cacher. Et là... *Och*, il y avait en lui des siècles de désir inassouvi, et cette beauté aux yeux verts, avec ses seins ronds, sa peau de lait et ses lèvres roses, était la réponse à toutes ses attentes !

Quelle meilleure façon d'occuper les vingt jours d'inactivité qui le séparaient de Samhain qu'en satisfaisant sa formidable faim d'amour et de volupté avec ce cadeau que le Ciel lui envoyait ?

Pour l'instant, le « cadeau » ne semblait guère disposé à coopérer. La fille leva le menton d'un air buté, tandis qu'un éclair de défi traversait son regard.

— Je ne vous ferai sortir que quand vous aurez répondu à quelques questions, lui annonça-t-elle d'un ton froid.

Cian réprima un grommellement impatient. C'était bien le moment de jouer avec ses nerfs !

— Plus tard, femme. Pendant que nous parlons, le prochain assassin envoyé par Lucan est peut-être en train de s'approcher de nous.

— Lucan ? Est-ce celui qui veut reprendre le miroir ?

— *Aye*.

— Lucan comment ?

Cian croisa les bras, amusé malgré son irritation par l'effronterie de la donzelle.

— Pourquoi ? Tu penses que tu pourrais le connaître ? demanda-t-il sans dissimuler son ironie.

Elle croisa les bras à son tour et attendit sans répondre.

— C'est bon, dit Cian. Il s'appelle Lucan Trevayne.

— Et vous, quel est votre nom ? Qui êtes-vous ?

— Mon nom, tu le connais puisque tu l'as prononcé lorsque tu m'as libéré l'autre jour. C'est Cian McKeltar. Et pour ce que je suis, ma foi, rien de plus qu'un homme.

— Le type blond de l'autre jour vous a traité d'assassin, dit-elle avec une perfide douceur. Vous savez, celui que vous avez envoyé *ad patres*.

Cian ne put réprimer un éclat de rire.

— *Och !* Bien répondu, femme.

— Il a aussi dit que vous aviez été enfermé pour le bien de l'humanité.

— C'est le contraire. Le monde, surtout le tien, Jessica, serait plus sûr si j'en faisais partie.

— Alors, pourquoi êtes-vous là-dedans ?

Une soudaine lueur éclaira son regard, et son expression s'adoucit.

— Êtes-vous un génie ? Pouvez-vous exaucer les vœux ?

— Tu veux dire, un farfadet ? Même les enfants savent qu'ils n'existent pas ! En ce qui me concerne, je suis désolé, mais je n'exauce pas les vœux.

— D'accord, seulement tout le monde sait aussi que les hommes enfermés dans les miroirs n'existent pas. Comment se fait-il que vous soyez captif de celui-ci ?

— On m'a pris au piège.

— De quelle façon ?

— C'est une longue histoire, et je n'ai pas envie d'en parler.

Les yeux de la fille se plissèrent comme ceux d'un chat méfiant.

— L'homme blond a aussi dit que le miroir était un objet *unseelie*. J'ai cherché ce mot sur le Net ; non seulement il ne désigne pas une catégorie d'objets, mais il fait partie du vocabulaire des contes de fées. Alors, j'aimerais bien savoir ce que je suis censée comprendre.

— Que c'est un objet de contes de fées ? suggéra Cian d'un ton léger. Écoute, femme, ce n'est vraiment pas le moment de discuter de tout cela. Libère-moi et je répondrai à tes questions en chemin.

Le mensonge glissait facilement sur sa langue. Une fois qu'il serait délivré, il réduirait la fille au silence d'une seule parole, grâce au pouvoir de la Voix.

Et il en profiterait pour lui donner d'autres ordres.

Il y avait trop longtemps qu'il n'avait pas eu de femme, et il se sentait un appétit d'ogre ! La seule évocation de ce qu'il l'obligerait à faire allumait déjà un incendie dans ses reins...

— Pourquoi vous a-t-on pris au piège pour vous enfermer dans ce miroir ?

Arraché à sa rêverie par le ton dur de sa voix, il recula d'un pas, afin de dissimuler dans les épaisseurs de l'argenture de la glace la bosse qui soulevait son kilt. Ce n'était pas en exposant le spectacle de sa virilité triomphante qu'il convaincrait la fille de la pureté de ses intentions !

Bon sang, il aurait dû profiter de la Voix pour se procurer des vêtements modernes après avoir réglé son compte à Roman, l'autre jour ! Dans ces pantalons étroits que portaient les hommes et les femmes, une érection – même aussi volumineuse que la sienne ! – devait sans doute passer inaperçue...

— Parce qu'en m'enfermant, celui qui m'a pris au piège s'est assuré l'immortalité. Chacun des quatre Piliers des Ténèbres confère un pouvoir particulier à son possesseur. La vie éternelle, sans jamais vieillir ni changer, voilà ce que procure celui-ci.

Par Danu, allait-elle cesser de discuter ? Le temps passait ! Que devait-il faire pour la convaincre de le libérer de cette satanée prison ?

— Si je comprends bien, reprit-elle d'un air pensif, non seulement il y a des gens enfermés dans des miroirs et des fées occupées à forger des objets dotés de pouvoirs paranormaux, mais il existe aussi des êtres immortels qui se promènent en liberté dans le monde ?

Cian réprima un gémissement de frustration et d'irritation. Les femmes de ce XXIe siècle étaient-elles toutes aussi portées à la contestation ?

— Ils ont autre chose à faire que de se promener, et en ce qui concerne les faës – et non les fées –, à ma connaissance, ils n'ont rien forgé depuis un millénaire, c'est-à-dire depuis qu'ils se sont retirés dans leurs royaumes secrets. Et ne tourne pas mes paroles en dérision, je ne fais que répondre à tes questions.

Elle éclata d'un rire cristallin.

— Vous appelez cela des réponses ?

— Si elles ne te conviennent pas, cesse de m'interroger et délivre-moi.

— Enfin, je n'ai jamais vu d'immortels, et encore moins de fées !

— Tu me vois, moi. Quant aux autres, prie pour ne jamais croiser leur chemin.

— Pourquoi est-ce que...

— Jessica, coupa-t-il d'une voix lourde de menaces, je vais compter jusqu'à trois. Si, à trois, tu n'as pas prononcé l'incantation de libération, je retire mon offre. Je ne lèverai pas le petit doigt pour t'aider quand le prochain assassin viendra te chercher et je te regarderai mourir d'une mort lente et douloureuse. Je commence. Un...

— Oh, inutile de monter sur vos grands chevaux ! répliqua-t-elle d'un ton sec. Je vais le faire.

— Deux...

— Je voulais juste clarifier d'abord notre situat...

— Trois.

La fille leva les yeux au ciel, serra les poings, mais commença enfin à réciter les paroles tant attendues.

— *Lialth bree che bree...*

Cian réprima de justesse un soupir de soulagement. Il n'avait jamais eu l'intention de mettre sa menace à exécution.

7

— *Cian McKeltar, drachme se-sidh !*

Jessi finit de prononcer la formule magique dans un souffle, le cœur battant. Elle recula d'un pas, mal à l'aise, le regard rivé sur le miroir.

La surface argentée se ternit, puis des ombres mouvantes apparurent à l'intérieur du cadre, comme si une porte s'était ouverte sur un ciel de tempête. Les traces noires qui couraient le long des bords s'étendirent à toute la glace, tandis qu'une puissante lumière dorée semblait jaillir des inscriptions runiques, projetant le mystérieux alphabet sur les vêtements de Jessi, les meubles, les murs du bureau.

Jessi ressentit la même impression de distorsion de l'espace que quelques jours auparavant, avec une telle acuité qu'un début de nausée la saisit.

Puis, aussi abruptement qu'elle était venue, la lumière s'affaiblit, l'obscurité qui avait recouvert le miroir se dissipa, révélant une surface mouvante aux reflets argentés, telles les eaux du lac Michigan un jour de grand vent.

Un pied botté de cuir la traversa, puis une cuisse de rugbyman... À mesure que l'occupant du miroir franchissait ce seuil, il sembla à Jessi que l'homme quittait les pages d'un livre de contes de fées pour entrer dans la réalité.

C'était mathématiquement impossible.

C'était absolument effrayant.

C'était l'expérience la plus extraordinaire qu'elle eût jamais vécue !

Muette de stupeur, elle vit apparaître les hanches étroites de l'homme, ceintes d'un kilt aux nuances d'ombre et de feu, puis son abdomen aux muscles saillants et son large torse couvert de tatouages pourpres et sombres.

Enfin, son visage mat se révéla dans toute sa splendeur. Il avait la beauté du diable, songea Jessi en s'attardant malgré elle sur les lignes viriles de son menton et les courbes sensuelles de ses lèvres…

Les traits de l'homme s'éclairèrent d'un sourire de triomphe, qui aurait semblé cruel s'il n'avait été adouci par l'éclat de joie qui pétillait au fond de ses prunelles dorées. Il secoua la tête avec une grâce léonine, faisant tintinnabuler les perles accrochées à ses tresses, puis il sortit complètement du miroir.

L'impression de dérèglement spatial que ressentait Jessi s'évanouit soudain, et le miroir retrouva son apparence anodine… à ceci près qu'à présent, il reflétait le large dos de son ancien occupant, ainsi que ses fesses musclées.

Une vision des plus agréables, malgré l'incongruité de la situation…

Jessi se redressa bravement. Si elle devait mourir maintenant, qu'il en soit ainsi ! Au moins aurait-elle eu, avant de quitter ce monde, un petit avant-goût du paradis.

Malgré la peur qui la tenaillait, elle observa de nouveau l'athlète qui se tenait devant elle. Dans le miroir, l'homme lui avait paru plutôt bien bâti. Dans la réalité, il était encore plus impressionnant. Outre sa beauté fascinante, il était doté d'une aura presque magnétique, qui attirait le regard vers lui aussi sûrement qu'un aimant.

Et il en était conscient.

En un mot, il n'était qu'un arrogant personnage, imbu de sa force et de sa séduction. Au demeurant, cela ne la dérangeait pas. Tout ce qui lui importait, c'était de savoir s'il était ou non un meurtrier.

— Je vous préviens, dit-elle, si vous avez l'intention de me tuer, je...

— *Cesse de parler, femme. Viens ici et donne-moi tes lèvres.*

Jessi le regarda, stupéfaite. C'était une plaisanterie ! De quel droit lui parlait-il ainsi ? Elle s'apprêtait à protester lorsqu'une irrépressible démangeaison se mit à courir sous sa peau, avant de gagner l'intérieur de son crâne. La jeune femme frotta sa tête et ses bras pour en chasser la désagréable sensation, sans succès.

— *Enlève ce vêtement, je veux voir tes seins,* reprit l'homme d'une voix aux inflexions métalliques.

Cette fois-ci, Jessi faillit s'étrangler d'indignation. Vraiment, il dépassait les bornes ! Les regards indiscrets et les allusions douteuses, elle s'y était habituée. Avec le temps, les hommages masculins à ses seins la faisaient presque rire. Mais c'était bien la première fois qu'on lui faisait une demande aussi directe !

Elle croisa les bras sur sa poitrine et fusilla l'homme du regard.

— Alors là, si vous vous imaginez que je...

— *Tais-toi ! Tu ne prendras la parole que quand je te le dirai.*

Jessi sursauta, choquée. Il ne parlait pas sérieusement ? Tout en se frottant machinalement la tête, elle le dévisagea.

Après un instant de silence abasourdi, elle répondit de sa voix la plus suave :

— Allez vous faire cuire un œuf, espèce de grosse brute préhistorique. L'âge de pierre, c'est terminé !

— Je sais très bien à quelle époque nous sommes. *Viens près de moi, Jessica Saint-James. Tout de suite.*

Elle lui jeta un regard intrigué... puis la lumière se fit dans son esprit. Comment n'y avait-elle pas pensé plus tôt ?

— Vous êtes resté là-dedans pendant longtemps ? demanda-t-elle en désignant le miroir du menton.

Un éclair de colère contenue traversa les prunelles ambrées.

— *Cesse de parler, j'ai dit !*

Malgré l'obstination que montrait le tatoué à être désagréable, l'agacement de Jessi s'atténua. Si son intuition était juste, cet homme venait du... du passé ?

— Au lieu de vous fatiguer à me répéter la même chose, répondez à ma question, nous gagnerons du temps.

Une expression d'impatience passa sur ses traits ciselés tandis qu'il dévisageait Jessi d'un long regard curieux.

— Mille cent trente-trois ans, dit-il finalement.

Jessi réprima un sifflement incrédule. Plus d'un millénaire ? Il arrivait directement du... IXe siècle ? C'était inconcevable. Elle le regarda de nouveau, indécise, partagée entre la logique la plus élémentaire et le témoignage de ses sens.

Pouvait-elle raisonnablement croire que l'homme qui se trouvait devant elle, cet individu qui vivait, respirait, lui parlait, arrivait du IXe siècle après avoir été retenu captif pendant plus d'un millénaire dans une relique mystérieuse ? C'était absurde !

Pourtant, il était bel et bien là, avec ses manières frustes, son langage rude et fleuri à la fois, ses tatouages d'un autre âge...

Jessi fut parcourue d'un frisson où se mêlaient la peur, l'excitation et une vive émotion. Si cela était vrai...

— Mille cent trente-trois ans ? répéta-t-elle, prise de vertige.

Soudain, toute sa colère disparut. Cet homme était un rêve d'archéologue ! S'il venait réellement des brumes du lointain passé de l'Europe du Nord, il possédait la réponse à bien des questions qu'elle se posait. Avait-il été contemporain du légendaire roi Cináed mac Ailpin ? Avait-il pris part aux rudes combats que ce souverain avait menés ? Avait-il été témoin de l'unification des Pictes et des Écossais ? Quant à ces extraordinaires bracelets de métal à ses poignets, étaient-ils d'authentiques pièces du IXe siècle ? Que signifiaient les tatouages qui couvraient la partie supérieure de son corps ? Et les runes gravées sur le cadre du miroir étaient-elles les vestiges d'un ancien langage oublié ? À propos, le miroir ! Il n'était pas de l'âge de pierre, n'est-ce pas ? Comment cela aurait-il été possible ? Alors, d'où venait-il ? Qui l'avait fabriqué ? De quoi était-il fait ?

Jessi laissa échapper le soupir qu'elle retenait depuis une éternité. La tête lui tournait. À présent qu'elle commençait à admettre que « son » guerrier celte était bel et bien réel, et non le fruit de son imagination enfiévrée, elle prenait pleinement la mesure de la situation.

Si improbable que soit son existence, cet homme était la chance de sa vie !

Elle l'observa longuement, muette de saisissement, incapable de démêler l'écheveau de questions qui se dévidait à une vitesse effarante dans son esprit. Par où commencer ?

Il lui fallut un certain temps pour s'apercevoir qu'il la couvait également d'un regard curieux, avec une expression indécise qui ne devait pas être très différente de celle qu'elle arborait. Comme s'il avait lui aussi du mal à admettre qu'elle était bien réelle…

Ils demeurèrent ainsi pendant quelques instants, à s'observer mutuellement d'un air méfiant.

Jessi réprima un sourire amusé. Autant sa propre stupéfaction était parfaitement logique, autant celle de l'homme n'avait aucun sens. Que pouvait-il donc lui trouver ? Elle n'avait vraiment rien d'extraordinaire !

— *Dis mon nom, femme !* tonna-t-il.

Elle le regarda, confuse. Avait-il oublié comment il s'appelait ?

— Cian McKeltar, répondit-elle.

La tension qui durcissait les traits du guerrier parut s'apaiser un peu.

— *Frotte ton nez.*

— Il ne me gratte pas !

— *Lève un pied.*

— Et pourquoi ça ? Levez le pied vous-même !

— Par le sang du Christ, grommela-t-il dans sa barbe. Qu'est-ce qui se passe ?

Il la détailla de nouveau d'un regard méfiant, fronça les sourcils comme si un âpre débat se déroulait entre lui-même et sa conscience, puis il désigna le bureau du professeur Keene.

— *Va t'asseoir sur ce fauteuil.*

— Je suis très bien debout, merci.

— *Passe ta langue sur tes lèvres,* dit-il en la dévisageant d'un air impérieux.

Électrisée par ce regard, Jessi tressaillit. Il lui fallut un considérable effort de volonté pour ne pas obtempérer. Que lui arrivait-il ? Non seulement elle brûlait d'envie de sentir sur les siennes les lèvres viriles de cet inconnu, mais pour un peu, elle aurait ôté son pull pour lui montrer ses seins, comme il le lui avait demandé.

Elle était effrayée par sa propre faiblesse, et un peu honteuse. Comment était-ce possible ? Elle détestait cet homme, ils n'avaient rien en commun – ils ne venaient même pas de la même époque ! –, et cependant, elle n'éprouvait qu'un désir : arracher ses vêtements et s'offrir à lui sans la moindre retenue.

Stoïquement, elle résista à la tentation.

— Je ne sais pas pour qui vous me prenez, mais vous faites erreur, répliqua-t-elle d'un ton ferme.

— Seigneur Jésus ! l'entendit-elle murmurer. Je suis resté enfermé pendant si longtemps... Je l'ai perdue.

— Quoi donc ? La tête ? Ce n'est pas moi qui vous contredirai.

Il la regarda sans un mot pendant une longue minute, visiblement déconcerté. Puis une expression fataliste se peignit sur ses traits.

— Non, mon esprit est toujours d'une acuité supérieure. Mais le reste... Enfin, peu importe, je trouverai une autre solution. J'ai plus d'une corde à mon arc.

Décidément, il était imbuvable ! Jessi n'en revenait pas. Les hommes du IXe siècle étaient-ils tous aussi arrogants ? Au fond, elle n'était guère surprise. En tant qu'historienne et future archéologue, elle n'ignorait rien de la condition des femmes dans le passé. Autrefois, les hommes étaient des Hommes, avec un grand H. Les femmes, elles, étaient juste des proies.

Elle en était là de ses réflexions lorsqu'elle le vit soudain baisser la tête et foncer vers elle. Était-il devenu fou ?

Elle laissa échapper un cri de surprise lorsqu'il referma ses bras sur elle, puis sentit qu'il la soulevait du sol. Il lui sembla que le monde se mettait à tourner autour d'elle, et elle ferma les yeux. Lorsqu'elle les rouvrit, elle se trouvait sur son épaule, la tête en bas. Il encerclait sa taille de l'un de ses bras, la retenant fermement, tandis qu'il plaquait son autre main sur ses fesses.

Jessi prit une profonde inspiration pour lui hurler de la reposer par terre, mais son souffle se bloqua dans sa gorge.

L'homme venait de poser la main juste entre ses jambes, et d'une façon si intime et si possessive qu'elle en oublia d'avoir peur. Puis il massa doucement le point le plus sensible de sa féminité, et malgré l'épaisseur de son jean, Jessi eut l'impression d'être nue sous ses doigts...

Un gémissement de surprise et de plaisir mêlés s'échappa de ses lèvres. Vaincue, elle s'offrit à sa caresse, savourant la pression de sa main entre ses cuisses, tandis que déjà, au creux d'elle-même, perlait une douce rosée.

Puis il suspendit son geste. Jessi se mordit les lèvres, et cette fois-ci, ce fut un cri de frustration qu'elle dut retenir. Pourquoi s'arrêtait-il ?

Il ne dit pas un mot. Elle non plus, car en cet instant, tout ce qui lui venait à l'esprit ressemblait à peu près à : « Excusez-moi, mais il me semble que votre main s'est égarée entre mes cuisses et que si vous la bougiez, ne serait-ce que d'un millimètre, j'en ressentirais un plaisir extrême. »

Puis la raison lui revint, ainsi que la colère. Elle ne savait pas ce qui la contrariait le plus : qu'il se soit permis un geste si audacieux sur sa personne... ou qu'il l'ait interrompu au dernier moment.

Ce qui ne faisait qu'ajouter à sa fureur.

— Reposez-moi par terre ! ordonna-t-elle d'un ton autoritaire – dans la mesure où elle pouvait faire preuve d'autorité dans une telle posture, la tête en bas et les fesses en l'air.

— Chut ! murmura-t-il.

— Pardon ?

— Je te demande de parler moins fort.

— Si vous me faites descendre de là.

— Non. Je n'ai aucune envie de te laisser libre de tes mouvements. Tu es trop imprévisible.

— Vous dites ?

— Tu m'as très bien entendu.

Quel mufle ! Pour toute réponse, Jessi lui pinça le dos. Il riposta par une fessée.

— Et maintenant, cesse de gigoter ou je me fâche, grommela-t-il en rajustant la position de la jeune femme sur son épaule.

— Vous m'avez fait mal !

Même si elle avait voulu se libérer, elle n'en aurait pas eu la force, comprit alors Jessi, dépitée, en sentant se resserrer autour de sa taille l'étau de son bras. Il avait des biceps en acier trempé !

Comme si cela ne suffisait pas, son sac à dos glissa soudain et bascula vers l'avant, puis s'abattit sur l'arrière de sa tête avec tout son contenu – portefeuille, ordinateur portable, bloc-notes, trousse, ainsi qu'un volumineux exemplaire d'*Anciennes civilisations* sous couverture cartonnée.

Jessi poussa un hurlement de douleur.

— Mais laissez-moi donc descendre, espèce de brute !

— Incroyable, crut-elle alors l'entendre murmurer.

— Vous ne manquez pas de culot ! C'est moi qui ai été jetée comme un sac de farine sur l'épaule d'un primate. C'est moi qui devrais dire : « Incroyable », pas vous !

— Incroyable, répéta-t-il à mi-voix.

Il pivota alors sur lui-même, avec une telle vivacité que Jessi, gagnée par la nausée, dut fermer les yeux, puis il saisit l'énorme miroir de son bras libre, avant de se diriger vers la porte. Une femme d'un côté, la lourde relique de l'autre... Comment pouvait-il porter un tel poids ? Les deux livreurs, qui n'étaient pourtant pas des demi-portions, avaient sué à grosses gouttes en transportant leur colis !

Une fois dans le couloir, il s'arrêta.

— De quel côté ? demanda-t-il.

Jessi releva la tête de son mieux malgré les dix-neuf kilos de sac à dos – elle l'avait pesé un jour, par pure curiosité – qui appuyaient sur sa nuque.

— Débrouillez-vous, puisque vous êtes si malin.

Sans un mot, il tourna la tête vers elle et lui mordit la hanche.

— À gauche ! cria-t-elle aussitôt.

Il prit la direction indiquée et partit au petit trot. Jessi, impuissante, baissa de nouveau la tête. Inutile d'ajouter un torticolis à la liste de ses déboires !

— Où m'emmenez-vous ? demanda-t-elle, luttant contre le vertige dû à sa position inhabituelle.

— À ce qui te sert de moyen de transport. Tu nous conduiras là où nous pourrons trouver un logement convenable.

— Et pourquoi le ferais-je ?

— Parce que tu tiens à la vie.

Évidemment, songea la jeune femme, présenté sous cet angle... De mauvaise grâce, elle lui donna les indications nécessaires pour rejoindre le parking où elle avait garé sa voiture.

— Tu pourrais être plus accommodante, commenta l'homme, qui, visiblement, n'était pas fatigué malgré la charge qu'il portait.

— Encore faudrait-il que je puisse respirer ! marmonna Jessi.

Ses seins remontaient devant son visage, étouffant sa voix et bloquant presque sa respiration. Elle était plus essoufflée que son compagnon !

— *Och*, ils te gênent ? demanda celui-ci, saisissant l'allusion.

Il fit halte si brusquement que le sac de Jessi rebondit de nouveau sur l'arrière de son crâne, achevant de l'étourdir. Elle perçut alors un étrange mouvement, comme si le colosse qui la portait était secoué d'une quinte de toux silencieuse.

Il riait. Cette brute épaisse avait le culot de se moquer de ses mensurations ! Qu'y pouvait-elle, si la nature l'avait dotée d'une poitrine qui exigeait un bon 95 D ?

— Je vous hais ! siffla-t-elle entre ses dents, ne sachant si elle s'adressait à ses seins ou au mufle qui l'enlevait comme au temps des cavernes.

Soudain, sa colère s'évanouit. Elle était épuisée, totalement désorientée, et proche de l'évanouissement.

— S'il vous plaît, reprit-elle d'une voix plaintive, vous ne voulez vraiment pas me remettre debout ? Je n'en peux plus.

Sans doute comprit-il, à sa voix ou bien à son soudain manque de tonus musculaire, qu'elle ne jouait plus. Avec plus de douceur qu'elle ne l'en aurait cru capable, il la déposa sur le sol.

— Là, ça va mieux ? demanda-t-il en soulevant son menton de sa large paume, son pouce effleurant ses lèvres d'un geste presque tendre.

Dans ses prunelles dorées passa une lueur sensuelle et joyeuse. Cet homme avait envie d'elle, et à la différence des autres, il ne faisait rien pour s'en cacher. Hélas ! Non seulement son désir clairement affiché ne la choquait pas, mais il était plutôt contagieux...

— Oui, merci.

Elle détourna le regard. Avec ce colosse au regard d'ambre, elle devait se méfier de ses propres réactions.

— Venez, reprit-elle, dépêchons-nous de partir d'ici avant que quelqu'un nous voie avec le miroir du professeur K...

— Jessi ? Qu'est-ce que tu fabriques ici ?

Elle sursauta en reconnaissant la voix de Mark Troudeau. Elle aurait pu lui retourner la question ! Lorsqu'elle était passée plus tôt dans la soirée devant son bureau, situé dans le même couloir que celui du professeur, aucune lumière n'y était allumée. Mark n'avait donc pas de vie privée ? Que fichait-il dans les locaux de l'université à une heure aussi tardive ? L'espionnait-il ?

C'était bien sa veine ! Maintenant, Mark allait pouvoir claironner que, non contente de briser les scellés apposés à l'entrée du bureau du professeur Keene, elle avait tenté d'emporter à la faveur de la nuit une relique d'une très grande valeur. La police n'aurait pas beaucoup d'efforts à faire pour découvrir que l'objet qu'elle avait dérobé n'était autre que celui que les livreurs (assassinés) avaient apporté au professeur (assassiné).

Et bien entendu, personne ne voudrait la croire quand elle tenterait de se défendre. Elle-même devait parfois se pincer pour se convaincre qu'elle ne rêvait pas… Le verdict de la cour serait impitoyable. Avec un peu de chance, songea-t-elle, désespérée, elle pourrait peut-être finir malgré tout ses études et obtenir son diplôme.

Par correspondance, depuis la prison où elle serait écrouée pour meurtre et recel d'objet d'art.

Se souvenant que l'attaque était la meilleure défense, elle tenta de riposter :

— Enfin, Mark, il est 2 heures du matin ! Tu devrais être chez toi !

— Jessi, c'est moi qui te pose cette question.

Flûte, il ne mordait pas à l'hameçon. De ses petits yeux bruns cerclés de lunettes rondes, il la considéra avec sévérité, avant de se tourner vers le géant au torse nu qui portait le miroir, puis de revenir à elle. Elle chercha une idée, quelque chose qui détournerait l'attention et les soupçons de Mark, mais son esprit, épuisé par tant d'émotions, refusa de lui fournir le moindre argument.

Alors qu'elle attendait dans un silence tendu l'accusation qui mettrait fin à son supplice – pour le remplacer par un long purgatoire judiciaire –, le salut lui vint de là où elle ne l'attendait pas.

— *Tu vas retourner sans protester dans la pièce d'où tu viens et y rester gentiment, longtemps après notre départ. Allez !* dit Cian McKeltar d'une voix profonde.

Éberluée, Jessi vit Mark pivoter sur ses talons et remonter le couloir jusqu'à son bureau, où il s'enferma sans l'ombre d'une protestation. Avait-elle bien vu ? Elle leva un regard abasourdi vers son compagnon.

— Hum, marmonna ce dernier, manifestement satisfait, tout en regardant la porte derrière laquelle avait disparu le thésard. C'est peut-être seulement elle...

— C'est de moi dont vous parlez ?

Comme il ne répondait pas, elle suivit la direction de son regard.

— Au revoir, freluquet ! murmura-t-il d'un ton amusé.

Jessi fronça les sourcils, intriguée. Était-ce pour cela que Troudeau avait obéi ? Parce qu'il ne faisait pas le poids, physiquement, face à McKeltar ? Évidemment, à côté de l'Écossais, la plupart des hommes perdaient de leur superbe. Un mètre quatre-vingt-quinze de muscles, une crinière léonine qui dansait dans son large dos couvert de tatouages païens, une mâchoire carrée faite pour mordre la vie à belles dents... Le Highlander était l'incarnation d'une force virile, primitive, presque sauvage.

Face à ce guerrier celte qui arpentait, à moitié nu, les couloirs du département d'archéologie de l'université, Mark Troudeau avait dû comprendre d'instinct que la lutte était inégale. Il était donc parfaitement logique qu'il ait obéi de si bonne grâce à l'ordre qui lui avait été donné.

Jessi sourit, rassurée. Que cela devait simplifier la vie d'être doté d'une apparence aussi impressionnante ! Si elle devait se réincarner un jour, ce serait dans le corps d'un homme tel que lui, décida-t-elle. Elle pourrait enfin être celui qui fait la loi, et non celle qui la subit ! Et quitte à être la plus forte, elle en profiterait pour être aussi la plus méchante. Après tout, pourquoi se priver ?

— C'est génial ! s'exclama-t-elle sans cacher son admiration. Ce type est le pire casse-pieds de la fac. Si vous saviez combien de fois j'ai eu envie de l'envoyer sur les roses comme vous venez de le faire !

— Viens, Jessica, dit-il en la prenant par le bras. Hâtons-nous, le temps presse.

8

Une heure plus tard, ils se garaient sous l'auvent d'un grand hôtel situé dans le centre de Chicago. Jessi aurait aimé passer chez elle récupérer quelques affaires, mais Cian s'y était formellement opposé. « Le prochain assassin t'y attend peut-être déjà », avait-il expliqué d'une voix chargée de menaces.

Jessi avait frémi. Dire qu'en ce moment même, un inconnu était peut-être tapi dans son appartement, attendant son retour pour la tuer ! Elle ne pourrait pas rentrer chez elle avant longtemps.

Peut-être même n'y retournerait-elle jamais.

Comment en était-elle arrivée là ? Pendant le trajet qui les avait menés de l'université au centre-ville, elle avait tenté de faire le point sur sa situation. Il était trop tard pour reculer, à présent. Mark l'avait surprise en train de se sauver avec le miroir. Elle n'avait plus d'autre solution que la fuite...

Elle glissa un regard vers Cian. Enfin, vers ce qu'elle pouvait voir de lui, car l'énorme miroir, qu'ils avaient glissé entre les deux sièges avant, occupait presque tout l'habitacle de sa voiture.

Un bon quart de l'objet dépassait par le hayon arrière, qu'il avait fallu laisser ouvert. Ils avaient protégé le miroir avec tout ce qu'ils avaient pu trouver – essentiellement des vêtements de Jessi. Pour une fois, elle s'était félicitée de sa manie de laisser traîner ses tee-shirts et pulls dans son coffre.

Elle retint un sourire. Cian paraissait encore plus grand dans sa voiture. Le sommet de sa tête frôlait le plafond, et ses genoux remontaient jusque sous son menton. Il avait eu presque autant de mal à se loger sur son siège qu'à faire rentrer le miroir dans le véhicule !

À plusieurs reprises depuis qu'ils avaient quitté le parking de l'université, elle avait été tentée de le sommer de descendre de sa voiture, mais elle n'en avait rien fait : il n'aurait évidemment pas accepté. Aussi avait-elle dû subir ses conseils de conduite, si décalés qu'elle avait dû se mordre bien souvent les lèvres pour retenir un éclat de rire.

— Cesse donc de t'arrêter aussi brusquement ! Par Danu, es-tu vraiment obligée de nous catapulter en avant à chaque arrêt ? Es-tu certaine que nous avons arrimé solidement le Miroir ? Tu devrais descendre pour t'en assurer. Et pour l'amour du Christ, il faut ménager ta monture ! Tu la talonnes trop vivement.

Puis, après une série de jurons qu'elle n'avait pas compris, probablement en gaélique, il avait demandé :

— Où sont les chevaux ? Vous n'en avez plus ? Ils sont tous morts à la guerre ?

Lorsque, dans l'espoir de le faire taire, elle avait glissé son CD favori de Madonna dans l'autoradio, il s'était bouché les oreilles en poussant un gémissement à faire trembler les vitres.

— Au nom de tous les saints, quel est ce vacarme ? On dirait le hululement des diables de l'Enfer ! Arrête cela immédiatement !

Bon, avait-elle songé, il n'aimait pas la musique. Décidément, toute son éducation était à refaire. À moins que...

Sur une impulsion, elle avait remplacé le CD par un autre. Le *Requiem* de Mozart, qu'elle gardait pour les jours de cafard. Quelques instants plus tard, Cian sifflotait joyeusement. Pour sa part, ce morceau avait le don de lui arracher des larmes. Allez comprendre...

— Attendez-moi pendant que je vais réserver une chambre, dit-elle en coupant le moteur. Je reviens vous chercher dès que possible.

— Pas question, grommela Cian.

— Écoutez, vous ne pouvez vraiment pas m'accompagner. Vous n'êtes pas comme les autres.

— C'est juste. Je suis plus grand et plus fort.

« Et à moitié nu ! » faillit ajouter Jessi. Par chance, elle parvint à retenir sa langue.

— Ce que je veux dire, insista-t-elle en cherchant ses mots, c'est que si vous sortez dans la rue habillé ainsi, vous comprenez bien que nous ne passerons pas inaperçus.

— Laisse-moi faire, femme !

Avant qu'elle ait pu ajouter un mot, il réussit à ouvrir la portière et à descendre de voiture. Il apprenait vite ! songea-t-elle en le voyant déplier son mètre quatre-vingt-quinze et s'étirer, visiblement ravi de retrouver l'air libre. Pour un homme du IXe siècle, il faisait même preuve d'une surprenante aisance vis-à-vis de la technologie. Lorsqu'il était entré dans sa voiture, il avait observé le tableau de bord sans dissimuler son intérêt, poussé des boutons, tourné des manettes de réglage, avant de considérer le volant d'un air pensif.

Heureusement, il n'avait pas insisté pour conduire.

Malheureusement, cela risquait de ne pas durer. Il semblait très mal supporter que Jessi soit celle qui prenait les décisions...

— *Vous ne me voyez pas,* déclara-t-il soudain, l'arrachant à ses réflexions.

Jessi releva la tête et s'aperçut que cinq grooms s'étaient approchés d'eux.

— *Vous ne voyez qu'elle*, ajouta le Highlander, prenant de nouveau sa curieuse voix au timbre métallique.

Il marqua une pause.

— *Mais vous ne voyez pas ses seins*.

Cette fois-ci, Jessi ne put retenir un éclat de rire. Que s'imaginait-il ? Qu'il était le propriétaire de son anatomie ? Et croyait-il vraiment que les grooms allaient obtempérer ? On n'avait pas idée d'être aussi naïf !

— Pour qui vous prenez-vous ? murmura-t-elle avec véhémence en descendant à son tour de voiture. Si vous pensez qu'ils vont vous obéir...

Au même instant, les cinq garçons entourèrent la voiture, le regard posé sur elle, et seulement sur son visage.

— Pouvons-nous prendre vos bagages, madame ? demanda l'un d'eux, les yeux rivés aux siens.

Voilà qui était tout à fait inhabituel. En général, les hommes louchaient sur ses seins lorsqu'ils s'adressaient à elle, surtout la première fois qu'ils la rencontraient. Que se passait-il ? Intriguée, elle tira sur son pull en prenant une voluptueuse inspiration. Le truc fonctionnait toujours.

Les cinq regards demeurèrent fixés sur son visage.

Jessi baissa les yeux. Ses seins étaient toujours là, ronds et haut perchés, aussi visibles que d'habitude. C'était incompréhensible !

— Non, répondit-elle, perplexe. Je n'ai pas de bagages.

Puis elle détacha la clé de sa voiture de son trousseau. Du coin de l'œil, elle vit que Cian se trouvait à présent devant le coffre, occupé à sortir le miroir du véhicule.

— Nous ne pouvons pas l'emporter avec nous ! lui dit-elle, alarmée.

Brusquement, elle regretta de ne pas avoir choisi plutôt un motel discret à l'écart de la ville. Lorsqu'elle avait quitté le parking de l'université, elle avait pris sans réfléchir la direction du *Sheraton*, le seul établissement de Chicago où elle soit jamais descendue, à l'occasion d'un séminaire d'archéologie.

Il allait déjà être délicat d'emmener Cian dans une chambre sans attirer les soupçons, ce n'était pas la peine de compliquer la situation en emportant ce miroir !

Mais il n'était pas non plus possible de laisser cet objet dans la voiture... songea-t-elle, indécise.

— Laisse-moi faire, déclara Cian avec assurance.

À cet instant, Jessi comprit qu'elle était prise au piège. Mark avait sans doute déjà appelé le commissariat pour signaler le vol du miroir. Son arrestation n'était qu'une question de minutes...

Comme pour confirmer ses pressentiments, une sirène de police se fit entendre quelques rues plus loin.

Jessi frissonna.

Tout était perdu.

Il l'avait encore, par Danu ! Il n'avait pas perdu la Voix !

De son côté, tout allait bien. C'était la femme qui ne réagissait pas comme il fallait.

Tenant le Miroir d'un bras, entourant les épaules de sa compagne de l'autre, il guida celle-ci vers la haute demeure brillamment éclairée.

Par le sang du Christ, que c'était bon de marcher en toute liberté ! Et à côté d'une si belle fille, c'était encore mieux... C'était le paradis !

Il se savait poursuivi, et il n'ignorait rien des épreuves qui l'attendaient. Pourtant, la roue semblait enfin tourner en sa faveur. Il reprenait confiance.

Tout n'était pas perdu !

La cité où vivait Jessica ressemblait beaucoup à ce qu'il avait vu de Londres, à quelques différences près. Les deux villes étaient pleines de monde et de bruit, les gens s'y précipitaient à la même folle allure à bord de leurs voitures sans chevaux, mais ici, les maisons étaient plus hautes que tout ce qu'il avait pu voir depuis les fenêtres du cabinet de travail londonien de Lucan.

Pendant qu'ils traversaient l'auberge où la femme les avait conduits, il continua de distribuer des ordres en utilisant la Voix.

— *Vous ne nous voyez pas. Ôte-toi de mon chemin, manant ! Ne regarde pas le Miroir. Nous ne sommes pas là.*

Les sorts d'oubli requéraient prudence et concentration. Mal formulés, ils pouvaient causer d'irréversibles dommages. Il était tellement plus simple de détourner les regards que d'essayer d'obliger les gens à oublier !

Cependant, des ordres peu précis, tels que « Nous ne sommes pas là », n'étaient pas les plus efficaces. Ils servaient surtout à brouiller la perception des témoins, à jeter un flou sur leurs souvenirs. Pour que la Voix joue pleinement son rôle, l'injonction devait être plus spécifique. Des paroles trop vagues risquaient d'apporter des complications, mais des injonctions fortement contraires aux croyances fondamentales d'une personne pouvaient faire beaucoup de mal. Tout était une question de dosage...

— Si vous m'attendiez ici pendant que je vais demander une chambre ? suggéra la fille en levant les yeux vers lui. Je n'en ai pas pour longtemps. Et lâchez-moi, je ne vais pas m'enfuir !

Il lui sourit.

— Où est-ce ?

— Quoi ?

— L'endroit où on demande une chambre ?

— Oh ! Là-bas.

Elle désigna une direction.

— Attendez-moi ici, répéta-t-elle.

— *Cesse de me donner des ordres.*

Cette nouvelle tentative d'utiliser la Voix sur la femme se révéla aussi infructueuse que les premières.

— Et vous, cessez de m'ordonner de cesser de vous donner des ordres ! riposta-t-elle. J'essaie seulement de vous aider.

— Je préférerais mourir plutôt que d'accepter l'aide d'une femme, maugréa-t-il, agacé par ce nouvel échec.

Elle lui lança un regard exaspéré.

— Vous ne pourriez pas changer de registre ? Le refrain « Moi Tarzan, toi Jane », c'est un peu lassant !

Il ne comprit pas ce qu'elle voulait dire, mais peu importait. Ce qui comptait, c'était d'avoir une chambre dans cette étrange auberge au sol brillant. Il l'accompagna jusqu'au comptoir qu'elle avait indiqué, contre lequel il déposa le Miroir. Un homme d'une quarantaine d'années, aux cheveux courts comme tous ceux qu'il croisait dans cette cité, leva les yeux vers lui.

— *Vous allez nous donner une chambre. Tout de suite. Et arrêtez de me regarder.*

— Excusez-le, intervint Jessica, il est parfois un peu désagr...

Elle se tut, manifestement surprise de voir l'homme détourner docilement le regard de Cian et prendre de quoi écrire.

— Incroyable ! murmura-t-elle. On dirait que les gens vous obéissent, comme si vous étiez un... une sorte de... dieu, ou je ne sais quoi.

— C'est exactement cela.

C'est ce que j'étais à mon époque, ma belle.

Jessica secoua la tête, visiblement agacée.

— Je refuse de croire une chose pareille.

— J'avais remarqué.

— Bon, alors pourquoi les gens se plient-ils à vos ordres sans discuter ?

— Peut-être parce qu'ils savent reconnaître un homme, un vrai, eux.

Comme il s'y attendait, elle leva les yeux au plafond d'un air excédé. Il retint un sourire. À quoi bon tenter de lui expliquer la Voix ? Elle ne comprendrait pas. Et pour cause : les ordres glissaient sur elle comme l'eau sur les ailes d'un canard...

Son amusement se dissipa. Une fois de plus, il étudia sa compagne d'un regard scrutateur. Qu'est-ce qui clochait chez elle ? Pourquoi restait-elle sourde à la Voix ? Avait-elle quelque chose de différent des autres ? Il ne comprenait pas. De toutes les femmes que les Parques auraient pu lui envoyer pour lui venir en aide, ces trois garces avaient choisi la seule qu'il était incapable de contrôler !

— Il me faudra juste une carte de crédit, dit l'homme derrière le comptoir.

Cian allait donner un nouvel ordre, mais il n'en eut pas le temps. Jessica tendait déjà à l'aubergiste quelque chose qu'il ne reconnaissait pas. Il la laissa faire. Pourquoi la contrarier ? Les femmes aimaient se sentir utiles et importantes.

Pour sa part, c'était dans son lit qu'il les trouvait utiles et importantes.

Et celle-ci... *Och !* Elle éveillait en lui d'étranges impressions. Chaque fois qu'il l'effleurait, il ressentait cette secousse qui l'avait fait tressaillir jusqu'au plus profond de son être, le premier soir où elle l'avait touché. Il avait toutes les peines du monde à ne pas poser les mains sur elle. Le contact de sa chair contre la sienne faisait courir sur sa peau un agréable picotement, comme si un petit éclair de chaleur le frappait.

Et elle ressentait la même chose, bien qu'elle feignît l'indifférence. Lorsqu'il avait glissé sa main entre ses cuisses pour la caresser – sa façon à lui de lui faire comprendre qui était le chef –, il s'était attendu qu'elle l'abreuve d'insultes. Il l'aurait bien mérité, car jamais il ne s'était montré aussi autoritaire avec une femme avant de l'avoir mise dans son lit. Il n'était pas un sauvage, tout de même ! Il savait faire la cour, jouer ce jeu de la séduction auquel les femmes étaient si sensibles.

Mais Jessica n'avait pas bronché. Comme si son geste avait été naturel, pour elle comme pour lui.

Arrête de te raconter des histoires, Keltar. Bientôt, tu vas t'imaginer que tu as trouvé l'âme sœur !

Selon la légende des Keltar, chaque druide né dans le clan était destiné de toute éternité à une femme et une seule, avec qui il s'accordait à la perfection, de cœur, de corps et d'esprit. Leur amour était absolu, passionnel… et inévitable.

Si un Keltar se liait à sa bien-aimée selon les vœux druidiques et que celle-ci répondait à son serment, ils étaient unis à jamais, dans la vie et au-delà. Ils appartenaient l'un à l'autre, et rien ne pouvait les séparer.

On disait aussi que si l'homme prononçait le serment sans que celui-ci lui soit retourné, il se condamnait à une vie d'éternelle souffrance, que ce soit dans le cycle sans fin de la mort et de la renaissance, au paradis, en enfer… ou même dans la réclusion à perpétuité dans une prison *unseelie*.

« Si je devais perdre quelque chose… disaient les vœux légendaires, avant de se terminer par ces paroles : Je donnerais ma vie pour la tienne. »

Cian eut un petit rire de dérision. Il n'avait pas de vie à offrir, pas même une âme, ou si peu, et guère d'honneur non plus…

— Vous dites ? demanda Jessica, l'arrachant à ses pensées.

Il baissa les yeux vers elle. Les lumières qui brillaient tout autour d'eux paraient ses courtes boucles noires de reflets soyeux, et sa peau laiteuse paraissait plus claire encore. Dans son regard, il lut un surprenant mélange de curiosité, d'agacement, d'inquiétude et de détermination.

Bon sang, qu'elle était attirante ! Il était le premier surpris des émotions qu'elle éveillait en lui. En vérité, ce n'était pas son apparence qui le troublait autant – bien qu'elle fût des plus délicieuses –, mais la féminité qui émanait de toute sa personne.

Jessica Saint-James était une vraie femme. Exactement celle qu'il avait attendue si longtemps. Elle était éduquée, faisait preuve d'esprit, et elle avait de la volonté et du tempérament à revendre...

Au IXe siècle, il aurait rêvé qu'une femme se mette en colère et refuse de lui obéir, même pour de mauvaises raisons. Toute manifestation de résistance aurait été la bienvenue, tant il était las de la docilité que la gent féminine lui témoignait depuis sa plus tendre enfance... *Oui, monseigneur. Comme vous voudrez, maître. Que puis-je pour votre service, milord ?* Et cela n'avait fait que s'aggraver à mesure qu'il devenait un homme et que sa puissance augmentait... Druide, sorcier, *laird* du château et héritier du clan McKeltar, il ne rencontrait qu'obéissance, déférence et respect absolus...

Au fil des années, il s'était détourné des tendrons pour s'intéresser aux femmes plus mûres. Comme celle-ci, par exemple. Il la soupçonnait d'être déjà vieille d'un bon quart de siècle. À cet âge-là, à son époque, elle aurait déjà mis quatre ou cinq enfants au monde et perdu un ou deux maris...

Il avait une nette préférence pour les femmes qui s'étaient frottées à la vie et que le passage des ans, telle l'eau sur les galets, avait polies, leur donnant une douceur incomparable... Il aimait les faire jouir – bon sang, qu'il aimait cela ! –, mais il aimait aussi pouvoir discuter avec elles lors des pauses qu'il s'accordait.

Celle-ci serait un festin de roi. Il le devinait à l'éclat humide de ses grands yeux clairs, au grain velouté de sa peau, aux promesses de ses courbes pleines...

Elle avait toujours les yeux fixés sur lui, les lèvres entrouvertes sur une question qu'elle ne posait pas.

Il se pencha vers elle pour lui voler un baiser.

Sa bouche était un fruit mûr à point, tendre et sucré. Il commença par la mordre doucement, avant d'y frotter la sienne avec délectation. Il ne tenta pas de franchir la barrière de ses lèvres. Le temps des baisers profonds viendrait plus tard... Pour l'instant, il se contentait de la goûter, en savourant ce moment avec paresse et volupté...

Il l'attira dans ses bras, et elle ne résista pas. Lorsqu'il la serra contre lui, elle laissa échapper un soupir. Alors, rassuré, il la repoussa doucement, avant de mordre une dernière fois ses lèvres. Seigneur, qu'elle était délectable !

Cette femme avait été façonnée pour lui...

Sans doute l'avait-elle déjà compris car elle demeura immobile, le souffle court et les yeux brillants, une expression d'attente extatique sur son joli visage.

À quoi pouvait-elle bien penser ? Cédant à la curiosité, il concentra son esprit sur elle. Il devait essayer, même s'il était persuadé qu'il allait essuyer un nouvel échec. Puisque la Voix restait sans effet sur elle, l'Écoute serait sans doute aussi vaine...

L'Écoute profonde était l'art de lire dans les pensées et de sonder les cœurs – l'un de ses plus grands talents. Non, ce n'était pas tout à fait exact. Il excellait dans *tous* les arts druidiques.

Ce qui était une exception. Il était le seul Keltar à être né doué de la totalité des pouvoirs de ses ancêtres, les uns se combinant avec les autres pour en augmenter la puissance.

Il était une anomalie, l'improbable héritier de tous les dons qui avaient fait la gloire d'une ancienne et noble lignée de druides, l'enfant prodige que personne n'aurait pu prévoir. Son père était guérisseur, son grand-père prédisait les saisons et le temps des moissons et des semailles, son oncle était un alchimiste réputé et un maître de la Voix. Cian, lui, avait reçu à la naissance l'ensemble de ces capacités développées au centuple, ainsi que des talents qu'aucun Keltar n'avait possédés avant lui.

C'était en grande partie pour cela qu'il avait fini entre quatre murs… ou plutôt, entre trois murs et un miroir.

— Trop de pouvoir pour un seul homme, lui disait autrefois sa mère d'un air inquiet. Refrène-toi, Cian, sinon tu le paieras un jour.

Pour payer, il avait payé.

Il avait convoité les Piliers des Ténèbres, bien qu'il sût parfaitement qu'ils vibraient de magie noire et que l'on ne pouvait les posséder sans être affecté soi-même par cette énergie maléfique.

Cian, malgré tous ses pouvoirs, brûlait d'être encore plus puissant, tout comme Lucan, mais alors que ce dernier était désireux de s'adonner au Mal, lui, avec toute son arrogance juvénile, s'était cru immunisé contre ses effets. Rien n'aurait pu le convaincre qu'il pouvait être vaincu par la magie noire ou corrompu par autrui.

Comme il avait été naïf !

Mais c'était une autre histoire, qui appartenait à une autre époque, une autre vie, un passé qu'il voulait oublier.

Aujourd'hui, il avait une vengeance à accomplir. Et cette brune au corps de rêve allait l'aider à patienter pendant la vingtaine de jours qui le séparaient de la nuit de Samhain.

À condition qu'elle se montre un peu plus coopérative !

Concentrant ses perceptions sur la jeune femme, il la sonda prudemment.

Rien.

Il essaya de nouveau, avec moins de précautions, mais sans plus de succès. Contrarié, il rassembla toute la puissance de sa volonté et tenta de forcer les défenses de l'esprit de Jessica.

En vain. Pas l'ombre d'une émotion, pas une bribe de pensée. Un silence assourdissant. Ce n'était pas une femme, c'était une cité fortifiée !

Cian aimait qu'on lui résiste, mais pas à ce point !

À moins que... Avait-il perdu l'Écoute profonde ? Il fallait qu'il en ait le cœur net ! Il se tourna vers l'homme derrière son comptoir... et entra aussi aisément dans ses pensées qu'une lame d'acier dans une motte de beurre frais.

Il recula d'un pas, mal à l'aise. Ce type était un lâche et un froussard. Sa femme venait d'ailleurs de le quitter pour son meilleur ami, et il n'avait rien fait pour la retenir. Cian pouvait presque sentir sur sa langue le goût amer du désespoir. « Bats-toi, pauvre sot ! eut-il envie de lui crier. Elle le mérite, non ? Tu ne vas pas renoncer aussi facilement ! »

— Ne laisse pas tomber, vieux, s'entendit-il chuchoter.

L'homme lui jeta un regard surpris.

— Tu n'as pas le droit de baisser les bras, reprit Cian. C'est ta femme.

L'autre fronça les sourcils d'un air méfiant, puis il cligna des yeux.

— Qui êtes-vous ? Je vous connais ?

— Pardon ? demanda Jessica. Que se passe-t-il ?

— Rien, n'en parlons plus, lui dit Cian.

Puis il ajouta à l'intention du malheureux :

— *Soyez en paix*.

Ce n'était pas son rôle de sauver le monde. Du moins, ça l'était peut-être, mais pas de cette façon.

Avec un petit soupir d'impatience, Jessica prit un objet que l'homme, de nouveau docile, lui tendait, puis elle se dirigea vers deux grandes portes dorées situées un peu plus loin. À mi-chemin, elle lui jeta par-dessus son épaule un regard qui disait clairement : « Alors, le fort en gueule, vous venez, oui ou non ? Quand je pense que je vais encore devoir vous supporter je ne sais combien de temps ! »

Cian prit le temps d'admirer ses formes appétissantes, puis il saisit le Miroir et la rejoignit d'un pas rapide.

Peut-être, dans une autre sphère, existait-il une divinité en laquelle il ne croyait pas, mais qui croyait en lui. Peut-être celle-ci supposait-elle qu'il pouvait racheter ses fautes passées et le récompensait-elle à l'avance en lui offrant Jessica Saint-James sur un plateau.

Celle-ci s'immobilisa devant les portes. Là, elle bâilla, étira ses bras au-dessus de sa tête, se cambra, avant de tourner son buste d'un côté, puis de l'autre, comme pour détendre son dos.

Une fois de plus, il détailla ses courbes pleines. Nom de nom, elle était à croquer !

Il ne savait pas pourquoi ni comment cette femme avait croisé son chemin, mais il avait une certitude : elle était à lui pour les vingt prochains jours.

Et pour les vingt prochaines nuits.

9

La chambre 2112 ressemblait à la plupart des chambres d'hôtel que Jessi avait déjà vues, dans une version un peu plus sophistiquée. La distribution de l'espace était conçue selon le modèle standard : salle de bains d'un côté de l'entrée, penderie de l'autre, lits jumeaux séparés par une table de chevet, petite table ronde assortie de deux chaises dans l'angle opposé, à côté d'un minuscule bureau surmonté du sempiternel miroir fixé au mur. Qui se regardait en écrivant ? se demanda-t-elle. Tout le monde sauf elle, probablement, car toutes les chambres d'hôtel où elle avait couché étaient équipées de la sorte...

La décoration, en revanche, était assez élégante. Un tapis aux riches motifs rouge et or ornait le centre de la pièce, les murs étaient tapissés d'un luxueux papier ivoire, des courtepointes de satin crème recouvraient les lits, tandis que de lourdes tentures bordeaux habillaient les fenêtres.

S'efforçant de ne pas penser à Cian, nu sous la douche dont *elle* avait refermé la porte, Jessi posa son ordinateur portable sur le bureau et le mit en marche. Elle aurait donné cher pour chasser de son esprit une image aussi troublante que tenace : celle de Cian, debout au milieu de la salle de bains, en train d'ôter son kilt devant elle sans la moindre pudeur.

Ce que l'on disait était exact : les Écossais ne portaient rien sous leur célèbre vêtement.

Elle avait eu le temps de le constater avant de détourner les yeux. Bien sûr, elle n'était pas prude au point de ne pas avoir glissé un regard vers lui lorsqu'elle était allée fermer la porte de la douche, quelques instants plus tard. Qui savait quand se présenterait de nouveau l'occasion d'admirer un si beau spécimen de virilité ?

Lorsqu'ils étaient entrés dans la chambre, chacun avait observé la disposition des meubles et noté la présence de deux lits. Un silence tendu était tombé dans la pièce – le genre de silence qui précède le moment où l'homme et la femme se jettent dans les bras l'un de l'autre… ou prennent aussitôt leurs distances d'un air faussement détaché.

Ils avaient opté pour la seconde solution, à cette nuance près que le Highlander, lui, semblait parfaitement à son aise.

Tandis que Jessi se faisait toute petite – si elle l'avait pu, elle se serait réfugiée dans le couloir –, Cian, un petit sourire ironique sur les lèvres, s'était avancé d'un pas pour mieux inspecter la pièce, avant d'aller poser le miroir contre le mur opposé, de façon à ce qu'il reflète l'entrée.

Ainsi que les lits, avait remarqué Jessi, refusant de s'attarder sur les scénarios que cela pouvait engendrer.

Cian s'était ensuite tourné vers elle, et l'espace d'un instant, elle avait cru qu'il allait tenter de l'embrasser de nouveau. Il s'était bien approché d'elle, mais seulement pour pousser la porte de la salle de bains.

— Par le Christ ! s'était-il exclamé. C'est donc cela, une salle de bains !

— Pardon ?

— De là où j'étais dans le bureau de Lucan, je ne pouvais pas voir la sienne, avait-il expliqué sans quitter la pièce des yeux. J'en avais vu dans des magazines, mais je me demandais à quoi cela ressemblait vraiment.

— Dans son bureau ? C'était là qu'il vous gardait ?

Que son existence avait dû être étrange… Jessi avait le plus grand mal à se représenter une telle expérience.

— Oui, accroché au mur. Grâce à ses livres, je connais certaines inventions modernes, comme la douche, mais je n'en ai jamais utilisé.

Elle avait voulu lui proposer une démonstration, mais il était déjà dans la pièce, tournant les robinets, ouvrant les flacons, et bientôt, une vapeur chaude et parfumée avait envahi la petite salle de bains.

— Il y a des cuisines, dans cette auberge ? avait-il demandé en dépliant un peignoir en éponge d'un air perplexe.

Jessi avait acquiescé.

— Alors, fais-nous servir à manger, avait-il ordonné. Je meurs de faim. Je veux de la viande et du vin. Et des gâteaux au miel.

Puis il avait enlevé ses bottes de cuir et ses énormes bracelets. C'était à ce moment-là qu'elle aurait dû se douter de ce qui allait suivre… Avec un parfait naturel, il avait dégrafé son kilt et l'avait laissé tomber à ses pieds.

Il était resté un instant immobile, nu comme Adam, à l'exception d'un fourreau de cuir fixé à l'une de ses solides cuisses et qui contenait un lourd coutelas au manche incrusté de pierres précieuses. Totalement inconscient de l'extraordinaire spectacle qu'il offrait, il s'était penché pour détacher le fourreau et l'avait posé sur le rebord de la cabine de douche, avant de se placer sous le jet.

Avec un temps de retard, Jessi s'était détournée, le souffle court, les joues brûlantes.

Tout à coup, le souvenir du baiser qu'il lui avait dérobé un peu plus tôt dans le hall de l'hôtel lui était revenu à l'esprit. Elle avait encore le goût de ses lèvres sur les siennes… Jamais un homme ne l'avait embrassée comme il l'avait fait.

Non seulement il n'avait pas tenté un instant de profiter de la situation pour s'emparer de ses seins, comme l'aurait fait un autre homme, mais il n'avait même pas essayé de glisser sa langue dans sa bouche. Il s'était contenté de caresser ses lèvres avec les siennes, de la lécher, de la mordiller, en homme qui a tout son temps... ce qui n'avait fait qu'attiser son désir.

Comment avait-elle pu perdre ainsi toute retenue ? s'était-elle demandé ensuite, un peu gênée, dans l'ascenseur qui les menait à leur étage. Probablement à cause de sa douceur et de sa patience – des qualités qu'elle ne s'était pas attendue à trouver chez ce grand tatoué tout en muscles...

Il l'avait eue par surprise, voilà tout.

De même qu'il venait de la prendre au dépourvu en se dénudant devant elle aussi naturellement que s'ils étaient mari et femme. Lorsqu'elle avait de nouveau tourné son regard dans sa direction, elle avait contemplé à loisir sa haute et large silhouette, malgré la buée qui couvrait la porte vitrée de la douche. Seigneur, qu'il était bien bâti !

Incapable de résister à la tentation, elle avait admiré ses longues jambes aux cuisses de rugbyman, ses fesses rondes et musclées, ses puissants pectoraux... Une ombre soyeuse courait sur ses membres, son torse et sous ses bras – il n'avait rien de ces adeptes du bodybuilding qui s'épilaient pour plaire aux dames. Cian McKeltar était un homme, un vrai, et fier de l'être.

Il avait enduit tout son corps de savon dont le parfum était venu chatouiller les narines de Jessi et, sous le regard fasciné de celle-ci, avait entrepris de se masser de la tête aux pieds, allumant en elle un frisson de volupté.

Elle n'avait même pas fermé les yeux lorsqu'il avait refermé ses doigts autour de son sexe pour se savonner...

Ce n'était qu'en voyant sa main aller et venir en rythme qu'elle avait sursauté, honteuse, en prenant conscience qu'elle se comportait comme une voyeuse. Dans sa précipitation, elle avait levé les yeux vers son visage… et s'était alors aperçue qu'il avait le regard rivé sur elle, un léger sourire sur les lèvres. Il lui avait semblé voir une lueur ironique passer dans son regard ambré, suivie d'un éclair de défi.

Elle s'était ruée hors de la salle de bains et avait claqué la porte derrière elle. Puis, comme un automate, elle avait décroché le téléphone pour commander un repas pour deux, avant de sortir son ordinateur de son sac à dos et de le poser sur le petit bureau.

Il était temps de se ressaisir, songea-t-elle en refoulant les images licencieuses qui se pressaient dans son esprit… Elle leva les yeux et observa son reflet dans le miroir. La journée avait été longue, comme en témoignaient ses traits tirés et ses yeux cernés de noir.

À l'aide d'un mouchoir en papier, elle tamponna ses paupières maculées de traces de mascara, puis, se servant de ses doigts en guise de peigne, elle tenta de discipliner ses boucles folles. Elle se faisait couper les cheveux tous les deux mois, mais son dernier rendez-vous remontait à plusieurs semaines, et sa crinière commençait à retrouver sa sauvagerie naturelle.

Elle soupira. Quand aurait-elle de nouveau l'occasion de pousser la porte du petit salon de coiffure de son quartier ? Mieux valait ne pas y songer…

D'un geste machinal, elle épousseta son pull. Elle avait une chevelure impossible, mais la nature avait compensé ce handicap en la dotant d'une jolie poitrine. Certaines femmes avaient des cheveux de rêve, d'autres un sourire angélique, d'autres encore des fesses musclées – les seules à rester sagement logées dans le slip d'un bikini.

Quant à elle, elle avait une tignasse indomptable, un sourire enfantin et un fessier rebondi, mais au moins, elle avait des seins parfaits. Si joliment ronds et fermes qu'elle craignait parfois, lorsqu'elle ne portait pas de soutien-gorge sous ses robes d'été, qu'on ne les croie gonflés à la silicone... Ils étaient si haut perchés et pointaient de façon si insolente qu'ils semblaient un défi aux lois de la gravité !

Dans le reflet du petit miroir, la lueur rouge du réveil posé sur la table de chevet attira son attention. 4 heures du matin. Déjà ? Dans moins de trois heures, sa journée commencerait. Le jeudi, elle donnait un cours d'anthropologie.

Du moins, jusqu'à présent.

Le jour qui se levait risquait de n'avoir aucun rapport avec ceux qui constituaient son train-train habituel. Devait-elle appeler l'administration pour se faire porter pâle ? Non, ce n'était pas prudent. Mieux valait qu'elle se fasse discrète, pour l'instant. Elle improviserait une explication pour justifier son absence plus tard, quand tout serait fini.

Qui sait, peut-être pourrait-elle arguer qu'elle avait agi sous la contrainte et n'était donc pas pénalement responsable ? Dans ce cas, le plus sage était de s'abstenir de tout coup de téléphone, afin de ne pas prendre le risque qu'on la soupçonne d'avoir menti. Comment se défendrait-elle, sinon, lors de son procès ? « Je sais que c'est inhabituel de la part d'un preneur d'otage de laisser sa victime téléphoner pour dire qu'elle est souffrante, mais celui-ci n'était pas un preneur d'otage ordinaire... » À d'autres ! Personne ne la croirait.

Avec un soupir de lassitude, elle ouvrit sa messagerie. Avec un peu de chance, cela l'aiderait à ne pas penser au dieu de l'amour qui se trouvait à quelques pas d'elle, nu sous la douche et couvert de mousse parfumée.

Jessi laissa échapper un éclat de rire désabusé. Autant demander à une personne étendue dans une mare de chocolat fondu entourée de noisetiers de ne pas penser à un rocher praliné !

Sa boîte à lettres électronique contenait l'habituel flot de courrier sans intérêt : notes d'information du forum consacré à l'archéologie auquel elle était inscrite, billets d'étudiants débordants de créativité pour expliquer pourquoi ils avaient raté un cours ou oublié de rendre un devoir, et enfin une série de photographies (très dénudées) du Beau Gosse du Mois envoyée par une amie.

Jessi sourit en faisant défiler la liste de photos et choisit la plus sexy pour remplacer son ancien fond d'écran. Puis elle sélectionna les courriers à conserver pour les relire plus tard à tête reposée et fit glisser les autres dans la corbeille.

Ensuite, elle sépara les messages de ses étudiants en deux groupes : les excuses valables, et celles qui ne l'étaient pas. À la réflexion, elle ajouta un troisième groupe, celui des excuses délirantes, si drôles et inventives qu'elles méritaient de figurer dans une anthologie.

Elle s'apprêtait à se déconnecter lorsqu'un nouveau message s'afficha, envoyé par un certain Myrddin@Drui.com.

Jessi hésita. Elle ne connaissait pas cette personne et craignait les virus comme la peste… ou plus exactement, bien plus que la peste, qui n'était plus un fléau d'actualité. De plus, la rubrique « objet » n'était pas remplie, ce qui ne faisait qu'ajouter à sa méfiance. En règle générale, les messages sans objet envoyés par des inconnus étaient au mieux des blagues de mauvais goût, au pire des sources d'ennuis sans fin.

Par conséquent, la place de celui-ci était dans la corbeille. Sans passer par la case lecture.

Elle s'apprêtait à faire glisser l'icône de l'e-mail vers celle de la poubelle en bas de l'écran lorsqu'elle se figea, envahie par une sensation douloureuse. De stupeur, elle lâcha la souris.

Puis elle la reprit avec fermeté. Elle avait dû rêver. Une icône n'était qu'une image, elle ne pouvait faire mal !

La jeune femme tenta de nouveau de jeter le document. Cette fois-ci, il lui sembla qu'une véritable décharge électrique frappait sa main et son bras droits ! Elle lâcha la souris en étouffant un petit cri de douleur. Que se passait-il ?

Ce ne fut qu'à cet instant qu'elle prit conscience de l'étrange façon dont le message s'était affiché sur son écran. C'était bien la première fois qu'un e-mail s'invitait dans sa boîte à lettres pendant qu'elle consultait celle-ci. D'habitude, les e-mails venant tout juste d'arriver n'apparaissaient que lorsqu'elle rafraîchissait la page.

En tout cas, jamais pendant qu'elle lisait son courrier.

De nouveau, elle fit glisser le pointeur de la souris vers la colonne « objet ». Les mots « pas d'objet » s'inscrivirent aussitôt. Une sensation de froid glacial s'était emparée de son bras droit, comme lorsqu'elle plongeait la main dans le congélateur pour y prendre une glace… à la différence que cette fois-ci, l'heure n'était pas aux sucreries.

Son intuition lui soufflait que cet e-mail ne lui apporterait aucun plaisir. Pourtant, c'était plus fort qu'elle : il fallait qu'elle sache. Poussée par la curiosité, elle cliqua deux fois de suite sur le nom de son mystérieux correspondant avant de rejeter la souris, le bras de nouveau parcouru par un violent courant électrique.

Elle porta la main à sa joue. Sa paume était glaciale.

Le message qui s'afficha aussitôt sur l'écran se résumait à trois lignes aussi brèves qu'absconses.

Rendez le Miroir immédiatement.
Contactez Myrddin@Drui.com pour instructions.
Vous avez vingt-quatre heures.

Rien de plus, à l'exception d'une ligne de caractères incompréhensibles au bas de la page.

Alors qu'elle se penchait pour les déchiffrer, une ombre sembla tomber sur la chambre. Jessi leva les yeux vers la petite glace fixée devant elle. Les chiffres rouges du réveil pâlirent, la veilleuse de l'entrée vacilla, tandis que la teinte ivoire des murs prenait une sinistre nuance jaunâtre.

Puis, aussi clairement que si un homme s'était trouvé dans la pièce, une voix masculine aux intonations profondes s'éleva.

— Obéissez ou vous mourrez, Jessica Saint-James.

Elle se leva et pivota sur elle-même d'un seul mouvement, mais il n'y avait personne. Depuis la salle de bains lui parvenait le ruissellement de la douche. Jessi se figea, l'oreille aux aguets, au cas où le spectre aurait quelque chose à ajouter.

Les secondes passèrent, puis les minutes, sans autre manifestation paranormale. Jessi se laissa tomber sur son siège, puis elle considéra, morose, son reflet dans la petite glace. L'homme l'avait appelée Jessica Saint-James. Tout le monde connaissait son nom, et c'était encore ce qui l'effrayait le plus.

Lucan ôta sa main de l'écran. La fille Saint-James avait disparu, mais pendant un instant, il l'avait vue. Elle était jeune – très, très jeune, comparée à lui ! – et pleine d'énergie. Quant au reste, il n'en savait pas plus...

Un rire amer jaillit de ses lèvres.

D'ordinaire, le progrès avait du bon. Avec une simple ligne téléphonique, on pouvait se connecter à quelqu'un sans qu'il se doute de rien. Les gens du XXIe siècle avaient une telle crainte des virus informatiques et autres vols d'identité qu'ils en oubliaient tout autre danger et n'hésitaient pas à se connecter à tout et n'importe quoi, sans songer qu'ils étaient des proies faciles pour les rôdeurs de tous poils. Ils vivaient dans l'angoisse des tueurs en série et des pervers sexuels, mais n'avaient pas la moindre idée des risques qu'ils couraient d'être sondés, manipulés, voire détruits, s'ils tombaient entre les griffes d'un maître en magie noire.

Lorsqu'il se connectait à la messagerie de l'une de ses proies, Lucan pouvait à loisir pratiquer l'Écoute profonde, sonder sa victime et apprendre sur elle des éléments décisifs.

Pourtant, dans le cas de la compagne du Highlander, les résultats n'avaient pas été à la hauteur de ses espérances. Cette femme semblait être protégée par d'invisibles barrières qu'il ne parvenait pas à forcer...

Qui était donc cette Américaine qui accompagnait McKeltar ? Et pourquoi avait-il été incapable de percer le secret de ses pensées ?

Lucan était furieux. Il avait espéré puiser rapidement des informations dans l'esprit de la compagne de Cian, afin d'aider Ève à expédier la besogne au plus vite. Et surtout, il ne comprenait pas pourquoi l'esprit de la fille lui demeurait inaccessible.

De mauvaise humeur, il ouvrit le fichier de Roman. Il y avait là tout ce qui concernait le tueur mort, en particulier ses cibles, avec leurs photos et adresses, postales et informatiques, ainsi que tout ce qui concernait leur état civil et des renseignements administratifs intéressants, tels que le numéro d'immatriculation de leur véhicule ou celui de leur compte en banque.

Il zooma sur le portrait de Jessica Saint-James, puis examina les informations portées sur son permis de conduire. Un mètre soixante-cinq, vingt-quatre ans, yeux vert clair, cheveux noirs…

Un beau brin de fille, soit dit en passant.

Pas étonnant qu'elle ait plu à ce coureur de jupons de McKeltar ! Avait-elle opposé aux tentatives d'Écoute profonde du Highlander la même résistance qu'aux siennes ? C'était probable. Cela n'avait dû qu'exciter la convoitise de Cian, songea Lucan avec une satisfaction morose.

Il referma le dossier et composa une série de chiffres sur son téléphone afin de modifier les instructions destinées à Ève. Le Miroir restait pour lui la priorité absolue, mais il voulait la fille vivante.

Il brûlait d'envie de l'étudier… dans le moindre détail.

Cela faisait une éternité que les femmes ne l'étonnaient plus. Toutefois, celle-ci lui offrirait un divertissement bienvenu, et d'autant plus agréable que McKeltar assisterait à la scène, impuissant, depuis son perchoir sur le mur de son cabinet de travail.

— Ah, non, ce n'est pas possible ! s'exclama Jessi en voyant Cian sortir de la salle de bains, nu comme au premier jour.

Elle bondit du lit où elle s'était allongée. Mieux valait observer son compagnon d'un point de vue plus sûr, songea-t-elle en se dirigeant vers la fenêtre.

— Retournez là-bas et habillez-vous ! tonna-t-elle en désignant la salle de bains, furieuse du trouble que sa vue éveillait en elle.

Pour être honnête, songea-t-elle en le voyant faire demi-tour, au moment où il était apparu, elle se demandait justement dans quelle tenue il se montrerait. Chastement vêtu de son kilt ? Les reins ceints d'une serviette, en toute simplicité ? Intégralement nu, tel un satyre prêt à bondir sur la première nymphe venue ?

Elle avait parié sur la troisième option. Bingo !

Lorsqu'il revint, affublé d'une serviette autour des reins et d'une autre enroulée sur sa tête à la façon d'un turban, il déposa son fourreau et son coutelas sur le bureau.

Tout compte fait, elle le préférait nu. Ainsi vêtu, il éveillait en elle une furieuse envie d'arracher ces maudites serviettes qui masquaient l'aspect le plus intéressant de son anatomie...

Avait-il lu dans ses pensées ? Aussitôt, il baissa la tête pour faire tomber la première serviette et libérer ses nattes encore ruisselantes. Puis il se redressa, rejetant sa somptueuse chevelure en arrière dans un cliquetis métallique.

Jessi suivit du regard une goutte d'eau qui glissait sur son épaule couverte de tatouages, contournait son sein, avant de poursuivre son chemin le long de ses pectoraux saillants.

Malgré la déplorable rusticité de ses manières, ce bellâtre moyenâgeux était une ode à la sensualité !

Elle se mordit les lèvres, plus troublée qu'elle ne voulait le montrer. C'était bien la première fois qu'un homme la bouleversait à ce point. Un seul regard sur lui, et elle était prête à faire des folies de son corps...

Pourtant, elle était déjà sortie avec des garçons tout à fait bien de leur personne. Kenny Disirio, par exemple. Le bel Italien dans toute sa splendeur, œil de velours et langage fleuri, à vous donner envie de chanter le *bel canto* même si vous ne parliez pas un mot de la langue de Dante... Même Ginger, le rat de bibliothèque, avait esquissé un sourire rêveur devant sa photographie, avant de déclarer qu'elle sécherait volontiers quelques cours pour s'offrir un peu de bon temps avec ce « superbe étalon ».

Un conseil que Jessi s'était empressée de ne pas appliquer.

Elle s'était portée volontaire pour assurer une série de cours supplémentaires, et Kenny avait rompu. À Ginger, qui lui demandait des explications, Jessi n'avait répondu que par un haussement d'épaules insouciant. Un de perdu, dix de retrouvés...

À présent, elle comprenait la raison de son comportement. Son esprit appréciait Kenny, qui était aussi brillant que beau, mais son corps restait indifférent.

Comme avec tous les garçons qu'elle avait fréquentés.

Avec Cian McKeltar, c'était l'exact inverse qui se produisait. D'un point de vue intellectuel, il représentait tout ce qu'elle détestait. Mais sur le plan purement physique, elle n'avait qu'une envie : faire avec lui tout ce qu'une femme peut faire avec un homme. Tout... y compris une ribambelle d'adorables petits McKeltar.

Bref, elle n'était plus elle-même.

— As-tu commandé à manger ? demanda-t-il, l'arrachant à ses réflexions.

— Oui, mais il faut attendre un peu. Écoutez, j'ai réfléchi... Quel est votre plan, exactement ?

— Coucher avec toi.

— Je parle d'un plan réaliste, précisa-t-elle avec un sourire un peu guindé.

— Ah, celui-là ! Attends, je te montre.

Un instant auparavant, il se trouvait de l'autre côté de la pièce, séparé d'elle par deux lits. Et voilà qu'il était tout contre elle, si proche qu'elle pouvait sentir la chaleur de son corps !

Comment avait-il pu se déplacer aussi vite ?

Jessi n'eut pas le temps de lui poser la question. Déjà, il soulevait son menton d'une main, tandis que de l'autre, il l'attirait à lui.

Elle ne tenta pas de résister. Personne ne pouvait lui venir en aide... à supposer qu'elle en ait envie.

Vaincue, elle plongea son regard dans ses yeux couleur d'ambre et attendit que ses lèvres se posent sur les siennes. Il se pencha vers elle, si lentement qu'elle frémit. Il était encore plus beau vu de près ! Son regard n'était que lumière dorée, et sa peau était plus douce que le cuir le plus fin, sauf sur ses joues recouvertes d'une barbe naissante.

Il s'immobilisa à moins d'un millimètre d'elle, si près qu'elle pouvait presque sentir la tiédeur de sa peau contre la sienne.

— Dis-moi que tu ne veux pas que je t'embrasse, Jessica, dit-il en effleurant sa bouche. Et tu as intérêt à te montrer convaincante...

— Lâchez-moi, dit-elle avant d'humecter ses lèvres.

— Tu ne peux pas faire mieux ?

— Lâchez-moi ! répéta-t-elle en se plaquant contre lui.

Un aimant aurait mieux résisté à l'attraction d'un bloc d'acier... Lequel bloc d'acier lui décocha un sourire moqueur.

— Essaie encore. Je te préviens, ma belle, c'est ta dernière chance.

Jessi prit une profonde inspiration.

— Léchez-moi !

« Oh, non ! » faillit-elle gémir en entendant Cian éclater de rire. Ce n'était pas ce qu'elle avait voulu dire...

Trop tard.

Déjà, il se penchait vers elle pour lui donner le baiser si ardemment réclamé.

10

Jessi avait cru savoir ce qui l'attendait, mais rien ne l'avait préparée au baiser de Cian. Oubliées, les gentillesses dont il l'avait gratifiée un peu plus tôt dans le hall de l'hôtel ! L'heure n'était plus aux préliminaires. Le Highlander avait faim d'elle, et il n'aurait pu le lui faire savoir de façon plus convaincante...

Il la saisit par les cheveux pour l'attirer à lui, puis, de son pouce, entrouvrit ses lèvres. Comprenant que toute résistance était vaine, Jessi lui offrit sa bouche.

Elle se souviendrait longtemps de cette expérience... Ce ne fut pas un baiser, ce fut une prise de pouvoir.

Cian commença par forcer la barrière de ses lèvres, avant d'envahir sa bouche comme s'il voulait boire son âme, allant et venant en elle en une danse aussi sauvage que sensuelle.

Impérieux, presque carnassier, c'était le baiser d'un homme sûr de sa propre supériorité, qui n'a pas l'habitude que les femmes se refusent à lui et sait très bien ce qu'il veut et comment l'obtenir.

Cian McKeltar aimait l'amour, dans toute sa crudité. Il n'hésitait pas à prendre ce qui le tentait, sans la moindre retenue. La morale et la pudeur étaient bien loin de ses préoccupations !

Exactement ce dont Jessi avait toujours rêvé... même si elle n'avait jamais osé se l'avouer. Comment avait-elle pu rester aussi longtemps dans l'ignorance de ses propres envies ? Ce qu'il lui fallait, c'était un homme, un vrai.

À présent, elle comprenait pourquoi toutes ses relations avec ses petits amis avaient échoué. Parce qu'ils n'étaient rien de plus que ceci : de petits amis.

Et non de grands amants.

Cian McKeltar, lui, en était un. Tout en lui rayonnait d'ardeur et d'appétit sexuel. Jamais elle ne serait à la hauteur de ses attentes, songea-t-elle avec un brin d'anxiété.

Puis une autre idée lui vint. Pourrait-elle quitter cette chambre d'hôtel dans le même état que celui où elle y était entrée : en authentique vierge ?

Bien entendu, jamais elle n'avait avoué à ses amis qu'elle l'était encore. À son âge, on se serait moqué d'elle ! Ou pire : on n'aurait eu qu'une hâte, la jeter dans le lit du premier venu pour la guérir de cette maladie. Pour sa part, elle n'avait jamais supporté que les autres se mêlent de ses affaires. Son (hypothétique) vie sexuelle ne concernait qu'elle et ses (éventuels) partenaires.

Cette virginité tardive était sans doute le fruit de son éducation. Si sa mère avait toujours encouragé ses filles à fonder une famille, elle avait avant tout incité cellesci à se respecter, et à se faire respecter.

— Choisissez le bon, mes chéries ! répétait Lilly Saint-James à ses trois enfants. Vous n'imaginez pas le nombre de pauvres types sur qui on peut tomber.

Comme elle venait elle-même de quitter son quatrième mari pour un autre homme, elle parlait sûrement d'expérience.

— Par le Christ, *lass*, tu es un vrai rayon de miel... gémit Cian à son oreille.

Jessi, frémissante de plaisir, s'abandonna aux ardeurs de cet homme privé d'amour depuis plus d'un millénaire. Il semblait ne jamais devoir se lasser de ses lèvres, de sa chaleur, de sa peau… et elle avait l'impression de sortir, elle aussi, de mille ans de chasteté.

Sous ses assauts, elle n'était plus la sage et studieuse Jessi Saint-James, mais une amante sensuelle, à la fois audacieuse et soumise, une femme enfin révélée à elle-même. Il lui semblait qu'elle n'était venue au monde que pour appartenir à cet homme hors du commun, qu'elle n'existait que par ses baisers, sa chaleur, son odeur, et que s'il se détournait d'elle, elle disparaîtrait de la surface de la terre…

Jamais elle ne sut comment ils se retrouvèrent étendus sur le sol. Une seconde plus tôt, elle était debout, dans ses bras, offerte à ses baisers, et voilà qu'elle était allongée sur l'épais tapis de laine, voluptueusement écrasée par quatre-vingt-dix kilos de testostérone pure, ses seins si durs qu'ils pointaient sous ses vêtements.

Contre son bassin, le sexe de son compagnon était rigide, plus dur que de l'acier. De plus, Jessi ne l'aurait pas juré, mais il lui semblait bien que plus aucune serviette ne les séparait.

Si elle ne réagissait pas, elle était perdue. Il était temps de reprendre ses esprits ! songea-t-elle… avant de glisser ses doigts dans les longues tresses de son amant pour l'attirer à elle.

Il prit de nouveau ses lèvres, avec douceur d'abord, puis avec fougue, et elle se laissa une fois de plus emporter par les sensations intenses qu'éveillaient en elle son odeur musquée, le frottement de sa barbe contre ses joues et la fièvre qui le consumait, plus enivrante que le plus puissant des aphrodisiaques.

Elle entoura son large cou de ses bras, avant de caresser avec ravissement son dos aux muscles saillants. À peine remarqua-t-elle qu'il avait écarté ses jambes pour plaquer son bassin contre le sien et se frotter à elle dans un geste langoureux, aussi vieux que l'humanité.

Rapidement, une moiteur coupable envahit les plis les plus tendres de son intimité. Jessi, fermant les yeux, répondit au doux mouvement que Cian imprimait à ses reins et ne protesta pas lorsqu'il referma sur ses fesses une main de propriétaire afin de soulever ses hanches, en une brûlante imitation de l'acte sexuel.

Il s'en fallait d'un rien – l'épaisseur d'un jean, la barrière d'une culotte de dentelle – pour que sa virginité ne soit plus qu'un souvenir...

Une sirène d'alarme assourdie résonna au fond de son esprit. Ou peut-être avait-elle mal entendu ? Chaque coup de reins de son amant l'éloignait un peu plus de la réalité, pour l'entraîner dans un univers tout neuf pour elle – un monde suave où l'attente était un supplice et le plaisir une promesse sans cesse renouvelée, un monde où les corps menaient la danse, où le temps se dilatait, où tout n'était qu'audace et volupté.

Un monde où c'était une bénédiction d'être une femme et de pouvoir s'offrir à un mâle tel que Cian McKeltar.

Un petit hoquet de plaisir lui échappa lorsqu'il souleva son pull pour caresser son ventre, avant de remonter lentement, dessinant sur sa peau d'interminables arabesques. Elle renversa la tête en arrière et attendit, le cœur battant, qu'il parvienne à sa poitrine.

Une onde de chaleur l'envahit, la fièvre qui courait dans ses veines monta d'un degré. Il lui semblait que les mains de son amant n'atteindraient jamais leur but... Elle s'apprêtait à le supplier de caresser ses seins quand, enfin, il mit fin à son attente.

Il commença par décrire des spirales autour des pointes de ses seins, avant de marquer une pause, puis de recommencer, portant son impatience à un degré insoutenable. Il s'amusa ensuite à soupeser les lourds globes entre ses paumes, comme pour en savourer le poids et la tiédeur, avant de les pétrir.

Alors qu'elle était sur le point de gémir de frustration, il referma ses doigts sur les pointes de ses seins durcies par le désir, avant de les faire rouler avec douceur, lui arrachant un cri de pur plaisir.

Il cessa quelques instants ses caresses, le temps de reprendre ses allées et venues entre ses cuisses. Ivre de désir, Jessi se cambra pour mieux s'offrir à lui. Pourquoi ce maudit jean l'empêchait-il de savourer pleinement le plaisir qu'il lui prodiguait ? Déjà, le point le plus sensible de sa féminité se durcissait, tandis qu'une rosée perlait entre ses jambes.

Comme s'il avait deviné ses désirs, il déboutonna son jean. Elle réprima un soupir de bien-être lorsqu'il fit glisser son pantalon sur ses hanches, puis sa culotte.

Et tout à coup, plus rien.

Elle rouvrit les yeux, rappelée à la réalité par une désagréable sensation de froid sur sa peau.

Elle était seule.

Décidément, cet homme avait un don pour se déplacer à une vitesse ahurissante. Ou peut-être se téléportait-il ? Au point où elle en était, elle était prête à croire n'importe quoi.

— Où es-tu ? appela-t-elle, le souffle court.

— Derrière toi.

Il avait parlé d'une voix qui vibrait de colère et de frustration. Intriguée, Jessi regarda par-dessus son épaule. Cian était dans le miroir, haletant, le cou envahi d'une forte rougeur.

Quant à elle, elle ne devait pas offrir un spectacle bien différent, avec ses joues rougies par le frottement de la barbe de son compagnon, ses lèvres gonflées par ses morsures et ses seins plus durs que jamais.

Elle regarda Cian sans comprendre. Que faisait-il dans le miroir ? Et d'ailleurs, comment y était-il retourné ?

— Il me capture de nouveau après un certain temps, expliqua-t-il, comme s'il avait suivi le fil de ses pensées.

— Tout à coup, sans prévenir ?

— *Aye*. Crois-moi, ce n'est pas moi qui ai décidé de te quitter aussi vite.

Puis il baissa son regard d'un cran.

— Tu as les plus jolies fesses que j'aie jamais vues, Jessica, ajouta-t-il.

Ce ne fut qu'à ce moment qu'elle prit conscience de sa posture : à genoux sur le sol, le postérieur tourné vers le miroir, le jean baissé jusqu'à mi-cuisses. Le reflet que lui renvoyait l'immense glace était digne des pages centrales d'un magazine pour public averti…

Honteuse et choquée, elle se redressa et tenta de se rhabiller. Horreur ! Son slip s'était enroulé sur lui-même, et son jean était entortillé de telle sorte qu'elle ne parvenait plus à le remonter. Elle tira maladroitement sur sa culotte, manquant de la déchirer dans sa hâte à couvrir sa nudité, puis elle donna un coup sec à son pantalon. Le maudit vêtement résista.

Jessi n'avait d'autre choix, pour y loger ses hanches rondes, que de le faire remonter lentement, tout en imprimant à ses fesses un léger mouvement de balancier, de droite à gauche, telle une danseuse orientale. Ce qu'elle fit, consciente du regard de Cian posé sur elle.

— Si tu voulais me punir, c'est réussi, gronda ce dernier d'une voix rauque de frustration.

— Bien fait pour toi !

Puis elle se réfugia dans la salle de bains pour réparer le désordre de sa tenue.

De l'autre côté de la porte fermée, un joyeux éclat de rire lui parvint, plus mortifiant que les plaisanteries les plus crues.

Elle se réveilla quelques heures plus tard, affamée. Elle roula sur elle-même et consulta le réveil posé sur la table de chevet. Pas étonnant qu'elle meure de faim, elle n'avait rien mangé depuis plus de vingt-quatre heures !

Le dîner qu'elle avait commandé n'avait pas été apporté. Soit parce que, absorbée par ses ébats érotiques sur le tapis, elle n'avait pas entendu frapper à la porte, soit parce que, pour une raison ou pour une autre, sa commande s'était perdue en route. À moins que le garçon d'étage ne soit venu pendant son sommeil ? Elle dormait si peu que, depuis quelque temps, elle éprouvait les plus grandes difficultés à se lever le matin.

Encore mal réveillée, elle décrocha le téléphone et appela le service d'étage pour commander un petit-déjeuner un peu spécial : double cheeseburger, frites et soda.

— Je ne sais pas ce que c'est, mais ce sera la même chose pour moi ! cria une voix en provenance du miroir. Et si ce ne sont pas des gâteaux, fais-en ajouter quelques-uns.

Jessi obtempéra, supposant que Cian prendrait son repas dès qu'elle l'aurait libéré de la glace. Jusqu'alors, elle ne s'était pas étonnée qu'il y soit retourné après qu'elle l'avait délivré, la nuit où il avait tué le Russe aux cheveux blonds. Il fallait dire pour sa défense qu'elle avait alors eu d'autres soucis.

À présent, elle comprenait mieux. Cian n'avait pas le choix : le miroir le capturait de nouveau après un certain temps. Elle pouvait faire sortir le Highlander en prononçant l'incantation, mais pas de façon définitive.

Cela ne lui convenait pas du tout. Comment pouvait-elle compter sur sa protection s'il se retrouvait enfermé au moment où son agresseur se manifestait ?

Tout en raccrochant le combiné, elle laissa son regard errer sur son corps athlétique. Qu'il était beau ! Elle ne s'y habituait pas… Il suffisait qu'il entre dans son champ de vision pour qu'aussitôt, elle oublie toutes les choses sérieuses sur lesquelles elle aurait dû concentrer son attention, pour songer à des choses nettement moins sérieuses.

— À quelle fréquence peux-tu être libéré, et pour combien de temps ? demanda-t-elle, pensive.

Il s'adossa contre un support qu'elle ne pouvait voir – sans doute l'un des murs de sa prison –, croisa les bras sur sa poitrine et posa l'un de ses pieds bottés devant l'autre.

— Un instant ! reprit Jessi en louchant sur ses pieds. Comment as-tu repris tes affaires ?

— En plus de mille ans, j'ai eu le temps d'étudier les possibilités de ce miroir. Il a été conçu pour enfermer des êtres humains, pas des objets. À force d'entraînement, j'ai réussi à y attirer des articles qui se trouvaient dans mon champ de vision.

Jessi inspecta rapidement la chambre. Outre les bottes, le kilt de Cian avait disparu, ainsi que son coutelas et son fourreau. Apparemment, il les avait repris pendant qu'elle dormait.

Elle aurait voulu lui poser mille questions sur ce miroir fabuleux, mais elle se focalisa sur l'essentiel : sa propre survie.

— Eh bien, insista-t-elle, quand pourras-tu sortir de nouveau ?

— Essaie donc de me libérer, puisque tu tiens tant à le savoir.

Jessi hésita. D'un côté, elle n'était pas prête à un nouveau tête-à-tête… ou plus exactement, à un nouveau corps-à-corps avec lui. D'un autre côté, il fallait bien qu'elle sache à quoi s'en tenir quant à son aptitude à la protéger.

Elle prit une inspiration et récita d'un trait la formule magique.

Rien ne se produisit.

Dans le miroir, Cian hocha la tête.

— C'est bien ce que je craignais… Écoute, je ne peux pas répondre à ta question. Quand Lucan avait besoin de mon aide, il me faisait parfois sortir. Il y a plusieurs siècles, il m'a accordé quatre jours de liberté consécutifs, mais cela ne s'est pas reproduit. Dans la plupart des cas, je bénéficiais de quelques heures, une journée tout au plus. Il m'est impossible de savoir à l'avance de combien de temps je dispose.

— Si je comprends bien, tu peux t'échapper tous les jours pendant quelques heures, résuma Jessi.

— *Aye*.

— Par conséquent, tu es coincé là-dedans jusqu'à demain matin.

— C'est probable, mais je ne peux rien affirmer. Le mieux serait que tu prononces l'incantation de libération plusieurs fois dans la journée.

— Et si je n'arrive pas à te libérer ? Comment comptes-tu me défendre contre un assassin depuis ta prison ?

— Écoute, *lass*, il n'y en a que pour quelques jours – vingt exactement. Ce sera vite passé. Je te donne ma parole que jusqu'à l'expiration du délai, tu es sous ma protection.

Au moins son cauchemar aurait-il une fin. Dans vingt jours, soit à peine trois petites semaines… Si elle s'était cassé une jambe, se dit-elle, fataliste, elle aurait été immobilisée à peu près pendant la même période, et elle en aurait pris son parti.

Une fois de plus, elle se félicita de ne pas avoir appelé le secrétariat de l'université pour prétendre qu'elle était malade. À présent que l'horizon s'éclaircissait, elle retrouvait l'espoir de revenir un jour, très bientôt, à la vie normale. Elle trouverait bien une histoire à raconter pour expliquer son absence.

Soudain, les mots qu'avait prononcés Cian lui revinrent en mémoire.

— L'expiration du délai ? demanda-t-elle. De quoi parles-tu ?

— Le Pacte qui me retient prisonnier du Miroir Sombre doit être renouvelé régulièrement par le versement d'une dîme. Une fois par siècle, une certaine quantité d'or pur traverse la glace afin de réaffirmer la validité du contrat *unseelie*. Le prochain paiement doit avoir lieu la nuit d'Halloween, le 31 octobre à minuit.

L'élan d'espoir qu'avait éprouvé Jessi s'évanouit. À peine commençait-elle à envisager la fin de cette aventure que Cian se chargeait de lui rappeler qu'elle nageait jusqu'au cou dans une histoire abracadabrante de sorciers et de malédictions.

Et le plus grave, c'était qu'à la longue, tout cela finissait par lui paraître parfaitement normal ! Voilà ce qui arrivait quand on fréquentait des hommes du IXe siècle enfermés dans des miroirs magiques...

Car la magie existait bel et bien, quoi que Jessi ait pu croire à ce sujet jusqu'alors. Elle en avait la preuve en chair (musclée) et en os (solides) sous les yeux.

Étouffant un bâillement, elle s'assit sur le lit. Pour une fois, elle avait dormi tout habillée – elle n'avait enlevé que ses chaussures et ses chaussettes avant de s'effondrer sur le lit. Elle traversa la pièce et se posta devant le miroir pour observer, songeuse, les mystérieuses inscriptions gravées sur son cadre.

Puis elle fit courir le bout de ses doigts sur la surface argentée, et de l'autre côté de la glace, Cian l'imita. Elle ne sentit rien d'autre que la fraîcheur du miroir.

En revanche, lorsqu'elle parvint sur les traces sombres situées près des bords, une sensation de froid polaire gagna tout son bras, exactement comme quand elle avait lu l'étrange message trouvé la veille dans sa boîte aux lettres électronique. De plus, lorsqu'elle avait cliqué dessus, l'icône lui avait paru collante – une sorte de sangsue qui aurait refusé de la lâcher...

Jessi se promit de demander à Cian qui était le dénommé Myrddin qui lui envoyait des sommations à vous donner la chair de poule, mais auparavant, elle avait quelques questions à lui poser.

— C'est parce qu'il s'agit d'une relique *unseelie*, expliqua Cian.

— Pardon ?

— Le frisson glacial qu'on ressent en touchant le bord. La magie noire est froide ; la magie blanche est chaude. Un objet *seelie* dégage une douce tiédeur, mais il suffit de frotter la peau d'un homme avec une page du Livre Noir pour le refroidir pour toujours. On dit que quelqu'un qui manipulerait trop longtemps cet ouvrage perdrait peu à peu tout ce qu'il y a d'humain en lui, jusqu'à se transformer en créature démoniaque.

Jessi prit bonne note de cette information, mais elle refusait de se laisser entraîner vers des sujets secondaires. Elle avait besoin de réponses à un certain nombre de questions, essentielles pour sa survie, et à sa connaissance, ce Livre Noir n'avait rien à voir avec ses problèmes actuels.

— Si je comprends bien, tout ce que nous avons à faire, c'est te tenir à l'écart de ce Lucan jusqu'à la date du paiement de la dîme, afin que le sort soit rompu ?

— *Aye*.

— Et ensuite ? Que se passera-t-il une fois que tu seras libre ?

Une lueur étrange passa dans le regard doré de Cian.

— Dès cet instant, dit celui-ci d'une voix rocailleuse, tu ne craindras plus jamais rien de Lucan Trevayne. Je t'en fais le serment.

Instinctivement, elle recula d'un pas. Où était passé l'amant tendre et attentionné qui l'avait embrassée avec tant de passion quelques heures auparavant ? L'homme qui se tenait devant elle était un guerrier effrayant, aux lèvres retroussées sur un sourire carnassier et aux yeux brillants de fièvre.

Le millénaire de captivité qu'il avait subi avait altéré sa raison, c'était évident... Pour une fois, Jessi se réjouit de le savoir de l'autre côté de la glace.

— C'est tout de même lui qui t'a enfermé là-dedans, lui rappela-t-elle. Qui te dit que tu l'emporteras sur lui ?

— Cette fois-ci, je vaincrai, Jessica. Sois-en certaine.

Un frisson d'effroi la parcourut. Il y avait une telle assurance dans sa voix, une telle soif de vengeance dans son regard qu'elle ne pouvait douter de ses paroles.

Sans doute avait-il acquis d'autres pouvoirs que celui de faire franchir le miroir à un coutelas ou une paire de bottes. Même du fond de sa prison, il saurait veiller sur elle.

Oui, il réussirait à la protéger. Restait à savoir si elle réussirait à se protéger de lui...

Dire qu'elle devrait lui résister pendant trois semaines, durant lesquelles il pourrait quitter le miroir quelques heures chaque jour ! Jamais elle n'en aurait la force...

Des coups frappés à la porte l'arrachèrent à ses réflexions.

— Service d'étage ! lança une voix féminine.

Ravie de cette diversion, Jessi se détourna du miroir.

— Enfin ! s'exclama-t-elle. Je commençais à mourir de faim.

Cian recula d'un pas afin de ne pas être vu de la personne qui venait de frapper à la porte... ce qui ne l'empêcha pas d'admirer le spectacle qu'offrait Jessica Saint-James vue de dos, ses fesses agréablement rebondies moulées dans son jean étroit.

Le souvenir de ses rondeurs, qu'il avait tenues au creux de ses mains quelques heures plus tôt, lui chatouillait encore les paumes. Il resserra les poings sur le vide. Dire qu'elle avait failli être à lui, qu'il ne s'en était fallu que de quelques secondes !

Mais à la première occasion, elle lui appartiendrait. Il s'en faisait la promesse. Il voulait l'entendre le supplier de la prendre et gémir de plaisir sous ses assauts répétés. Il ne lui rendrait sa liberté que lorsqu'il aurait épuisé les ressources de volupté de son corps tout en courbes laiteuses... si un jour il se lassait d'elle.

Un étrange désir de possession s'emparait de lui chaque fois qu'il posait les yeux sur elle. Ce qu'il ressentait était plus que de la convoitise. C'était l'appel animal, irrésistible, du mâle pour sa femelle.

Songeur, il la regarda se diriger vers la porte de sa démarche chaloupée, puis il posa les yeux sur le chariot chargé de plats et de boissons que poussait une fille de service vêtue d'un tablier blanc.

Aussitôt, un gargouillement de faim monta de son estomac. Manger ! Son dernier repas remontait à plus de quatre cent vingt-sept ans. Un jour où Lucan l'avait libéré, il avait englouti un pain entier, un demi-fromage et plusieurs pintes de bière.

Son existence dans le miroir était préservée, et il n'y souffrait d'aucun besoin vital tel que la faim ou la soif, mais Cian n'avait jamais perdu l'envie de manger.

Et ce matin, il avait un appétit d'ogre.

— Posez ça là, dit Jessi en désignant la table ronde dans un angle de la chambre.

Impatient, il suivit du regard la fille qui servait le repas. Il ferma les yeux pour mieux savourer les odeurs qui montaient des plats à mesure qu'elle les déposait sur la table ronde.

Peut-être fut-ce son intuition qui l'alerta.

Ou le fait que la fille était si tendue à l'idée d'accomplir sa mission que, malgré lui, il avait entendu ses pensées. Il arrivait dans certaines circonstances extrêmes que l'Écoute profonde se déclenche d'elle-même.

Quoi qu'il en soit, il comprit ce qui se passait.

Sa réaction fut instinctive.

Il plongea la main vers le fourreau attaché à sa cuisse, en sortit son coutelas, se redressa en visant sa cible, leva l'arme au-dessus de son épaule et chanta l'incantation d'ouverture momentanée du voile d'argent.

Puis, d'une détente puissante, il projeta à travers le Miroir la lame affûtée comme un rasoir.

11

Jessi recula, le regard fixé sur la serveuse, la bouche ouverte sur un cri d'horreur muet.

Elle était en train de parler avec la femme lorsque quelque chose de chaud et de visqueux l'avait soudain éclaboussée, mouillant son visage et ses cheveux, ainsi que son pull, et même son jean.

Instinctivement, elle avait fermé les yeux pour se protéger. Lorsqu'elle les avait rouverts, la fille était étendue sur le sol, le regard vitreux, le souffle court.

Le coutelas de Cian était enfoncé jusqu'à la garde dans sa poitrine.

Comprenant quel liquide l'avait souillée, Jessi fut prise d'un violent haut-le-cœur. Puis un hurlement perçant lui vrilla les oreilles.

— Jessica, tais-toi donc ! tonna Cian depuis le miroir.

Paralysée par la terreur, elle fixa la femme qui gisait à terre. Elle était incapable de lui venir en aide ! Elle tremblait, la tête lui tournait, son esprit n'était que confusion. Impuissante, elle regarda la fille ramper vers un angle de la chambre, se cogner la tête contre un meuble, puis s'effondrer. La malheureuse fut secouée d'un ultime soubresaut, et elle cessa de bouger.

Sous le regard de Jessi, un filet de sang coula de ses lèvres, puis toute lueur déserta ses yeux.

Elle était morte, comprit Jessi, horrifiée. Morte !

— Jessica, cesse donc de crier ! ordonna Cian en tambourinant contre le miroir. Tu vas ameuter tout le monde, et on croira que c'est toi qui l'as tuée. Et ne compte pas sur moi pour te sauver la mise !

Ses paroles lui firent l'effet d'une gifle. Prenant enfin conscience que c'était elle qui hurlait depuis quelques minutes, elle parvint à se contenir.

Le silence s'installa dans la chambre.

Cian avait raison. Si on la trouvait couverte de sang, en possession d'une relique de grande valeur qui ne lui appartenait pas, le cadavre d'une serveuse étendu à ses pieds, personne ne pourrait rien pour elle.

Pas même Cian McKeltar.

Elle serait arrêtée, inculpée de meurtre – et non plus simplement de vol et de recel d'œuvre d'art. Quant à Cian, qui n'avait pour priorité que de passer en sécurité les vingt jours qui le séparaient de sa libération, il serait ravi que le miroir soit mis en sécurité dans les locaux de la police de Chicago...

Que faire ? Oh, que faire ?

— Referme la porte et verrouille-la.

Sans discuter, Jessi bondit jusqu'au petit sas d'entrée, repoussa le battant et tourna la clé dans la serrure.

Elle s'adossa ensuite contre la porte, le souffle court. Derrière elle, l'écho de voix étouffées lui parvint depuis le couloir, suivi de bruits de pas.

Elle ne bougea pas. Les pas se rapprochèrent. Elle sursauta en entendant frapper à la porte.

— Tout va bien, madame ? demanda une voix masculine. Nous sommes dans une chambre voisine, nous vous avons entendue crier.

Jessi prit une inspiration pour calmer les battements affolés de son cœur.

— Oui, oui ! répondit-elle en s'efforçant de contrôler sa voix. Excusez-moi de vous avoir dérangés.

L'autre ne semblait pas décidé à s'en aller ; elle allait devoir se montrer plus convaincante. Elle émit un petit rire un peu forcé.

— Il y avait une araignée dans la douche, ajouta-t-elle. J'ai une peur panique de ces bestioles. En fait, je souffre d'arachnophobie.

L'homme répondit par un rire condescendant.

— Si ce n'est que ça, mes amis et moi serons ravis de vous aider à terrasser le monstre, madame.

Elle réprima de justesse un soupir d'agacement. Pour qui se prenait ce pauvre type ? Pour un preux chevalier ? Elle en avait déjà un à son service !

— C'est gentil, mais mon mari s'en est occupé.

Puis, à voix basse, elle marmonna :

— Cian, dis quelque chose, bon sang !

— Tout est rentré dans l'ordre ! hurla-t-il depuis le miroir. Bien le merci à vous, messire !

Jessi le fusilla du regard. *Bien le merci à vous, messire ?* Et c'était lui qui parlait de ne pas se faire remarquer ?

— Vous devriez appeler la réception, conseilla une autre voix masculine de l'autre côté de la porte. Ce n'est pas normal que l'on trouve des insectes dans un établissement de ce niveau.

« L'araignée n'est pas un insecte mais un arachnide ! » faillit répliquer Jessi. Mais elle retint prudemment sa langue. Le moment n'était pas le mieux choisi pour un cours d'entomologie. Et si elle tenait à être convaincante dans son rôle de petite femme affolée, elle avait intérêt à faire profil bas...

— Vous avez raison, je vais le faire. Merci.

Et allez au diable !

Comme s'ils avaient entendu ses pensées, les hommes s'éloignèrent. Jessi se laissa glisser le long de la porte et tomba accroupie sur le sol, soudain vidée de ses forces.

— Pourquoi l'as-tu tuée ? demanda-t-elle quelques instants plus tard, lorsqu'elle eut recouvré ses esprits.

— Tu n'as pas vu ce qu'elle tient dans sa main ? Je ne connais pas le nom de cet objet, mais à mon avis, ça ne sert pas à faire de la broderie.

À contrecœur, elle se leva et s'approcha du corps. Le poing gauche de la serveuse était crispé sur quelque chose qu'elle ne pouvait identifier. Du bout du pied – elle ne pouvait se résoudre à toucher le corps –, la jeune femme ouvrit les doigts du cadavre.

Une seringue tomba et roula sur le tapis souillé de sang.

— Essaie de me faire sortir de là, dit Cian.

Sans conviction, elle obtempéra. En vain, comme elle s'y attendait.

— Bon. Prends une courtepointe et étends-la sur le corps.

Jessi s'exécuta, mais cela ne changeait pas grand-chose. À la place d'un cadavre en évidence, il y avait un cadavre dissimulé. C'était presque pire…

Dans les films fantastiques, tout le monde le sait, le méchant n'est jamais vraiment mort. Au moment où l'on s'y attend le moins, il se lève, le regard vide et le teint blafard, et tend vers l'héroïne ses doigts avides, comme dans *La Nuit des morts-vivants*.

— Maintenant, va prendre un bain, ordonna Cian.

Jessi refusa de bouger et continua de fixer le cadavre, mal à l'aise.

— Elle est morte, *lass*. Je t'en donne ma parole. C'était un être humain, et non je ne sais quelle créature surnaturelle, dit-il d'une voix douce et persuasive. Je te protégerai. Va.

Jessi chercha son regard. Convaincue par la lueur résolue qui brillait dans ses prunelles dorées, elle se dirigea vers la salle de bains.

Peu avant l'aube, Jessi se posta devant le miroir, poussa un soupir d'exaspération et prononça la formule de libération. Combien de fois avait-elle articulé cette série de mots qu'elle ne comprenait toujours pas ? À force de les répéter, ils ne quittaient plus son esprit.

Elle allait se détourner du miroir lorsqu'un mouvement attira son attention. Elle avait réussi ! Enfin !

Des heures s'étaient écoulées depuis qu'elle s'était lavée. Il lui avait fallu deux savonnettes entières pour se débarrasser de l'odeur âcre et métallique qui lui collait à la peau. Puis Cian l'avait aidée à passer le temps en lui parlant de sa vie au IXe siècle, de ses sept sœurs qui l'adoraient et de ses efforts pour leur trouver de bons maris. Il lui avait décrit en termes passionnés son château niché au cœur de la montagne, ainsi que les pics sauvages et les ruisseaux étincelants qui l'environnaient.

Manifestement, il était très attaché à sa terre et à son clan. Il avait évoqué le manteau de bruyère qui couvrait les collines de rose et de violet, et dont les branches parfumaient si agréablement les grands feux de cheminée. Puis il lui avait parlé des plats de son pays, qu'il n'avait pu goûter depuis des siècles et qui lui manquaient tant.

Captivée par son accent rocailleux, ses termes délicieusement archaïques et ses dons de conteur, Jessi avait eu l'impression d'être vraiment dans les Highlands, et son imagination l'avait emmenée loin de la chambre où gisait le cadavre. Elle en était consciente, Cian ne s'était donné tout ce mal que pour l'aider à surmonter le choc qu'avait représenté la mort atroce de la femme venue pour la tuer, mais elle s'était laissé prendre au jeu.

À mesure qu'elle retrouvait un peu de sérénité, elle avait réussi à regarder la situation avec détachement. Premièrement, cette prétendue serveuse avait manifestement tenté de la tuer. Deuxièmement, l'une d'entre elles devait mourir. Troisièmement, mieux valait que ce soit l'autre plutôt qu'elle.

Restait un problème, et non des moindres. Elle allait devoir quitter rapidement cette chambre au sol couvert de sang, en laissant un macchabée derrière elle. Même si, avec l'aide de Cian, elle parvenait à faire sortir le corps de la pièce, ce qui semblait pratiquement impossible, Jessi ne voyait pas comment effacer tout ce sang.

Désormais, elle était une fugitive.

Et pour ne rien arranger, ses vêtements étaient souillés de taches d'un douteux brun rougeâtre.

Tandis que jaillissait une lueur dorée qui semblait issue des runes gravées dans le cadre du miroir, la désagréable sensation de distorsion spatiale se produisit de nouveau. Un peu nerveuse, Jessi resserra autour d'elle la couverture qui couvrait sa nudité – elle n'avait pas eu le courage de remettre ses habits après son bain de la veille.

Soudain, Cian se dressa devant elle.

Avant qu'elle ait eu le temps de réagir, il l'avait prise dans ses bras pour l'étendre sur le lit et s'y allonger avec elle. Puis il l'embrassa, avec une telle fougue qu'elle ne songea pas un instant à résister.

En vérité, elle n'avait aucune envie de résister.

Elle lui offrit ses lèvres et se serra contre lui, humant avec délices sa rassurante odeur d'homme.

Lorsqu'il la libéra, quelques minutes plus tard, le souffle court et le regard brillant, Jessi avait retrouvé son énergie combative, comme si Cian lui avait communiqué un peu de sa force.

Elle le regarda, intriguée par l'indéfinissable lueur qui dansait dans ses yeux dorés. Il avait envie d'elle, c'était évident, mais il y avait plus que du désir dans ses yeux. Il y avait une sorte de regret.

C'était absurde. Qu'aurait-il bien pu regretter ?

Il glissa ses mains dans ses cheveux, et elle ferma les paupières pour mieux savourer sa caresse. Cet homme était un mystère. Capable de tuer de sang-froid, puis de dispenser toute la tendresse du monde.

— Tu fermeras la porte à clé derrière moi quand je sortirai, *lass*. Je ne serai pas long. N'ouvre à personne sauf à moi, compris ?

Elle rouvrit les yeux, alarmée. Qu'avait-il l'intention de faire ? Elle n'eut pas le temps de lui poser la question ; il la fit taire d'une douce pression de ses doigts sur ses lèvres.

— Je dois me hâter, ajouta-t-il, car je ne sais pas combien de temps le Miroir m'accordera, cette fois-ci. Tu dois m'obéir sans discuter. Suis-je clair, Jessica ?

Elle se contenta de hocher la tête. De toute façon, elle n'avait guère le choix…

— C'est bien.

Où comptait-il aller ? Quelles étaient ses intentions ? Ne comprenait-il pas qu'ils n'avaient aucune chance de s'en sortir ? Ravalant ses interrogations, elle le regarda se lever, puis se pencher pour soulever le cadavre et le jeter sur son épaule, toujours enveloppé du couvre-lit, avant de se diriger vers la porte.

— Enferme-toi, dit-il avant de disparaître dans le couloir.

Jessi bondit à sa suite, tourna la clé dans la serrure et écouta, le cœur serré, le bruit de ses pas qui s'éloignaient.

Quarante minutes plus tard, ils entraient dans l'ascenseur, main dans la main. C'était idiot, mais aux côtés de Cian, Jessi se sentait jolie, féminine… presque sexy.

Elle le regarda sans dissimuler son admiration. Il portait un jean sombre et un tee-shirt noir sur lequel on pouvait lire « Ironman » imprimé en rouge vif. Son kilt était jeté sur son épaule, et son fourreau, où il avait glissé le coutelas propre, était fixé autour de sa cuisse. Jessi avait bien essayé de lui expliquer qu'il ne pouvait pas marcher dans la rue ainsi armé, que la loi l'interdisait, cela n'avait servi à rien. Il lui avait répliqué d'économiser sa salive, car Cian McKeltar n'obéissait qu'à une seule loi : la sienne.

Jessi n'avait pas tenté d'argumenter.

Avec sa puissante musculature qui saillait sous son tee-shirt, ses tatouages qui remontaient le long de son cou, ses bracelets de métal et ses longues tresses, il avait l'air d'un Hell's Angel en maraude.

Elle ne voulait pas savoir à qui il avait emprunté les vêtements qu'il portait. Quant à ceux qu'il lui avait trouvés… Elle baissa les yeux, encore éberluée par sa propre audace. Comment pouvait-elle porter une tenue aussi outrageusement sexy ?

Elle était vêtue d'un jean taille basse – si basse qu'elle n'aurait jamais osé s'asseoir en public de peur de dévoiler la totalité de son postérieur – et d'un débardeur blanc qui semblait avoir été cousu sur elle et dont la découpe asymétrique l'empêchait de porter un soutien-gorge.

Dès qu'elle serait dans sa voiture, se promit-elle, elle enfilerait l'un des grands pulls qu'elle avait laissés sur la banquette arrière.

Le hall de l'hôtel était encore désert à cette heure matinale, à l'exception d'un couple qui se tenait devant le guichet du réceptionniste : un grand type bodybuildé et une blonde platine, exactement le genre d'individus qui portaient des tee-shirts « Ironman » et des débardeurs asymétriques, songea Jessi, amusée malgré l'angoisse qui lui nouait la gorge.

L'homme, rouge de colère, invectivait les deux employés de l'accueil – ce qui convenait très bien à Jessi. Plus il se donnerait en spectacle, moins on les remarquerait, Cian et elle. Avec un peu de chance, les réceptionnistes ne les verraient même pas se glisser discrètement hors du hall – dans la mesure où un Highlander haut d'un mètre quatre-vingt-quinze portant un miroir aussi grand que lui pouvait passer inaperçu.

Cian pressa sa main entre ses larges doigts.

— Hâtons-nous, *lass*, chuchota-t-il.

Elle pressa le pas, ce qui lui donnait l'air de trottiner à côté de lui.

— Puisque je vous dis que le voleur fait partie de votre clientèle ! vocoféra l'homme bodybuildé. Je l'ai vu repartir vers les étages supérieurs. Il nous a volé nos vêtements !

Jessi tressaillit. Malgré elle, elle tourna les yeux en direction du couple, puis les baissa vers les affaires qu'elle portait. Oh, non !

D'un regard, elle interrogea Cian.

— Pas tous, précisa-t-il. Je leur ai laissé leurs sous-vêtements.

Comme Jessi fronçait les sourcils, il ajouta :

— Ils ont tous les deux notre taille, et il fallait bien que je trouve de quoi nous vêtir. Je ne leur ai pris que le nécessaire ; tu vois, il leur en reste encore. Continue à marcher, ma fille, vite !

Ils avaient franchi la moitié du hall lorsque l'homme, levant les bras au plafond dans un geste exaspéré, pivota sur lui-même… et posa son regard sur eux.

« Et voilà, songea Jessi. Tout est fichu. Il va reconnaître Cian, appeler la police… »

— Là ! hurla l'autre en pointant le doigt sur Cian. C'est lui, le maniaque qui a forcé ma femme à se déshabiller dans l'ascenseur !

Si Jessi en jugeait par l'expression amusée de la blonde, celle-ci n'avait pas été traumatisée par l'expérience.

Cian s'immobilisa, la faisant piler net, et toisa le couple.

— *Maintenant*, dit-il de cette curieuse voix métallique qu'il prenait parfois, *vous allez cesser de crier. Tournez-vous tous vers le mur. Vous ne nous voyez plus.*

Jessi leva les yeux au ciel. Comme s'ils allaient obtempérer ! Dans l'Écosse médiévale, peut-être un noble s'adressant à des manants aurait-il pu espérer être obéi, mais à Chicago, au XXIe siècle...

— Si tu t'imagines qu'ils vont...

Ses paroles s'étranglèrent dans sa gorge. Ce n'était pas possible ! Comme un seul homme, les quatre individus venaient de se tourner vers le mur derrière le comptoir. Jessi, bouche bée, regarda Cian, puis de nouveau le petit groupe, plus docile qu'un troupeau de moutons.

— *Vous n'essaierez pas de nous rattraper quand nous aurons franchi la porte*, reprit Cian. *Vous resterez sans bouger ni parler longtemps après notre départ.*

Ces paroles ressemblaient étrangement à celles qu'il avait adressées à Mark Troudeau et au réceptionniste le soir de leur arrivée à l'hôtel.

Comment faisait-il cela ? Qui diable était Cian McKeltar ?

— Viens, *lass*, ajouta-t-il en pressant sa main.

Jessi demeura immobile un instant, mal à l'aise. Lui obéissait-elle parce qu'elle le voulait bien ou parce qu'elle était sous sa coupe ? Se sentait-elle obligée d'obtempérer ?

À la réflexion, non.

Elle s'écarta un peu de lui, juste pour voir. Elle lui jeta un regard de défi, lui tira la langue. Tout allait bien. Elle se sentait aussi libre de ses mouvements qu'en temps normal.

Eux, en revanche, ne pouvaient pas en dire autant, songea-t-elle en considérant les quatre malheureux avec un mélange de pitié et d'ironie.

— Que leur as-tu fait ? demanda-t-elle.

— Cela demanderait une longue explication, et…

— Et nous n'avons pas le temps, je sais. Dis-moi seulement si tu peux obliger les réceptionnistes à effacer toute trace de mon passage de leur ordinateur.

Une expression perplexe se peignit sur le visage de Cian.

— Oh ! s'exclama-t-il finalement. Tu ne veux pas qu'on puisse faire le lien entre ton nom et la chambre souillée de sang ! *Aye*, je dois pouvoir. Il faut juste que tu me dises comment procéder.

Ils se rendirent au comptoir, où Jessi lui donna une série d'instructions, qu'il répéta à l'adresse de l'un des deux réceptionnistes. Fascinée et un peu gênée, la jeune femme regarda l'employé ouvrir le dossier de la chambre 2112, annuler le dernier paiement en date, supprimer son nom – en un mot, effacer toute trace de son passage dans l'hôtel.

Elle ne savait pas comment Cian s'y prenait, mais cela lui ouvrait de nouvelles perspectives…

Au moins, cela réglait une partie du problème. Pendant que le réceptionniste effectuait les dernières commandes, Jessi contourna le couple, curieuse. L'homme et la femme étaient immobiles, silencieux, le regard vide.

— Que leur as-tu fait ? demanda-t-elle à Cian.

Cian ajusta sa prise sur le miroir, puis saisit sa main pour l'entraîner vers la sortie.

— Plus tard, *lass*, plus tard. Nous devons nous hâter.

— Comme d'habitude, grommela Jessi. Comment se fait-il que lorsque je te pose une question, ce ne soit jamais le moment ? Est-ce qu'un jour, j'aurai droit à quelques explications ?

12

Impatient, Cian tapota du bout des doigts le cadre de la longue glace, qu'ils avaient de nouveau calée entre les sièges avant de la voiture. Il détestait ne pas savoir de combien de temps ils disposaient avant que le Miroir ne le rappelle. Cela le rendait nerveux et l'empêchait de se concentrer.

Et cette armée de carrioles sans chevaux tout autour d'eux ! Comment les gens de ce siècle pouvaient-ils vivre dans un tel capharnaüm ?

— Tu ne peux pas presser l'allure ? demanda-t-il, irrité.

— Non, à moins que tu ne connaisses un moyen d'ordonner à tous ces gens de s'en aller d'ici, répliqua-t-elle en désignant d'un geste impatient les files de véhicules qui avançaient au ralenti autour d'eux, pare-chocs contre pare-chocs.

Cian secoua la tête.

— Non, *lass*, mais j'aimerais bien. Il faut absolument que tu nous sortes de cet enfer.

— *Aye, sir !*

Plongé dans ses pensées, il entendit à peine sa réponse moqueuse. La deuxième attaque de Lucan était venue plus vite qu'il ne l'avait prévu. En vérité, il n'avait rien pressenti. Il s'était cru en sécurité dans cette immense hôtellerie où Jessica les avait emmenés.

Il commençait seulement à prendre la mesure des risques qu'il courait dans ce siècle où tout avait changé d'échelle. Le monde n'était plus celui qu'il avait connu. Toutes ses lectures dans le cabinet de travail de Lucan, si elles lui avaient appris l'existence d'ingénieuses inventions telles que les ordinateurs, les téléphones ou les avions, ne l'avaient pas préparé à cette nouvelle réalité.

En voyant la foule qui peuplait l'immense cité de Chicago, sur le trajet qui les menait de l'université à l'hôtellerie, il s'était imaginé que Jessica et lui seraient aussi difficiles à retrouver qu'un moustique dans les tourbières de l'Écosse.

Il s'était trompé.

Il connaissait un certain nombre de faits sur ce monde tout neuf, mais il n'en saisissait pas le fonctionnement. La logique qui régissait cette époque lui échappait. Il était aussi perdu qu'un guerrier sur un champ de bataille étranger plein de pièges qu'il ne peut détecter.

Et il détestait cela.

Il était urgent qu'il se retrouve en terrain connu.

— Ce que je ne comprends pas, marmonna-t-il, c'est comment Lucan nous a localisés.

— Moi, si.

Il leva les yeux vers sa compagne, intrigué… et se détendit en la voyant. Elle était aussi jolie de profil que de dos. Il ne se lassait pas de l'observer. Il ne s'en était d'ailleurs pas privé, dans leur chambre, pendant qu'il lui parlait de son pays pour l'aider à oublier le cadavre étendu à quelques pas seulement d'elle. Jamais il n'oublierait la lueur rêveuse qui s'était allumée dans ses grands yeux verts lorsqu'il lui avait décrit les collines couvertes de bruyère et les lacs aux eaux calmes des Highlands… Et tandis qu'elle l'écoutait sans rien dire, ses lèvres roses entrouvertes, délicieusement provocante dans son abandon, une angoisse nouvelle s'était éveillée en lui – celle que Lucan pose ses sales pattes sur elle, la salisse, lui fasse du mal.

Elle était la femme la plus extraordinaire qu'il ait jamais croisée.

« Mais elle n'est pas pour toi », l'avertit la part d'humanité qui restait en lui.

Peut-être, songea-t-il avec une amertume soudaine, mais il l'aurait tout de même. Il la séduirait dès qu'il l'aurait emmenée dans un endroit sûr, et il la ferait sienne. Au diable les conséquences !

De toute façon, il était déjà maudit...

Avant de partir dissimuler le cadavre, il avait fouillé les vêtements de l'envoyée de Lucan. Celle-ci portait un couteau et deux revolvers, qui se trouvaient à présent dans ses bottes.

Elle n'avait pas voulu tuer Jessica. Si cela avait été le cas, elle aurait usé d'une méthode plus efficace qu'une piqûre. Cian avait appris tout ce qu'il pouvait sur les armes modernes. Elles le fascinaient, et le guerrier qu'il était n'avait qu'une envie : en posséder une. Soupeser dans sa paume le poids d'un revolver, sentir le poli de la crosse, humer l'odeur de la poudre...

Pour en revenir à la tueuse à gages, elle voulait seulement endormir Jessica pour la capturer. Ce qui expliquait la seringue qu'il avait vue entre ses mains.

Une violente bouffée de haine était montée en lui lorsqu'il avait compris ce que cela signifiait. Lucan voulait Jessica vivante. *Sa* Jessica. Il ferma les yeux, envahi par la nausée. Combien de malheureuses avait-il vues entrer dans le cabinet de travail londonien pour satisfaire les plaisirs pervers de son ancien geôlier, et en sortir mortes ? Lucan aimait briser, salir, faire souffrir... et plus la fille résistait, plus il en retirait de jouissance.

Cela n'arriverait pas à Jessica. Il ne le permettrait pas !

— Tu ne me demandes pas pourquoi j'ai dit cela ? s'étonna celle-ci, l'arrachant à ses sombres pensées.

— *Aye*.

Du coin de l'œil, il la vit se mordre les lèvres, telle une fillette prise en faute. Aussitôt, une flambée de désir courut dans ses veines. Ç'aurait pu être lui qu'elle mordillait gentiment de la sorte, lui qu'elle léchait ainsi du bout de sa langue rose... Il devenait fou rien que d'y songer.

— Je me suis servie de ma carte de crédit, expliqua-t-elle en secouant la tête d'un air désolé.

Cian la regarda sans comprendre. Que voulait-elle dire ?

— Dans les films, reprit-elle, le méchant se sert toujours des transactions de sa proie pour retrouver sa trace, mais je croyais que c'était une invention des scénaristes pour accélérer l'intrigue – du moins, je supposais qu'ils exagéraient l'efficacité de cette méthode et qu'il fallait au moins plusieurs jours pour retrouver quelqu'un de cette façon.

Elle lui jeta un regard navré.

— Ce Lucan doit disposer de sacrés moyens pour m'avoir localisée aussi vite !

— Une carte de crédit ? Comment est-ce que ça fonctionne ?

En quelques mots, Jessica lui résuma le mode d'emploi de cet objet, que tout le monde semblait désormais posséder. À présent, Cian comprenait pourquoi Lucan les avait retrouvés avec une telle facilité.

Drôle de vie que celle de Jessica et de ses contemporains ! À croire que rien de ce qu'ils faisaient ne demeurait confidentiel et que tout en ce monde était relié au reste par le biais des ordinateurs. On ne pouvait rien dire ni faire sans que l'affaire soit rendue publique...

Pour un homme du IXe siècle qui aimait, comme lui, que ses affaires privées le restent, ce début de troisième millénaire était un véritable cauchemar.

— *Aye, lass,* dit-il dans un soupir. Lucan est encore plus puissant que tu ne l'imagines. Tu ne dois plus te servir de cette carte. Tu n'as pas de véritable monnaie ?

— Pas assez pour quitter le pays, ce qui est notre dernière chance.

Elle n'avait pas tort.

Cian secoua la tête, soucieux. Il n'avait pas compris qu'elle avait commis un acte susceptible de les faire repérer, parce qu'il ne savait pas ce qu'était une carte de crédit. Sans doute ce monde recelait-il d'autres pièges de cette sorte, qu'il n'avait pas le pouvoir d'éviter, parce qu'il ne les connaissait pas.

Il ne pourrait pas toujours utiliser la Voix pour effacer les traces de leur passage dans les différents ordinateurs qui jalonneraient leur chemin.

Il ne voyait qu'un endroit où ils seraient en sécurité.

Chez lui.

Bien entendu, il ne pourrait pas retourner avec Jessica dans son époque. Il se refusait à l'emmener dans le cercle de pierres de Ban Drochaid, que gardaient les Keltar, et à lui faire traverser les portes du temps. Même lui croyait aux légendes du Draghar, et il n'avait aucune envie d'être possédé par l'esprit maléfique des treize druides noirs !

En revanche, il pouvait l'entraîner jusque dans les Highlands, où il saurait bien la cacher pour que personne ne la retrouve. Là, ils passeraient les dix-neuf jours qu'il leur restait à attendre, en vivant comme au IXe siècle.

Loin des ordinateurs et des cartes de crédit.

Il lui installerait un abri dans les grottes, chasserait pour la nourrir, la réchaufferait de son corps, comme autrefois, à l'époque où c'était ainsi qu'un homme protégeait sa femme.

Tout ce qu'il fallait, c'était une solution pour traverser l'Océan. Rapidement, et sans laisser de traces derrière eux.

Sans doute Lucan devinerait-il où il était, une fois qu'il aurait compris que Cian avait quitté Chicago. Il le connaissait trop pour ne pas être dupe longtemps. Pourtant, cela valait la peine d'essayer. Là-bas, dans les étendues sauvages des Highlands, Cian serait en pays connu.

Mieux, il reprendrait l'avantage ! Lucan n'avait jamais aimé le grand air, préférant le confort de son refuge aux plaisirs de la nature. Oui, Cian serait sur son terrain de prédilection.

Il se frotta les mains. Il avait la solution. Ne manquait plus que le moyen de passer à l'action.

— Parle-moi des avions, ordonna-t-il. D'où ils partent, où ils vont, comment on monte à leur bord... Je veux tout savoir.

Midi approchait. Jessi exigea de s'arrêter pour manger. Le Highlander n'avait peut-être pas besoin de s'alimenter, mais en ce qui la concernait, elle allait s'évanouir si elle n'absorbait pas rapidement quelques calories.

La première fois qu'elle avait commandé un repas à l'hôtel, on ne les avait jamais servis, et la seconde fois, le plateau avait été souillé de sang. Elle n'avait rien avalé depuis trente-six heures, à part une barre chocolatée (à moitié entamée) retrouvée dans sa boîte à gants.

Depuis qu'ils avaient quitté Chicago, Cian l'avait soumise à un interrogatoire sans fin sur les transports aériens, l'informatique, les moyens de logement et de paiement modernes. Après avoir écouté attentivement ses explications, il avait décidé qu'il ne serait pas prudent de quitter le pays depuis O'Hare ou Midway, les deux principaux aéroports de l'État, où Lucan avait probablement mis en place une surveillance serrée.

À vrai dire, elle avait du mal à croire qu'ils allaient réellement quitter les États-Unis, et encore plus à imaginer de quelle façon. Elle s'était contentée d'obtempérer aux instructions de Cian, qui étaient de rouler jusqu'au prochain aéroport, et avait pris la direction de celui d'Indianapolis.

Ils firent halte à l'est de Lafayette, dans l'Indiana, à environ trois quarts d'heure de route de leur but.

Cian avait insisté pour qu'ils s'arrêtent le moins longtemps possible.

— J'irai nous chercher à manger et nous déjeunerons dans la voiture, avait-il dit.

Jessi avait retenu un sourire. Elle commençait à comprendre de quelle manière il envisageait la question : en se servant à la hussarde, et en laissant tout un restaurant plongé dans un silence hagard « longtemps après notre départ ».

— Si je mange en conduisant, avait-elle objecté, je risque de causer un accident, et le miroir sera brisé. Tu seras bien avancé !

Voilà pourquoi ils étaient à présent attablés devant deux doubles barquettes de bâtonnets de poulet pané et deux canettes de soda.

— Cela ne ressemble pas à la volaille que je connais, commenta Cian en attaquant sa part. Et pourtant, j'en ai vu, à mon époque. Il y avait cette fille qui s'occupait de la basse-cour. Elle avait les plus remarquables... Enfin, peu importe.

Jessi trempa son *nugget* dans son pot de sauce tomate et mordit lentement dedans, son appétit soudain disparu.

— Les plus remarquables quoi ? ne put-elle s'empêcher de demander.

— Oh, rien ! N'en parlons plus.

— C'est toi qui en as parlé.

— Et c'est moi qui te demande de changer de sujet.

— Ah, non, c'est trop facile ! Tu as commencé une phrase, tu la finis. Je veux savoir ce que cette fille avait de remarquable.

Cian porta un *nugget* à ses lèvres et n'en fit qu'une bouchée.

— Les plus remarquables poulets. À quoi pensais-tu ?

Jessi lui lança un regard furieux, puis elle détourna les yeux. Pourquoi éprouvait-elle une telle colère ? Sa bimbo moyenâgeuse avait peut-être les plus jolies jambes du monde, ou les yeux les plus magnifiques, que lui importait ? Ses seins n'étaient certainement pas aussi beaux que les siens !

Instinctivement, elle ôta sa veste et redressa le buste. Elle n'allait pas se laisser éclipser par une fille de ferme aux pieds boueux ! D'ailleurs, songea-elle avec une satisfaction morbide, la pauvre fille était morte depuis onze siècles. Qui se souciait encore d'elle ?

Plus contrariée qu'elle ne l'aurait voulu, elle prit un nouveau *nugget*, le porta à sa bouche... et se figea en voyant Cian rire sous cape.

Il lui avait tendu un piège, et elle s'y était jetée à pieds joints. Avec une subtilité dont elle ne l'aurait pas cru capable, il avait joué de son personnage de macho pour attiser sa jalousie et il avait réussi... sans doute au-delà de ses espérances !

Il avait dû la juger ridicule. Elle, en tout cas, se trouvait parfaitement risible. Elle étouffa un rire nerveux, qui se transforma vite en une franche hilarité.

Aussitôt, elle vit une lueur joyeuse danser dans les prunelles ambrées de son compagnon.

— C'est la première fois que tu as l'air heureuse depuis que je te connais, dit-il d'une voix très douce.

— C'est la première fois que je le suis.

Ils mangèrent en silence pendant quelques instants.

— Alors, ce qu'elle avait de plus remarquable, c'étaient vraiment ses poulets ?

— *Naye, lass*.

Jessi haussa les sourcils d'un air faussement choqué.

— Dans ce cas, qu'avait-elle de si fascinant, cette fille ?

Cian lui décocha un sourire de triomphe.

— Il n'y avait que des garçons pour s'occuper de la basse-cour. Je voulais juste voir ta tête.

Si elle avait nourri le moindre doute à ce sujet, songea Jessi en traversant le parking en direction de sa voiture, elle était fixée.

Elle était jalouse.

L'idée que Cian regarde une autre femme, qu'il pense à elle, même si elle n'existait plus depuis longtemps, la rendait folle de rage.

Elle frissonna et remonta le col de sa veste de jean pour se protéger des bourrasques automnales. Le ciel était lourd, la pluie menaçait, l'air était saturé d'humidité glaciale.

Plus elle apprenait à connaître Cian, moins elle parvenait à cerner sa personnalité. Sous ses apparences de brute machiste, il cachait une finesse et une vivacité d'esprit dont peu de ses collègues de l'université auraient pu se vanter. D'où tenait-il ces capacités hors du commun ? En quelques heures, il avait intégré une foule d'informations phénoménales sur ce siècle dont il ignorait presque tout et en avait tiré des conclusions d'une logique imparable. Et elle ne parlait pas de cet étrange talent qui lui permettait de se faire obéir de la plupart des gens...

Qui était Cian McKeltar… ou qu'était-il ? Et ce Lucan Trevayne qui voulait la tuer pour la seule raison qu'elle avait posé les yeux sur son fichu miroir ? Tous deux étaient plus que de simples hommes, c'était une évidence.

Elle s'immobilisa devant la portière du conducteur et chercha le regard de Cian par-dessus le toit de la voiture.

Son compagnon lui répondit par un haussement de sourcils interrogateur.

— Nous ne ferons pas un kilomètre de plus tant que tu n'auras pas répondu à une ou deux petites questions.

— Jessica…

— Il n'y a pas de « Jessica » ! Je n'en ai pas pour longtemps. Je veux seulement savoir ce que tu es, Cian.

Il s'absorba dans un long silence pensif, puis elle le vit esquisser un geste fataliste.

— Je suis un druide, *lass*.

— Pardon ?

— Tu m'as bien entendu.

— Tu es un druide ? Un de ces clowns en robe blanche qui grimpaient dans les arbres pour cueillir du gui et qui massacraient leur prochain afin de communiquer avec l'au-delà ?

Jessi avait bien entendu abordé dans ses cours la question du druidisme, et elle ne se faisait guère d'illusions sur les pratiques épouvantables qui régnaient à l'époque où avait vécu Cian. Elle avait suivi récemment une conférence passionnante sur l'homme de Lindow dont le corps, remarquablement bien préservé, avait été retrouvé dans une tourbière du Cheshire en 1984, des traces de pollen de gui dans l'estomac – une preuve manifeste de meurtre rituel –, et dont la mort était très probablement à mettre sur le compte d'un sacrifice druidique.

Une expression horrifiée se peignit sur les traits de Cian.

— C'est comme ça que l'on nous voit, aujourd'hui ?

— Dans l'ensemble, oui. Ce n'est pas le cas ? Vous étiez des magiciens, comme Merlin l'Enchanteur ?

Cian inspecta les environs d'un regard méfiant.

— La magie est partout, Jessica, murmura-t-il. Les gens ne le savent pas parce que ceux qui la pratiquent agissent en toute discrétion, mais elle a toujours existé, et elle existera toujours.

— Et le dénommé Lucan est un druide, lui aussi ?

— Il l'était. Maintenant, c'est un sorcier. Il pratique la magie noire.

Jessi réprima un ricanement nerveux. Une semaine auparavant, elle aurait éclaté de rire devant de telles affirmations. Pourtant, loin de manifester la moindre ironie, elle s'accouda sur le toit de la voiture et laissa échapper un soupir.

— Quelle est la différence entre un druide et un sorcier ?

— Un druide naît magicien ; un sorcier acquiert l'art de la magie noire après de longues années d'études et d'apprentissage, assorties de rituels et de sorts. Un druide respecte la nature fondamentale de chaque être et œuvre à son accomplissement selon l'ordre universel ; un sorcier pervertit la nature de chaque chose pour servir ses propres désirs et modifie l'ordonnancement de l'univers sans aucun souci des conséquences. Un druide recherche la connaissance en vue de guérir et de nourrir le monde ; un sorcier pratique l'alchimie pour le transformer et le contrôler. Et un druide devenu sorcier possède la puissance du premier multipliée par celle du second.

— Dans ce cas, comment comptes-tu vaincre ce Lucan, toi qui n'es qu'un simple druide ? À moins que tu ne sois toi aussi un...

Horrifiée, Jessi recula d'un pas en comprenant, avec un temps de retard, à qui elle avait vraiment affaire.

— Tu ne peux le battre que parce que tu es aussi puissant que lui, n'est-ce pas ? murmura-t-elle d'une voix blanche. Parce que toi aussi, tu es un druide devenu…

— Jessica, monte dans la voiture, ordonna-t-il d'une voix douce.

Malgré la peur qui lui nouait le ventre, Jessi s'obligea à poursuivre. Si menaçant que paraisse Cian, elle refusait de se laisser terrasser par la crainte.

— Pas question, je n'ai pas fini. Je veux aussi savoir quel est ton secret pour faire obéir les gens. Tu leur dis de faire quelque chose, et ils obtempèrent sans même discuter. Comment appelles-tu cela ?

Cian laissa son regard dériver vers l'horizon. Une ride de contrariété barrait son front, mais Jessi tint bon. Elle ne renoncerait pas tant qu'il n'aurait pas répondu à ses questions !

— C'est l'art druidique de la Voix, dit-il finalement. On l'appelle aussi la Voix du Pouvoir. Disons que c'est un sort d'obéissance. Et maintenant, partons. L'orage sera bientôt sur nous.

L'orage ? Il grondait déjà dans ses veines ! songea Jessi, qui n'avait pas l'intention de se laisser bercer par le ton lénifiant de Cian. S'il s'imaginait qu'elle allait se plier à ses volontés, il se trompait !

Elle voulait savoir ce qu'était exactement cette Voix, et elle ne tournerait pas la clé de contact tant qu'elle n'aurait pas obtenu satisfaction.

— Peux-tu obliger une personne à faire ce qu'elle ne veut pas faire ? A-t-elle conscience de ce qui lui arrive lorsqu'elle obéit à un ordre ainsi donné ? Est-ce qu'elle s'en souvient, par la suite ?

— Jessica, je suis en train d'essayer de te sauver la vie. Monte dans cette voiture.

— Et si je refuse, comment m'y feras-tu entrer ? Par la force ? En usant de la Voix ? Maintenant que j'y pense, je m'étonne que tu n'aies pas encore essayé sur moi ! Pourquoi te fatiguer à rester courtois alors qu'il te suffit d'utiliser ton pouvoir magique ? C'est très pratique, avec les femmes ! Pas la peine de les séduire, tu n'as qu'à leur ordonner de...

Elle se tut brusquement, prise de vertige.

— Jessica, monte immédiatement dans cette voiture.

Oh, non ! Comment n'y avait-elle pas pensé plus tôt ?

— Tu as déjà essayé sur moi... N'est-ce pas ?

Comme il ne répondait pas, elle insista :

— Le jour où je t'ai délivré, tu m'as demandé de te montrer mes seins. Ne le nie pas.

— Je ne le nie pas, répondit Cian, impassible.

S'il ressentait la moindre émotion, il n'en montrait rien. Jessi éclata d'un rire sarcastique.

— Pourtant, je n'ai pas obtempéré. Pourquoi ?

Elle fronça les sourcils, pensive.

— Pour une raison que j'ignore, reprit-elle, la Voix ne fonctionne pas sur moi. Je me trompe ?

Cian secoua la tête, d'un air si dépité que c'en était presque drôle. Presque.

Jessi scruta de nouveau son visage. Quels secrets dissimulait-il sous ce masque impénétrable ?

— Aucun de mes pouvoirs n'a de prise sur toi.

Jessi était partagée entre la déception et une inquiétude grandissante. Dire qu'elle s'était crue en sécurité auprès de lui ! Il n'y avait pas, comme elle l'avait naïvement pensé, un méchant – Lucan Trevayne – et un bon – Cian McKeltar.

Il y avait un méchant et un salaud.

Sans dissimuler son mépris, elle posa la question qui lui brûlait les lèvres. Il fallait qu'elle sache.

— Jusqu'où serais-tu allé, si je t'avais obéi ?

— Tu le sais très bien.

— Je veux te l'entendre dire. Jusqu'où, Cian ?

Une lueur d'exaspération enflamma brièvement ses prunelles dorées.

— Il y a mille cent trente-trois ans que je n'ai pas fait l'amour, Jessica. Cela répond à ta question ? Et maintenant, monte dans cette fichue voiture.

Elle le regarda, muette de fureur. Cet homme n'était qu'une brute qui n'aurait pas hésité à abuser d'elle pour satisfaire ses pulsions sexuelles. Elle n'avait rien de bon à attendre de lui.

Le problème, c'était qu'elle avait un autre barbare à ses trousses, bien décidé à la faire assassiner.

L'un en voulait à son corps, l'autre à sa vie.

Elle songea un instant à prendre la fuite. Un instant seulement. Quelles chances avait-elle, seule contre un druide et un sorcier versé dans l'art de la magie noire ? D'autant qu'il lui faudrait leur échapper dix-neuf jours durant. Une éternité pour une fugitive sans ressources ni expérience...

Ravalant une remarque acerbe, elle monta dans sa « fichue voiture ».

13

Ils traversaient l'Atlantique à une altitude de trente-six mille pieds lorsque le Miroir rappela Cian. Cette fois, songea Jessi, le départ du Highlander ne les surprit pas alors qu'ils étaient sur le point de faire des folies de leurs corps, la laissant pantelante de désir et tremblante de frustration...

Un rapide coup d'œil alentour lui révéla que plusieurs passagers clignaient des yeux d'un air perplexe – ils avaient vu Cian disparaître. Elle n'en fut pas surprise. Cian était le type d'homme que l'on regardait – les uns en se demandant quel amant il ferait (une catégorie dont elle faisait partie), les autres en s'inquiétant pour leur intégrité physique (une catégorie dont elle faisait également partie).

Pourtant, elle n'entendit aucun commentaire. Chacun devait être persuadé d'avoir été victime d'une illusion, et personne n'osait aborder la question, de peur de passer pour un fou.

Elle réprima un rire désabusé. Elle savait ce qu'ils ressentaient, elle qui avait cru pendant plusieurs jours avoir perdu la raison !

Remontant sous son cou la couverture que lui avait apportée une hôtesse, elle bâilla et ferma les yeux d'un air faussement détaché, comme si elle était montée seule à bord de cet avion et que son compagnon au physique de dieu celte n'avait jamais existé.

Elle avait maîtrisé le mouvement de surprise que provoquait toujours la soudaine disparition de Cian, car celui-ci avait eu la bonne idée de la prévenir, peu avant le décollage, qu'il serait probablement rappelé par le Miroir avant leur arrivée en Écosse.

L'Écosse ! Elle rêvait depuis toujours d'y aller... Mais les choses ne se déroulaient pas exactement comme elle l'avait imaginé.

Leur passage à l'aéroport d'Indianapolis avait été en lui-même un moment d'anthologie, en particulier lorsque Cian lui avait offert une petite démonstration de ses talents.

Pour commencer, il avait obtenu des employés qu'ils emballent le Miroir et l'expédient à Édimbourg. Puis, afin de ne laisser aucune trace de leur passage, il les avait persuadés de n'imprimer aucun ticket et leur avait fait franchir sans encombre la ligne de policiers armés qui assuraient la sécurité de la zone de fret.

Comme il n'y avait aucun vol direct pour l'Écosse en partance immédiate et qu'il n'était pas question de faire escale à Londres, si près du quartier général de Lucan, Cian avait convaincu un employé de leur trouver deux places sur un vol via Paris déjà en surréservation. Du grand art ! avait songé Jessi, admirative malgré elle.

En dépit des protestations de sa conscience, elle n'avait pu que se féliciter des prouesses déployées par Cian. Il lui suffisait de demander pour être obéi. Sans discussion, sans effusions, sans protestations. Comme si tout cela était parfaitement naturel...

Elle avait cependant noté qu'il avait eu recours aussi peu fréquemment que possible au sort d'oubli, dont il lui avait dit qu'il pouvait engendrer de graves dégâts dans l'esprit de ses « victimes ». Ce qui était un peu surprenant de la part d'un sorcier adepte de magie noire, n'avait-elle pu s'empêcher de songer.

Entre autres enseignements, cette petite démonstration avait permis à Jessi de comprendre pourquoi la Voix n'exerçait que peu d'effets sur elle. Chaque fois que Cian avait donné des ordres, elle avait eu la sensation étrange que la Voix se heurtait contre elle – plus exactement, contre la plaque fixée dans son crâne depuis son accident, laquelle semblait alors fonctionner comme une barrière métallique.

Elle n'aurait pu décrire le mécanisme à l'œuvre, mais son intuition lui disait que c'était là l'explication de son immunité à la Voix. Pour la première fois de sa vie, elle se réjouissait de la terrible chute qui avait fendu sa boîte crânienne.

Plusieurs fois, elle avait réfléchi aux paroles de Cian, sur le parking du restaurant – « Il y a mille cent trente-trois ans que je n'ai pas fait l'amour, Jessica. Cela répond à ta question ? » Il ne l'aurait pas forcée, elle en avait l'intime conviction. Cian n'était pas la brute qu'elle avait alors crue : sa modération lors de leur passage à l'aéroport le prouvait. Il avait fait en sorte d'en demander le moins possible à chaque employé et de ne jamais aller au-delà de ce qui était nécessaire.

Parce qu'il respectait fondamentalement son prochain.

Un autre que lui, doté de la même force physique, n'aurait pas hésité, voyant que sa magie échouait, à abuser d'elle et à la prendre contre son gré. Quelle résistance aurait-elle pu lui opposer ?

Or, il n'en avait rien fait. Jamais il n'avait eu le moindre geste agressif. Malgré son millénaire de chasteté forcée.

Jessi remonta ses genoux sous son menton et ferma les yeux. La journée avait été longue, et le ronronnement des moteurs la berçait.

Elle aurait payé cher pour connaître l'ivresse d'ordonner et d'être aussitôt obéie. L'art druidique de la Voix devait être un pouvoir formidable. Une véritable arme. Et une effrayante responsabilité, aussi…

Non, Cian ne pouvait être un adepte de la magie noire. Elle se demandait même comment elle avait pu croire cela ! Au regard de tout ce qu'il était capable d'exiger des autres, il était un modèle de retenue…

Le pouvoir absolu, l'impunité totale… Qu'aurait-elle fait si elle avait disposé d'une telle puissance ? Somnolente, elle laissa son imagination dériver. Si elle avait pu sauter dans un avion pour se rendre en Europe chaque fois qu'elle le désirait, elle aurait visité l'Angleterre, le site mégalithique de Stonehenge, les musées irlandais et leurs fabuleuses collections de bijoux anciens… Elle aurait pu toucher de ses doigts les trésors qu'elle étudiait avec tant de passion, peut-être même les rapporter chez elle afin de les examiner à tête reposée…

Tant qu'elle y était, elle aurait pu pousser la porte de sa banque pour effacer ses dettes, renflouer son compte afin de mettre enfin un terme à ses éternels soucis financiers, peut-être même s'offrir un ou deux extra – un appartement près de l'université, une petite maison sur la côte… et pourquoi pas un manoir en Écosse ?

Le monde n'aurait été qu'un vaste terrain de jeu dont elle aurait établi les règles.

Voilà dans quelle réalité évoluait Cian. Et pourtant, il était resté enfermé dans ce miroir pendant plus de mille ans. C'était incompréhensible.

Druide surpuissant, mais prisonnier d'un objet magique… Guerrier capable de tuer, mais amant aux mains plus douces que la soie… Cian McKeltar était une énigme.

Une passionnante énigme qu'elle brûlait de déchiffrer.

An áit a bhfuil do chroi is ann a thabharfas do chosa thú.
(Tes pas te porteront là où se trouve ton cœur.)

Vieux dicton écossais

DEUXIÈME PARTIE

ÉCOSSE

14

Aéroport d'Édimbourg, dimanche 15 octobre

— Puisque je vous dis que je n'ai pas de bon de retrait ! s'écria Jessi, exaspérée.

La blonde assise derrière le comptoir secoua la tête d'un air buté. Pas moyen de la convaincre !

— Je peux vous décrire l'objet, insista Jessi. Son emballage, ses dimensions, sa provenance, tout ce que vous voudrez. Comment pourrais-je savoir tout cela s'il n'était pas à moi ?

— Aucun paquet ne peut être remis sans bon de retrait, répéta la blonde d'un ton monocorde.

— Vous ne comprenez pas ! C'est d'une importance capitale !

C'était même une question de vie ou de mort, mais elle n'osa pas l'ajouter, de peur de passer pour une cinglée.

— Au contraire, je comprends très bien. Vous voulez emporter un article pour lequel vous n'avez pas de bon de retrait. Que feriez-vous si je donnais un objet qui vous appartient à quelqu'un qui viendrait le réclamer sans bon de retrait ? Vous déposeriez plainte contre la compagnie ! Nous ne délivrons aucun paquet sans bon de retrait.

— Il n'y a aucune solution ? demanda Jessi, désespérée.

— Si. Vous pouvez remplir un formulaire de déclaration de perte de bon de retrait.

— Et ensuite ? Combien de temps faudra-t-il avant que je récupère mon colis ?

— Pas plus de quelques semaines. Six mois tout au plus.

Six mois ? Alors, tout était perdu... Jessi n'était pas pessimiste de nature, mais quelque chose lui disait que la blonde en uniforme ne ferait rien pour l'aider et que son dossier risquait fort de rester longtemps en dessous de la pile...

D'une façon ou d'une autre, il lui fallait impérativement récupérer le miroir. Il lui restait en tout et pour tout quarante-deux dollars et dix-sept cents en poche. Elle avait bien sa carte de crédit, mais à peine l'aurait-elle utilisée que Lucan saurait où elle se trouvait. Sans l'inépuisable réserve d'argent que pouvait lui procurer la Voix magique de Cian, elle était complètement démunie.

Le problème, c'était que la fille derrière le guichet semblait l'avoir prise en grippe. Certaines personnes avaient le don de résoudre les problèmes, d'autres de les compliquer à l'envi. Celle-ci faisait partie de la seconde catégorie – elle était même championne dans sa discipline...

— Merci quand même, marmonna Jessi tout en se détournant, de peur de prononcer des paroles qu'elle pourrait regretter par la suite.

Abattue, elle remonta son sac à dos sur son épaule et traversa l'immense hall de l'aéroport, puis elle s'assit sur un banc en plastique, dont l'inconfort était à l'image de sa situation.

Elle ôta sa montre, fit avancer les aiguilles de six heures et la remit à son poignet. Ici, en Écosse, il était déjà 9 heures du matin.

La bonne nouvelle, songea-t-elle, c'était que plus de vingt-quatre heures s'étaient écoulées depuis la dernière fois qu'elle avait libéré Cian. Elle pouvait de nouveau prononcer l'incantation magique.

La mauvaise, c'était qu'elle n'avait aucune idée de la façon de récupérer le miroir.

L'honnêteté l'obligeait à avouer que l'exaspérant barbare commençait à lui manquer. Elle était impatiente de retrouver ses quatre-vingt-dix kilos de muscles, sa naïveté de macho médiéval et ses baisers qui avaient le don d'éveiller en elle une sensualité classée X…

— Le vol 412 au départ d'Édimbourg pour Londres partira à…

La voix féminine aux accents feutrés que diffusaient les haut-parleurs de l'aéroport l'arracha à sa rêverie. Édimbourg. L'Écosse. Elle était enfin dans ce pays dont elle rêvait depuis si longtemps ! La chapelle Rosslyn et les ruines de Dunnottar étaient là, toutes proches, de l'autre côté des portes de l'aéroport, sans parler des innombrables trésors archéologiques que recelaient les environs de la ville…

Pourtant, Jessi commençait à se demander si elle parviendrait à franchir ces maudites portes. Son vol en provenance de Paris avait atterri plusieurs heures auparavant, et elle avait consacré tout ce temps à tenter de récupérer le miroir. Sans aucun succès.

Pour commencer, il lui avait fallu plus d'une heure pour localiser le Bureau de retrait des colis spéciaux, qui ne se trouvait pas, comme l'aurait voulu la logique, à proximité des tapis roulants des bagages, mais de l'autre côté du hall, tout au bout d'un interminable couloir mal éclairé, dans une petite pièce aveugle donnant de l'autre côté d'un guichet percé dans le mur.

Elle avait d'abord cru s'être trompée de destination, jusqu'à ce qu'elle remarque, fixé sur le mur en dessous du comptoir par du ruban adhésif, un petit morceau de papier sur lequel était griffonné au stylo-bille « Retrait des colis ».

À croire que l'administration de l'aéroport n'avait aucune envie de délivrer les paquets en question. Les redistribuait-elle aux employés en guise de prime de fin d'année ? s'était demandé Jessi, agacée.

— S'il n'y a pas de nom sur l'emballage, où le colis ira-t-il une fois à Édimbourg ? lui avait demandé Cian avant d'ordonner l'expédition du miroir vers l'Europe.

Jessi lui avait répondu qu'il devait exister un bureau des colis non réclamés et qu'il lui suffirait de s'y rendre pour prendre livraison de l'objet. De toute façon, sans nom ni adresse, on ne pourrait le renvoyer à son point de départ.

— Justement, puisqu'il n'y a aucune inscription dessus, acceptera-t-on de te le donner ? avait insisté Cian.

Jessi avait haussé les épaules. Que pouvait-elle en savoir ?

— Il faut courir le risque, avait décidé Cian. Je ne veux laisser aucune trace de notre destination. Tu essaieras d'entrer dans la pièce où se trouvera le Miroir, et tu prononceras l'incantation de libération. Ensuite, c'est moi qui m'occuperai de tout.

Jessi avait encore ces paroles encourageantes à l'esprit lorsqu'elle s'était penchée par-dessus le comptoir dans l'espoir d'apercevoir le miroir dans la petite pièce déserte.

Il lui avait pourtant fallu déchanter. Aucun paquet, petit ou gros, n'était en vue.

Puis la blonde avait fait son entrée en la saluant d'un « C'est pour quoi ? » hargneux, et au cours du dialogue de sourds, ou plutôt de sourdes, qui s'était ensuivi, Jessi n'avait pu que mesurer à quel point Cian et elle s'étaient montrés optimistes à Indianapolis.

Elle se leva de son banc en plastique, le moral au plus bas. Elle avait aperçu une cafétéria un peu plus haut dans le hall. Un café lui ferait du bien, décida-t-elle en partant dans cette direction. Elle allait s'accorder un solide petit déjeuner, puis elle reprendrait une fois de plus le chemin du Bureau de retrait des colis spéciaux. Avec un peu de chance, elle y trouverait peut-être un employé plus accommodant.

Non seulement la blonde était toujours à son poste, mais son humeur ne paraissait pas s'être améliorée. Feignant de ne pas remarquer la ride de contrariété qui barrait son front, Jessi s'approcha d'elle, prête à toutes les bassesses pour récupérer le miroir... ou plus exactement, son occupant.

— Écoutez, dit-elle avec une humilité qu'elle espérait convaincante, j'ai peut-être eu tort d'insister tout à l'heure. Après tout, je n'ai aucune certitude qu'il s'agit bien de mon paquet. Si je vous le décris, pourrez-vous au moins me le montrer ? Juste pour que je m'assure que c'est bien le mien. Ce serait trop bête de se fâcher pour rien !

L'écho de son rire retomba dans un silence obstiné.

— Ce n'est pas dans le règlement, lâcha la femme.

— Mais je...

— Il n'y a pas de « mais ». Pour qui vous prenez-vous, à la fin ? Les filles comme vous croient toujours qu'elles peuvent contourner les lois !

Les filles comme elle ? De quoi voulait-elle parler ? Jessi n'eut pas le temps de lui poser la question que l'autre poursuivait déjà :

— Il va falloir vous y faire, ma petite demoiselle. Le règlement est le même pour tout le monde. Pas d'exception, pas de passe-droit !

Elle reprit, s'adressant aux seins de Jessi :

— Si vous vous imaginez que vous pourrez toujours manipuler les hommes, vous vous trompez ! D'ailleurs, il n'y en a pas à ce guichet. Et c'est tant mieux ! Vous n'aurez pas l'occasion de faire votre petit numéro de charme pour obtenir ce que vous voulez. Il va falloir rabattre votre caquet, c'est moi qui vous le dis.

Muette d'indignation devant cette attaque injustifiée, Jessi fixa la femme d'un œil incrédule. Que lui avait-elle fait pour qu'elle se montre aussi agressive ?

Sans doute persuadée de lui avoir définitivement cloué le bec, l'employée s'éloigna du comptoir et alla s'asseoir un peu plus loin devant un ordinateur, sur le clavier duquel elle se mit à pianoter de ses doigts aux ongles vernis d'un improbable orange vif.

« OK, j'ai saisi le message », songea Jessi en s'efforçant de contenir la rage qui bouillait en elle. Cette femme lui vouait une haine aussi féroce qu'incompréhensible, et elle était bien décidée à lui faire obstacle par tous les moyens.

Chacune son problème.

Le sien, c'était de remettre la main sur le miroir. Celui-ci devait être tout près d'ici. Dans une pièce voisine, par exemple, puisque aucun colis n'était en vue dans le petit bureau.

Se hissant sur la pointe des pieds, elle inspecta les alentours. Sur le mur de gauche était punaisé un grand poster représentant un paysage de bord de mer aux couleurs criardes, à côté d'un téléphone sur lequel était marqué « Sécurité ». La cloison située face à elle, tout aussi aveugle, était couverte d'une multitude de petites marines et de certificats de navigation dans des cadres sobres.

Quant au mur de droite… *Eurêka* ! En se penchant le plus possible, Jessi vit, par une porte entrouverte, un long couloir brillamment éclairé.

— Mon colis est là-bas, n'est-ce pas ? demanda-t-elle au cerbère en jupons toujours affairé devant l'ordinateur.

La femme ne répondit pas, mais son visage se crispa en une expression des plus éloquentes. Cian était là, peut-être à quelques pas seulement.

« Je peux le faire, je peux le faire, je sais que j'en suis capable », se répéta Jessi pour se donner du courage. Puis elle s'éloigna du comptoir et remonta le couloir sur une dizaine de mètres, ajusta son sac à dos sur ses épaules... avant de pivoter sur elle-même pour revenir au pas de course en direction du guichet. Là, elle rassembla toutes ses forces et, s'élançant dans les airs, enjamba la planche du comptoir, puis retomba au beau milieu du bureau dans un fracas de dossiers renversés.

La blonde se retourna en poussant un hurlement.

— Dehors ! Seuls les employés munis d'un badge sont admis au-delà de cette limite !

Jessi ne perdit pas de temps à lui répondre. Elle avait besoin de toute son énergie. Le cœur battant la chamade, elle se rua vers la porte entrouverte. Contrairement à ses craintes, elle n'était pas paralysée par la peur. Au contraire ! Son esprit fonctionnait à toute vitesse, ses muscles répondaient avec vivacité. Rien ne pouvait l'arrêter, surtout pas les glapissements de la blonde qui venait de se jeter sur elle, toutes griffes dehors.

— Reviens ici tout de suite, sale petite effrontée !

Deux serres orange vif se refermèrent sur son sac à dos, la stoppant dans sa progression, mais Jessi avait eu le temps de passer la tête par l'encadrement de la porte. Le couloir était assez long et donnait de part et d'autre sur de nombreuses ouvertures. Tout au bout, il était fermé par deux battants en acier, derrière lesquels Jessi n'aurait pas été surprise de trouver un entrepôt. Plusieurs chariots élévateurs étaient stationnés à proximité.

Le miroir était là, c'était évident.

Un seul obstacle l'en séparait encore : la harpie griffue cramponnée à son sac à dos, qui continuait à réciter le règlement d'une voix suraiguë.

Jessi n'avait pas le choix. Elle devait parvenir jusqu'au miroir, sa vie en dépendait. D'un mouvement d'épaule énergique, elle arracha son sac des griffes de sa poursuivante, puis le laissa glisser le long de ses bras, avant de le saisir par les bretelles. Ensuite, tout en priant pour ne pas infliger à la femme une blessure plus grave qu'un œil au beurre noir, elle lui donna un coup à la tempe de toutes ses forces.

La blonde vacilla, le regard vide, avant de s'effondrer lentement sur le sol… au grand soulagement de Jessi, qui n'aurait sans doute pas eu le courage de la frapper de nouveau.

D'un coup d'œil rapide, la jeune femme inspecta les alentours. Personne. Elle se pencha et, prenant par les pieds le dragon momentanément terrassé, le traîna jusqu'à une petite pièce adjacente. Il lui fallut un certain temps pour lui trouver une place au milieu des balais et des bidons de produits d'entretien qui occupaient le minuscule local, mais elle y parvint. Elle quitta les lieux, referma la porte derrière elle et s'éloigna rapidement.

Le couloir était toujours vide, et Jessi réprima un geste de triomphe. La chance lui souriait ! Elle s'élança au pas de course vers la double porte, à la recherche du miroir où était enfermé Çian.

Lucan donna un violent coup de poing dans le mur de son cabinet de travail. Puis un deuxième. Et un troisième.

Quelques gouttes de sang perlèrent aux articulations de sa main, mais l'hémorragie s'interrompit aussitôt. Sa peau se reconstitua et retrouva rapidement son aspect habituel.

Il se tourna vers son bureau, puis, avec un regard haineux en direction de la tache claire sur son mur, là où le Miroir aurait dû se trouver, il enfonça la touche du haut-parleur.

— Répète-moi ce qu'ils t'ont dit. En détail.

Le haut-parleur du téléphone grésilla, puis la voix de Hans jaillit de l'appareil.

— Aucun d'entre eux n'avait de souvenirs très précis, monsieur Trevayne. Ils ont vu un homme grand, tatoué, avec de longues nattes, qui portait un énorme miroir au cadre doré. Il était accompagné d'une jeune fille assez jolie et a traversé le hall d'un grand hôtel de Chicago. S'ils y sont descendus, il ne reste aucune trace de leur séjour. On a retrouvé des taches de sang humain dans l'une des chambres, qui n'avait pas été louée depuis un certain temps, mais aucun cadavre n'a été découvert.

Enfer et damnation ! Le pire était arrivé. Ève était morte, selon toute probabilité, et le Highlander avait trouvé une complice en la personne de Jessica Saint-James. À présent, ils étaient deux contre lui. La fille en elle-même n'avait aucun pouvoir susceptible de l'inquiéter, mais elle représentait pour McKeltar un guide parfait dans ce monde du XXIe siècle où, sans elle, il n'aurait eu aucune chance. Ces deux-là se complétaient à merveille.

Et il ne lui restait plus que dix-sept jours pour les trouver.

— As-tu réussi à savoir quelle direction ils ont prise quand ils ont quitté l'hôtel ?

— Pas encore, monsieur Trevayne, mais mes gars y travaillent activement. Avez-vous des pistes à nous suggérer ?

Lucan se frotta la joue, pensif. Où McKeltar pouvait-il aller, à présent qu'il disposait d'un acolyte capable de l'aider à se rendre là où il le désirait ? Cette question était cruciale. Car, désormais, les règles du jeu avaient changé…

Pas une fois au cours du millénaire qui venait de s'écouler il n'avait envisagé un retournement de situation aussi catastrophique. Comment prévoir une suite d'événements aussi improbable que celle qui venait de se dérouler en quelques jours ?

D'abord, il y avait eu la panne dans son système de sécurité, pourtant plus sophistiqué que celui de la Maison-Blanche, alors qu'il était absent de Londres, lui qui s'éloignait si rarement de son sanctuaire londonien. Puis il y avait eu l'intrusion d'un cambrioleur pendant son séjour à l'étranger – un inconscient qui avait eu la mauvaise idée de voler précisément le Miroir Sombre. Et pour couronner le tout, ce maudit Highlander était parvenu à convaincre quelqu'un de l'aider…

Qui aurait pu prédire un tel acharnement du sort ?

Lucan secoua la tête, écœuré. Même dans ses prévisions les plus pessimistes, il n'avait pas envisagé une telle série de coïncidences.

Et pourtant, les faits étaient là.

Où le Keltar allait-il se rendre ? Lucan ne voyait qu'une destination possible pour lui : l'Écosse. Le Highlander allait remuer ciel et terre pour fouler de nouveau la terre de son pays, surtout maintenant qu'il se savait traqué.

Il y avait bien longtemps que Lucan n'était allé faire un tour dans les collines au-delà d'Inverness… Pendant plusieurs générations, après qu'il avait emprisonné Cian dans le Miroir Sombre, il avait gardé un œil attentif sur la lignée des Keltar. Il s'était d'abord assuré que la mère de Cian tenait la promesse qu'elle lui avait faite en échange de la préservation de ses sept précieuses filles : une renonciation définitive au savoir et aux traditions des Keltar, ainsi que l'effacement du nom de son fils de toutes les archives familiales, cela afin d'éviter qu'un descendant indirect de Cian ne se mette un jour en tête de libérer son ancêtre, dans un ridicule accès de loyauté familiale...

Cependant, lorsque, vers le début du XVe siècle, il avait acquis la certitude que Cian McKeltar n'était plus qu'une simple légende aux yeux de ses descendants, il avait relâché sa surveillance. Il avait enfin pu consacrer toute son énergie à bâtir son empire personnel et à accomplir son grand projet : réunir les quatre Piliers des Ténèbres.

Pendant une éternité, il n'avait pas affronté un adversaire à sa mesure. Rien ne lui résistait ! L'ivresse du succès lui avait fait oublier toute prudence...

Et aujourd'hui, tout était compromis, alors même qu'il touchait au but. Il y avait de quoi devenir fou de rage !

— L'Écosse, dit-il à Hans. C'est de ce côté qu'il faut chercher. Vers Inverness, par exemple. Il va essayer de rejoindre ses collines, loin de la civilisation. Tâche de découvrir s'il y a encore des McKeltar dans la région et fais savoir que j'offre cinq millions de livres sterling pour le Miroir. Dix millions pour le Miroir et la fille. Je veux être tenu au courant heure par heure des résultats. Et il y a dix autres millions de livres à la clé pour toi si tu boucles l'affaire avant huit jours, Hans.

— Bien compris, monsieur Trevayne. Je mets les bouchées doubles. Je vous donne ma parole de faire tout mon possible, monsieur Trevayne.

Lucan laissa son regard errer dans le vide, songeur. Qu'étaient quinze ou vingt millions de livres pour lui ? Rien. Une paille, en comparaison de la fortune qu'il avait amassée au cours des siècles, et dont il s'était lassé.

Ce qui l'intéressait, c'était le pouvoir.

Toujours plus de pouvoir.

Il était si près du but ! Enfin, il s'apprêtait à prendre possession du Livre Noir *unseelie*. Il allait devenir le plus grand sorcier qu'ait jamais connu le monde – humains et faës confondus.

Il s'en voulait de n'avoir pas su prévoir les complications qui venaient de survenir. Lorsqu'un homme parvenait au sommet de sa gloire et de sa grandeur, le destin le mettait à l'épreuve. Cela lui était déjà arrivé, cela lui arriverait de nouveau. Il aurait dû s'y préparer. À l'avenir, on ne l'y reprendrait plus.

Un rire mauvais lui échappa. Lui, Lucan Myrddin Trevayne, né mille cent soixante-dix-huit ans plus tôt des amours sordides d'un obscur druide et d'une traînée, neuf mois après une nuit d'orgie lors d'un concile druidique dans le petit village de Cochlease au fin fond du pays de Galles, s'était élevé au-dessus de l'ignominie de sa condition.

Aujourd'hui, il n'était plus qu'à un cheveu de réaliser son rêve le plus fou : posséder la puissance absolue, celle qui lui permettrait d'asservir jusqu'aux légendaires Tuatha Dé Danaan.

Ses débuts n'avaient pas été faciles. Il s'était battu comme un fauve, avait étudié avec une véritable rage d'apprendre et avait arpenté le monde afin d'acquérir la connaissance qui donne le pouvoir. À force de volonté, le bâtard gallois était devenu un sorcier que craignaient les plus puissants de ses pairs.

C'était au cours d'un de ses voyages qu'il avait appris l'existence des quatre Piliers des Ténèbres. Il avait réussi à se procurer des copies de trois pages sacrées du merveilleux Livre Noir et avait consacré les huit années suivantes à les déchiffrer.

L'investissement avait été payant. Lucan avait beaucoup appris de ces pages, entre autres l'endroit où était gardé le Miroir Sombre qui offrait l'immortalité, ainsi que les incantations nécessaires à son usage. L'éternité en échange de deux ou trois broutilles – le sacrifice de quelques pintes de sang humain, l'ensorcellement d'un captif et le versement régulier d'une dîme d'or pur... Une aubaine !

On disait que Merlin lui-même avait possédé le Miroir Sombre et qu'il avait fallu une armée de mille hommes et un groupe de mystérieux saints irlandais pour le lui reprendre.

À cinq reprises, Lucan avait essayé de s'emparer du Miroir. En vain. Force lui avait été d'admettre qu'il n'était pas de taille. Il avait consacré les sept années suivantes à chercher un homme qui le serait... et il l'avait trouvé en la personne de Cian McKeltar.

Il avait haï le Highlander au premier regard.

15

Jessica gisait, face contre terre, dans une mare de sang. Son corps était déjà rigide et glacé, sa jambe droite brisée, ses poings serrés en une dérisoire tentative de se défendre.

Son agonie avait été effroyable.

Elle l'avait appelé à l'aide, et pas un instant elle n'avait douté qu'il viendrait la sauver.

Il n'était pas venu.

Ne lui avait-il pas promis de la protéger, pourtant ?

Il avait échoué.

Dans un hurlement de détresse presque inhumain, Cian martela de ses poings les murs de sa prison, avant de s'effondrer sur le sol. Son cri résonna contre la muraille de pierre et lui revint, assourdissant, désespéré.

Mille cent trente-trois ans de captivité n'avaient pas eu raison de son équilibre mental, mais les quelques jours passés auprès de Jessica étaient sur le point de le faire basculer dans la folie…

Sa Jessica.

Elle était dehors, seule au monde, traquée par Lucan, et il ne pouvait rien pour elle. Depuis l'instant où le Miroir l'avait repris, il n'avait qu'une hantise : perdre Jessica. Et comme si cela ne suffisait pas, son esprit malade de tension et de frustration inventait pour elle les morts les plus cruelles et les plus raffinées.

Un assassin envoyé par Lucan était à bord de l'avion et s'était glissé à côté de Jessica, avant de la capturer à l'atterrissage. À présent, droguée par de puissants somnifères, elle était en route pour Londres.

Ou bien Lucan avait trouvé plus expéditif. Il avait tout simplement fait s'éteindre les moteurs de l'avion, qui avait plongé dans l'Océan, entraînant la mort de centaines d'innocents.

Ou alors, il allait bientôt s'apercevoir que le Miroir était de nouveau accroché au mur du cabinet de travail de Lucan, et il serait alors le témoin obligé des supplices qu'infligerait celui-ci à sa tendre Jessica, ligotée et soumise aux caprices les plus infâmes de son tortionnaire.

Ou bien encore, il allait voir apparaître le visage de son pire ennemi, déformé par la haine, et dans un ricanement sadique, celui-ci lui expliquerait que jamais il ne lui révélerait ce qu'il était advenu de Jessica, l'abandonnant aux affres de l'angoisse et de l'ignorance, tout comme il l'avait déjà fait pour sa mère et ses sœurs...

Chaque hypothèse était pire que la précédente, et chacune enfonçait dans son cœur une lame plus froide que l'acier.

Cian demeura longtemps prostré sur le sol glacial de sa prison. Puis la colère remplaça l'abattement. Les poings serrés, l'oreille aux aguets, il attendit.

— Ah, ah ! Te voilà enfin ! s'exclama joyeusement Jessi, en apercevant le volumineux emballage de contreplaqué dans lequel avait voyagé le Miroir.

Le colis se trouvait tout au fond de l'étagère la plus reculée de la dernière rangée de l'entrepôt. Elle aurait dû s'en douter...

Jessi consulta sa montre avec inquiétude. Il lui avait fallu une éternité pour retrouver Cian – ou plus exactement, le colis qui contenait le Miroir dans lequel le Highlander était enfermé. La blonde pouvait surgir d'un instant à l'autre, la moitié des vigiles de l'aéroport d'Édimbourg à sa suite.

En franchissant les portes de la réserve, Jessi s'attendait à trouver un petit local, dans lequel elle aurait rapidement repéré le colis, mais elle avait découvert un entrepôt de dimensions industrielles, plus grand qu'un terrain de foot et équipé de plates-formes montant jusqu'au plafond, à une quinzaine de mètres au-dessus de sa tête.

Elle avait perdu un temps précieux à fouiller parmi les colis dûment étiquetés, avant de réaliser que les articles non réclamés devaient être réunis dans un autre endroit, probablement le plus éloigné, puisque, n'ayant pas de numéro de dossier, ils risquaient d'occuper longtemps les rayonnages déjà fort encombrés du vaste entrepôt.

Jessi se rua vers le colis en prononçant l'incantation de libération.

— *Lialth bree che bree, Cian McKeltar, drachme sesidh !*

Rien ne se passa.

Elle répéta l'incantation, persuadée qu'un rayon de lumière allait apparaître entre les lattes, que l'emballage allait céder sous la pression ou que la voix de Cian allait lui répondre.

Rien, rien, rien.

Le souffle court, elle s'agenouilla devant le paquet, colla son oreille contre le bois et appela :

— Cian ? Cian, réponds-moi !

À l'intérieur, il lui sembla entendre un murmure étouffé. Bon sang, que se passait-il ? Elle se redressa et frappa le colis du plat de la main.

— Cian, je suis là ! Tu m'entends ? Mais secoue-toi un peu, enfin ! Ils seront bientôt là, nous n'avons pas toute la journée ! *Lialth bree che bree, Cian McKeltar, drachme se-sidh !*

Seul le silence lui répondit.

Jessi secoua la tête, désespérée. Y avait-il eu un problème pendant le vol ? S'était-elle trompée de paquet ?

Soudain, une vive lueur éclaira l'intérieur de l'emballage, suivie d'un bruit de frottement.

Un énorme poing jaillit du colis et s'arrêta à quelques centimètres de la joue de Jessi.

Clignant des yeux, la jeune femme recula d'un pas.

Enfin, il avait entendu sa voix !

Au début, Cian avait cru qu'il s'agissait une fois de plus d'un cauchemar, puis le sens des paroles s'était imposé à son esprit. *Mais secoue-toi un peu, enfin !* Il avait éclaté de rire. Il ne savait pas où il se trouvait, mais Jessica était là, fidèle à elle-même...

D'une puissante poussée, il quitta le Miroir, repoussa les épaisseurs de papier qui emballaient l'objet, puis joua des pieds et des poings pour se libérer du carcan de contreplaqué. Toute la rage qu'il avait accumulée depuis la veille se libéra, et en quelques secondes, le colis n'était plus qu'un tas de petit-bois, tout juste bon à allumer un feu de joie.

Lorsqu'il émergea de ce qui restait de l'emballage, ce fut pour apercevoir Jessica adossée contre une haute étagère, figée de stupeur, le regard agrandi par l'angoisse.

En deux pas, il franchit l'espace qui les séparait et la prit dans ses bras.

— *Och*, Christ ! murmura-t-il en la serrant contre lui.

Il souleva son menton et lui vola un baiser, puis un deuxième, puis un troisième.

— Je t'ai crue morte cent fois ! reprit-il. Embrasse-moi, Jessica. Montre-moi que tu es bien vivante !

Jessi leva les yeux vers Cian, perplexe. Avait-elle bien entendu ? *Embrasse-moi, Jessica. Montre-moi que tu es bien vivante !*

Lorsqu'il avait jailli du colis tel un diable hors de sa boîte, les traits déformés par la rage, elle avait pensé qu'il avait perdu la raison. Il lui avait lancé un regard fou avant de se jeter sur elle, et elle s'était crue perdue.

Puis elle avait pris conscience que c'était pour elle qu'il avait eu peur.

Elle sourit, plus émue qu'elle ne voulait le montrer. Pendant ses longues heures de solitude dans l'aéroport, une sourde crainte s'était emparée d'elle. Pas seulement parce que Cian était son unique chance de survie, mais parce que leur relation avait pris un tour différent.

Plus personnel.

Elle pouvait bien se l'avouer, à présent, elle s'était inquiétée pour lui. Voyager en avion n'était-il pas dangereux pour lui ? Un objet aussi ancien que le miroir n'était pas conçu pour voler à une telle altitude ! Que se passerait-il s'il venait à se briser ? Son prisonnier serait-il tué sur le coup ? Mourrait-il dans d'affreuses souffrances ? Resterait-il enfermé pour l'éternité ?

Et elle ? Que deviendrait-elle si elle perdait à jamais l'exaspérant barbare aux mains si puissantes et si douces ? Malgré l'agacement – et le mot était faible – que ses réflexions d'un autre âge suscitaient en elle, le Highlander avait pris dans sa vie une importance inimaginable quelques jours auparavant.

Cela lui faisait presque peur. D'autant qu'en se montrant soudain aussi possessif envers elle, il réalisait un fantasme qu'elle n'aurait même pas osé s'avouer.

Il la voulait, sans la moindre ambiguïté. De toute la force de son désir. De tout son corps dur et musclé. De tout son appétit d'homme pour la femme qu'elle était.

Et rien n'était plus délicieux...

Voilà, comprit soudain Jessi, ce que ressentaient les femmes depuis la nuit des temps en voyant leur homme revenir vivant de la chasse ou de la guerre : une reconnaissance éperdue, une incontrôlable envie de savourer la moindre miette de bonheur que la vie avait à leur offrir, la moindre caresse, le moindre baiser...

Rejetant la tête en arrière, elle lui tendit ses lèvres.

Il n'en fallait pas plus pour encourager Cian. Il prit son visage entre ses mains et se pencha vers elle.

Lorsque sa bouche effleura la sienne, il sembla à Jessi qu'un éclair d'orage venait de s'abattre sur elle. *En elle*. Une soudaine chaleur courut sous sa peau, ses veines se mirent à charrier du feu, l'incendie gagna ses reins.

Abdiquant toute volonté, elle se pressa contre lui, à peine consciente qu'il faisait glisser son sac de son dos pour mieux la serrer dans ses bras. Dans son impatience, elle frotta son bassin contre le sien sans la moindre pudeur.

Il la désirait.

Ivre de volupté, elle l'enlaça... et se sentit soulevée dans les airs, avant d'être étendue à même le sol. Le baiser de Cian se fit plus ardent, plus impérieux. Elle y répondit en s'abandonnant un peu plus à l'exploration de sa langue.

Il joua quelques instants à plonger en elle avant de se retirer, puis il se détourna de sa bouche, lui arrachant un gémissement de dépit... qui se transforma en soupir de félicité lorsqu'il traça de ses lèvres un sillon de feu sur sa tempe, son oreille, sa gorge...

Jessi tressaillit quand il planta ses dents dans la chair de son cou – un geste si possessif qu'il en était plus érotique que les mots les plus crus.

Elle se cambra, ivre de désir, tout en rejetant la tête en arrière pour mieux s'offrir à sa tendre morsure. Aussitôt, Cian écarta le col de sa veste d'un geste impatient et entreprit, avec un art accompli du jeu de la tentation, de déposer sur sa gorge de petits baisers légers, puis plus appuyés. Un jeu auquel il avait dû jouer plus d'une fois... songea Jessi en s'abandonnant au délicieux supplice.

Un instant, le sens de la réalité lui revint. Qu'était-elle en train de faire ? Lorsque Cian l'avait embrassée, elle s'apprêtait à lui dire qu'il fallait s'en aller au plus vite, qu'elle avait dû estourbir l'employée du Bureau de retrait des colis pour se frayer un passage jusqu'à lui et que les gros bras de la sécurité pouvaient surgir d'un instant à l'autre.

Entendu, elle allait le lui dire. Encore deux ou trois petits baisers, et elle reprendrait le contrôle de la situation...

Elle glissa une main sous le tee-shirt de son compagnon pour caresser son abdomen plat et dur, avant d'effleurer avec sensualité la puissante musculature de son dos. Qu'il était excitant...

En réponse, Cian se frotta doucement contre elle, ne lui laissant rien ignorer de l'érection qui tendait son jean.

« Il faut partir ! » voulut-elle dire.

— Je ne peux plus respirer, s'entendit-elle murmurer. Tu es trop lourd pour moi. Ce serait plutôt à moi d'être dessus !

À ces mots, Cian éclata de rire et roula sur le dos en l'entraînant avec lui. Jessi s'assit à califourchon sur son membre érigé... et retint une exclamation de stupeur. Jamais il ne pourrait entrer en elle !

— Enlève cette fichue veste, grommela-t-il.

« Pas question, nous devons partir d'ici au plus vite ! » voulut-elle répondre. Hélas ! À peine eut-elle entrouvert la bouche qu'il en profita pour y glisser son pouce, qu'elle se mit à sucer et à lécher avec gourmandise.

Le regard doré de son compagnon se voila – à l'idée qu'elle aurait pu tenir entre ses lèvres une autre partie de son anatomie ? Encouragée par son trouble, Jessi, d'un mouvement d'épaules, fit tomber sa veste. Cian tira sur son pull avec impatience. Bientôt, le pull rejoignit la veste...

Jessi ne put réprimer un rire de triomphe en voyant l'expression de joie incrédule qui se peignit sur les traits de son amant lorsque celui-ci posa les yeux sur elle... ou, plutôt, sur sa poitrine.

Dieu du Ciel, qu'elle était belle !

Cette femme était un rêve d'adolescent. Le repos du guerrier. Le paradis sur terre...

Presque intimidé, il tendit une main vers ses seins blancs et ronds. Les fruits de l'arbre du jardin d'Éden ne devaient pas être plus appétissants ! songea-t-il en caressant du regard ses courbes fermes et lourdes, sa peau aux reflets de nacre et les boutons roses de ses mamelons durcis par le désir...

Déjà, il lui semblait sentir sur sa langue leur grain délicat, leur saveur un peu salée, leur onctuosité...

D'un mouvement brusque, il se redressa et enfouit la tête entre ses seins, qu'il saisit à pleines mains, avant de refermer les lèvres sur l'un de ses mamelons.

Jessi tressaillit lorsqu'il donna le premier coup de langue sur la pointe de son sein. Quand il l'enferma entre ses dents, elle laissa échapper un soupir de volupté. Un gémissement d'impatience lui échappa lorsqu'il aspira délicatement, tirant tel un enfant affamé sur la pointe de son mamelon, tandis que de sa main, il caressait son autre sein.

Elle s'arc-bouta contre lui et, avide de sensations plus fortes, se frotta avec une lenteur exquise contre son sexe rigide.

— Oh, Cian... s'entendit-elle murmurer. Continue. S'il te plaît !

Comme s'il n'attendait que ces mots, il la souleva, roula sur le côté, avant de la coucher sur le dos et de s'étendre sur elle.

Le sol de béton était froid et dur sous ses reins, mais pour rien au monde elle ne se serait relevée. Subjuguée, elle regarda Cian poser ses mains sur le sol, de chaque côté de sa tête, avant de se pencher vers elle pour reprendre ses baisers. Pouvait-on imaginer amant plus excitant que lui ?

Bientôt, elle ferma les yeux et s'abandonna à sa tendre exploration. Tout en la mordillant avec douceur, il glissa une main vers le bouton de son jean, qu'il entreprit d'ouvrir.

— Je vais te faire oublier tous les hommes que tu as connus avant moi, l'entendit-elle chuchoter.

— Pas difficile, répondit-elle, je n'en ai pas...

D'un baiser, il la fit taire. Puis, sans plus attendre, il ouvrit son jean et le fit glisser le long de ses hanches. Jessi ouvrit la bouche pour protester, mais seul un soupir d'impatience s'échappa de ses lèvres.

À cet instant précis, des pas résonnèrent soudain, puis une voix furieuse s'éleva dans l'entrepôt.

— Vous avez entendu ? Il y a quelqu'un ici. Je suis sûre que c'est elle !

Jessi se redressa d'un bond, un quart de seconde après Cian. La blonde du guichet ! Elle entendit ses talons claquer sur le sol, suivis de chaussures à semelle épaisse. Des hommes. Beaucoup d'hommes. Catastrophe !

Sans un mot, Cian remonta le jean de Jessi jusqu'à sa taille et aida celle-ci à s'asseoir. Elle cligna des yeux, prise d'un léger vertige, et enfila son pull, que Cian lui tendait.

Dire qu'il n'avait fallu que quelques baisers pour qu'elle perde complètement le sens des réalités ! En tant qu'anthropologue, elle connaissait la théorie selon laquelle une femme en âge de procréer choisit instinctivement l'homme dont le patrimoine génétique est le mieux adapté au sien, afin de mettre au monde des enfants en bonne santé et assurer la survie de l'espèce.

Cian McKeltar était-il l'homme qui lui correspondait le mieux sur le plan biologique ? C'était probablement le cas, si elle en croyait le formidable pouvoir de séduction qu'il exerçait sur elle !

« Dans ce cas, suggéra une petite voix en elle, à quoi bon résister ? Autant coucher avec lui tout de suite ! »

Bonne idée, songea Jessi, dépitée, en refermant le bouton de son jean. Encore faudrait-il qu'on ne les interrompe pas à tout bout de champ...

Cela dit, elle avait beau apprécier la théorie en tant que scientifique, elle préférait décider en toute liberté de ses préférences en matière d'homme, plutôt que de laisser la survie de l'espèce choisir à sa place.

Hélas ! Elle ne voyait pas où était sa part de liberté dans ses réactions au charme de Cian McKeltar.

— J'aimerais bien savoir ce qu'elle trafique ici ! glapit la blonde, dont les pas se rapprochaient. Ce n'est pas une jeune fille, c'est une vraie sauvageonne. Vous avez vu ce qu'elle m'a fait ? Je vais avoir besoin de chirurgie esthétique pour retrouver mon visage !

Cian l'interrogea d'un regard où brillait une lueur d'amusement.

— Tu l'as frappée ? murmura-t-il d'une voix à peine audible.

— Elle me barrait le chemin. Il fallait bien que je te retrouve.

Il éclata d'un rire silencieux, tandis qu'une expression de triomphe éclairait son visage.

— Tu ferais la fierté d'un Highlander, *lass*, chuchota-t-il à son oreille.

De la part d'un guerrier du IXe siècle, c'était sans doute le plus beau des compliments, songea Jessi, touchée.

— Et ensuite ? Tu as une solution pour nous sortir de là, Highlander de mon cœur ?

Cette fois-ci, il rit franchement.

— Vous avez entendu ? s'écria la blonde, manifestement scandalisée. Il y a un homme avec elle ! Comment cette petite garce a-t-elle pu introduire un homme ici ?

Cian décocha à Jessi un sourire joyeux – celui d'un homme sûr de lui et de sa puissance.

— *Aye*, j'en ai une. Reste ici et laisse-moi faire, *lass*. Je m'occupe de tout.

Elle ne doutait pas un instant qu'il en soit capable.

Pire, elle adorait cela.

16

Écosse : bordé par l'Atlantique, la mer du Nord et l'Angleterre, le pays est d'une superficie deux fois inférieure à celle de ses voisins et est constitué essentiellement de landes et de montagnes, ainsi que de sept cent quatre-vingt-sept îles, dont les Shetland, les Orcades et les Hébrides…

Jessi avait la mémoire des chiffres – une bénédiction pour l'historienne qu'elle était. Aussi se souvenait-elle que l'Écosse, qui mesurait moins de cinq cents kilomètres du nord au sud, possédait tout de même dix mille kilomètres de littoral – un fait qui s'expliquait par ses côtes particulièrement découpées – et que les heurts avec l'Angleterre, avant d'être politiques, avaient été géologiques et remontaient à quelque quatre cent vingt-cinq millions d'années, lorsque la dérive des continents avait entraîné cette terre, anciennement rattachée à l'Amérique du Nord, vers son actuelle voisine et rivale, laquelle était issue du Gondwana.

Avec toutes les régions du nord de l'Europe autrefois peuplées par les Celtes, l'Écosse était l'un des pays que Jessi s'était promis de visiter un jour. Ce qu'elle n'avait pas envisagé, songea-t-elle en évitant de justesse l'une des innombrables ornières qui creusaient la petite route poussiéreuse, c'était qu'elle le ferait dans des circonstances aussi rocambolesques – traquée par un druide sanguinaire, accompagnée par un Highlander du IXe siècle et au volant d'un 4 × 4 volé.

Non, vraiment, ce n'était pas ainsi qu'elle avait imaginé son tour d'Europe...

Cian était de nouveau enfermé dans le miroir, et fort contrarié de l'être. Elle, en revanche, s'en accommodait très bien. Elle avait même été plutôt soulagée de le voir réintégrer sa prison, peu de temps après qu'il avait usé de la Voix pour « emprunter » le 4 × 4 à son propriétaire.

Elle s'en voulait de la docilité avec laquelle elle s'était soumise aux avances torrides de son compagnon. Une minute de plus, et elle lui faisait cadeau de sa virginité...

Que lui arrivait-il ? Cela ne lui ressemblait pas. Elle avait toujours considéré avec méfiance les unions aussi passionnées que provisoires et s'était juré de ne se donner qu'à l'homme de sa vie. L'exemple de sa mère l'avait probablement échaudée. Pouvait-on parler de famille quand on avait un beau-père, trois ex-beaux-pères et une ribambelle de frères et sœurs par alliance, dont on se rappelait à peine les prénoms ?

Sans doute était-ce pour fuir une aussi improbable tribu qu'elle avait quitté le Maine pour s'établir à Chicago. L'effervescence qui régnait chez Lilly Saint-James, très peu pour elle ! D'autant que sa mère venait de quitter son quatrième époux pour les beaux yeux de son professeur de tennis...

Pour sa part, Jessi préférait la qualité à la quantité. Elle voulait une vie calme, bien rangée, aux côtés d'un époux doté d'un esprit ouvert. Autant dire que Cian McKeltar était exactement l'homme qu'il ne lui fallait pas !

Hélas, son corps ne semblait pas partager cet avis. Cian la regardait-il ? Elle en était toute chavirée. La touchait-il ? Une moiteur coupable l'envahissait. Et s'il l'embrassait, elle était perdue...

Certes, il était beau. Sexy. Viril.

Mais il était aussi le choix le plus absurde qu'elle puisse faire. Il vivait dans un miroir, était druide et sorcier, poursuivi par la haine d'un collègue aussi puissant que lui. Sans compter qu'il était bien trop vieux pour elle. Bref, il avait peut-être l'étoffe d'un héros, mais il ne valait pas tripette en tant qu'époux potentiel.

Pourtant, elle le savait, à peine l'aurait-elle de nouveau délivré de ce fichu miroir qu'il recommencerait ses manœuvres de séduction. Et cette fois-ci, dans les collines désertes où il l'emmenait, personne ne viendrait les interrompre à l'instant crucial...

— Voilà que ça glisse encore, grommela une voix mâle dans l'habitacle. Je ne vois plus que le plafond.

Jessi arrêta la voiture sur le bord de la petite route. Quand ils avaient « loué » le véhicule (une location gratuite, certes), Cian avait calé le miroir sur la banquette arrière, puis il s'était installé à l'avant. Lorsqu'il avait réintégré sa prison, peu après qu'ils avaient quitté Édimbourg en direction d'Inverness, il avait demandé à Jessi de placer la glace de telle sorte qu'il puisse voir la route afin de la guider. La ceinture de sécurité n'était pas conçue pour retenir un objet plat, et le miroir tombait régulièrement sur la banquette, au grand agacement de Cian.

Jessi descendit du 4 × 4 et le contourna pour remettre la glace dans le bon sens. Si seulement elle avait disposé d'une valise ou d'un sac assez volumineux pour la caler ! songea-t-elle. Mais tout ce qu'il y avait dans la voiture, c'étaient les restes du repas qu'ils avaient acheté au fast-food de l'aéroport, ainsi que quelques cartes routières que Cian s'était fait remettre par le vendeur du kiosque situé dans le hall.

Alors qu'elle se penchait pour rajuster la ceinture, elle entendit Cian marmonner quelque chose en écossais. Elle eut tout juste le temps de s'écarter pour éviter un objet lancé depuis l'intérieur du miroir, suivi de plusieurs autres.

— Des livres ? Tu as une bibliothèque, là-dedans ?

— Je me suis constitué une petite réserve au cours du temps, expliqua Cian. J'ai pris ce qui me tombait sous la main.

Curieuse, Jessi ramassa les ouvrages tombés sur le plancher du véhicule. *Une brève histoire du temps*, de Stephen Hawking, le *Webster's Unabridged Dictionnary of the English Language*, l'*Histoire naturelle* de Pline, une *Encyclopédie illustrée de l'univers*, ainsi qu'un atlas grand format.

— Tu as des goûts assez variés, commenta Jessi, amusée.

Pour sa part, elle avait un faible pour les romans de Linda Howard et la série des Stephanie Plum, de Janet Evanovich, lorsqu'elle n'était pas accaparée par ses lectures professionnelles, ce qui lui arrivait environ une fois par an.

— Il fallait bien que je me tienne au courant de ce qui se passait dans le monde.

Jessi chercha le regard de Cian derrière la vitre argentée. Cela devenait pénible de devoir se contenter d'un compagnon en deux dimensions… Elle commençait à prendre en grippe cette fichue glace.

Elle secoua la tête, exaspérée. Non, elle était ravie que Cian soit dans sa prison. Lorsqu'il était là-dedans, au moins, il la laissait parfaitement indifférente. Enfin, presque…

— Pour le jour où tu retrouverais la liberté ? demanda-t-elle.

— *Aye*.

La liberté, après plus de onze siècles de captivité dans un miroir !

— Plus que dix-sept jours, murmura-t-elle, pensive. Tu dois avoir envie de donner des coups de poing dans les murs. Au fait, il y a des murs, là-dedans ?

— Oui.

— Et quoi d'autre ?

— Rien, dit-il d'un ton monocorde. Il n'y a que des pierres, de différentes tailles et nuances. Cinquante-deux mille neuf cent quatre-vingt-sept pierres exactement. Vingt-sept mille deux cent seize sont d'un gris plus pâle que les autres ; trente-six mille quatre sont plus rectangulaires que carrées et neuf cent dix-huit plutôt hexagonales ; quatre-vingt-douze sont traversées par une veine de bronze. Trois sont fissurées. À deux pas du milieu, il y en a une qui dépasse un peu des autres et sur laquelle j'ai buté pendant les premiers siècles. Pas d'autre question ?

Une soudaine sensation d'oppression s'empara de Jessi. Sa gorge était serrée, tout d'un coup. Comment Cian avait-il fait pour ne pas devenir fou dans sa prison aux pierres mille fois recomptées ?

Elle ne lui posa pas la question. Demande-t-on à une montagne comment elle tient debout ? Cian était d'une solidité à toute épreuve – pas seulement d'un point de vue physique, mais aussi sur le plan mental et émotionnel. Un roc, à sa façon. L'antithèse des mâles occidentaux du XXIe siècle, dont aucune épreuve ne venait forger le tempérament. À moins que l'on ne considère comme un rite initiatique le fait d'affronter des démons dans un jeu vidéo ou de faire rouler de petites balles blanches sur un gazon ras comme du velours à l'aide de clubs scandaleusement chers…

— Non, dit-elle. Pas d'autre question.

Onze siècles de réclusion, accroché au mur de son pire ennemi, sans le moindre contact humain. Sans personne à qui parler. Sans personne à toucher, à caresser, à aimer. Comment supportait-on une telle épreuve ?

Ses pensées durent se lire sur son visage, car il lui dit, d'une voix étonnamment douce :

— N'en parlons plus, Jessica. Je te suis reconnaissant de ta compassion, mais ce sera bientôt du passé. Dans dix-sept jours. Quatre cent huit heures et quelques minutes.

Jessi sentit les larmes lui monter aux yeux. Non seulement il n'était pas devenu fou à force de privations, mais il trouvait en lui la ressource de la consoler !

— Tu pleures pour moi, *lass* ?

Elle se détourna, gênée.

— La journée a été longue, dit-elle. La semaine aussi.

— Jessica ?

Sa voix était irrésistible. Pourtant, Jessi demeura immobile, le regard tourné vers la ligne des sommets qui se dessinait à l'horizon.

— Jessica, regarde-moi.

Les joues mouillées de larmes, elle fit volte-face.

— D'accord, je pleure à cause de toi, là. Et maintenant, est-ce qu'on peut repartir ?

Cian posa sa paume sur la surface argentée du miroir. Jessi répondit à son geste sans même réfléchir. Malgré le froid de la glace, une soudaine sensation de chaleur l'envahit. Avec un homme comme lui, elle ne serait jamais seule...

Une lueur indéchiffrable passa dans les prunelles ambrées de son compagnon tandis qu'elle l'observait en silence. Ils ne prononcèrent pas un mot pendant un long moment.

Ce fut elle qui rompit le charme. Elle détourna les yeux, se moucha, claqua la portière et s'assit de nouveau derrière le volant. Puis ils reprirent la petite route qui serpentait en direction des montagnes.

Le crépuscule tombait sur son pays.

Il avait fallu à Cian presque toute la journée pour retrouver les grottes où il jouait, enfant. Le paysage avait bien changé, en mille ans. De nouvelles routes avaient été tracées, de nombreuses maisons construites, au point qu'il reconnaissait à peine des endroits qui lui étaient pourtant familiers. Même les montagnes étaient différentes, vues d'une ville aux rues animées, et non depuis les immenses champs où paissaient autrefois les moutons.

Enfin, ils étaient arrivés là-haut. Depuis le miroir adossé à la muraille d'une caverne, Cian laissa son regard errer sur l'horizon et sur le spectacle le plus extraordinaire qui eût jamais réjoui son regard : un coucher de soleil sur les Highlands et Jessica Saint-James. Son pays bien-aimé offrait le plus bel écrin qui soit pour la femme qu'il désirait.

Celle-ci était assise en tailleur sur le sol, face à lui, son adorable silhouette se découpant sur le ciel aux lueurs d'incendie. Au fond de ses grands yeux verts dansait une petite lumière qui brillait plus intensément que les étoiles dans le ciel couleur d'encre.

Lorsqu'elle le fixait ainsi de son regard rieur, il n'était pas loin de se sentir d'humeur joyeuse, malgré la tension que faisait naître en lui l'imminence de sa libération.

Jessica avait fait preuve ces derniers jours d'une étonnante solidité nerveuse, d'un humour jamais pris en défaut, en particulier lorsqu'il s'agissait de rire d'elle-même, et d'une ténacité digne d'une épouse de guerrier.

Malgré l'impatience avec laquelle il avait attendu d'admirer son premier coucher de soleil sur les montagnes depuis des siècles, ce n'était pas tant le paysage que celle avec qui il le contemplait qui le ravissait. Il n'avait pas oublié le récit qu'elle lui avait fait, dans la voiture, de son intrusion musclée dans le Bureau de retrait des colis de l'aéroport et de la façon dont elle avait neutralisé l'ennemi. Il sourit. Il y avait en Jessica une énergie sauvage, un peu païenne, qui le séduisait infiniment…

À l'horizon, le soleil était sur le point de basculer derrière les montagnes. Jessica s'était drapée dans son kilt pour se protéger de la fraîcheur du soir. Il ne s'agissait pas du véritable tartan de son clan, mais d'un simple plaid à carreaux rouges et noirs qu'il avait dérobé quelques siècles auparavant, dans un moment de nostalgie pour son pays. Cependant, il allait à merveille à Jessica, avec ses tonalités vibrantes et contrastées.

Profitant de ce moment de répit, et incapable de faire avec elle ce qu'il souhaitait le plus ardemment, il l'interrogea sur sa vie avant leur rencontre. Qui était son clan ? Qu'étudiait-elle ? Avait-elle des projets ?

— J'ai quatorze frères et sœurs par alliance dont je ne connais même pas le prénom, et mon rêve est de creuser dans la poussière pour trouver de vieux tessons de poterie, résuma-t-elle dans un grand éclat de rire.

Puis elle prit le temps de lui parler de sa famille et de ses études, et il commença à comprendre. Le monde où elle vivait était si triste ! Pas étonnant qu'elle se passionne pour celui d'où il venait… Si les choses avaient été différentes, il aurait aimé l'aider à fouiller dans la terre à la recherche des trésors du passé et lui raconter la vie qu'on menait à l'époque de ces objets à présent fort anciens.

Puis il lui demanda quel était son rêve le plus cher, et il sourit en entendant sa réponse.

— Un ami. Un ami fidèle avec qui je pourrais partager tout ce qui me passionne, et sur qui je pourrais compter quoi qu'il arrive.

Elle voulait parler d'un mari, sans doute ?

— Pourquoi es-tu célibataire ? Tu as passé depuis longtemps l'âge de te marier.

Une ombre voila son joli visage.

— Je dois être un peu vieux jeu. J'attends celui qui sera le seul homme de ma vie. Je ne suis pas née à la bonne époque… à moins que les quatre mariages de ma mère ne m'aient traumatisée.

— Elle est quatre fois veuve ? Quelle malchance !

— Non, elle a quitté ses maris.

— Et ils l'ont laissée faire ?

Jessi hocha la tête.

Cian n'en revenait pas. Si la mère était de la même trempe que la fille, comment un homme pouvait-il hésiter à se battre pour la garder ? Décidément, il ne comprenait rien aux mœurs des hommes du XXIe siècle… Pour sa part, en tant que druide Keltar, il avait longtemps attendu le jour où il prononcerait les vœux qui le lieraient pour toujours à son âme sœur. Mais ce jour n'était jamais venu.

— J'ai du mal à comprendre, *lass*. À mon époque, on donnait son cœur à une seule femme, pour la vie. Les maris de ta mère ne l'aimaient donc pas ?

Elle haussa les épaules d'un air évasif.

— Je ne connais pas grand-chose à l'amour, mais j'ai l'impression que le mariage est devenu comme les mouchoirs : jetable. On consomme, on ne s'engage plus… Je serais incapable d'en faire autant ! Moi, je veux un seul mari, pour la vie. Tant pis si j'attends longtemps avant de croiser son chemin, ou si je ne le rencontre jamais.

Cian s'absorba dans ses pensées. Les caprices du destin étaient parfois cruels ! Jessica était entière, passionnée, drôle… et elle était la femme la plus excitante qu'il eût jamais connue. Elle réunissait toutes les qualités qu'il cherchait chez une partenaire, jusqu'à son inexplicable capacité de résister à la Voix, grâce à laquelle elle restait imperméable à ce talent qui avait rendu bien trop facile sa vie de druide…

À croire qu'elle avait été conçue spécialement à son intention.

— Et toi ? demanda-t-elle, l'arrachant à ses réflexions. As-tu été marié, autrefois ?

En voyant une ombre ternir les beaux yeux couleur de jade, Cian réprima un sourire de triomphe. Malgré son ton détaché, Jessica espérait une réponse négative. Elle était jalouse ! Cela ne changeait rien à leur situation, mais il sembla à Cian qu'un poids se soulevait de sa poitrine. Jessica aurait pu l'aimer, si la vie en avait décidé autrement, et cela suffisait à adoucir sa peine.

— Non, *lass*. Je n'ai pas eu le temps de rencontrer celle qui était faite pour moi avant d'être capturé.

Elle parut sur le point de poursuivre sur ce sujet, avant de se raviser.

— Il y a tellement de questions que j'ai envie de te poser ! Ton âge, par exemple – sans compter les années passées dans le miroir.

— Trente ans. Je venais de fêter mon anniversaire quand j'ai été enfermé. Et toi ?

— Vingt-quatre.

— À mon époque, tu aurais été...

— Une vieille fille, je sais. Tu es pire que ma mère !

— Ce n'est pas ce que je voulais dire. Tu aurais été très courtisée, au contraire. Une beauté comme toi ne serait jamais restée célibataire. Les hommes les plus riches se seraient battus pour t'épouser.

— Une beauté comme... répéta-t-elle d'un ton stupéfait, avant de s'interrompre en rougissant.

Puis elle lui décocha un sourire espiègle et reprit d'une voix très douce :

— Merci. Donc, j'aurais été mariée. Puis veuve. Puis remariée. Puis veuve une fois de plus... Et chaque fois, note bien, sans le moindre héritage qui m'aurait permis de vivre à ma guise. Un frère ou un cousin du défunt m'aurait de nouveau mis le grappin dessus pour éviter que les biens ne sortent de la famille.

Cian hocha la tête.

— En théorie, tu as raison, mais chez moi, les choses ne se passaient pas ainsi. C'étaient les femmes qui faisaient la loi. J'avais sept sœurs, je sais de quoi je parle.

Jessica sourit, mais elle ne répondit pas. Puis elle parut sur le point de poser une question, renonça, sembla réfléchir et, après un long moment d'hésitation, reprit la parole.

— Comment est-ce arrivé, Cian ? demanda-t-elle dans un souffle. Comment as-tu été enfermé dans le miroir ?

Instinctivement, Cian se rencogna dans sa cellule.

— Une autre fois, dit-il.

Même si, à l'occasion, il avait été tenté de montrer à Jessica son côté le plus sombre, l'intimité qui s'était installée entre eux lui était un peu plus précieuse à mesure que le temps passait. Pour rien au monde il n'aurait pris le risque de tout gâcher avec le récit de ses anciens péchés…

— Il est temps de se coucher, douce Jessica. La journée de demain sera chargée.

Un peu plus tard dans la nuit, nu derrière le voile d'argent *unseelie*, à l'exception du fourreau fixé à sa cuisse et de ses armes, Cian regarda Jessica endormie.

Enveloppée dans plusieurs épaisseurs de vêtements trop grands pour elle, elle était recroquevillée au pied du Miroir. Au cours des siècles, Cian s'était constitué une garde-robe aussi hétéroclite que sa bibliothèque, qu'il avait intégralement donnée à Jessica à travers le Miroir afin de la protéger de la fraîcheur de cette nuit d'octobre.

Pour sa part, il n'avait pas besoin de sommeil. Il veillerait sur Jessica jusqu'à son réveil, frustré de ne pouvoir la protéger plus efficacement.

Il n'avait pas menti en affirmant qu'ils auraient fort à faire le lendemain. Il leur faudrait d'abord retourner à Inverness pour se procurer un certain nombre d'affaires, puis, une fois de retour, il arpenterait le périmètre de leur refuge pour enterrer des pierres de protection dans huit directions et réciter des incantations en soixante-quatre points de l'espace.

Ensuite, il chercherait de quoi tatouer de nouvelles runes sur sa peau. Il lui fallait se prémunir plus efficacement contre les retombées de la magie noire à laquelle il allait recourir lorsqu'il placerait des pièges destinés à Lucan et à ses sbires. Il allait modifier la nature subtile du sol, usant de la même alchimie que celle qui avait présidé à la transmutation des champs funéraires dans la nuit des temps, faisant renaître la terre à la vie, afin qu'elle lui réponde et lui obéisse…

S'il rencontrait quoi que ce soit de mort dans les couches telluriques, la situation pouvait prendre un tour fort désagréable, mais c'était un risque à courir s'il voulait protéger Jessica. Et s'il devait pour cela couvrir son corps de tatouages rituels et raser ses longues tresses afin de marquer son crâne au fer rouge, il n'hésiterait pas une seconde.

— Un jour, tu devras te tatouer de la tête aux pieds.

Des larmes avaient empli les yeux de sa mère lorsqu'elle avait vu les tatouages neufs sur son cou, si récents que son sang perlait encore, se mêlant à jamais à l'encre qui commençait à sécher sous sa peau.

— Comment sauveras-tu ton âme, alors ? Cian, tu dois arrêter et chasser cet homme de notre maison.

Il avait éclaté de rire.

— J'ai à peine cédé le dixième de mon corps, mère. Lucan est peut-être un grand érudit, il n'est pas assez puissant pour être dangereux.

— En attendant, c'est toi qu'il rend dangereux.

— Ne parle pas de ce que tu ne connais pas, avait-il répliqué.

Le temps avait donné raison à sa mère. Depuis ce soir d'hiver venteux où le sombre Gallois avait frappé à la porte du château en demandant asile, celle-ci avait compris.

— Débarrasse-nous de lui, Cian, avait-elle supplié. Il apporte l'obscurité dans son sillage, et pire encore.

Il aurait dû l'écouter. Ne venait-on pas de loin pour écouter ses présages ?

— Nous ne ferons que le nourrir et l'accueillir pour la nuit, avait-il promis pour apaiser ses craintes.

Un peu plus tard ce soir-là, il avait découvert que le voyageur perdu assis à sa table était druide, et la curiosité l'avait emporté. C'était la première fois qu'il croisait un de ses semblables. Son père était mort avant sa naissance, il n'avait pas de frère, et jamais il n'avait rencontré un autre homme doté des mêmes pouvoirs que lui. De fil en aiguille, il s'était laissé entraîner dans une dangereuse surenchère – à laquelle sa propre arrogance n'était pas étrangère.

— Je maîtrise ce sort, et toi ?

— Travail de débutant ! Et celui-ci, le connais-tu ?

— Pardi ! Sais-tu faire obéir les éléments ?

— Une bagatelle. Et toi, peux-tu utiliser la Voix ? As-tu entendu parler des Piliers des Ténèbres ?

— Non, mais je connais les Piliers de Lumière : la Lance, la Pierre, l'Épée et le Chaudron.

— Oh ! Alors, tu ne sais pas ce qu'est le Miroir de catoptromancie...

C'était ainsi que le Gallois avait commencé à tendre le piège dans lequel Cian était tombé.

— Imagines-tu ce que cela signifierait de pouvoir prédire les changements politiques ? De savoir à quel prétendant au trône rallier ton clan ? D'être averti à l'avance qu'un être aimé est en danger ? On dit que le

Miroir de catoptromancie révèle l'avenir dans les moindres détails, bien plus précisément que tous les sorts dont nous disposons, nous autres druides...

Peut-être, avait songé Cian, le cœur battant, cette merveilleuse glace pourrait-elle lui prédire la venue de son âme sœur...

Et voilà comment deux actes insignifiants avaient fait basculer sa destinée. Ouvrir sa porte à un étranger, rire des avertissements maternels... C'était tout ce qu'il avait fallu pour mener Cian à sa perte.

Aujourd'hui, celles qu'il avait aimées le plus tendrement étaient mortes depuis un millier d'années.

Lucan était-il, comme lui, en train de compter les heures qui les séparaient de Samhain – ou de Hollantide, son équivalent pour les Gallois –, la nuit des revenants, des jeux de divination et des feux de joie ?

— Il te reste seize jours, Trevayne, marmonna-t-il dans la nuit glacée des Highlands, avant de payer pour tout ce que tu m'as volé.

L'heure de la vengeance sonnerait bientôt.

Cian baissa les yeux vers Jessica, toujours étendue à ses pieds, inconsciente du drame qui se tramait. Jamais il n'aurait pensé que sa revanche lui coûterait si cher...

17

Cian McKeltar était une machine de guerre. Jessi frissonna – de froid, d'inquiétude, et un peu d'excitation. Après la nuit qu'elle venait de passer, enveloppée dans les vêtements de Cian et enivrée par l'odeur virile et sexy de leur propriétaire, après les rêves qui avaient agité son sommeil – si érotiques qu'ils en auraient remontré à l'auteur du *Kama-sutra* – et après avoir trouvé à son réveil son compagnon posté devant elle de l'autre côté du miroir, son sexe gonflé par le désir, elle avait espéré... eh bien, au moins un baiser ou deux, histoire de se dire bonjour.

Il ne lui adressa même pas un sourire.

Seul un laconique « Tu es réveillée ? » l'accueillit. Une véritable douche froide. Jessi frotta ses yeux encore ensommeillés, incapable de détacher le regard de la triomphante virilité complaisamment dressée à hauteur de ses yeux. Avait-elle jamais vu un sexe aussi impressionnant ? Certes, son expérience en la matière était quasi nulle, sauf si l'on incluait deux ou trois scènes un peu torrides dans des comédies sentimentales vues au cinéma, mais elle avait tout de même une petite idée sur la question.

— Oui, marmonna-t-elle, je suis réveillée.

Certaines parties de son corps l'étaient même plus que d'autres, mais elle jugea préférable de ne pas aborder le sujet. Cian arborait une expression si sévère et si résolue que pour rien au monde elle ne l'aurait contrarié.

— Libère-moi.

Elle obéit, les lèvres sèches. Aussitôt, un mètre quatre-vingt-quinze de Highlander nu comme Adam se matérialisa devant le miroir, fit un pas dans sa direction…

… et la dépassa comme si elle était devenue invisible.

Interdite, Jessi regarda Cian se baisser pour ramasser son kilt, qu'il noua autour de sa taille d'un geste rapide. Au moins, cela lui épargnait le troublant spectacle de sa nudité dans toute sa splendeur, songea-t-elle avec soulagement.

Puis il saisit le miroir et le plaça à l'arrière du 4 × 4, revint vers elle, la souleva dans ses bras d'un même mouvement souple et indifférent, avant de la déposer sur le siège du conducteur, la gratifiant, au passage, d'un léger baiser sur le front. En le voyant se pencher vers elle, elle eut le réflexe idiot de lui tendre ses lèvres… et embrassa l'air, ce qui la plongea dans une humeur massacrante.

Sans un regard pour le superbe lever de soleil qui illuminait les Highlands, promesse d'une journée d'automne particulièrement chaude et lumineuse, elle mit la voiture en marche.

Cian, avec la froide efficacité d'un Terminator en mission commandée, lui indiqua l'adresse d'un magasin de fournitures pour camping, lui montrant le prospectus du commerçant qu'il avait raflé à l'aéroport.

Le trajet jusqu'à Inverness se déroula dans un silence d'outre-tombe. Sur place, après avoir sommé Jessi de l'attendre au comptoir, Cian repéra un vendeur, le soumit à lui grâce à la Voix, puis l'assaillit de questions techniques. Jessi commença à voir arriver sur le comptoir toute une série d'articles, parmi lesquels elle identifia des vêtements chauds, des sacs de couchage et un réchaud à gaz. Elle n'aurait su dire quel usage Cian comptait faire du reste du matériel, dont elle ne connaissait même pas le nom.

Après quelques instants, lassée d'attendre, elle s'aventura dans les rayonnages. Puisqu'elle était dans ce magasin, pourquoi ne pas en profiter pour prendre aussi quelques sous-vêtements ? Elle ne s'était pas lavée ni changée depuis quatre jours, et si elle ne pouvait pas faire un brin de toilette rapidement, elle allait devenir folle.

Discrètement, elle s'approcha du rayon des tenues féminines. Son ventre se mit à gargouiller. Depuis combien de temps n'avait-elle pas pris un repas correct ? Elle commençait à flotter dans le jean que Cian avait volé pour elle à l'hôtel, et le pantalon, qu'elle portait depuis quatre jours et quatre nuits, n'était plus très net. Elle allait en choisir un autre, ainsi qu'un peu de lingerie, puis elle se rendrait au rayon des barres protéinées et des boissons pour sportifs. Même si Cian lui avait précisé qu'ils iraient se ravitailler ailleurs, elle n'était pas loin de la crise d'hypoglycémie.

Elle aperçut alors un panneau qui indiquait les toilettes. En se dépêchant, songea-t-elle, elle avait le temps de faire une toilette de chat. Même si elle devait se débarbouiller avec du papier et à l'eau froide, ce serait déjà un début. Elle avait beau ne pas être une forcenée de l'hygiène, elle commençait à dégager un fumet un peu trop corsé à son goût...

— *Calculez-moi la quantité de recharges de gaz qu'il me faut, sachant que je dois passer seize journées entières en montagne et que la flamme devra brûler en permanence*, ordonna Cian en modulant la Voix pour être obéi sans attirer l'attention des autres clients.

Il avait besoin d'une solution pour que Jessica ne souffre pas du froid et qu'elle ait des repas chauds, mais il ne pouvait prendre le risque d'allumer un feu de bois, dont la fumée les aurait fait repérer aussi sûrement qu'un phare dans la nuit. La flamme sans odeur et sans émanations de cette nouvelle invention, la bouteille de gaz, était une découverte de génie !

Le vendeur effectua une série de calculs et lui indiqua le nombre de bidons nécessaires. Sous l'effet du sort d'obéissance, ses gestes étaient saccadés et son regard vide. Cian n'aimait pas recourir à la Voix, mais il voulait en finir au plus vite avec la question des fournitures que requérait l'installation de leur campement. Il avait de nombreux autres préparatifs à faire ce jour-là et il ne pouvait se permettre de perdre un instant. S'il avait la chance que le Miroir lui laisse huit heures de liberté avant la tombée de la nuit, il pourrait venir à bout de sa tâche. Sinon...

Il savait que Jessica n'avait pas compris sa froideur ce matin, et il en était désolé. Avait-elle perçu à quel point il la désirait ? Il n'en était pas certain. Il avait passé la nuit à l'observer dans son sommeil, étudiant les lignes et les rondeurs de son visage, d'abord à la clarté des étoiles, puis à la pâle lueur de l'aube, et enfin dans le brillant éclat du jour naissant.

Cela avait été un véritable enfer de la caresser ainsi des yeux alors que ses mains ne pouvaient se poser sur elle.

Cela avait été le paradis...

Et lorsqu'elle avait prononcé l'incantation de libération, il avait dû se faire violence pour ne pas se ruer sur elle et la prendre là, à même le sol, comme une vulgaire traînée. S'il avait cédé à la tentation, il aurait fait l'amour à Jessica jusqu'au soir, sans un instant de répit, pour vivre enfin toutes les extases qui peuplaient ses fantasmes depuis ce premier soir où elle s'était serrée contre lui pour lécher son dos...

Et il aurait laissé l'ennemi prendre de l'avance sur lui.

Il aurait failli, une fois de plus.

S'il faisait tout ce qu'il avait à faire durant la journée, Jessica serait en sécurité ce soir-là, mais jusque-là, il n'était pas question de la toucher.

Cette journée était dédiée à la guerre. Le lendemain serait consacré à l'amour. Et le surlendemain. Et le jour d'après... Lorsqu'il serait certain de pouvoir assurer la protection de Jessica, Cian se consacrerait à son plaisir.

Et il entendait bien lui montrer le meilleur de lui-même...

— Dois-je aussi faire emballer ces articles, monsieur ? demanda le vendeur.

Cian acquiesça d'un hochement de tête et se tourna vers le comptoir où l'attendait Jessica. La dernière fois qu'il l'avait regardée, elle avait les bras croisés sur sa jolie poitrine et une expression d'irritation croissante sur le visage. Il sourit. Elle n'était pas patiente... une qualité qui laissait présager en elle une amante audacieuse et passionnée.

Son sourire se figea lorsqu'il s'aperçut qu'elle n'était plus devant le comptoir, près de l'entrée du magasin. Bon sang, où était-elle passée ? Il lui avait pourtant dit de l'attendre là !

À l'endroit où elle se tenait quelques minutes auparavant, il vit un homme assez grand, solidement bâti, vêtu d'une veste de cuir, de bottes et d'un jean noirs, qui lui tournait le dos.

Cian plissa les yeux, surpris. La coiffure de l'inconnu l'intriguait au plus haut point : une longue tresse enroulée sur elle-même et retenue par un lien de cuir... exactement à la façon dont les Highlanders attachaient leurs cheveux autrefois, avant même que Cian ne vienne au monde (lorsqu'ils ne les graissaient pas avant la bataille, afin de paraître plus effrayants encore aux yeux des Romains, si efféminés).

L'homme avait une haute idée de lui-même, c'était évident. Cian le voyait à sa façon de se tenir et de se déplacer. Il était même d'une insupportable arrogance. En un mot, il ne plaisait pas du tout à Cian. Si c'était cet individu qui avait fait fuir Jessica, il avait intérêt à savoir se battre...

— Jessica ? appela-t-il en balayant l'espace du regard. Où es-tu ?

Pas de réponse.

Une fois de plus, il chercha du regard sa chevelure noire, si reconnaissable avec ses grandes boucles lustrées. Bon sang, elle n'avait pas pu disparaître comme cela !

Il ne pouvait pas pratiquer sur elle l'Écoute profonde ni utiliser la Voix, mais il supposait qu'un sondage mental de la boutique lui révélerait sa présence. L'empreinte psychique de Jessica était unique – un sanctuaire de silence et de sérénité dans un monde empli de clameurs.

Tous ses sens en alerte, il ausculta l'espace alentour... et tressaillit lorsque quelque chose le sonda en retour, de façon aussi désagréable qu'inattendue.

Aussitôt, il dressa autour de lui d'invisibles murs de protection mentale, derrière lesquels il se retrancha.

C'était la première fois de sa vie qu'il invoquait ce sort. Personne n'avait jamais été capable de le sonder, pas même Lucan, malgré toute sa science. Son geôlier, qui en avait conçu une rage folle, avait déployé une énergie phénoménale pour tenter d'abattre les barrières de l'esprit de Cian, persuadé que celui-ci détenait des connaissances encore ignorées de lui (ce en quoi il avait raison) et résolu à les lui extorquer (ce en quoi il pouvait toujours espérer).

Jamais, au cours des nombreux essais de Lucan, Cian n'avait ressenti le moindre effleurement. Cette fois-ci, c'était différent. Il lui avait semblé que quelqu'un poussait violemment une porte dans ses pensées.

Quelqu'un... ou quelque chose.

Qu'était donc la présence qui avait tenté de pénétrer dans son esprit ? Elle lui avait paru à la fois étrangère et familière, extraordinairement complexe dans son fonctionnement, et si ancienne qu'elle en semblait inhumaine... ou du moins, différente de tous les humains qu'il avait déjà rencontrés.

Rassemblant son pouvoir, Cian repoussa l'attaque dans la direction d'où elle était venue et tenta de la localiser.

L'homme en noir fit soudain volte-face et inspecta les alentours d'un air méfiant.

Deux yeux dorés croisèrent ceux de Cian et se rivèrent aux siens avec intensité. Cian tressaillit sous l'impact. Ce regard ! Il était à la fois ancien, empli de sagesse et pétillant d'intelligence.

C'était le regard d'un druide, voire d'un homme plus puissant encore.

Plantant là le vendeur aux prunelles vitreuses, Cian franchit en quelques pas rageurs l'espace qui le séparait de l'inconnu.

— Qui es-tu ? siffla-t-il entre ses dents.

— Je vous retourne la question, riposta l'autre d'un ton froid et arrogant.

L'homme lui avait répondu avec une crâne assurance, manifestement aussi peu inquiet qu'il l'était lui-même. Il fit un pas de côté, puis deux, aussitôt imité par Cian. Ils tournèrent ainsi l'un autour de l'autre, s'étudiant, se jaugeant, estimant les forces de l'adversaire, tels deux fauves s'affrontant pour la suprématie sur la horde...

Une volée de coups s'abattit sur la muraille mentale que Cian avait dressée autour de lui. Il les encaissa quelques instants, afin de s'imprégner de l'énergie qui animait son adversaire, puis il répondit d'un coup violent. Un seul.

N'importe qui aurait eu la tête fendue en deux sous le choc.

L'homme ne cilla pas.

Bon sang, qui était-il ?

— Où est ma femme ? gronda Cian, prêt à se jeter sur l'autre.

— Je ne la connais pas.

— Si tu as touché à un seul de ses cheveux…

— Je me fiche bien de votre femme. D'ailleurs, elle n'arrive certainement pas à la cheville de la mienne.

— Tu veux mourir, Highlander ?

— Non.

Il éclata soudain d'un rire joyeux, avant d'ajouter :

— C'est une idée que j'ai abandonnée voilà longtemps, sur le rebord de la fenêtre d'un appartement de Manhattan.

Cian ne répondit pas tout de suite. L'homme avait-il perdu la raison ?

— Fiche le camp et je ne te tuerai pas, dit-il d'un ton lourd de menaces.

— Pas question. Je suis venu chercher des chaussures de randonnée pour ma tendre épouse, et il n'est pas question de contrarier les désirs de madame.

L'homme en noir avait parlé d'un ton moqueur, tout en lui décochant un insolent sourire de défi – exactement le genre de mimique que Cian réservait à l'adversaire qu'il s'apprêtait à terrasser.

Och ! Ce fou voulait mourir ? Qu'il en soit ainsi…

Cian ne sut jamais ce qui serait arrivé si une main légère ne s'était posée sur son bras à cet instant précis. Il baissa les yeux, reconnut Jessica, et aussitôt, toute sa tension retomba. Elle le regardait de ses grands yeux couleur de jade, souriante et détendue. Visiblement, personne ne lui avait fait de mal.

— Où étais-tu ? demanda-t-il. Je t'avais dit de ne pas t'éloigner du comptoir.

— Aux toilettes, j'avais besoin de me rafraîchir un peu. Bon, je meurs de faim. On peut y aller ? Il me faut un café chaud et une douche dès que possible. Je n'en peux plus de... Pourquoi cet homme te regarde-t-il ainsi ? Tu le connais, Cian ?

— Cian ? répéta l'homme en noir d'un air stupéfait. C'est votre prénom ?

— *Aye*. Ça te pose un problème ? aboya Cian.

L'autre le scruta d'un long regard curieux... avant d'être secoué par une crise d'hilarité, comme si une idée absurde venait de lui traverser l'esprit.

— Non, dit-il à mi-voix, ce n'est pas possible.

— Qu'est-ce qui n'est pas possible ?

— Rien. Oubliez cela.

— Mais de quoi parlez-vous, à la fin ? s'exclama Jessica avec impatience.

Cian vit son regard passer alternativement de lui à l'autre, tandis qu'une expression de surprise croissante se peignait sur ses traits. Puis elle pencha la tête sur le côté, cligna des yeux, avant de reprendre son manège. À quoi jouait-elle ?

— Puisque tu connais mon nom, dis-moi donc le tien, dit Cian à l'inconnu.

— Je m'appelle Dageus.

Cian se tourna vers Jessica.

— Cet homme t'a ennuyée ? demanda-t-il.

— Pas du tout. C'est la première fois que je le vois. Dis donc, Cian, tu ne trouves pas que toi et lui, vous vous...

Sans l'écouter, Cian se tourna vers l'insolent.

— Déguerpis, tonna-t-il. Et ne croise plus jamais mon chemin, ou je te réduis en charpie.

— Je n'irai nulle part tant que vous n'aurez pas libéré ce vendeur du sort que vous lui avez jeté.

Il lança un coup d'œil par-dessus l'épaule de Cian, désignant le pauvre garçon qui attendait, immobile, le regard perdu, que Cian en ait terminé avec lui.

— Que sais-tu des sorts ? demanda Cian.

— Plus de choses que vous, je parie.

— Ça m'étonnerait. Occupe-toi de tes affaires et fiche-moi la paix.

Jessica lui secoua le bras.

— Est-ce que l'un de vous se rend compte de la ressemb...

— Tout ce qui se passe dans cette ville est mon affaire. Vous êtes sur mon territoire, étranger, répliqua le dénommé Dageus.

— Ce territoire était le mien avant ta naissance, rétorqua Cian avec un sourire glacial.

Dageus ne répondit pas immédiatement. Son regard acéré scruta Cian avec une intensité presque douloureuse, et de nouveau, celui-ci perçut une pression sur son esprit, plus subtile que les premiers assauts du Highlander, mais plus résolue.

Il la repoussa avec énergie. Cette fois-ci, une lueur d'alarme s'alluma au fond des étranges yeux dorés de son interlocuteur.

— Je suppose que vous ne voulez pas dire... ce que je pense ?

— Pour penser, il faut un minimum d'intelligence. Je n'en vois pas beaucoup chez toi, rétorqua Cian.

— Regardez-vous dans une glace, et vous en verrez encore moins. À quel clan appartenez-vous ?

— À propos de se regarder dans un miroir, intervint Jessica d'un ton obstiné, vous devriez tous les deux...

— Je vais te le dire, mais tu ne t'en tireras pas comme ça. Mon nom est Keltar. Et le tien ?

— Keltar.

Un silence de mort s'abattit sur leur petit groupe.

Puis Jessica le rompit en s'exclamant :

— Je m'en doutais ! Je le savais ! Voilà ce que j'essaie de te dire depuis tout à l'heure, Cian : vous vous ressemblez comme deux frères !

18

— Hé, revenez ici ! s'écria Dageus, furieux.

Cian n'allait pas s'en aller comme ça, alors qu'ils venaient de s'apercevoir qu'ils appartenaient sans doute à la même famille ? D'un geste, il tenta de retenir le colosse à la peau tatouée. Celui-ci pivota sur ses talons avec une vivacité surprenante et lui jeta un regard de défi. Puis il se tourna vers le vendeur à l'air hébété et ordonna d'une voix étrangement monocorde :

— *Vous allez emballer tout ceci et le faire charger dans le 4 × 4 garé devant le magasin. Voici les clés. Vous verrouillerez le véhicule une fois que vous aurez terminé, et je viendrai récupérer le trousseau tout à l'heure. Vous ne parlerez de moi et de ma femme à personne.*

Il passa ensuite un bras de propriétaire autour des épaules de la Marilyn aux cheveux de jais et se dirigea vers la sortie.

— Viens, *lass*. Nous avons encore beaucoup à faire.

Dageus le regarda s'éloigner, abasourdi. Si incroyable que cela paraisse, cet homme était son ancêtre, le légendaire Cian McKeltar. Qui aurait-il pu être d'autre ? Tout dans son allure trahissait l'homme du IXe siècle, et Dageus ne connaissait aucun autre Keltar que ceux de son clan.

Cian s'en alla sans un regard en arrière, sans un mot sur les liens claniques qui les unissaient… et sans l'ombre d'une explication sur sa présence dans ce magasin de fournitures pour campeurs !

De plus, songea Dageus avec une irritation croissante, il semblait faire usage de la Voix pour ses convenances personnelles, sans le moindre respect pour les lois qui régissaient l'utilisation des arts druidiques.

— Vous partez sans payer ? lança Dageus sans dissimuler la colère qui montait en lui.

— Je pars comme je veux, grommela l'autre.

Sur ces mots, le Highlander poussa sa compagne vers la sortie.

Dageus regarda la porte se refermer, muet de rage. Son ancêtre était un véritable barbare. Pas étonnant qu'il se soit forgé une aussi détestable réputation ! Il se comportait comme un rustre, ne respectait rien ni personne et s'exprimait avec une insupportable insolence.

Sans doute la phénoménale puissance physique dont il était doté expliquait-elle son tempérament : personne ne devait jamais avoir rabattu son caquet à cette force de la nature. Par Danu ! Jamais Dageus n'avait été confronté à un tel concentré de pouvoir. Les veines de son ancêtre ne charriaient pas du sang, mais de la magie pure.

Dageus laissa échapper un soupir de soulagement rétrospectif. Si c'était à Cian et non à lui-même que le Draghar s'en était pris… Par chance, il en avait été autrement. Par ailleurs, il ne voyait pas ce qui aurait empêché un personnage aussi primitif d'enfreindre toutes les règles qu'il voulait, y compris celle qui interdisait aux druides Keltar d'utiliser le pouvoir des pierres levées du cercle de Ban Drochaid pour leur usage personnel.

Que faisait Cian ici ? Comment y était-il arrivé ? Où avait-il passé les onze siècles précédents ? Et qui était la femme qui l'accompagnait ? Dageus avait tenté de sonder l'esprit de la jeune femme, mais il s'était heurté à une barrière infranchissable. Pratiquait-elle la magie, elle aussi ? Depuis quelque temps, il avait progressé dans l'art de l'Écoute profonde, et il aurait dû, à tout le moins, être capable de percevoir quelque chose d'indistinct. Pourtant, il n'avait rien entendu. Pas l'écho d'une pensée, pas l'ombre d'une émotion.

Drustan n'allait pas aimer cela... Oh, non, pas du tout ! Son jumeau désirait avant tout mener une vie tranquille et simple et éprouvait la plus grande méfiance envers les complications qu'apportaient invariablement les affaires de druides et de faës.

Lorsque Dageus l'aurait mis au courant de l'incroyable rencontre qu'il venait de faire, nul doute que Drustan s'exclamerait : « Pourquoi les gens ne peuvent-ils pas rester bien sagement dans leur époque et me laisser en paix dans la mienne ? »

À quoi son épouse Gwen s'empresserait de lui rappeler qu'il ne s'agissait pas exactement de son époque, que c'était lui qui avait tout déclenché en refusant de demeurer dans son XVIe siècle natal et que s'il n'avait pas dormi pendant cinq siècles après que la reine des bohémiens lui avait jeté un sort afin de la retrouver, elle, Gwen, au XXIe siècle, jamais il n'aurait péri dans les flammes au cours de cette lointaine nuit. Par conséquent, jamais Dageus n'aurait eu à briser les vœux des Keltar, et jamais il n'aurait fait usage du pouvoir des pierres levées de Ban Drochaid à des fins personnelles afin de remonter dans le temps pour sauver la vie de Drustan, violant ainsi le Pacte qui unissait les hommes et les Tuatha Dé Danaan. Enfin, elle conclurait en disant que si Dageus n'avait pas agi de la sorte, jamais il n'aurait été possédé par les âmes des treize druides maudits du Draghar et obligé de se réfugier à son tour au XXIe siècle afin de leur échapper.

À ce point de sa démonstration, sa brillante physicienne de belle-sœur ne manquerait pas d'élaborer un postulat établissant l'existence de quelque obscur lien de synchronisme entre lui-même et Cian... et Drustan aurait alors beau jeu de lui dire que l'arrivée inopportune de leur ancêtre barbare était donc, en toute logique, de sa faute.

Eh bien, Dageus n'avait pas l'intention de se laisser impressionner par cette théorie ! Pourquoi assumerait-il seul la responsabilité de la soudaine réapparition de leur douteux ancêtre ? Après tout, c'était le hasard qui avait mis Cian sur son chemin. Dageus ne l'avait pas invoqué.

Du moins l'espérait-il...

Pensif, il se frotta les joues dans un geste machinal. Il aurait bien voulu être certain qu'il n'était pour rien dans le retour inopiné de Cian McKeltar. Le problème, c'était que quelques mois auparavant, lorsque Aoibheal, souveraine des Tuatha Dé Danaan, était apparue en personne pour le libérer, grâce à son immense pouvoir, des âmes des treize druides noirs qui avaient pris possession de lui, elle avait laissé leurs mémoires dans son esprit.

Depuis, il n'était plus certain de maîtriser ses pouvoirs.

Au début, il s'était cru entièrement libre. Après l'infernale cacophonie que lui avaient fait endurer les treize âmes vicieuses et querelleuses, le silence qui avait envahi son crâne lui avait fait croire que le Draghar l'avait quitté à jamais.

Ce n'était que récemment qu'il avait décelé, profondément enfouie dans les couches de sa conscience, la présence en lui de la mémoire de treize existences entières.

Bien entendu, il avait commencé par refuser de croire que la somme des connaissances interdites amassées depuis si longtemps par le Draghar se trouvait toujours en lui. Lorsque d'étranges souvenirs avaient commencé à faire surface dans son esprit, il avait tenté de les chasser. Sans le moindre résultat.

À présent, il ne pouvait plus se voiler la face. Chaque jour apportait son lot de découvertes. Peu de temps auparavant, il s'était surpris en train de marmonner des bribes d'un sort qu'il n'avait jamais lu ni pratiqué – un sort qu'il avait nécessairement puisé dans le fabuleux stock de souvenirs du Draghar imprimé en lui. On eût dit que son esprit avait commencé à répertorier ceux-ci, dans un but qui lui restait encore incompréhensible...

Dageus poussa un soupir las. Avait-il, par inadvertance, invoqué Cian McKeltar ? Si c'était le cas, il devrait assumer la responsabilité de son acte... et si ça ne l'était pas, eh bien, il devrait tout de même faire quelque chose.

Il ne pouvait pas laisser le géant tatoué mettre les Highlands à feu et à sang, user de la Voix comme bon lui semblait et semer la pagaille chez les honnêtes commerçants.

« Comme si tu n'avais jamais rien volé, toi ! » ironisa sa conscience.

Aye, mais il avait toujours rendu ce qu'il avait « emprunté ». Au contraire de Cian McKeltar, qui ne se souciait manifestement pas de laisser une lourde ardoise derrière lui...

Dageus glissa sous son bras la boîte contenant les chaussures de randonnée destinées à Chloé dûment payées et poussa la porte à la suite de son mystérieux aïeul.

Une fois sur le trottoir, il regarda de tous les côtés. Ni Cian ni sa compagne n'étaient en vue.

Il songea à Chloé, qui l'attendait au château – Chloé, enceinte de quatre mois et demi, et que la grossesse auréolait d'une délicieuse sensualité. Depuis quelque temps, elle était plus amoureuse que jamais et se montrait plus audacieuse que dans ses rêves les plus débridés... Dageus ne supportait pas d'être longtemps loin d'elle.

Ils avaient prévu d'aller marcher dans la montagne. La randonnée serait suivie d'un pique-nique, celui-ci d'une sieste… laquelle avait de fortes chances de prendre un tour torride. Rien ne valait les étreintes dans la nature, sous le soleil des Highlands, dans la douce brise qui descendait des sommets.

L'image de sa tendre Chloé passa devant ses yeux. Ses seins qui s'alourdissaient, ses hanches qui s'arrondissaient, son teint plus radieux à mesure que sa grossesse avançait… Tout en elle rayonnait d'une sensualité nouvelle qu'il explorait chaque nuit avec délices.

Il aurait fallu plus que l'arrivée – aussi désagréable qu'imprévue – de Cian McKeltar pour l'obliger à modifier ses projets pour la journée !

Mais il serait bien obligé, à un moment ou à un autre, d'aborder la question.

Drustan, tu te souviens de notre ancêtre, Cian, dont je te parlais l'autre jour ? Eh bien, comment dire… Il est ici.

Dageus secoua la tête en maugréant. Ce n'était pas la bonne méthode. Pourtant, il lui fallait régler ce problème, de préférence en se privant le moins possible de la compagnie de Chloé. Comment faire ?

Pensif, il regarda le vendeur, toujours sous l'effet du sort d'obéissance, qui chargeait dans le 4 × 4 de Cian les marchandises que celui-ci avait volées. Au fait, pourquoi ce dernier avait-il besoin de matériel de camping ? Avait-il décidé de s'installer sur le territoire des Keltar ? Y avait-il déjà établi quelque part un campement sommaire ? Et d'ailleurs, depuis combien de temps rôdait-il dans les parages ?

Intrigué, Dageus s'approcha du véhicule et jeta un coup d'œil dans l'habitable.

Il cligna des yeux, incrédule. Il avait dû mal voir ! Le cœur battant, il regarda plus attentivement. Puis il referma les yeux et se massa les paupières, avant de les rouvrir.

Il n'avait pas rêvé.

Mais non, par Amergin, ce n'était pas possible...

Pourtant, ses yeux ne le trompaient pas !

— *Attendez !* ordonna-t-il, employant la Voix sans même l'avoir voulu.

Docile, le vendeur au regard vide s'éloigna d'un pas et s'immobilisa. Dageus monta dans le 4 × 4 et ôta la couverture dont un pan, en glissant, avait révélé l'objet à ses yeux.

Un chapelet de jurons s'échappa de ses lèvres.

— Ce n'est pas vrai, marmonna-t-il.

Pourtant, il avait sous les yeux la preuve du contraire. Il n'avait jamais vu l'objet auparavant – et en vérité, il n'avait jamais supposé que cela arriverait un jour –, mais le Draghar, lui, le reconnaissait.

Le Miroir Sombre.

L'un des quatre Piliers des Ténèbres.

Il y avait eu un temps où les treize druides avaient été en possession de la glace magique, mais ils n'avaient pas été capables de maîtriser les sorts indispensables pour l'utiliser – et ce n'était pas faute d'avoir essayé ! –, ni d'en deviner l'usage.

C'était aussi un mystère pour lui, mais Dageus en savait assez pour comprendre l'essentiel : son aïeul à la moralité douteuse détenait l'un des objets interdits.

Et il était toujours en vie.

Bon sang, que pouvait bien fabriquer un druide Keltar avec l'un des quatre Piliers des Ténèbres ? Les Keltar étaient des gardiens *seelie*, pas *unseelie* !

Cette affaire commençait à sentir mauvais. Très mauvais.

Dageus fit rapidement le point. Il n'y avait pas cinquante solutions. Il avait perçu l'extraordinaire puissance physique et magique de Cian McKeltar, et il ne nourrissait aucune illusion quant à ses propres aptitudes à le vaincre... à moins de faire appel aux pouvoirs maléfiques des treize druides noirs, ce à quoi il se refusait énergiquement.

Il devait pourtant trouver un moyen de guider les pas de Cian jusqu'au château Keltar. Là, avec l'aide de Drustan, peut-être pourrait-il neutraliser leur ancêtre et découvrir ce qui se tramait.

Son regard se posa sur le Miroir.

L'objet exerçait sur lui une désagréable attirance. D'après la légende, c'était une particularité des Piliers des Ténèbres : mages et druides, surtout les plus puissants, étaient rongés par l'envie de les posséder ou, du moins, de poser la main sur eux.

Exactement ce qui lui arrivait en ce moment même.

Ses doigts fourmillaient d'envie de le caresser, tandis que son esprit lui hurlait de n'en rien faire.

Il se détourna, posa la main sur l'épaule du vendeur et fit appel au pouvoir de la Voix.

— *Vous allez me donner la clé de ce véhicule,* dit-il. *Lorsque son propriétaire reviendra, vous lui direz de se présenter à cette adresse.*

Prenant le calepin et le stylo qui dépassaient de la poche de la chemise du vendeur, Dageus griffonna les coordonnées du château Keltar.

— *Vous lui donnerez ces clés,* ajouta-t-il, *et vous lui montrerez cette voiture.*

Tout en lui tendant son trousseau, il désigna son nouveau bolide. Le vendeur acquiesça d'un air hébété.

Dageus était certain que Cian tomberait dans le piège. Son ancêtre, dont la nature belliqueuse était légendaire, ne reculerait devant rien pour remettre la main sur le Miroir Sombre.

Bien sûr, il risquait de se montrer violent. Drustan et lui devraient mettre Chloé et Gwen à l'abri, ainsi que les jumelles.

Dageus remonta la couverture du bout des doigts, en veillant à ne pas toucher le Miroir. Puis il s'installa derrière le volant, déposa les chaussures de Chloé sur le siège du passager et mit le 4 × 4 en marche.

— Enfin, Cian, ton sang coule dans ses veines ! s'écria Jessi. Tu ne peux pas le traiter comme un étranger !

Elle avait tout de suite été frappée par la ressemblance entre les deux Highlanders. Le dénommé Dageus avait beau être vêtu d'un pantalon impeccable et d'une luxueuse veste de cuir fin, il avait beau être fraîchement rasé et sentir l'après-rasage de grande marque, sous son vernis d'homme civilisé, elle avait décelé la même énergie puissante, la même force primitive que celles qui animaient Cian.

Pourtant, malgré ses efforts, elle n'avait pas pu se faire entendre. Les deux Keltar sortaient bien du même moule : aussi arrogants, aussi susceptibles l'un que l'autre !

Tous deux arboraient la même longue crinière aux reflets fauves. Tous deux étaient dotés des mêmes traits ciselés, marque de leur héritage celte. Tous deux rayonnaient de la même beauté sauvage et virile qui les rendait si différents des autres…

À quoi bon le nier ? Ce Dageus était très bel homme. Presque aussi séduisant que Cian, malgré ses épaules un peu moins larges et son visage plus fin. Il était civilisé, alors que Cian, lui, était un bloc massif de testostérone ! Ce dernier était plus carré, plus solide… et infiniment plus sexy.

— Hé, attends-moi ! lui lança-t-elle en pressant le pas pour le rattraper.

Pendant qu'elle réfléchissait, il l'avait distancée et venait de tourner dans une allée du supermarché où ils se trouvaient. « Sucre – épices – aliments lyophilisés », lut Jessi sur un panneau suspendu au plafond, à une dizaine de mètres au-dessus de sa tête.

Pour un homme du IXe siècle, Cian apprenait vite. Devant l'entrée du magasin, il avait posé les yeux sur la file de chariots et observé une cliente qui glissait une pièce dans la fente du premier pour voir comment elle le détachait de la chaîne qui le reliait au suivant. Puis il avait tendu une main à Jessi pour qu'elle lui donne une pièce, et quelques instants plus tard, il franchissait les portes en poussant son chariot avec un naturel parfait.

Tout en le rattrapant au pas de course, elle attrapa sur une étagère un paquet de son café instantané préféré. Même si Cian avait « acheté » une tente et des duvets, la perspective de dormir une fois de plus dehors lui donnait froid d'avance ; une bonne boisson chaude serait la bienvenue avant d'affronter les heures glaciales de la nuit dans les montagnes des Highlands.

— Tu n'es pas curieux de le connaître ? demanda-t-elle à son compagnon en le rejoignant.

— J'ai autre chose à faire que de cultiver de nouvelles relations, marmonna Cian en lui jetant un coup d'œil par-dessus son épaule.

Pas de nouvelles relations… Le message était clair.

Jessi dut se mordre les lèvres pour dissimuler sa déception. Un coup de poing dans l'estomac ne lui aurait pas fait plus mal. Elle n'était pour Cian qu'un moyen de se libérer de Lucan – et accessoirement, de tuer le temps en attendant l'heure de sa vengeance.

Eh bien, tant pis ! Puisque c'était ainsi, elle ne verrait rien de plus en lui qu'un moyen de rester en vie.

Au moins, à présent, tout était clair, et elle cesserait de se bercer d'illusions !

Un soupir de dépit lui échappa. Qui aurait pu la blâmer d'avoir vu dans l'attitude de Cian un peu plus que le désir physique, bien naturel, d'un homme condamné à la chasteté depuis un millénaire ? D'autant que l'homme en question était le plus séduisant, le plus puissant et le plus débrouillard qu'elle eût jamais rencontré. Il y avait de quoi nourrir quelques fantasmes !

Mal à l'aise, elle détourna les yeux, mais Cian lui saisit le menton d'un geste vif comme l'éclair.

— Laisse-moi, marmonna-t-elle, gênée à l'idée qu'il ait pu deviner ses pensées.

— Je n'ai pas l'intention de cultiver de nouvelles relations, à une exception, reprit-il d'une voix inhabituellement tendre. Toi, Jessica-*lass*.

Il marqua un silence, avant d'ajouter :

— Tu es une exception dans tous les domaines.

Puis il la libéra et se remit à pousser son chariot comme si de rien n'était, la laissant là, pantelante, le cœur battant la chamade et les jambes soudain faibles.

Elle le regarda s'éloigner, bouche bée. Cian semblait maîtriser à la perfection l'art de la fameuse douche écossaise !

— Tu veux dire, demanda-t-elle quelques instants plus tard, lorsqu'elle l'eut rattrapé, que ça ne t'est pas si pénible de devoir me supporter ? Tu m'aimes bien, alors ?

Il lui jeta un regard indéchiffrable, mais soudain, Jessi comprit quelle émotion venait de s'éveiller en lui.

Du regret.

Un regret sans bornes, une inexplicable nostalgie… À quoi cela rimait-il ?

Puis, d'un seul coup, le voile de tristesse qui ternissait les beaux yeux dorés s'envola, et elle retrouva le Cian jovial et énergique qu'elle connaissait.

— Oui, Jessica, je t'aime bien. Tu es là, ajouta-t-il en frappant son cœur de son énorme poing fermé.

Sur ces paroles, il reprit son périple dans le magasin. Ce n'était pas un grand orateur, songea Jessi, plus émue qu'elle ne l'aurait voulu, mais il savait trouver les mots qui faisaient mouche.

Lui avait-on jamais fait une déclaration plus percutante ? Elle le regarda parcourir les allées, rassemblant les provisions nécessaires pour tenir plusieurs jours dans la montagne. Un chasseur en quête de nourriture à rapporter à la hutte, songea-t-elle, partagée entre l'amusement et l'attendrissement.

Une vision ridiculement romantique lui vint alors à l'esprit : Cian poussant un chariot dans lequel était assis un tout petit garçon aux mèches brunes et déchiffrant avec attention l'étiquette d'un pot de purée de légumes pour bébé.

Elle remarqua soudain deux jeunes femmes de son âge, qui remontaient l'allée dans sa direction, et aussitôt, son humeur rose layette s'évanouit, pour céder la place à une vague inquiétude. Cian allait-il se retourner sur elles ? Il aurait été en droit de le faire. Elles étaient toutes les deux minces et jolies, avec de longs cheveux impeccablement lissés, comme c'était la mode.

Cian ne se retourna pas.

Les deux donzelles, en revanche, ne se privèrent pas de le lorgner une fois qu'elles l'eurent dépassé. Les garces ! De quel droit se permettaient-elles de le dévorer ainsi du regard ? Et comme si cela ne suffisait pas, l'une des deux chuchota à Jessi d'un ton complice, au moment où elle passait à sa hauteur :

— Beau gosse à douze heures ! Profitez-en, il n'y en aura pas pour tout le monde !

À ces mots, une bouffée de colère monta en Jessi. Cian était à elle. Elle ne partagerait pas !

Elle se figea aussitôt, mal à l'aise. Que lui arrivait-il ? Voilà qu'elle se montrait possessive, à présent ! Une vraie femme de Cro-Magnon… Les valeurs un brin primitives de Cian commençaient-elles à déteindre sur elle ?

À l'autre bout de l'allée, ce dernier pivota sur ses talons et lui décocha un clin d'œil joyeux.

Aussitôt, toute sa mauvaise humeur s'envola. Dans le regard ambré de son compagnon, elle pouvait lire, aussi clairement que s'il avait formulé les mots à haute voix : « Pour l'instant, *lass*, je suis sur le sentier de la guerre, mais dès que tout sera fini, je serai à toi. Tout à toi. »

Instinctivement, elle hocha la tête en signe d'acquiescement. Elle avait le cœur léger, soudain... Pour un peu, elle aurait éclaté de rire, là, au beau milieu de ce supermarché sans âme.

Son intuition lui disait que cette journée serait décisive. Ce serait un jour à marquer d'une pierre blanche !

Elle regarda Cian rejeter en arrière ses longues mèches fauves dans un cliquetis de perles en éclatant d'un rire sonore, tandis qu'une lueur de triomphe et de désir s'allumait dans ses yeux dorés...

... et disparaître tout à coup.

19

Un jour à marquer d'une pierre noire, oui !

Jessi réprima un geste d'humeur. Elle détestait ce miroir. Elle détestait Cian de disparaître chaque fois qu'elle avait besoin de lui. Et elle se détestait de s'être laissé embringuer dans une aventure aussi délirante... Elle aurait dû être à Chicago, en train de donner ses cours, de bûcher sur un dossier ou de dormir dans son petit appartement si tranquille, pas dans le quartier commerçant d'Inverness, essoufflée par la course, cherchant son chemin dans un dédale de rues inconnues pour retrouver le magasin de fournitures pour camping devant lequel Cian avait garé le 4 × 4.

Tout allait s'arranger, se dit-elle en essayant d'endiguer la vague de peur panique qui montait en elle depuis qu'elle avait vu Cian se volatiliser. Ce n'était qu'un petit incident de parcours. Elle allait ramener Cian et le miroir jusqu'à leur campement, et là, elle n'aurait qu'à attendre le lendemain pour le libérer.

Dire qu'il avait fallu que Cian disparaisse avant d'avoir franchi les caisses ! Elle s'était retrouvée seule, affamée, poussant un chariot rempli de nourriture qu'elle ne pouvait s'offrir. En effet, elle avait laissé sa carte de crédit dans son sac à dos, lequel était à bord du 4 × 4, et elle n'avait que quelques dollars en poche. D'ailleurs, qui aurait accepté cette monnaie, ici ?

Elle avait bien envisagé quelques instants de voler de la nourriture, mais elle s'était strictement interdit une telle solution… moins par honnêteté que par peur d'être prise sur le fait. Si on l'embarquait au commissariat, qui pourrait faire sortir Cian de sa prison de verre ?

C'était avec cette pensée à l'esprit qu'elle s'était sauvée du supermarché, à moitié morte de faim et totalement désorientée, et avait pris la direction du magasin de fournitures pour camping.

Lorsque Cian et elle s'étaient mis en route pour le supermarché, trop occupée à ne pas se laisser distancer par son compagnon, qui marchait encore plus vite que d'habitude, elle n'avait pas pris garde au trajet qu'ils suivaient.

S'apercevant qu'elle avait dépassé la boutique de matériel sportif, Jessi revint sur ses pas. Bon sang, où avait-elle garé la voiture ? Saisie d'un mauvais pressentiment, elle balaya la rue du regard, dans un sens, puis dans l'autre. Rien.

Oh, non ! Le 4 × 4 avait été volé. Il ne manquait plus que cela… Jusqu'où irait sa malchance ?

— Ohé, là-haut ! Je ne demande pas de réponse à cette question ! grommela-t-elle en levant les yeux au ciel. C'était une interrogation purement rhétorique, pas une demande de mise à l'épreuve…

Elle commençait à croire que l'univers tout entier conspirait à sa perte… Une vision des choses un brin paranoïaque, elle en était bien consciente. Mais il s'était produit des événements si étranges dans sa vie, depuis quelque temps, que rien ne l'étonnait plus…

Désemparée, elle s'assit sur le rebord du trottoir, posa ses coudes sur ses genoux et cala son menton sur ses poings.

Elle refusait de croire que Lucan les ait trouvés aussi rapidement. Si ç'avait été le cas, elle aurait été morte, à l'heure qu'il était. Ou du moins, en train de lutter pour sa vie…

Elle regarda autour d'elle, mal à l'aise. Personne ne semblait lui prêter la moindre attention. Rien de menaçant ne se profilait à l'horizon. Tout était calme.

À la réflexion, il y avait deux possibilités. 1) On leur avait volé le 4 × 4, ce qui était une véritable catastrophe. Jessi se voyait mal déposer une plainte pour vol de véhicule volé, ce qui – outre que cela repoussait un peu plus loin les limites de l'absurde – aurait été se jeter dans la gueule du loup car, seconde et terrifiante hypothèse : 2) la police avait retrouvé leur 4 × 4 d'emprunt, l'avait fouillé, et Jessica Saint-James (trahie par la demi-douzaine de pièces d'identité restées dans son sac à dos) était à présent recherchée sur le territoire écossais pour vol de voiture – un chef d'accusation qui viendrait s'ajouter à la liste déjà longue de ses délits sur le sol des États-Unis, sans parler des divers larcins commis par Cian depuis qu'ils avaient atterri à Édimbourg…

Pour un peu, elle en aurait presque oublié qu'elle était également recherchée par un puissant sorcier avide de sang et de vengeance…

En haletant sous l'effort, Dageus sortit l'immense glace de l'arrière du 4 × 4. Il répugnait à toucher l'objet (sans doute parce qu'il brûlait d'envie de le toucher), mais il avait décidé de l'emporter dans le château, l'endroit le plus sûr de la propriété. Avec un peu de chance, le Miroir Sombre exercerait moins d'attraction sur lui là-bas.

Aucun sort de protection ne s'étendait sur le grand bâtiment dans lequel il venait de garer le 4 × 4. La construction, située à l'écart du château, était trop récente pour cela. Cependant, Dageus se promettait d'y remédier rapidement, car il comptait faire de cette bâtisse un garage automobile. Il venait de se découvrir une passion pour les voitures, nettement plus confortables pour ses parties intimes qu'un cheval monté à cru…

Il était désolé d'avoir dû laisser sa Porsche à Inverness, car il était très attaché à son nouveau véhicule, un véritable étalon à moteur, le premier qu'il ait acheté depuis son arrivée dans le XXIe siècle. Au volant d'une telle machine, un homme pouvait emprunter pratiquement toutes les routes des Highlands. Ce barbare de Cian McKeltar avait intérêt à la ménager...

— Neandertal ! maugréa-t-il. Sauvage !

Dageus posa l'imposant Miroir debout sur le sol et le tint à bout de bras pour le regarder, fasciné et encore un peu incrédule. Le légendaire Miroir Sombre, entre ses mains !

Curieux, il caressa du bout du doigt la surface froide et argentée, avant de parcourir les runes gravées dans le cadre d'or. Il avait beau fouiller la mémoire des treize druides qui avaient côtoyé les Tuatha Dé Danaan des millénaires auparavant, il n'y trouvait pas trace du langage dont ces signes étaient l'alphabet.

Tout ce qu'il put en comprendre, c'était que les Piliers des Ténèbres, comme leur contrepartie *seelie*, les Piliers de Lumière, avaient été appelés à la vie par la puissante magie du langage des Tuatha Dé Danaan. Les reliques sacrées étaient nées de paroles et de chants, non pas dans la langue d'Adam Black et de ses contemporains, mais dans un parler fabuleusement ancien qui remontait à une époque bien antérieure à l'arrivée des Tuatha Dé Danaan dans ce monde – un parler oublié de tous sauf des plus vieux d'entre ces derniers.

Un frisson passa dans les bras de Dageus.

La sensation n'était pas tout à fait déplaisante. En fait, elle était même étrangement revigorante. Il lui semblait soudain qu'un formidable pouvoir courait dans ses veines, aussi irrésistible qu'inquiétant...

Dans un juron, Dageus emporta l'objet hors du garage. Il se sentit mieux une fois qu'il eut retrouvé la lumière et la chaleur du soleil. Malgré tout, il préférait éviter de conserver trop longtemps cette glace infernale entre ses mains.

Glissant le Miroir sous son bras, il contourna le château et s'engagea sur la vaste pelouse qui s'étendait devant l'entrée du bâtiment.

— Pauvre crétin sans cervelle ! gronda soudain le miroir. As-tu seulement une idée des conséquences de ton acte ?

Dageus fut si surpris d'entendre une voix jaillir de l'objet qu'il fit ce qu'aurait fait n'importe qui à sa place.

Il laissa tomber le miroir par terre.

Drustan était étendu sur le dos, le souffle court, sa tendre Gwendolyn dans ses bras. Midi approchait, et ils étaient encore au lit... ce qui ne signifiait pas qu'ils avaient passé la matinée à dormir, loin de là !

— Que c'était bon ! soupira Gwen en se lovant contre lui.

Elle caressa amoureusement sa joue couverte d'une barbe naissante, et Drustan emprisonna sa petite main dans la sienne pour déposer un baiser fervent au creux de sa paume.

— Tu parles de la troisième ou de la quatrième fois, *lass* ?

— Je parle de toutes les occasions où nous avons fait l'amour. Depuis notre première fois.

Drustan sourit. Il n'oublierait jamais la nuit où il l'avait faite sienne. Tous les détails étaient gravés dans sa mémoire, à commencer par le string pourpre qu'il avait d'abord pris pour un ruban pour les cheveux lorsqu'il l'avait vu dans ses bagages... jusqu'à ce qu'elle se déshabille devant lui et qu'il comprenne à quel endroit de son anatomie était destinée cette petite chose de dentelle. Il l'avait prise sous le ciel étoilé, au milieu du cercle de pierres dressées de Ban Drochaid, et ils avaient fait l'amour avec toute l'ardeur d'une première fois...

Il se souvenait aussi de l'expression de confiance absolue qu'il avait lue sur son visage lorsqu'il l'avait renvoyée dans le passé. Quand une femme vous regardait ainsi, tout devenait possible…

Gwen Cassidy était son âme sœur, liée à lui selon le rite druidique millénaire, pour toujours et à jamais, et rien n'était plus précieux que les instants partagés avec elle. Elle éclairait sa vie de tous les plaisirs et de toutes les joies qu'une femme peut offrir à un homme et venait de le combler en lui donnant deux enfants, d'adorables jumelles aux cheveux noirs qui, à peine âgées de cinq mois, montraient déjà les prémices d'une vive intelligence. Ce qui était parfaitement normal, songea-t-il, le cœur gonflé de fierté, chez deux enfants nées d'un druide et d'une brillante physicienne !

D'ailleurs, à propos de leur progéniture…

— Tu ne crois pas que nous devrions…

— Oui, coupa Gwen en se levant pour se diriger vers la salle de bains. Allons les voir. Elles me manquent, à moi aussi.

Drustan sourit. Ils étaient mariés depuis à peine plus d'un an, mais chacun lisait dans les pensées de l'autre comme dans un livre ouvert… Et bien qu'ils aient recruté deux nourrices pour prendre soin de leurs petites, ils détestaient rester longtemps loin d'elles.

Drustan se leva pour rejoindre sa femme sous la douche.

Alors qu'il passait devant la haute fenêtre de leur chambre, un éclat de vive lumière attira son regard. Il s'arrêta, intrigué.

Son frère se tenait au milieu de la pelouse, le regard baissé vers l'herbe. Drustan sourit. Il était passé par des moments difficiles lorsque Dageus était possédé par le Draghar, mais maintenant que celui-ci avait retrouvé la liberté, la vie n'était qu'une suite de bonheurs. Silvan, leur père, et sa nouvelle épouse, Nell, auraient été heureux de voir comme tout leur réussissait, ici, au XXIe siècle...

Drustan avait tout ce qu'il pouvait souhaiter : une femme qu'il aimait tendrement, deux magnifiques enfants, un frère heureux en ménage, et la perspective de nombreux jours paisibles dans sa chère Écosse.

Och, il y avait bien eu un peu de grabuge le mois précédent, lorsque l'un des Tuatha Dé Danaan, un certain Adam Black, avait fait irruption dans leur tranquille existence, mais tout était rentré dans l'ordre. Désormais, Drustan aspirait à une longue période de calme et de... Ça alors ! Il plissa les yeux, intrigué. Que faisait Dageus ? On aurait dit qu'il discutait avec un miroir !

Drustan se frotta les yeux et regarda de nouveau. Non, il ne rêvait pas. Son frère tenait à bout de bras une glace de grandes dimensions, à qui il s'adressait avec véhémence. Drustan se frotta la joue, perplexe. Pourquoi Dageus se comportait-il ainsi ? Était-ce une façon moderne de faire, au sens propre du terme, un retour sur soi ?

Au fait, d'où provenait cet objet ? Il ne se trouvait pas là quelques instants auparavant. Drustan l'examina avec intérêt. Le miroir était plus grand et plus large que Dageus. Ce dernier n'avait pu le cacher dans un pli de son kilt – qu'il avait d'ailleurs abandonné au profit d'un jean depuis qu'il vivait au XXIe siècle. Les deux frères avaient adopté un style vestimentaire moderne et s'en trouvaient très bien.

Drustan s'appuya contre la vitre, en proie à une curiosité croissante. Non seulement le miroir était d'une taille bien supérieure à la moyenne, mais dans la lumière du soleil, il rayonnait d'un extraordinaire éclat doré et argenté.

Drustan fronça les sourcils. Comment avait-il pu ne pas voir un tel objet, au beau milieu de la pelouse ? La glace avait-elle été jusqu'à présent posée face contre le sol ? Dageus venait-il seulement de la trouver ? Était-il en train de s'exclamer : « Sacré miroir ! Comment ai-je pu ne pas le remarquer jusqu'à présent ? »

Drustan fronça les sourcils. C'était absurde. Il y avait au château du personnel, des jardiniers. Ceux-ci n'auraient pas pu manquer un objet aussi volumineux ! Comment ce miroir était-il arrivé ici ? Il n'était tout de même pas tombé du ciel !

Un désagréable pressentiment gagna soudain Drustan.

— Tu ne viens pas, mon amour ? appela Gwen depuis la salle de bains.

Drustan ne répondit pas. Là-bas, au milieu de la pelouse, Dageus venait de lever le poing d'un air menaçant. Il se passait quelque chose d'anormal.

— Un instant, répondit Drustan. On dirait que Dageus a un problème.

Le bruit du jet de la douche que l'on mettait en marche parvint de la salle de bains, puis la voix de Gwen s'éleva.

— Quel problème ?

— Il discute avec un miroir.

— Il ausculte un tiroir ? s'exclama Gwen d'un ton stupéfait.

— Il parle avec une glace ! répondit Drustan en haussant le ton. Je vais voir ce qui se passe.

— Il parle avec... Mais c'est passionnant ! Attends-moi, j'arrive !

Il secoua la tête en réprimant un rire incrédule. *Passionnant*. Sa femme avait parfois une curieuse façon de voir les choses... En ce qui le concernait, le manège de Dageus ne lui disait rien de bon. Pourtant, il n'était pas inquiet. La vie était une suite d'épreuves qu'il se sentait de taille à affronter. Surtout depuis qu'il avait Gwen à ses côtés.

En revanche, une question le taraudait. Que pouvait donc dire un miroir de si intéressant ?

— Redresse-moi, empoté, j'ai le soleil dans les yeux ! grommela le Miroir Sombre.

Dageus baissa les yeux vers l'objet. Celui-ci était couché dans l'herbe, toute sa surface occupée par un Cian McKeltar fou de rage. De sa main gauche, son ancêtre s'appuyait sur la face intérieure de la glace, tandis que de l'autre, placée en visière au-dessus de ses yeux, il se protégeait de la lumière du soleil.

Il fallut à Dageus un long moment pour revenir de sa stupeur et formuler une question. Lorsque les mots sortirent enfin de ses lèvres, il s'entendit demander d'une voix blanche :

— Que fabriques-tu là-dedans, à présent ?

Le miroir renfermait un homme, et pas n'importe lequel : son ancêtre à l'existence si controversée, qui, en admettant qu'il ait réellement vécu, aurait dû être mort depuis des centaines d'années.

Dageus croyait avoir tout vu, mais une telle situation était parfaitement inédite…

— Le soleil, marmonna Cian. Il m'aveugle. Redresse-moi.

Dageus leva les yeux. De fait, l'astre solaire se trouvait exactement au zénith. Il se pencha et remit le miroir d'aplomb, en essayant de réduire au minimum le contact avec l'objet. Sa prise manquant de fermeté, il faillit laisser tomber une fois de plus la lourde glace, qu'il rattrapa de justesse.

— Par le sang du Christ, fais donc attention ! tonna Cian. Tu es toujours aussi maladroit ?

Dageus se redressa, piqué au vif.

— Et toi, tu es toujours aussi pénible ? J'ai vu des cochons mieux éduqués que toi. Pas étonnant que ta réputation soit aussi désastreuse !

— Ma réputation…

Son ancêtre s'interrompit en esquissant un geste qui semblait signifier qu'il ne le suivrait pas sur ce terrain.

— Oh, et puis peu importe ! reprit-il. Je me fiche de savoir ce qu'on pense de moi.

Il regarda la pelouse autour d'eux.

— Où m'as-tu donc emmené ?

— Au château Keltar. Un autre château Keltar, pas celui que tu as connu.

Son aïeul fronça les sourcils, manifestement contrarié.

— Loin d'Inverness ?

— À une demi-heure de route.

— Je commence à comprendre... Tu m'as volé ma voiture, espèce de sauvage !

— Moi, un sauvage ? s'exclama Dageus, une main sur le cœur. C'est la meilleure !

— Tu vas immédiatement retourner en ville chercher ma femme.

— La brune qui était avec toi au magasin ?

— *Aye*.

Dageus secoua la tête.

— Je ne ferai rien tant que tu ne nous auras pas expliqué ce qui se passe, à mon frère et à moi. Il sera aussi curieux que moi de savoir ce que fait un druide Keltar dans le Miroir Sombre, un objet *unseelie*. Pratiques-tu la magie noire ? Drustan ne permettra jamais que...

Cian l'interrompit d'une volée de coups de poing sur la face intérieure de la glace.

— Ma femme d'abord ! Par ta faute, elle est seule, sans protection.

— Commence par me répondre, répliqua Dageus, inflexible.

— Pas question. Je ne dirai rien tant qu'elle ne sera pas là, riposta Cian sur le même ton buté.

Dageus considéra son imposant ancêtre, perplexe. Pourquoi Cian n'allait-il pas chercher lui-même sa bonne amie ? Avec la formidable puissance physique dont il était doté, cela ne devrait pas lui poser de problème ! À moins que...

— Tu es enfermé dans ce miroir, n'est-ce pas ?

— Évidemment, pauvre sot ! Tu crois que je resterais ici à te tenir le crachoir si je pouvais y aller moi-même ? Va chercher ma femme. C'est un ordre !

— Je ne comprends pas... Tu étais dehors, tout à l'heure. Pourquoi es-tu...

— Dis-moi, mon garçon, que ressentirais-tu si ta femme était seule dans une ville qu'elle ne connaît pas, traquée par des assassins prêts à tout pour mettre la main sur elle ? Eh bien, c'est exactement le cas de Jessica. Elle est en danger. Tu dois aller la chercher ; ensuite, je répondrai à toutes les questions que tu voudras me poser.

Dageus essaya d'imaginer ce qu'il éprouverait en sachant sa Chloé dans une telle situation, et son cœur se serra. Il attendrait pour interroger Cian. Les êtres aimés devaient toujours passer avant le reste. Sinon, c'était le début de la barbarie...

— J'y vais, dit-il en prenant le miroir sous son bras.

D'un pas rapide, il se dirigea vers l'entrée du château.

— Ce n'est pas le bon chemin ! s'écria le Miroir alors que Dageus gravissait les marches qui menaient à la porte d'entrée.

— Si. Je n'ai pas dit que tu venais avec moi. Je la retrouverai plus vite si je ne suis pas ralenti par un objet aussi fragile qu'encombrant. Je l'ai déjà vue, je saurai bien la reconnaître.

Puis, après une hésitation, il ajouta :

— Je te la ramènerai. Je t'en donne ma parole.

En vérité, il n'avait aucune envie de rester à proximité du Miroir Sombre. Il lui semblait que la puissante attraction exercée par le Pilier des Ténèbres pesait sur lui à un niveau subtil depuis qu'il avait quitté Inverness, et il se refusait à poursuivre l'expérience. Plus il resterait à distance de la glace, mieux il se porterait.

Après avoir pris une profonde inspiration, il appela :

— Drustan !

— Inutile de crier comme un sourd, je suis là, répondit une voix juste au-dessus de lui.

Dageus leva les yeux. Son frère jumeau était accoudé à la balustrade qui donnait sur le grand hall d'entrée, le regard baissé vers lui.

— Je ne pouvais pas le deviner. Que fais-tu là-haut ?

— Et toi, que fais-tu avec ce miroir ?

— Je t'avais demandé de m'attendre ! s'écria Gwen, dont la voix provenait de l'autre bout du couloir du premier étage.

Dageus réprima un geste d'impatience. Ce n'était pas le moment d'entamer un débat. Une femme nommée Jessica Saint-James – Cian lui avait dit son nom pendant qu'ils se dirigeaient vers le château – était quelque part dans les rues d'Inverness, en danger. Elle n'était pour rien dans toute cette histoire – quelle que soit l'histoire en question –, et il devait aller la chercher.

Tout de suite.

Il posa le miroir contre le mur près de la porte, puis tendit la main vers la surface argentée.

— Drustan, je te présente Cian McKeltar. Cian, voici mon frère, Drustan McKeltar. Et maintenant, veuillez m'excuser.

— Dageus ? demanda Drustan de la voix que l'on prend pour ne pas contrarier un fou dangereux. Ceci est un miroir.

— Regarde à l'intérieur, répliqua Dageus, impatient, en inclinant l'objet de façon à ce que son frère voie mieux.

Les yeux de Drustan s'écarquillèrent de stupeur. Dageus esquissa un sourire de satisfaction. Cela faisait du bien de ne plus être le seul à voir des gens dans les miroirs...

— D'après ce que j'ai compris, il est enfermé dedans, expliqua-t-il rapidement. Il ne doit pas être dangereux, mais par mesure de précaution, tu ferais bien de le laisser loin des femmes et des enfants.

Drustan le regarda, bouche bée.

— Loin des femmes et des enfants ? tonna le Miroir. Pour qui me prends-tu, un barbare ?

— Nous ne savons pas grand-chose de toi, parent, répondit Dageus. Tiens, si tu profitais de mon absence pour fournir quelques explications à mon frère ? Avec un peu de chance, quelqu'un pourra peut-être m'aider à comprendre tout cela une fois que nous serons de retour, ta fiancée et moi.

— Cian McKeltar ? s'écria Drustan, qui semblait avoir retrouvé l'usage de la parole. *Le* Cian McKeltar ? Notre mystérieux ancêtre du IXe siècle ?

— *Aye*, mon frère. Et cette glace n'est autre que le fameux Miroir Sombre. L'un des Piliers des Ténèbres, précisa Dageus.

Drustan ne possédait pas, comme lui, la mémoire du Draghar. Il ne disposait pas des connaissances qui avaient permis à Dageus d'identifier l'objet sans hésitation.

— Tu serais bien inspiré de limiter autant que possible le contact avec cet objet, ajouta-t-il. Il exerce un puissant effet sur la magie qui coule dans nos veines et tente de nous attirer. Quant à moi, je dois retourner à Inverness, où j'ai laissé la fiancée de Cian. Elle court un grand danger. Je pars à sa recherche.

Sur ces mots, Dageus pivota sur ses talons, dévala l'escalier de pierre et s'élança au pas de course vers le garage.

20

Jessi finit son troisième hamburger, plia soigneusement sa serviette en papier et la glissa dans le sachet qui avait contenu son repas.

— Vous vous sentez mieux ? demanda Dageus.

— Oh, oui !

Elle lui adressa un sourire reconnaissant. Jamais elle n'avait mangé d'aussi bons hamburgers de toute sa vie ! Le pain était moelleux et croustillant, la viande cuite à point, la sauce délicieuse. Évidemment, le fait qu'elle n'ait rien avalé durant les vingt-quatre heures précédentes n'était peut-être pas étranger à l'appétit avec lequel elle venait de dévorer trois doubles cheeseburgers d'affilée...

Elle porta à ses lèvres le gobelet d'eau que Dageus lui avait apporté, dont elle avala la moitié en quelques gorgées. Ce repas lui avait donné soif, sans parler de sa course éperdue dans le dédale des petites rues d'Inverness.

Avec un soupir d'aise, elle s'adossa au siège du 4 × 4 et étendit ses jambes encore fatiguées par sa longue marche. Heureusement, ce casse-croûte lui avait redonné un peu d'énergie.

Elle avait dû retenir des larmes de gratitude lorsque Dageus lui avait appris que Cian était en sécurité, quelque part hors de la ville. Autre motif de réjouissance : elle échappait à la triste perspective de passer la nuit sous les ponts, avec de vieux journaux pour toute couverture...

En un mot, sa situation prenait un tour nettement moins inquiétant.

— Par le sang du Christ, *lass*, je suis vraiment désolé ! s'exclama Dageus.

— Vous me l'avez déjà dit.

— Je vous donne ma parole que jamais je n'aurais emporté ce miroir si j'avais su que cela vous mettrait en danger. J'espère que vous me croyez ?

— N'en parlons plus, puisque tout s'est arrangé.

Elle leva les yeux vers Dageus. Dans l'obscurité de ce début de soirée, seule la faible lueur qui montait du tableau de bord éclairait son profil. Il ressemblait décidément beaucoup à son lointain aïeul, songea-t-elle. Même visage aux traits fermement dessinés, même chevelure fauve, même carrure... et même comportement protecteur envers les femmes.

Ce qui, dans les circonstances présentes, lui convenait parfaitement.

Il lui avait dit avoir arpenté Inverness pendant des heures à sa recherche, et elle le croyait. De son côté, passé le moment de désespoir qui s'était emparé d'elle lorsqu'elle avait découvert que le 4 × 4 avait disparu, Jessi avait entrepris de quadriller la ville dans l'espoir – insensé – de retrouver le véhicule... et, surtout, le miroir où Cian était de nouveau enfermé. Si absurde que l'idée paraisse, c'était tout ce qu'elle pouvait faire. Mieux valait passer à l'action que devenir folle d'angoisse !

À vrai dire, pas un instant elle ne s'était réellement attendue à retrouver la voiture. Aussi, lorsque, à la tombée de la nuit, elle avait reconnu le 4 × 4 à l'angle de deux ruelles, avait-elle dû se frotter les yeux pour se convaincre qu'elle ne rêvait pas.

Puis elle avait vu le parent de Cian au volant du véhicule, et son sang n'avait fait qu'un tour.

— Hé, vous ! s'était-elle écriée avec fureur. Descendez tout de suite de mon 4 × 4 !

Loin de se fâcher, Dageus lui avait jeté un regard empli d'un tel soulagement que la colère de Jessi s'était aussitôt évanouie.

— Dieu merci, je vous retrouve enfin ! s'était-il exclamé. Voilà des heures que je vous cherche.

Il y avait dans sa voix un tel accent de sincérité que Jessi n'avait pas douté une seconde de sa parole. Quelqu'un dans ce pays se souciait d'elle ! Elle n'était plus seule, traquée, sans ressources. Ses nerfs tendus à se rompre avaient craqué. Épuisée, affamée, elle avait fondu en larmes sans la moindre retenue.

Dageus lui avait résumé la situation, sa découverte du miroir et sa décision de le mettre en sécurité, son retour chez lui à bord du 4 × 4, puis l'apparition de son ancêtre qui, fou de rage à l'idée de savoir Jessi seule dans Inverness, l'avait sommé de retourner en ville avec pour mission de la lui ramener saine et sauve.

Son ancêtre... Non seulement Dageus savait qui était Cian, mais il semblait trouver parfaitement naturelle sa réapparition au XXIe siècle !

Maintenant qu'elle y songeait, Jessi commençait à trouver cela étrange...

Il était assez difficile, voire impossible, d'admettre sans broncher qu'un être humain soit resté enfermé dans un miroir pendant plus d'un millénaire. En vérité, qui pouvait croire une histoire aussi abracadabrante ? Pour sa part, elle avait eu les plus grandes difficultés... mais apparemment, cela ne posait aucun problème à Dageus.

Elle ne voyait qu'une explication logique.

— Les McKeltar ne sont pas des hommes comme les autres, n'est-ce pas ?

Dageus sourit.

— Pas exactement, en effet. Ma femme, avec qui vous allez bientôt faire connaissance, vous expliquera cela mieux que moi, mais pour résumer, j'arrive du XVIe siècle, accompagné de mon frère jumeau.

Jessi réprima un mouvement de surprise.

— Alors, vous aussi, vous en êtes devenu un…

— Un ? répéta Dageus d'un air intrigué.

— Un sorcier, un adepte de la magie noire. Avez-vous aussi été enfermés dans un objet, votre frère et vous ?

Dageus poussa une exclamation de stupeur.

— Par tous les saints du Ciel, Cian est sorcier ?

Il secoua la tête, visiblement choqué.

— Vous ne le saviez pas ?

— Son nom a été effacé de toutes les annales du clan Keltar voilà onze siècles. Ce n'est que très récemment, lorsqu'une crypte souterraine a été rouverte, que nous avons découvert qu'il n'était pas une légende, qu'il avait réellement existé. Ce que nous ignorions, c'était qu'il était toujours de ce monde. Et vous dites qu'il est sorcier ?

— À vrai dire, ce n'est pas très clair. Il l'affirme, mais je n'en ai eu aucune preuve.

— Comment a-t-il été enfermé dans le Miroir ?

— Je l'ignore ; il a toujours refusé d'en parler. Jusqu'à présent, du moins, ajouta-t-elle.

Car elle était résolue à lui faire avouer toute la vérité, même si celle-ci n'était pas agréable à dire, ni à entendre. Elle avait eu le temps de réfléchir pendant cette longue journée d'angoisse et de prendre quelques décisions. Celle-ci était la première.

Elle savait déjà un certain nombre de choses sur lui, qu'il lui avait révélées pendant leur nuit de veille aux côtés du cadavre de l'assassin mandaté par Lucan. Il avait évoqué son enfance heureuse dans les montagnes des Highlands, sa mère et ses sept sœurs tendrement aimées, son père mort avant sa naissance...

Ensuite, il y avait un blanc dans son histoire. D'après ce qu'elle devinait, un événement funeste avait bouleversé son existence, mais il refusait d'en parler et s'emmurait dans son secret.

Pourtant, lorsqu'elle le regardait, elle ne voyait que de la lumière...

Elle devait savoir.

Certes, Cian n'était pas un ange tombé du ciel. Il était imprévisible, macho, affreusement imbu de lui-même. Il pouvait même se montrer dangereux. Pour tout dire, il n'était pas du tout son genre d'homme.

Il était l'incarnation parfaite de ce que les anthropologues appelaient un mâle alpha : un homme qui se définissait par un refus absolu de l'autorité. Ces individus-là n'obéissaient qu'à leurs propres lois, et si celles-ci correspondaient à celles qui régissaient la société, ce n'était que pure coïncidence. Il était impossible de prédire la réaction d'un mâle alpha si lui ou l'un de ceux qu'il aimait était menacé, et mieux valait faire partie de ses amis que de ses ennemis.

Pour sa part, Jessi avait déjà fait son choix.

Elle voulait être l'amie de Cian, son amante, sa compagne, la mère de ses enfants. C'était la seconde décision qu'elle avait prise pendant cette journée si riche en émotions.

— Quelque chose me dit que vous avez une confiance totale en lui, reprit Dageus, l'arrachant à ses réflexions. Dites-moi, avez-vous foi en lui ? De tout votre cœur ?

Jessi le regarda, intriguée. Dageus avait parlé d'une voix grave et tendue, comme si la question était pour lui d'une importance capitale.

— Vous ne me connaissez pas, répondit-elle avec prudence. Cela ne ferait aucune différence à vos yeux si je vous répondais par l'affirmative.

— *Och ! Aye*, Jessica. Une différence essentielle.

Comme elle l'interrogeait du regard, il ajouta :

— Nous autres Keltar accordons une grande importance à l'avis des femmes et à leur intuition.

Jessi réprima un sourire. Décidément, elle commençait à adorer les hommes Keltar. Mâles alpha ou non.

— Eh bien ? insista Dageus. Avez-vous foi en Cian ?

— Aveuglément, répondit-elle, n'écoutant que son cœur.

Lorsqu'ils arrivèrent au château, Dageus entraîna Jessi à une telle vitesse à travers le labyrinthe de pièces qui composait la demeure que la jeune femme, désorientée, ne parvint pas à se forger une image précise des lieux.

Elle eut néanmoins le temps d'entrevoir, entre autres merveilles, un extraordinaire hall d'entrée et son escalier qui semblait sorti d'un conte de fées, une magnifique collection d'armures dans une alcôve, et une chambre aux sombres boiseries couvertes d'armes anciennes, parmi lesquelles elle reconnut des *claymores*, quelques haches d'armes, plusieurs lances et un superbe sabre, dont les silhouettes dessinaient sur le mur de surprenants motifs géométriques.

Jessi aurait tout donné pour pouvoir contempler à loisir ces superbes pièces, dont l'authenticité ne faisait aucun doute à ses yeux. Dans ce château dont les occupants arrivaient en droite ligne du passé, c'était la moindre des choses…

Après l'avoir conduite dans une bibliothèque, Dageus s'esquiva afin, selon ses termes, de « réunir tout le monde et de vous amener votre homme ».

Tout le monde ? Étaient-ils donc si nombreux à vivre dans cet endroit de rêve ? Jessi n'eut pas le temps de poser la question : Dageus était déjà reparti au pas de course.

Elle fit quelques pas et regarda autour d'elle. La bibliothèque était une pièce superbe, spacieuse mais chaleureuse, un peu à l'image du bureau du professeur Keene. De vastes baies vitrées donnaient sur un jardin plongé dans l'ombre. Sous un haut plafond orné de moulures, encastrées entre les lambris du mur, couraient des étagères couvertes de livres, dont les plus hautes étaient accessibles grâce à une ingénieuse petite échelle que l'on pouvait déplacer latéralement le long d'un rail de bois. De nombreux sièges tapissés de riches brocarts étaient disposés çà et là, ainsi que des tables finement sculptées et incrustées de cuir.

L'un des angles de la pièce était occupé par un bureau de bois massif orné de motifs celtiques. Un peu plus loin, des portraits d'ancêtres McKeltar étaient suspendus au mur. D'antiques tapis aux motifs passés réchauffaient le parquet, ainsi que d'épaisses peaux de mouton.

Fascinée, Jessi examina les tapisseries vieilles de plusieurs siècles accrochées aux murs et éclairées par la lueur rosée que diffusaient d'exquises lampes Tiffany – probablement authentiques – disposées sur des consoles de bois sombre.

C'était une pièce conçue pour le plaisir de la lecture et de la conversation, un lieu où Jessi aurait volontiers passé de longues heures studieuses… Qui sait quelles merveilles recelaient les rayonnages chargés d'ouvrages reliés de cuir ? Ce château tout entier était un rêve d'historien !

Elle venait de s'approcher de l'échelle de bois lorsque des bruits de pas l'alertèrent. Elle se retourna. Deux adorables jeunes femmes blondes venaient d'entrer dans la pièce, suivies d'un homme qu'elle prit tout d'abord pour Dageus.

— Bienvenue au château Keltar, dit l'une des nouvelles arrivantes. Je m'appelle Gwen, et voici mon mari, Drustan. Elle, c'est Chloé, la femme de Dageus.

— Enchantée, dit Jessi. Je m'appelle...

— Jessica Saint-James, coupa Gwen, Dageus nous l'a déjà dit. Nous sommes impatients d'entendre votre histoire. Si vous voulez bien nous la raconter, bien sûr.

À cet instant, Dageus fit son entrée, le miroir entre ses mains.

Jessi regarda la glace, surprise qu'aucun hurlement de fureur en provenance de ses profondeurs n'ait annoncé son arrivée. Pourquoi Cian ne disait-il rien ?

Dageus déposa le miroir avec précaution contre le mur. Aucune trace de Cian à l'intérieur. Jessi s'approcha, inquiète, et tendit instinctivement la main vers la surface argentée.

Au même instant, Cian apparut de l'autre côté du miroir et posa sa paume contre la sienne. Dans son dos, Jessi entendit deux petits cris de surprise.

— Le voilà tout de même ! s'exclama Gwen.

— Non seulement il n'a pas dit un mot, mais il a refusé de se montrer jusqu'à présent, ajouta Chloé.

Jessi ne répondit pas. Elle ne voyait que Cian, n'était disponible que pour lui.

— *Och*, Jessica, dit-il de sa chaude voix à l'accent rocailleux. Je ne suis pas un homme, si je ne suis pas capable de protéger ma femme. Ce maudit Miroir m'a repris, et je t'ai laissée seule.

Ma femme ? Plus émue qu'elle ne voulait le montrer, Jessica tenta de sonder le regard couleur d'ambre posé sur elle. Manifestement, Cian aussi avait vécu dans l'angoisse cette journée de séparation. Elle en était désolée... et secrètement ravie.

— Si, lui dit-elle, vibrante de reconnaissance, tu es un homme. Tu m'as sauvé la vie à deux reprises. Sans toi, je serais déjà morte. Et tu ne pouvais pas deviner que ton stupide descendant volerait le miroir.

Derrière elle, quelqu'un émit une toux discrète. Dageus ? Drustan ?

— Le stupide descendant de Cian aimerait bien savoir comment le libérer du Miroir, *lass*.

C'était Dageus. Qui d'autre que lui aurait posé une telle question ?

Jessi posa la main sur la vitre ; de l'autre côté, Cian fit de même. Ils se dévorèrent du regard en silence. Elle avait eu si peur de le perdre à tout jamais ! Elle ressentit soudain un besoin insensé de le toucher, de le caresser, de le serrer contre elle. Pour se prouver qu'il était bien là… et bien à elle.

— Je peux le lui dire ? demanda-t-elle.

Cian haussa les épaules d'un air évasif.

— Pourquoi pas ?

— Il existe une incantation de libération, expliqua Jessi. *Lialth bree che bree, Cian McKeltar, drachme se-sidh,* mais cela ne servirait à rien de la prononcer maintenant, car…

Elle n'avait pas fini sa phrase que les runes gravées sur le cadre se mirent à briller d'un vif éclat, comme éclairées de l'intérieur. Jessi s'interrompit, bouche bée. Quant à Cian, il semblait aussi surpris qu'elle. Sans doute se posait-il la même question. Comment l'incantation pouvait-elle opérer puisqu'il ne s'était pas écoulé assez de temps depuis la précédente libération de Cian ?

— C'est peut-être parce que je n'ai eu que très peu de temps les deux dernières fois, l'entendit-elle murmurer, comme s'il avait suivi le fil de ses pensées. Enfin, peu importe la raison.

Il tendit le bras, s'empara de la main de Jessi et sortit peu à peu de la surface argentée, qui avait soudain pris un aspect liquide. Apollon jaillissant de l'onde ! songea la jeune femme, subjuguée par le regard brûlant de passion qu'il posait sur elle.

Elle ne put réprimer un frisson d'impatience. Auraient-ils le temps, cette fois-ci, de laisser enfin libre cours au désir qui les consumait tous les deux ?

Confusément, il lui sembla percevoir les exclamations de surprise de Gwen et de Chloé... puis elle n'entendit plus rien. Cian avait refermé les bras autour d'elle et posé ses lèvres sur les siennes pour réclamer un baiser. Elle se serra contre lui, avide de retrouver la chaleur de son corps musclé et son odeur d'homme qui la troublait tant.

Brusquement, Cian s'écarta d'elle.

— Ce château est-il protégé ? demanda-t-il en relevant la tête.

— Bien sûr, affirma l'un des jumeaux.

— Vous pensez que deux minables druides comme vous pourraient résister au moins une nuit, en cas d'agression ?

— Deux minables druides comme nous... commença l'un des deux frères.

— ... pourraient résister pendant une éternité, acheva l'autre.

— Parfait, alors au travail. Et fichez-moi le camp.

Sans un mot de plus pour eux, il se pencha de nouveau vers Jessi. Celle-ci entendit la voix furieuse de Drustan s'élever.

— Par tous les diables, je vais...

— Tu vas faire ce qu'on te demande, intervint Gwen avec douceur.

Jessi perçut un silence, une hésitation, puis un bruit de pas. Manifestement, la femme de Drustan avait sur son époux une profonde influence. Une qualité qu'elle-même aurait intérêt à développer si elle devait fréquenter Cian un certain temps, songea-t-elle.

Lorsqu'elle se retourna, les jumeaux et leurs femmes avaient disparu.

Elle était seule dans la bibliothèque... seule avec un Cian fou de désir.

21

En entendant le déclic de la porte de la bibliothèque que l'on venait de refermer, Jessi ne put réprimer un mouvement de nervosité.

Elle était seule avec Cian ; celui-ci était bien présent, en chair et en os, et non enfermé dans le miroir ; personne ne les dérangerait avant un bon moment. L'instant tant attendu était enfin arrivé… mais au lieu de s'en réjouir, Jessi était terrorisée.

Instinctivement, Cian dut percevoir le changement qui venait de s'opérer en elle, car il recula d'un pas pour l'observer d'un regard intrigué. Il était plus excitant que jamais, avec ses yeux dont l'ambre avait pris des reflets d'incendie et ses solides pectoraux qui se soulevaient au rythme précipité de son souffle puissant.

À vrai dire, elle était aussi essoufflée que lui… et probablement pour les mêmes raisons.

D'un geste un peu brusque, il souleva son menton et scruta son visage avec intensité.

— Il y a quelque chose qui ne va pas, *lass* ? demanda-t-il de cette voix aux inflexions chaudes et âpres qui avait le don de la faire chavirer.

Elle secoua la tête.

— Je crois que je supporterais très mal que tu te joues de moi, Jessica.

Le cœur battant la chamade, elle fit de nouveau un signe négatif.

— Alors, que se passe-t-il ?

Jessi se mordit les lèvres, désespérée. Elle ne trouvait pas les mots pour lui faire comprendre ce qu'elle ressentait. Comment lui expliquer qu'elle le désirait plus qu'aucun homme avant lui et qu'en même temps, elle avait l'impression de se trouver au bord d'un précipice vertigineux, avec une seule idée en tête : prendre la fuite et sauver sa peau ? Jamais elle ne s'était sentie aussi indécise. Il lui semblait qu'elle était sur le point de jouer sa vie.

Cian observait Jessica, désorienté. S'il avait pu au moins une fois pratiquer sur elle l'Écoute profonde, ce moment aurait été le mieux choisi ! Elle n'était pas insensible à son charme, elle le lui avait plusieurs fois prouvé. Alors, pourquoi se dérobait-elle, tout à coup ?

À défaut de sonder son esprit, il examina son apparence. Celle-ci était des plus contradictoires ! Elle soutenait son regard d'un air farouche, son petit menton fièrement levé, ses jambes fermement campées sur le sol, telle une proie s'apprêtant à vendre chèrement sa peau.

Cependant, ses grands yeux verts brillaient d'impatience, ses pupilles étaient dilatées, ses narines frémissantes et ses joues rosies. Sans parler de ses seins, dont les pointes durcies tendaient l'étoffe de son pull, un signe qui ne laissait planer aucun doute sur ce qu'elle éprouvait.

C'était à n'y rien comprendre ! *J'ai follement envie de toi, mais je t'interdis de me toucher.* Voilà le message qu'elle semblait lui envoyer…

Cian se pencha de nouveau vers elle et prit une profonde inspiration. Comme il s'y était attendu, Jessi recula, mais il eut le temps de humer sur sa peau délicate les senteurs mêlées de la peur, du défi… et du désir le plus primitif.

Une odeur infiniment troublante, qu'il avait attendue toute sa vie. Celle d'une femme belle, vertueuse, mais ardente aux jeux de l'amour.

Celle d'une femme qui s'aperçoit qu'elle a enfin trouvé l'homme qu'elle attendait...

Son instinct lui disait que Jessica, si instruite fût-elle, était désemparée face aux émotions qui l'assaillaient. Qu'elle lutterait pied à pied contre lui ou, plutôt, contre tout ce qu'il représentait pour une enfant du XXIe siècle habituée à décider de son propre destin.

Och ! Il avait pourtant bien l'intention de laisser dans sa vie, dans son cœur, une marque indélébile. De lui montrer ce qu'était un homme, un vrai, afin que ceux qu'elle rencontrerait inévitablement après lui ne soient à ses yeux que de pâles imitations de virilité...

Il allait l'aimer avec fougue, avec tendresse, avec toute sa générosité d'homme si longtemps privé d'amour. Il allait imprimer en elle sa marque personnelle, dresser une barrière autour de son cœur, afin de rester à jamais vivant dans sa mémoire.

Il voulut la prendre dans ses bras, mais elle pivota sur elle-même et lui tourna le dos. Pour se refuser... ou pour mieux s'offrir à lui ? se demanda-t-il en se plaquant contre elle sans la moindre pudeur.

En sentant son membre durci contre ses reins, elle frémit, mais ne tenta pas de se dérober.

Il avait sa réponse.

Il l'obligea à tourner la tête, prit ses lèvres pour un baiser profond, et lentement, très lentement, pressa son bassin contre elle. Puis, sans cesser de l'embrasser, il la poussa à travers la pièce, jusqu'au grand bureau qui trônait contre le mur opposé.

Là, il balaya d'un grand geste tout ce qui s'y trouvait, avant de glisser ses mains autour des seins de sa compagne pour en savourer le poids et la chaleur, tout en obligeant celle-ci à se pencher sur la table.

Un soupir étranglé jaillit de la gorge de Jessica, en une invitation plus excitante que les paroles les plus osées. Cian réprima un grognement de triomphe. Il fallait qu'il entre en elle, tout de suite. Il ne pouvait pas attendre un instant de plus…

Libérant à regret ses seins si pleins, si féminins, il saisit les hanches de Jessica pour se frotter contre elle en une parodie d'acte sexuel. Un petit cri de plaisir s'échappa des lèvres de sa compagne.

— Je vais te prendre tout de suite, *lass*.

Elle se cambra délicatement et tourna la tête vers lui.

— Oh, oui… s'il te plaît, Cian ! gémit-elle.

S'il te plaît, Cian. Voilà des mots dont il ne se lasserait jamais !

— Es-tu prête à me recevoir ? demanda-t-il.

Il connaissait déjà la réponse, mais il voulait l'entendre le lui dire.

— Je suis prête, répondit-elle dans un souffle, comme s'il lui en coûtait de l'admettre.

— On dirait que ça t'ennuie ?

— C'est la première fois que je… Oh !

Il venait de poser une main sur sa taille fine pour défaire le bouton de son jean.

— … que je ressens cela, poursuivit-elle. J'ai tout le temps envie de toi.

— Et c'est un problème ?

— Oui.

— Eh bien, pas pour moi. Tu n'as pas idée comme c'est bon pour un homme de savoir que sa femme est disponible pour lui à tout instant. Moi aussi, j'ai tout le temps envie de toi. Je pense sans cesse à tout ce que j'ai envie de te faire…

Il marqua une pause, avant d'ajouter :

— Je veux que ton corps n'ait plus aucun secret pour moi, *lass*. Le veux-tu aussi ?

— Oui…

— Quand je t'aurai aimée de toutes les façons dont je veux t'aimer, tu ne seras plus la même. Tu garderas mon empreinte en toi jusqu'à la fin de tes jours. Dis-moi que tu me veux aussi, Jessica.

Et pardonne-moi pour mes péchés, dont tu n'as pas la moindre idée...

— Je te veux !

Sa voix s'acheva dans un gémissement lorsqu'il fit descendre la braguette de son jean. Cian tira avec agacement sur le pantalon qui moulait étroitement le joli postérieur rebondi de Jessica. Il y avait bien trop de tissu entre eux à son goût !

D'un geste sec, il fit glisser le pantalon sur ses hanches, puis sa culotte de dentelle, dénudant ses fesses, et laissa les vêtements tomber sur ses chevilles. Son excitation était à son comble. Allait-il se maîtriser assez longtemps pour donner du plaisir à la femme qu'il désirait tant ?

— As-tu envie que j'entre dans toi ? demanda-t-il d'une voix qui tremblait d'impatience.

— Oui.

— Qu'attends-tu de moi, Jessica ? Que je sois doux et tendre, ou un peu brutal ? Dis-moi comment tu aimes être prise !

— Comme tu voudras, mais fais-moi l'amour !

Un rire joyeux s'échappa de sa poitrine. Voilà exactement ce dont rêvait tout homme : un « oui » inconditionnel de la part d'une femme aussi désirable !

Il la souleva par les hanches pour la placer à sa hauteur, écarta ses jambes sans ménagement et frotta son bassin entre ses cuisses ouvertes. Encore quelques instants, et il plongerait en elle...

Il s'attarda une minute devant le délicieux spectacle qu'offraient ses reins cambrés, ses fesses rondes soulevées, qui dévoilaient les tendres plis de son intimité, son sexe semblable à un coquillage rose et nacré... Il n'aimait rien tant que la vue d'une femme qui se donnait sans réserve.

Il aimait aussi savoir qu'il était le maître de la situation. Car à présent, prise au piège entre le lourd bureau de bois et son corps durci par le désir, Jessica ne pouvait plus bouger. Bientôt, ce serait lui qui donnerait la cadence, lui qui imprimerait son rythme à leur étreinte, sans qu'elle ne puisse rien contrôler.

Elle n'avait plus d'autre choix que d'accepter ce qu'il voulait lui donner. Et si, dans un soudain revirement d'humeur, elle tentait de se refuser à lui, il n'aurait qu'à glisser un genou entre ses jambes pour maintenir ses cuisses écartées et la prendre malgré tout.

Comme elle l'en avait supplié.

Jessi ne put retenir un gémissement lorsque Cian pressa contre elle son membre durci. Au plus secret d'elle-même jaillit une délicieuse moiteur. Oh, oui, elle était prête à le recevoir en elle... ce qui était préférable, car dans la position où elle se trouvait, elle n'aurait pu faire le moindre mouvement, même si elle l'avait voulu !

Plaquée contre le bureau, les seins écrasés sur le plateau de bois un peu rugueux, les jambes écartées, emprisonné par le corps puissant qui se plaquait contre elle, elle ne pouvait qu'attendre le bon vouloir de son amant.

Soudain, une image lui revint en mémoire. Celle de la première fois où elle avait vu Cian, dans une autre bibliothèque, à des milliers de kilomètres de là, de l'autre côté de l'Atlantique... Il lui sembla soudain que tous les événements qui étaient survenus depuis ce soir-là n'avaient eu d'autre fin que de l'amener là où elle en était maintenant, penchée sur une table, à moitié dénudée, soumise aux caprices d'un Highlander du IXe siècle qui n'avait pas connu de femme depuis plus de mille ans...

Elle avait un mot sur le bout de la langue – un mot qui servait à décrire un aussi invraisemblable enchaînement de circonstances. Ce n'était pas « synergie », ni

« coïncidence », ni « providence ». Cela commençait par la lettre s, lui semblait-il…

Puis Cian fit passer son pull par-dessus sa tête, referma les mains sur sa poitrine, et toutes ses pensées s'évanouirent. Le moyen de réfléchir, lorsque l'on vous caressait ainsi les seins, avant de les pétrir, puis d'en faire rouler les pointes sous les doigts ?

Soudain, Cian s'arrêta. Jessi allait lui demander ce qui se passait lorsqu'il la plaqua de nouveau contre le bureau d'un geste autoritaire. Ses seins étaient lourds et brûlants contre le bois du meuble ancien.

— Tiens-toi au rebord du bureau, ordonna Cian d'une voix tendue.

Elle voulut se retourner, mais il plaqua sa tête sur le bureau, tandis que de l'autre main, il se frayait un passage entre les replis humides de son intimité.

Elle l'implora – d'attendre un peu ? de continuer ? Elle n'aurait su le dire. De toute façon, il ne l'écoutait plus. Un bruit caractéristique se fit entendre : celui d'une braguette que l'on ouvrait rapidement.

Jessi attendit, immobile, impuissante.

Tout son corps se contracta lorsqu'il plaça l'extrémité de son membre rigide à l'orée de sa féminité, avant d'entreprendre un lent va-et-vient entre ses cuisses, précurseur d'une exploration plus audacieuse.

En quelques secondes, la tension qui avait envahi Jessi devint insupportable. Il fallait que Cian la libère… ou qu'il entre enfin en elle et que cesse le supplice de l'attente !

Elle tenta de se cambrer pour l'inviter à se montrer plus hardi, en vain. Dans la position où il la maintenait, même cela lui était interdit.

— Je t'en prie ! murmura-t-elle.

— Oui ? demanda-t-il. Que veux-tu exactement ?

— Tu le sais très bien !

— Oui, mais je veux te l'entendre dire.

Tout en parlant, il continuait son petit jeu, se glissant entre ses lèvres gonflées et humides, avant de se retirer aussitôt, attisant encore l'incendie qui couvait en elle. S'il ne la pénétrait pas tout de suite, elle allait hurler de frustration.

— Prends-moi ! supplia-t-elle. S'il te plaît, Cian...

Comme s'il n'avait attendu que ces mots, il referma ses mains sur ses hanches. Jessi serra le bord du bureau, si fort que les jointures de ses doigts blanchirent.

Avec une infinie lenteur, Cian commença à entrer en elle.

Oh, qu'il était... gros ! Tous les hommes étaient-ils ainsi faits ? Elle secoua la tête, effrayée et excitée à la fois. Son intuition lui soufflait que Cian était exceptionnel sur ce point également.

Dans un long soupir où se mêlaient la crainte, la douleur, l'impatience et le plaisir, elle tenta de nouveau de se cambrer pour faciliter sa lente progression en elle.

— Que tu es étroite, Jessica, l'entendit-elle gémir entre ses dents serrées.

— Bien sûr, puisque je n'ai jamais... oh... fait cela !

À ces mots, Cian s'immobilisa.

— Pardon ?

— Je dis que c'est la première fois que je laisse un homme me faire... ce que tu es en train de faire. Mais ne t'arrête pas !

Il ne répondit pas. Il avait posé une main sur sa tête, la plaquant contre le bureau, de sorte qu'elle ne pouvait se retourner pour le regarder.

— Cian ? appela-t-elle, inquiète.

Pourquoi ne répondait-il pas ? Et surtout, pourquoi ne bougeait-il plus en elle ? Avait-il la moindre idée de la frustration qu'il lui infligeait ?

— Tu es vierge ? demanda-t-il d'une voix blanche. À ton âge ?

— Je ne suis pas encore une antiquité, maugréa-t-elle, furieuse et impatiente de poursuivre leurs ébats. Écoute, on ne pourrait pas remettre cette conversation à plus tard ? Pour le moment, ce qui me ferait plaisir, ce serait que tu…

— À mon époque, toutes les femmes de ton âge avaient perdu leur pucelage.

— À la mienne aussi, grommela Jessi. Alors, si c'était un effet de ta bonté, pourrais-tu…

Elle n'eut pas le temps d'achever sa phrase. D'une souple poussée, Cian venait de déchirer son hymen, avant de s'immobiliser de nouveau en elle, comme gêné de lui faire mal.

Jessi éprouva une brève sensation douloureuse, puis l'incendie reprit de plus belle en elle. Cian le comprit-il ? Sans doute, car il poursuivit sa prudente progression en elle, les mains sur ses hanches, en un geste possessif qui ne faisait qu'ajouter à l'excitation de Jessi.

Elle était à lui. Toute à lui…

— Est-ce que je peux continuer ? l'entendit-elle demander. Je ne te fais pas mal ?

— Non ! Je veux dire, oui. Oui, et non. Ne t'arrête pas. S'il te plaît !

Il donna un nouveau coup de reins. Jessi laissa échapper un gémissement et s'agrippa plus fermement au lourd meuble de bois contre lequel il l'écrasait de tout son poids…

Enfin, après ce qui lui sembla durer une éternité, elle sentit contre elle la douce toison qui entourait la base de son membre. Il était en elle, entièrement. Elle eut envie de crier sa joie de pouvoir l'accueillir ainsi, de se sentir si pleine de lui, malgré la douleur qui l'assaillait encore par moments. Il lui semblait que son corps avait été créé à sa mesure, façonné pour le recevoir et l'envelopper tel le fourreau autour de l'épée.

Il commença alors à se retirer, centimètre par centimètre, avant de revenir, cette fois-ci moins lentement, puis de recommencer, de plus en plus vite... Un gémissement de félicité monta dans sa gorge.

Cian regarda Jessica, émerveillé, sans cesser d'aller et venir en elle, à un rythme un peu plus rapide à chaque coup de reins. Elle était délicieusement étroite, brûlante, humide...

Et vierge.

Il avait encore du mal à y croire. Comment était-il possible que cette femme si belle, si passionnée ne se soit jamais donnée à un autre avant lui ? Dire qu'il l'avait crue expérimentée !

Elle lui était parvenue intacte. Pure. Jusqu'à présent, il ne s'était guère soucié du fait qu'elle ait eu des aventures avant lui, mais à présent, tout était différent. Il était le seul homme à qui elle ait accepté de s'abandonner.

Une joie sauvage gonfla son cœur. Elle était à lui, rien qu'à lui !

Depuis qu'il avait commencé à prendre possession d'elle, il brûlait du désir de verser sa semence en elle, mais soudain, il craignit de perdre le contrôle de la situation. Or, il refusait de prendre du plaisir tant qu'elle n'aurait pas connu la volupté.

Sa première jouissance de femme, songea-t-il, ému, en caressant du regard ses épaules menues, ses reins cambrés, ses fesses rondes et blanches qui se soulevaient au rythme de ses va-et-vient en elle.

Il s'obligea à penser à sa prison, afin de garder la tête froide. *Cinquante-deux mille neuf cent quatre-vingt-sept pierres...*

Il allait donner à Jessi tant de plaisir que chaque fois qu'elle poserait les yeux sur lui, son corps se souviendrait de ce qu'il pouvait lui offrir et se languirait de lui.

Vingt-sept mille deux cent seize pierres d'un gris plus pâle que les autres...

Il voulait être l'objet de tous ses fantasmes, son compagnon de chaque jour, son rempart contre la peur, son meilleur ami.

Trente-six mille quatre pierres plus rectangulaires que carrées...

Il glissa une main devant elle, entre ses cuisses, et trouva le bouton soyeux qui se dissimulait entre les tendres plis de sa féminité.

Neuf cent dix-huit pierres de forme hexagonale...

Un petit cri de surprise accueillit son geste lorsqu'il commença à la caresser d'avant en arrière, de plus en plus fermement, avant de décrire des cercles tout autour du point brûlant de sa féminité.

Quatre-vingt-douze pierres traversées par une veine de bronze...

Sous ses assauts, Jessi se mit à trembler de plaisir. Un long gémissement jaillit de ses lèvres, le suppliant de continuer. Le plaisir n'était plus loin...

Trois pierres craquelées...

La jouissance déferla sur Jessi si brusquement que la jeune femme laissa échapper un cri aigu de félicité. Une série de spasmes la contracta autour de lui, avivant encore son propre plaisir.

C'en était trop... Cian ne pouvait plus tenir. Se penchant sur elle, il approcha ses lèvres de son oreille et murmura :

— Tu es à moi, Jessica. Tu comprends ? À moi !

Puis il se redressa, donna un ultime coup de reins et sombra à son tour dans le néant de la volupté.

Assis sur le sol devant le feu, adossé à un canapé, Cian regardait Jessica. Celle-ci, assise en tailleur sur une peau de mouton, était tournée vers le feu de bruyère qu'il venait d'allumer dans la cheminée. Elle était à moitié nue, pleinement femme, et encore tout échevelée après leurs ébats.

Plus désirable que jamais.

Cependant, il s'interdit de la toucher. S'il posait une main sur elle, il allait la caresser et, une chose en entraînant une autre, lui faire l'amour une fois de plus.

Il en avait la certitude, elle était faite pour lui. Cependant, il devait lui laisser le temps de s'habituer à ses assauts... sous peine de faire abstinence le lendemain.

Après l'orgasme qui les avait emportés tous les deux, il l'avait prise dans ses bras pour la déposer sur cette fourrure, puis il avait allumé le feu... et lui avait de nouveau fait l'amour, avec toute la tendresse qu'il avait en lui.

Il voulait lui prouver qu'il n'était pas qu'une brute avide et possessive, lui montrer chacune de ses facettes – le sorcier, le guerrier, mais aussi l'homme débordant d'amour à offrir.

Puis ils avaient parlé de tout et de rien, comme tous les amants du monde... jusqu'à cet instant précis. Jessica venait de lever vers lui ses immenses yeux verts pour lui demander :

— Comment cela s'est-il passé, Cian ? Comment as-tu été capturé dans le miroir ?

— *Och !* gémit-il. Tu m'emmènes au paradis, et tu me demandes de revivre l'enfer ? Pas maintenant, *lass*. Cet instant est pour toi et moi. Rien que pour toi et moi...

Sans attendre sa réponse, il s'approcha d'elle et referma ses lèvres sur le sein rond qui dépassait du plaid dont elle s'était enveloppée.

Jessi laissa échapper un soupir de contentement.

— Toi et moi... murmura-t-elle en l'attirant contre elle.

Cette nuit avait été la plus merveilleuse de toute sa vie, songea Jessi. Passion, tendresse, sensualité, audace... Elle avait vécu tous les bonheurs en quelques heures.

Cian était un amant fabuleux, prêt à lui prodiguer les plaisirs les plus osés, toujours maître de lui-même, doux et attentif – à l'exception de ses manières de hussard, lorsqu'il l'avait prise sur le bureau…

Peu avant l'aube, après lui avoir fait l'amour une troisième fois, il l'entraîna sur la terrasse pour observer la pâle clarté de la lune.

Ils demeurèrent longtemps immobiles, enlacés sous le même plaid, le regard perdu dans les étoiles.

Que l'université lui semblait loin ! À des années-lumière des instants magiques qu'elle était en train de vivre…

La vie, c'est ce qui vous tombe dessus quand vous êtes occupé à faire d'autres projets.

Elle avait enfin cessé de faire d'autres projets.

Elle vivait. Ici et maintenant.

Désormais, décrocher son doctorat ne lui paraissait plus si important. Elle se contenterait bien de consacrer ses journées à effectuer des recherches dans la région… et ses nuits à faire l'amour avec Cian.

Tout à coup, une folle envie lui vint. Porter les enfants de Cian. Les regarder grandir sous le soleil des Highlands. Ils seraient forcément les plus beaux qui aient jamais foulé la terre…

Elle comprit alors ce qui lui arrivait. C'était terrifiant, et merveilleux à la fois. C'était la vie, plus belle encore que tout ce qu'elle avait imaginé.

C'était l'amour, tout simplement.

22

— Nous voilà ! lança une voix masculine de l'autre côté de la porte de la bibliothèque.

Qui avait parlé ? Dageus ou Drustan ? Décidément, Jessi avait du mal à distinguer les jumeaux l'un de l'autre. Elle sourit à Cian, de nouveau de l'autre côté du miroir.

— Je suppose que nous les avons suffisamment fait attendre…

— *Aye, lass*, répondit Cian en posant sa main sur la surface argentée.

Jessi appliqua sa paume contre celle de son amant. Comment pourrait-elle supporter d'attendre que Cian soit de nouveau libéré ? À peine venait-il d'être capturé que déjà, elle brûlait d'envie de sentir sa peau contre la sienne…

Le miroir l'avait repris quelques instants plus tôt, alors qu'ils avaient quitté la bibliothèque en quête d'une salle de bains. Après avoir longé bien des couloirs et poussé bien des portes, ils avaient découvert une salle d'eau digne d'un palace, dotée d'une cabine de douche équipée de nombreux jets, dans laquelle ils s'étaient aimés une nouvelle fois…

L'homme que Jessi avait découvert cette nuit-là était bien loin du personnage rude et sans pitié que Cian montrait au monde. C'était un amant tendre et passionné, généreux, attentif au plaisir de celle qu'il avait choisie, aux antipodes du sauvage qu'elle avait imaginé.

Cian avait disparu au beau milieu de leurs ébats, laissant Jessi le cœur battant et le souffle court, en proie à une frustration sans égale. La jeune femme avait repris le chemin de la bibliothèque en rasant les murs, pressée de retrouver son amant de nouveau captif.

Tout compte fait, avait-elle songé, Cian et elle avaient eu de la chance que Dageus ait volé le miroir. Tout semblait s'arranger pour le mieux. Ils étaient en sécurité dans la propriété des descendants de Cian, et l'objet y serait protégé. Certes, les jumeaux paraissaient dotés du tempérament querelleur et autoritaire de leur aïeul, mais Jessi aurait mis sa main au feu qu'ils feraient tout ce qui était en leur pouvoir pour leur venir en aide en cas de difficulté.

Elle sourit, rêveuse. Si on lui avait dit la veille, quand, désespérée, elle cherchait Cian dans les rues d'Inverness, qu'elle verrait le lendemain le soleil se lever depuis l'endroit le plus beau et le plus sûr des Highlands, après avoir vécu la plus fabuleuse première nuit d'amour dont une femme puisse rêver, elle ne l'aurait jamais cru.

— Je peux entrer ? demanda une voix féminine.

— À tes risques et périls, susurra Cian depuis le miroir.

Jessi éclata de rire. On n'avait pas le droit d'être aussi vantard... sauf, peut-être, lorsqu'on s'appelait Cian McKeltar !

Gwen poussa la porte et entra dans la bibliothèque, suivie de Chloé. Les jumeaux arrivèrent dans leur sillage. C'étaient bien les héritiers de Cian, songea Jessi, qui ne s'habituait pas à leur ressemblance avec celui-ci. Mêmes traits ciselés, même peau dorée, même chevelure brune...

Plus calme que la veille, elle les observa attentivement et réussit tout de même à discerner quelques différences entre eux. Les cheveux de Dageus ruisselaient jusqu'à sa taille, tandis que ceux de Drustan s'arrêtaient au milieu de son dos. Les yeux du premier étaient pailletés d'or, ceux du second avaient des scintillements argentés. Dageus était mince et musclé, alors que Drustan avait les épaules plus larges et quelques centimètres de plus. En revanche, tous deux rayonnaient de la même séduction animale et sensuelle que Cian.

Décidément, les Keltar étaient des hommes d'exception. Des mâles dominants, comme les aurait qualifiés son professeur d'anthropologie.

— Avec Chloé, nous avons pensé que tu aimerais te changer, lui annonça Gwen avec un sourire. Nous t'avons apporté quelques affaires et avons fait déposer d'autres habits dans la Chambre d'Argent.

Aussi surprise que ravie, Jessi bondit sur ses pieds. Des vêtements propres ! Il ne manquait plus rien à son bonheur... à part un solide petit-déjeuner. Elle se dirigea vers les deux jeunes femmes, tandis que les jumeaux s'approchaient du Miroir Sombre.

— Hum... dit Drustan, songeur. Que dis-tu de ces runes, Dageus ?

— C'est un langage que je ne connais pas. Et toi ?

— Moi non plus.

L'écho de leur conversation s'évanouit lorsque Jessi posa les yeux sur les « quelques affaires » apportées par Gwen et Chloé. Il y avait là tout ce dont elle avait besoin ! Un jean taille basse d'une marque que jamais elle n'aurait pu s'offrir, un twin-set en cachemire rose vif, mais aussi une paire de bottes à sa pointure, des chaussettes, une culotte de dentelle et, merveille des merveilles, un soutien-gorge !

Jessi tâta l'élasthanne blanc avec satisfaction. Enfermés là-dedans, ses seins ne risqueraient pas de s'affaisser prématurément.

— Il n'est pas très joli, dit Gwen d'un ton d'excuse, mais je n'en avais pas d'autres qui me semblaient être à ta taille. Je le portais quand j'étais enceinte.

— Il est parfait ! s'écria Jessi. C'est un soutien-gorge, cela me suffit. Merci à vous deux. Du fond du cœur.

— Si tu dois rester quelque temps au château, nous t'emmènerons en ville faire quelques courses. Ou nous commanderons ce qu'il te faut sur Internet, si on ne peut pas sortir.

Jessi les regarda sans cacher sa gratitude. Elle faisait irruption dans leur vie, s'invitait dans leur demeure sans y avoir été invitée, et elles la recevaient avec tous les égards, s'inquiétant même de ne pas lui prêter un assez joli soutien-gorge !

— Merci encore, dit-elle, la gorge nouée par l'émotion.

— Il y a une salle d'eau après le hall, sur la gauche, dit Chloé. Tu y seras tranquille pour te changer.

Jessi acquiesça et quitta la pièce, impatiente d'ôter ses vêtements sales.

Lorsqu'elle regagna la bibliothèque, les McKeltar avaient pris place devant l'âtre. Ils avaient installé le miroir près d'eux, face à la cheminée, et l'avaient calé avec une ottomane afin de l'empêcher de glisser sur le parquet.

Cian se tenait debout dans le miroir, solidement planté sur ses jambes. Il portait le jean et le tee-shirt volés à Chicago, qui lui donnaient l'air d'un Hell's Angel médiéval.

Sur une petite table basse, Jessi remarqua un grand plateau sur lequel avaient été disposés des *scones* beurrés, une coupe de fruits frais, une assiette de fromages et un assortiment de viennoiseries, ainsi que trois pots fumants.

— Il y a du café dans le pot en porcelaine, du chocolat chaud dans celui en grès et de l'eau chaude pour le thé dans celui en argent, expliqua Gwen.

Affamée, Jessi se servit une tasse de café, prit un *scone* et s'assit sur un siège devant la cheminée. Après avoir fait sensation en appelant à lui le pot de chocolat et l'assiette de *scones*, Cian résuma sa situation à l'intention de ses descendants. Il leur expliqua qu'il avait été capturé dans le Miroir Sombre quelque onze siècles auparavant par un sorcier appelé Lucan Trevayne, lequel avait ainsi acquis l'immortalité.

— Voilà donc à quoi sert cet objet ! s'exclama Dageus.

Cian hocha la tête et poursuivit son récit par les mille cent trente-trois années passées sur le mur du bureau londonien de Trevayne. Il en vint ensuite au jour où, quelques semaines auparavant, un événement mystérieux s'était produit à Londres, annulant toutes les protections qui entouraient les possessions du sorcier, alors absent de chez lui. Un voleur s'était introduit dans la propriété et avait dérobé le Miroir Sombre, lequel était passé de receleur en négociant pendant plusieurs semaines, avant d'arriver entre les mains de Jessica.

Cian conclut en précisant que le Pacte maudit qui le liait au Miroir arrivait à échéance quinze jours plus tard et que, si la dîme n'était pas versée, il serait alors libéré de sa captivité. Il devait par conséquent rester hors d'atteinte de Trevayne durant ce laps de temps. Il sommait donc ses descendants de lui venir en aide et de protéger sa femme.

« Sa femme... » se répéta Jessi, dissimulant mal son ravissement.

— Et ensuite ? demanda Drustan. Que feras-tu, une fois que le terme sera échu sans que la dîme ait été versée ?

Cian appuya quelques instants son front contre l'intérieur du Miroir. Lorsqu'il releva la tête, une lueur assassine brillait dans son regard d'ambre.

— Je me vengerai du chien qui m'a volé ma vie.

Le silence s'installa dans la pièce.

Ce fut Dageus qui reprit la parole le premier.

— Tu as bien dit que la somme devait être payée en or une fois par siècle ?

Cian acquiesça d'un signe de tête.

— Et c'est toujours Lucan Trevayne qui l'a versée ?

De nouveau, Cian hocha la tête.

— Hum... dit Dageus, songeur. La vengeance est parfois à double tranchant, mon parent.

Cian haussa les épaules d'un geste indifférent.

— Peut-être, mais je suis prêt à courir le risque.

— Il est des sangs qu'il vaut mieux ne pas verser, répliqua Dageus.

— Ne t'imagine me connaître, Keltar. Tu ne sais rien de moi.

— À ta place, je ne le parierais pas.

— Et tu ignores qui est Lucan. Il doit mourir.

— Parce qu'il t'a capturé ? Il y a d'autres façons de lui faire payer les sévices qu'il t'a infligés.

— Que sais-tu de ce qu'il me doit ? Que sais-tu du prix d'une vie ?

— Plus que tu ne le crois, répliqua Dageus. J'ai utilisé le pouvoir des pierres levées. J'ai remonté le temps pour empêcher la mort de mon frère. Les treize âmes maudites du Draghar se sont emparées de moi et de mon esprit, et je...

— Par le sang du Christ, tu as utilisé les stèles de Ban Drochaid pour ton bénéfice personnel ? coupa Cian d'un air stupéfait. Tu bats la campagne, mon ami ! Même moi, j'ai toujours respecté cette interdiction !

— C'est bien la seule chose que tu sembles respecter, maugréa Drustan. Es-tu sorcier, oui ou non ?

Jessi tressaillit. Sorcier ou non, Cian était un homme bon. Elle voulut prendre sa défense, mais il ne lui en laissa pas le temps.

— J'ai pratiqué la sorcellerie, déclara-t-il d'un ton froid. On dirait que ton frère a lui aussi quelque peu égratigné le fameux serment des Keltar, à l'occasion...

Et voilà ! songea Jessi. Personne n'était parfait… Elle n'était pas certaine d'avoir bien compris ce qu'avait fait Dageus, mais à voir l'expression de Cian, ce n'était guère honorable…

— Dageus a agi par amour. Quant à toi, tu ne nous as toujours pas dit pourquoi ton corps est couvert de runes de protection, ni comment tu t'es fait prendre au piège dans le Miroir Sombre.

— Des runes de protection ? s'exclama Jessi. C'est donc ça ! De quoi sont-elles censées te préserver ?

Ce fut Chloé qui lui répondit.

— Elles servent à limiter les effets secondaires de la magie noire. J'ai lu pas mal de choses sur le sujet, récemment.

De la magie noire ? Dans quels sombres trafics Cian avait-il trempé ? Jessi n'osa pas poser la question en public. Mais une fois qu'ils seraient seuls…

Mal à l'aise, elle regarda Cian, qui fixait Drustan d'un air de défi, le sourire aux lèvres. Elle n'était pas certaine d'aimer ce sourire. Il était froid, cynique, effrayant. L'exact inverse des sourires tendres qui avaient éclairé son visage cette nuit, lorsqu'il lui faisait l'amour…

— Je ne reviendrai pas sur le passé, répondit enfin Cian, le regard toujours rivé sur Drustan. Ce qui est fait est fait. Tout ce qui compte, à présent, c'est d'empêcher Lucan de nuire.

— Mais pas nécessairement en le…

— Si, coupa Cian. Il est sur le point d'acquérir le Livre Noir. Il le cherche depuis le IXe siècle. Que sais-tu des Piliers des Ténèbres ?

Les yeux dorés de Dageus se plissèrent.

— Diableries que tout cela ! siffla-t-il entre ses dents.

— Précisément.

— Ce Lucan est à la recherche du Livre Noir *unseelie* ? demanda Dageus. Crois-tu qu'il ait des chances de mettre la main dessus ?

— Oui. Ce n'est qu'une question de temps... et pour lui, le temps n'est pas un problème. Du moins, pour l'instant.

— Attendez un instant ! intervint Jessi. Qu'est-ce que le Livre Noir *unseelie* ?

Il lui semblait à présent que Cian avait déjà employé ce terme, mais sur le moment, elle n'y avait pas prêté attention.

— Sais-tu qui sont les *Unseelie* ? lui demanda Drustan.

— Euh... des fées ?

Cela semblait ridicule, même pour elle, qui avait pourtant fini par admettre l'existence des druides, des sorciers et autres jeteurs de sorts. Pourtant, personne autour d'elle ne sembla trouver sa réponse idiote.

— On les appelle les faës, rectifia Gwen aussi calmement que si elle décrivait une intéressante variété de flore locale. Ils appartiennent à une race d'un autre monde – une civilisation considérablement plus avancée que la nôtre, également connue sous le nom de Tuatha Dé Danaan. Ils sont venus sur terre plusieurs milliers d'années avant Jésus-Christ et se sont établis en Irlande.

Jessi laissa échapper un petit cri de stupeur.

— Les Tuatha Dé Danaan ? On parle d'eux dans *Le Livre des invasions* ! Ils faisaient partie des races mythiques, avec les Fir Bolg et les Nemedians. D'après la légende, ils sont descendus du ciel sur un nuage de brume. Ne me dites pas qu'ils sont réels et qu'ils ont vraiment envahi l'Irlande !

— Ils sont réels, mais ils n'ont pas envahi l'Irlande, précisa Dageus. Ils y ont même été bien accueillis par les autochtones ; les querelles n'ont éclaté que bien plus tard. Bref, ils sont arrivés bien plus tôt que ne l'affirme *Le Livre des invasions*, et ils sont toujours là, même s'ils nous sont désormais invisibles. Les Tuatha Dé Danaan sont divisés en deux cours : celle des faës de lumière, les *Seelie*, que servent les Keltar, et celle des faës de l'ombre, les *Unseelie*, qu'il faut éviter à tout prix. Ils sont séparés, mais indissociables. Certains affirment que les *Unseelie* sont des créatures forgées par les *Seelie*, d'autres qu'il s'agit de *Seelie* ayant muté... En vérité, on n'en sait rien. On dit même qu'ils n'appartiendraient pas à la même race. Quoi qu'il en soit, tout le monde s'accorde sur le fait que là où l'un apparaît, l'autre n'est pas loin. Ils sont comme le Janus des Romains : deux visages sur une seule tête.

— Alors, ces faës sont venus dans notre monde, et ils ont apporté les... Piliers des Ténèbres avec eux ? demanda Jessi, incrédule.

— Les faës *unseelie*, précisa Dageus. Les *Seelie*, eux, étaient porteurs des Piliers de Lumière. Chaque cour dispose de ses propres objets de pouvoir. Selon la tradition, dans un lointain passé, les *Unseelie* étaient sous le contrôle des *Seelie*. Bien qu'ils évoluent autour de nous et, d'une certaine façon, fassent partie de notre monde, les *Unseelie*, de même que les *Seelie*, ne peuvent s'échapper de l'espace qui leur a été assigné. Il est écrit sur les anciens parchemins que peu après l'arrivée de Tuatha Dé Danaan, une révolte eut lieu au cours de laquelle certains *Unseelie* faillirent s'évader. Dans le désordre qui s'ensuivit, les Piliers qu'ils avaient forgés, parmi lesquels le Livre Noir, furent perdus. Voilà des millénaires qu'hommes et faës sont à la recherche de ces objets de pouvoir. D'après ce que l'on sait, le Miroir Sombre fut originellement créé pour enfermer les maîtresses mortelles d'un *Unseelie*. Avec le temps, l'objet a été détourné de sa fonction, comme bien des créations *unseelie*... Tu vois ces taches qui assombrissent la glace sur son pourtour ?

Jessi hocha la tête.

— On dit que le jour où suffisamment de dîmes auront été versées, le Miroir Sombre deviendra complètement obscur et qu'il se transformera en un objet de nature différente, doué de sensations.

Parcourue d'un frisson, Jessi chercha le regard de Cian.

— Le savais-tu ? demanda-t-elle.

— *Naye*. Raison de plus pour faire en sorte que le prochain paiement n'ait pas lieu.

— C'est effrayant, murmura Jessi en frissonnant de plus belle.

— C'est le mot, *lass*. Tous les objets *unseelie* le sont. Ils sont noirs, glacés, inhumains.

— Il fait froid, dedans ?

Jessi n'avait pas oublié la sensation glaciale qui s'était emparée d'elle le jour où elle avait posé la main sur la bordure sombre, le long du cadre.

— *Aye*. Parfois, c'est presque insupportable...

Puis il se tourna vers les jumeaux et expliqua :

— Lucan a déjà mis la main sur trois des Piliers des Ténèbres, mais le cambrioleur a volé l'Amulette Maléfique et la Cassette Obscure, en même temps que le Miroir. Je ne sais pas si Lucan a pu les récupérer. Ils peuvent se trouver n'importe où.

— À portée du premier venu ? Par le Christ ! s'écria Drustan.

— Qu'y a-t-il dans ce Livre Noir ? demanda Jessi. En quoi est-il si dangereux ?

— D'après ce qu'en sait le Draghar, expliqua Dageus, il contient des sorts de création de royaumes, des sorts de maîtrise du temps, et même des sorts de désintégration de mondes... Pire, on y trouve non seulement toute la gamme des sortilèges de magie noire, mais aussi les vrais noms de la plupart des faës les plus puissants – l'aristocratie *seelie* et *unseelie*.

— Je croyais que tu éprouvais les plus grandes difficultés à appréhender les souvenirs que le Draghar a laissés dans ta mémoire ? fit Drustan en scrutant le visage de son frère.

— Plus maintenant. J'ai l'impression d'avoir stocké treize livres de mille chapitres quelque part dans mon esprit – une sorte de bibliothèque où la vie de chacun des treize druides maudits serait consignée dans le moindre détail.

Comme c'était étrange ! songea Jessi. Dageus ne souffrait-il jamais de migraine, avec ces treize mémoires qui se bousculaient sous son crâne ?

— Je ne comprends pas, dit-elle. Pourquoi ces vrais noms sont-ils si effrayants ?

Ce fut Cian qui lui répondit.

— Celui qui connaît le vrai nom d'un Tuatha Dé Danaan détient une emprise totale sur ce faë et peut même lui ordonner de se détruire.

— Je croyais que les faës étaient immortels ?

— La plupart le sont, *lass*. Il est rare qu'ils meurent, et presque impossible de les tuer, mais cela peut arriver. Les faës sont dotés d'un pouvoir incommensurable. Toutefois, entre les mains d'un individu malfaisant, le Livre Noir pourrait devenir l'instrument du chaos, de la fin du monde – non seulement de celui-ci, mais de bien d'autres.

— Il n'y a aucune sorte de protection ? s'étonna Jessi.

— Si. Le Livre est composé de signes cryptés, dont on dit qu'ils changent chaque fois qu'on le ferme et qu'on l'ouvre. Malgré cela, Lucan a pu déchiffrer un certain nombre de codes, grâce à des copies de certaines pages. Il lui a fallu des années, mais il y est parvenu, et vous pouvez être sûrs qu'il recommencera avec le reste du Livre.

— Où était ce Livre Noir, durant tout ce temps ? demanda Chloé. N'avait-il pas disparu pendant des millénaires ?

— Lucan pense, et je suis de son avis, qu'un clan l'a trouvé et s'est érigé en gardien du Livre – de la même façon que le clan Keltar est celui de la tradition. Il a dû arriver malheur à ce clan, car d'après l'un des informateurs de Lucan, le Livre a réapparu récemment, et tous ceux qui l'ont vu sont morts. C'est cette même personne, qui a été assassinée peu avant le vol du Miroir, qui avait procuré à Lucan les copies de la couverture et de plusieurs pages intérieures, avant que l'ouvrage ne disparaisse de nouveau.

— Des témoins auraient récemment vu le Livre Noir de leurs yeux ? s'exclama Chloé.

— Exact.

— As-tu la certitude qu'il s'agissait du véritable ouvrage ? intervint Gwen.

Cian hocha la tête.

— J'ai pu voir ces copies ; Lucan m'a laissé les regarder dans son bureau, sans doute pour exciter ma curiosité et solliciter mon aide. Après tout, j'ai toujours été meilleur sorc… druide que lui.

— Rappelle-moi lequel de vous deux s'est retrouvé enfermé dans le Miroir ? demanda Dageus d'un ton sarcastique.

À ces mots, une expression féroce se peignit sur les traits de Cian.

— Je plaisantais, ajouta Dageus. Reprenons.

Avec un froncement de sourcils rageur, Cian poursuivit :

— Le Livre Noir est si puissant que le seul fait d'être exposé à sa présence peut rendre fou. Même les copies de ses pages vibraient d'énergie négative ! Ce n'étaient pas de simples parchemins… En ce qui me concerne, j'ai deux certitudes : il s'agit bien du Livre Noir, et Lucan s'en emparera tôt ou tard… C'est son but ultime, rien ne l'en détournera.

Il marqua une pause, pensif.

— J'ai vu ses pouvoirs s'accroître au fil des siècles. Cet homme ne respecte rien ni personne ; il n'a aucun sens de l'honneur. Je sais comment fonctionne son esprit. Je suis le seul à pouvoir l'arrêter.

— Il y a deux autres druides Keltar ici, mon parent, lui rappela Drustan d'un ton pincé. Je suppose que notre aide ne sera pas de trop.

— Tu ne sais pas de quoi tu parles ! Grâce au Miroir, Lucan est à présent immortel. Ni ton frère ni toi n'avez les moyens de l'éliminer. Je n'ai pas besoin de votre aide... à moins que vous ne vouliez vous tatouer, vous aussi ? ajouta-t-il d'un ton suave.

Drustan lui jeta un regard de mépris.

— Un homme fait ce qu'il doit faire, ou il n'en est pas un, commenta Cian.

— Voilà une affirmation des plus discutables, grommela Drustan. Pour ma part, je ne pense pas qu'il soit nécessaire d'en venir à une telle extrémité.

— Pauvre fou ! Tu ne sais pas de quoi tu parles. Laisse-moi m'occuper de Lucan et reste en dehors de tout ceci.

— Je refuse de croire que ce Lucan Trevayne soit plus puissant que nous.

Un sourire dédaigneux étira les lèvres de Cian.

— Le fameux ego des Keltar... grommela-t-il. Moi aussi, j'ai commis cette erreur. Je me suis cru plus fort que je ne l'étais, et voilà le résultat... Inutile de discuter, c'est moi qui réglerai son compte à Lucan. Tout ce que je vous demande, c'est de nous accorder l'hospitalité jusqu'à la nuit de Samhain et de me laisser ajouter quelques protections dès que le Miroir m'aura de nouveau libéré.

Dageus avait gardé le silence pendant l'échange qui avait opposé son frère à Cian.

— Je commence à comprendre ce que tu veux faire... murmura-t-il, le regard brillant.

Jessi rêvait-elle, ou Cian semblait soudain tendu ? D'un air trop décontracté pour être honnête, celui-ci répliqua :

— Je ne vois absolument pas de quoi tu parles.

— Vraiment ? C'est drôle, je suis persuadé du contraire.

— Tu ne peux pas pratiquer l'Écoute profonde sur moi, du moins pas tant que je maintiens ma vigilance, ce qui a été le cas depuis que je t'ai rencontré. Tu es bon, Dageus, mais pas autant que tu le crois.

— Peu importe. Ce qui compte, c'est que j'ai compris cette histoire de dîme.

— Il ne t'est pas venu à l'esprit que les connaissances que tu tiens des druides noirs pouvaient être inexactes ? Même eux faisaient des erreurs.

— J'ai puisé mon savoir à une autre source. Dans les volumes de la bibliothèque souterraine, alors que je cherchais un moyen d'échapper à l'emprise des treize. Je sais que tu les as lus, toi aussi.

— Vous ne pourriez pas être un peu plus clairs ? demanda Jessi, intriguée par les sous-entendus que dissimulait cet échange rapide et nerveux.

— Pas un mot, lança Cian d'un ton menaçant à Dageus. C'est une affaire d'hommes.

— Eh bien, moi, je pense qu'elle a le droit de savoir. L'enjeu est trop important pour lui cacher la vérité.

— Ça, ce n'est pas à toi d'en décider.

— Je n'aurais pas à en décider si tu lui avais parlé franchement.

— Parlé de quoi ? tonna Jessi, à bout de patience.

— Dageus, mêle-toi de tes affaires, menaça Cian.

— Je sais ce qu'elle représente pour toi, riposta Dageus sur le même ton. Elle a le droit d'être informée de ce qui se passe, et si tu ne le fais pas, c'est moi qui m'en chargerai. À toi de choisir.

Jessi leva les yeux vers Cian, saisie d'un mauvais pressentiment.

— Cian ? demanda-t-elle.

Le Highlander se tourna vers elle et la dévisagea longuement, sans un mot. Puis l'ombre d'une hésitation passa sur son beau visage fier, et Jessi le vit pivoter sur ses talons et s'enfoncer dans les profondeurs du Miroir.

La solide silhouette de Cian disparut de la surface argentée, ne laissant derrière elle qu'une série de cercles concentriques, semblables à ceux que crée une pierre lancée dans l'eau.

Jessi regarda le Miroir vide, perplexe. Quel terrible secret Cian cachait-il, pour se détourner ainsi d'elle sans un mot d'explication ?

— Quelqu'un peut-il m'expliquer ce qui se passe ? demanda-t-elle.

Une désagréable sensation s'était emparée d'elle – la certitude que ce qu'elle allait entendre ne lui plairait pas du tout.

Un chant s'éleva du Miroir, que Jessi avait déjà entendu dans d'autres circonstances. En un éclair, elle comprit ce qui allait se passer. Elle poussa un cri d'avertissement, mais trop tard. Déjà, le coutelas au manche serti de pierres précieuses avait jailli de la glace. Il traversa l'espace comme une flèche et se ficha dans le mur, à un millimètre de la tempe de Dageus.

— Je t'interdis de lui parler ! gronda Cian des profondeurs de sa geôle.

— Blesse un seul des miens, et je fais voler le Miroir en éclats, lança Drustan avec un calme effrayant. Si je n'étais pas certain que tu as volontairement raté Dageus, je l'aurais déjà fait.

Pour toute réponse, Cian émit un grognement d'animal blessé.

— Mais enfin, va-t-on me dire ce qui se passe ? demanda de nouveau Jessi, désespérée.

Dageus laissa échapper un soupir impuissant et se tourna vers elle.

— Tous les liens passés avec les Tuatha Dé Danaan doivent être régulièrement consolidés par de l'or, qu'il s'agisse de contrats *seelie* ou de pactes *unseelie*. Le Pacte qui engage les Keltar, par exemple, a été forgé dans l'or le plus pur ; il ne doit être renouvelé que si l'un de ses termes est modifié, ou s'il n'est pas respecté par l'une des deux parties. Mais la magie noire, qui fonctionne selon des règles contraires à la nature des choses, exige des versements plus élevés et plus fréquents. Comme l'a dit Cian, pour le Miroir Sombre, une dîme doit être payée chaque siècle, à minuit, à la date anniversaire du début de l'accord.

Un voile de tristesse ternit le regard doré de Dageus. Il sembla à Jessi qu'une sirène se déclenchait dans son esprit. Alerte rouge. Alerte rouge !

— Cian a été capturé la nuit de Samhain, *lass*. Si la dîme n'est pas versée par celui qui a pris l'initiative du contrat – en l'occurrence, Lucan – le 31 octobre à minuit pile, le serment sera violé, et toutes les années que Lucan et Cian ont indûment vécues seront considérées comme exigibles. Immédiatement et sans recours possible.

Un silence oppressant s'abattit sur la pièce.

— Je... je ne comprends p... pas, bégaya Jessi d'une voix blanche.

— Tu as très bien compris, Jessica, répondit Dageus avec douceur. Cian n'est rentré en Écosse que pour une raison : mourir. La voilà, sa vengeance. C'est la seule façon qu'il ait d'empêcher Lucan de s'emparer du Livre Noir et de l'arrêter définitivement dans ses ambitions. Lorsque l'échéance arrivera sans que la dîme soit payée, ils mourront tous les deux. Tout sera terminé. Le sorcier perdra son immortalité et disparaîtra sans qu'une goutte de sang soit versée. Cian n'a rien d'autre à faire que de rester hors de portée de Trevayne jusqu'au 31 octobre à minuit. Il a raison : c'est la méthode la plus simple et la plus efficace de régler le problème. Ensuite,

Drustan et moi pourrons nous mettre à la recherche du Livre Noir, afin de le rendre à ses gardiens ou d'en assurer nous-mêmes la protection.

Jessi regarda Dageus, muette d'horreur. Brusquement, tout ce que Cian lui avait dit depuis leur rencontre – c'était tant, et si peu à la fois ! – prenait une autre dimension. Elle secoua la tête, comme pour en chasser les images hideuses qui s'y pressaient. À présent qu'elle connaissait la vérité, celle-ci lui semblait si évidente qu'elle s'étonnait de ne pas l'avoir pressentie.

Pas une seule fois Cian n'avait évoqué ce qui se passerait une fois sa vengeance accomplie, même lorsqu'elle lui avait demandé quels étaient ses projets pour la suite. Pas d'allusions à ce qui lui ferait plaisir – organiser une grande fête, faire le tour du monde, s'asseoir au soleil une journée entière pour savourer sa liberté retrouvée…

Rien.

Maintenant qu'elle y pensait, il n'avait même pas parlé de tuer Lucan. Et pour cause ! Il n'avait jamais envisagé de le mettre à mort de ses mains.

Depuis le début, il savait qu'il ne serait pas libéré la nuit de Samhain.

Il serait mort.

Dans seize jours précisément, Cian McKeltar, l'amant magnifique qui l'avait rendue si heureuse cette nuit-là, le seul homme avec qui elle pouvait envisager l'avenir, celui en qui elle voyait déjà le père de ses enfants, ne serait plus qu'un petit tas de poussière vieux de mille cent soixante-trois ans.

Jessi se tourna vers le Miroir, mais celui-ci ne reflétait rien d'autre que son propre visage déformé par la douleur.

Cian avait disparu. Le lâche !

— Espèce de salaud ! s'écria Jessi, avant de fondre en larmes.

Quod not cogit amor ?
(Que ne ferions-nous par amour ?)

Martial, vers 40 – 104 après Jésus-Christ

23

Depuis la fenêtre ouverte de la Chambre d'Argent, Jessi regardait les alentours du château.

En contrebas, elle vit Cian traverser les vastes pelouses impeccablement entretenues. Il avait défait ses tresses, et ses longs cheveux ruisselaient en cascade sombre jusqu'au bas de son dos.

C'était un jour gris et lourd. D'épais nuages occultaient la ligne des montagnes à l'horizon, tandis qu'une petite pluie fine commençait à tomber, achevant de brouiller le paysage noyé dans la brume. Ici et là, des paquets de vapeur se formaient, dessinant sur les jardins des ombres fantomatiques.

Malgré la fraîcheur de l'air, Cian ne portait qu'un plaid noué autour de ses hanches étroites et une paire de bottes de cuir souple. On eût dit un *laird* des Highlands du IXe siècle arpentant son domaine.

Qu'il était beau ! songea Jessi, bouleversée.

Il saignait. Le cœur serré, elle laissa son regard suivre le sang qui coulait de sa poitrine, peu à peu délavé par la pluie. Son épaule et son bras droits portaient de nouveaux tatouages, et un voile rouge perlait des fines traces laissées par les aiguilles sur sa peau. Des runes couraient sur son torse, et lorsqu'il tourna à l'angle d'un chemin pavé, Jessi put voir que son dos aussi portait de nouvelles inscriptions magiques.

Des runes de protection. « Elles servent à limiter les effets secondaires de la magie noire », avait dit Chloé.

Absorbée dans sa contemplation, Jessi n'entendit pas que l'on entrait dans sa chambre et sursauta au son de la voix de Gwen, juste derrière elle.

— Il modifie la nature subtile du sol, expliqua la jeune femme. Il t'a vue à ta fenêtre et m'a demandé de venir te parler. Il préférerait que tu ne l'observes pas.

— Pourquoi ? demanda Jessi d'une voix monocorde.

Gwen poussa un soupir.

— C'est de la magie noire, Jessi. Cela peut avoir des répercussions assez négatives, mais même Drustan est d'accord pour que Cian y ait recours. Crois-moi, si Drustan accepte qu'on use d'un tel procédé sur le sol Keltar, cela veut dire que c'est vraiment indispensable.

Jessi sourit. Il y avait tant d'amour et d'admiration dans la voix de Gwen ! Elle-même aurait sans doute parlé de Cian avec les mêmes inflexions passionnées... Si la vie lui en avait donné le droit.

— Cela devrait neutraliser les pouvoirs de Lucan, s'il vient ici, poursuivit Gwen. Cian est persuadé qu'il tentera d'entrer dans le château.

— Et il n'y a vraiment aucun moyen d'éliminer ce monstre ?

— Non, Jessi. Le Miroir lui assure l'immortalité, tout comme à Cian. Au mieux, nous pouvons atténuer sa force sur le territoire Keltar. Il ne pourra ni jeter de sort, ni pénétrer dans le château.

Jessi hocha la tête.

— Pourquoi Cian ne veut-il pas que je le regarde ?

— Il entoure les murs du château d'un périmètre de protection très puissant. Apparemment, si un cadavre, ou tout objet mort, se trouvait dans le sol, le sort le réveillerait, jusqu'à ce que Cian procède à un rituel d'inhumation dans un autre endroit.

— Tu veux dire que sans les runes tatouées sur son corps, un macchabée ramené à la vie pourrait s'en prendre à lui ?

— Il n'a pas été très précis sur ce point, mais c'est effectivement ce que j'ai cru comprendre. En terre écossaise, Dieu seul sait où sont enterrés hommes et bêtes. Ce pays a connu une histoire mouvementée.

— Dieu… ou le diable, murmura Jessi en frissonnant.

Après les sorciers, les druides et la magie noire, songea-t-elle, voilà que les morts-vivants se mettaient de la partie ! Elle secoua la tête, désespérée. Alors qu'elle commençait à croire que les portes du paradis s'étaient enfin ouvertes pour elle, sa vie prenait soudain des airs de cauchemar éveillé. Non seulement l'homme qu'elle avait choisi n'avait plus que quinze jours à vivre, mais elle serait obligée d'assister à sa mise à mort, et elle serait aux premières loges.

Dageus et Drustan l'avaient assignée à résidence au château, dont elle ne pouvait sortir que sur autorisation expresse. Les deux frères craignaient en effet que Lucan ne tente de la capturer afin de l'utiliser comme appât pour reprendre Cian – à moins qu'il ne la tue froidement.

Si elle voulait vivre, elle n'avait d'autre choix que de rester au château et d'assister à l'anéantissement de l'homme qui tenait son cœur entre ses mains.

— Je ne devrais pas te le dire, mais je sais que Dageus et Drustan cherchent une autre solution, chuchota Gwen.

Comme Jessi l'interrogeait du regard, elle poursuivit :

— S'il existe un moyen de libérer Cian du Miroir et de vaincre Lucan, ils le trouveront.

Un rire amer échappa à Jessi.

— N'y vois rien contre ton mari et son frère, Gwen, mais Cian est bien plus qualifié qu'eux en matière de magie. S'il dit qu'il n'y a pas d'autre issue, il faut le croire.

— Tu n'as pas le droit de renoncer, Jessi. Il faut espérer.

— Il espère encore, lui ? demanda-t-elle en désignant Cian du menton.

— Il ne voit pas d'autre solution, et il fait ce qu'il pense être son devoir. Quant à Drustan et Dageus, tu serais surprise de voir ce qu'ils sont capables d'accomplir, à eux deux. Fais-leur confiance, d'accord ? Et cesse d'en vouloir à Cian. Moi aussi, à ta place, je serais furieuse que l'on m'ait menti comme il l'a fait, mais il a des circonstances atténuantes.

— Ah, oui ? J'aimerais bien savoir lesquelles ! riposta Jessi sans cacher son amertume.

— Quel âge as-tu, Jessi ? Une vingtaine d'années ?

— Vingt-quatre.

— Vingt-quatre ans, répéta Gwen. Par conséquent, Cian a vécu… environ quarante-sept fois le temps que tu as déjà passé sur terre enfermé dans un miroir, sans aucun espoir de s'en échapper, sans nouvelles de sa famille, persuadé que Trevayne avait tué tout son clan. Pendant plus d'un millénaire, sa seule raison de vivre a été la volonté de se venger un jour de celui qui lui faisait subir un tel calvaire. Et tu t'étonnes qu'il soit prêt à donner sa vie pour débarrasser le monde de Lucan Trevayne ? Ce qui m'étonne, moi, c'est qu'il ne soit pas devenu fou.

Les paupières de Jessi se mirent à la brûler. Comme si elle n'avait pas déjà pleuré toutes les larmes de son corps la veille, après avoir appris la terrible vérité ! Lorsqu'elle avait fini par comprendre le sort qui attendait Cian, elle s'était ruée hors de la bibliothèque, aveuglée par ses larmes, mais Dageus l'avait rattrapée pour l'emmener dans la Chambre d'Argent. Là, elle s'était jetée sur le lit en sanglotant et avait donné libre cours à son chagrin. Dans l'après-midi, elle avait sombré dans un sommeil lourd et peuplé de cauchemars.

Le pire, c'était que malgré sa colère contre Cian – et le peu de cas que, visiblement, il faisait de ses sentiments –, elle n'avait qu'une envie : dévaler l'escalier et retourner dans la bibliothèque pour poser la main sur la surface glacée du Miroir, dans l'espoir que Cian lui accorde au moins un signe, un regard, en souvenir des instants de bonheur absolu qu'elle avait vécus dans ses bras.

Elle se serait contentée de toucher la glace, à défaut de le toucher, lui. Elle se serait contentée des miettes de son bonheur fracassé en plein vol...

Bien sûr, elle savait que Gwen avait raison. Elle s'était fait les mêmes réflexions la veille, après un réveil douloureux. Cependant, cela n'allégeait en rien sa peine.

Elle avait lu un jour dans un magazine l'histoire d'une infirmière qui s'était éprise d'un patient qui n'avait plus que quelques mois à vivre. Elle se rappelait avoir trouvé ridicule cette pauvre fille qui avait été incapable de se détourner de son malade avant de s'amouracher de lui. À sa place, elle aurait demandé à des collègues de s'occuper de ce patient. Elle se serait intéressée à un autre. Elle aurait su se protéger contre la souffrance.

Un petit rire amer lui échappa.

L'infirmière, elle, avait eu plusieurs mois. Elle n'avait que deux semaines.

— Je voudrais être seule, s'il te plaît.

— Écoute, Jessi, je sais que nous ne nous connaissons pas très bien, mais...

— Tu peux aller dire à Cian que je ne le regarderai plus. Et maintenant, laisse-moi.

Avec des gestes d'automate, elle ferma la fenêtre, abaissa le loquet et tira les lourdes draperies de soie grise, plongeant la chambre dans la pénombre.

Derrière elle, elle entendit le déclic de la porte que l'on refermait.

Lucan passa ses doigts dans ses cheveux pour les ramener en arrière. Ses paumes étaient brûlantes, ses ongles noircis.

Calmement, il enjamba le corps carbonisé de Hans, d'où se dégageait une odeur désagréable. Tout en longeant d'un pas tranquille l'allée qui séparait le comptoir du pub de la rangée de box aux sièges de cuir rouge, Lucan murmura une suite d'incantations destinées à soustraire à la vue des clients le cadavre racorni de Hans, ainsi que sa propre personne.

Il y avait des siècles que les tatouages qui couraient sur tout son corps avaient recouvert son visage, jusqu'à ses lèvres et sa langue, le rendant bien trop facile à remarquer. Même ses ongles avaient été arrachés afin que ses doigts puissent être intégralement tatoués. Ses paupières avaient suivi, puis l'intérieur de son nez, et enfin, ses parties intimes.

Il avait concédé aux runes tout le terrain possible.

À présent, il regrettait d'avoir accepté de retrouver Hans dans ce pub. Depuis quelque temps, ses employés avaient une fâcheuse tendance à ne vouloir le rencontrer que dans des lieux publics. Les naïfs ! Comme si cela pouvait changer quoi que ce soit...

Cian McKeltar s'était effectivement réfugié en Écosse. Lucan le savait. Le Highlander voulait mourir sur son sol natal. Cela aussi, Lucan le savait.

D'après Hans, le château où Cian avait autrefois vécu était toujours occupé par des McKeltar – Christopher et Maggie, ainsi que leurs enfants –, mais ce n'était pas cette propriété qui intéressait Lucan.

C'était l'autre, celle qui avait été construite sur une autre portion du domaine McKeltar vers le XVIe siècle, et dont Lucan venait seulement d'apprendre l'existence.

Ce château-là était habité par deux jumeaux, des McKeltar également, dont les prénoms étaient étrangement anciens.

Dageus et Drustan.

D'où sortaient ces deux-là, et comment avaient-ils fait pour échapper ainsi à son attention ? Certes, après la capture de Cian, il s'était rapidement détourné de ce coin perdu d'Écosse où l'on ne voyait que des pierres et de la bruyère. Tout de même, il aurait dû savoir…

Selon les informations de Hans, c'était là, au château Keltar, que se trouvait le Miroir. Un couple répondant à la description de Cian et de la fille Saint-James avait été vu à Inverness. Malgré la confusion du témoin principal – un vendeur d'articles de camping sans doute victime de la Voix – que Hans avait interrogé, il apparaissait qu'un Keltar jusqu'alors inconnu de Lucan, l'un des jumeaux, Dageus, avait quitté la ville au volant d'un 4 × 4 contenant un miroir de grandes proportions. L'employé se souvenait de l'objet parce que « le type aux tatouages », visiblement très nerveux à l'idée que le miroir soit cassé, l'avait soigneusement emballé dans une couverture avant de l'autoriser à charger ses achats dans la voiture.

Rien ne se déroulait comme prévu.

Selon les prévisions de Lucan, Cian aurait dû prendre la route des collines. C'était là, dans la lande sauvage et désolée, sans le moindre témoin, qu'aurait eu lieu l'affrontement. Non dans un château probablement saturé de sorts et protections de toutes sortes…

De plus, Lucan avait prévu d'affronter un McKeltar, pas trois ! Si encore il avait su de quoi étaient capables les deux autres…

Derrière lui, les restes calcinés de Hans fumaient encore. On n'allait pas tarder à s'apercevoir de la présence du corps qui avait roulé à terre. Des femmes hurleraient, des hommes se précipiteraient, la police investirait les lieux. Lucan pressa le pas, impatient de quitter le pub, bondé à cette heure de sortie des bureaux.

La mort de Hans était assez fâcheuse. Lucan avait encore besoin de lui pour d'autres tâches. Hélas ! Il ne maîtrisait pas la force létale qui était en lui. De temps à autre, cette puissance qui courait dans ses veines se manifestait spontanément, comme animée d'une volonté propre, et les tatouages rituels qui couvraient son corps ne parvenaient plus à en atténuer les effets. La foudre jaillissait, carbonisant sur son passage celui ou celle qui avait le malheur de croiser alors son chemin.

Comme Hans, ce soir-là.

En un sens, Lucan trouvait cela plutôt rassurant. Qui, sinon le plus grand des sorciers, pouvait posséder un tel pouvoir ?

Dans quatorze jours, il serait fixé.

Un rire de triomphe jaillit de ses lèvres tatouées. L'issue du combat était connue d'avance !

Derrière lui, un cri d'horreur s'éleva. Lucan haussa les épaules, s'éloigna du pub et s'engagea dans une petite rue de ce vieux quartier de Londres, sur lequel tombait déjà la fraîcheur du soir.

Il allait rentrer chez lui et tenter une fois de plus de contacter la fille Saint-James sur sa messagerie électronique. Ses derniers essais étaient restés vains, mais il pressentait qu'elle représentait le maillon faible dans la trame qui entourait McKeltar.

Les femmes étaient des êtres faibles ; il y avait toujours un moyen de les asservir. Le tout était de trouver la faille et de l'exploiter. Le Highlander allait payer pour tout le temps qu'il lui avait fait perdre en le détournant de son grand projet...

Ce matin-là, un drôle de type avec de longs cheveux cuivrés et des yeux dorés pétillants de malice était venu le voir – un soi-disant expert en cryptologie qui affirmait pouvoir déchiffrer le Livre Noir. Lucan avait détesté son arrogance, qui trahissait probablement un authentique pouvoir personnel ou, à tout le moins, la certitude d'être protégé par quelque sorcier puissant.

Le premier réflexe de Lucan avait été de le faire disparaître. Combien de fois avait-il été importuné par un apprenti venu solliciter son parrainage ou un espion à la solde d'un rival jaloux ? C'étaient là des engeances qu'il ne supportait pas.

De façon générale, tous ceux qui avaient vent de son existence et parvenaient jusqu'à lui en dépit des multiples précautions qu'il prenait pour se dissimuler représentaient un danger potentiel à éliminer.

Cette fois-ci, pourtant, il avait retenu sa première impulsion. L'homme aux yeux d'or prétendait avoir vécu parmi les faës et connaître les runes inscrites sur les Piliers. De plus, il semblait parler la langue des Tuatha Dé Danaan et avait manifesté une intime connaissance des cours *seelie* et *unseelie*.

Qui que soit cet individu, Lucan avait décidé de ne pas le tuer tant qu'il ne lui aurait pas arraché les précieuses informations qu'il pouvait lui apporter. Mais il lui faudrait du temps pour le sonder en profondeur, et pour l'instant, sa priorité était de remettre la main sur le Miroir. Lucan avait été obligé de maîtriser son impatience et de laisser l'homme repartir, en lui promettant de le recontacter rapidement.

Oh, oui, Cian allait payer... Non content de lui avoir fait perdre du temps, il l'avait obligé à mobiliser toutes ses ressources à un moment crucial de son plan. Les hommes qu'il avait fallu lancer à sa recherche étaient autant d'énergies perdues dans sa quête du Livre Noir, à présent presque à portée de main.

Les heures de liberté de l'arrogant Keltar étaient comptées. Quand Lucan aurait récupéré le Miroir, il le ferait accrocher dans une profonde caverne, face contre la roche. Il ne l'avait conservé dans son cabinet de travail que pour l'amusement que cela lui procurait et pour avoir le Highlander à disposition lorsqu'il avait besoin de son aide, mais dès que le Livre Noir serait en sa possession, il pourrait se passer des services du druide.

Cian McKeltar irait pourrir en enfer – le plus profond, le plus froid, le plus noir que Lucan pourrait trouver pour lui.

24

En temps normal, Jessi se serait repliée sur elle-même pour lécher ses blessures, telle une bête blessée.

Seulement, on n'était pas en temps normal.

Si elle continuait à se lamenter sur ses malheurs, elle risquait d'avoir ensuite de bien meilleures raisons encore de pleurer !

Cian avait fini d'installer ses protections rituelles, à moins qu'il n'ait été rappelé par le Miroir Sombre. Quoi qu'il en soit, des rires et des éclats de voix résonnaient à présent dans les jardins du château – ceux de l'équipe de jardiniers occupés à tailler les haies.

Jessi se leva et entrouvrit les lourds rideaux de soie argentée. Les rayons du soleil couchant se frayaient avec peine un chemin à travers les nuages chargés de pluie, dans un paysage noyé de brume.

Il était plus tard qu'elle ne l'avait cru. Elle avait passé la journée assise sur le lit, le regard perdu dans le vide, à ressasser des idées moroses et des questions sans réponses. Cian était-il un authentique salaud ou un homme désespéré ? L'avait-il aimée, ou juste désirée ?

Ce n'était pas en restant dans sa tour d'ivoire qu'elle le saurait. De plus, elle était lasse d'en revenir sans cesse aux mêmes conclusions déprimantes. Qui sait, peut-être cela l'aiderait-il à voir plus clair si elle parlait un peu avec Cian ?

Sans réfléchir plus longtemps, elle prit le chemin de la bibliothèque.

Debout devant l'âtre, Cian achevait de refaire ses tresses. Il fit glisser les dernières perles sur ses mèches en les écrasant entre ses doigts pour les refermer, puis il prit ses bracelets, qu'il avait laissés sur la cheminée, et les remit à ses poignets. Un sorcier ne gardait aucun élément métallique sur son corps lorsqu'il s'adonnait à la magie noire.

Le rituel avait été effectué, les incantations prononcées. Le château était à présent aussi bien protégé que possible. Cian avait trouvé une ou deux choses mortes, traces d'anciennes cérémonies de moindre puissance, qu'il avait ôtées avant de placer ses propres marques de protection.

Le sol Keltar était sain et doté d'un haut niveau énergétique, et le rite qu'il avait accompli n'avait fait que renforcer ce pouvoir pour le porter à un degré presque palpable. En traversant la pelouse pour rentrer dans le château, Cian avait senti vibrer sous ses pieds la formidable puissance qui montait de la terre.

Dans ce sanctuaire, Lucan serait réduit à l'impuissance.

Après avoir achevé sa tâche, Cian était rentré prendre une douche et informer ses descendants qu'il avait accompli sa mission de la journée. Il avait trouvé les jumeaux et leurs épouses installés dans la bibliothèque, devant une bonne flambée.

Tout ici lui rappelait sa folle nuit d'amour avec Jessica. Pendant la journée, Cian avait réussi à concentrer ses pensées sur le travail en cours, mais dans ce lieu chargé de brûlants souvenirs, sa tendre *lass* envahissait son esprit.

— Comment va Jessica ? demanda-t-il à la ronde.

— Elle est furieuse, dit Chloé.

— Et blessée, ajouta Gwen.

— Que croyais-tu ? demanda Drustan d'un ton sec. Qu'elle ferait des bonds de joie en découvrant que tu n'avais aucun avenir à lui offrir ? Tu n'as donc aucun sens de l'honneur !

Cian ne répondit pas. À quoi bon se justifier devant Drustan et les autres ? Seul comptait le jugement de la femme qu'il aimait. D'ailleurs, cela ne changeait pas grand-chose. Il avait agi, en son âme et conscience, de la seule façon possible, et n'y aurait rien changé si cela avait été à refaire.

Tout ce qui le sauvait du désespoir, c'était le souvenir des instants de bonheur absolu qu'ils avaient partagés… et l'espoir de revivre la même passion, soir après soir, jusqu'au jour où il ne serait plus qu'un tas de poussière dispersé par le vent sur les collines des Highlands.

Si Jessica voulait encore de lui malgré le mal qu'il lui avait fait.

— Où est-elle ?

Par chance, le Miroir ne l'avait pas encore repris. À présent que le travail était achevé, Cian n'avait pas l'intention de gaspiller la moindre précieuse minute loin de Jessica.

Au même instant, la porte de la bibliothèque s'ouvrit, et Jessica passa la tête dans l'entrebâillement. Elle portait un de ces jeans à la mode du XXIe siècle, taillé bas sur les hanches, révélant la lisière de sa peau de nacre, et ses seins ronds tendaient son pull de lainage aux mailles larges.

Cian serra les poings, incapable d'endiguer le flot de désir qui l'envahissait, aussi soudain et violent qu'une crue de printemps dans la montagne. Il lui semblait qu'il ne l'avait pas touchée depuis une éternité.

Manifestement, elle ne l'avait pas vu, car elle demanda à Gwen :

— Sais-tu où…

Puis son regard croisa celui de Cian, et elle se mordit les lèvres d'un air gêné.

— Oh, tu es là ?

Une fois de plus, il tenta d'écouter ses pensées. Et une fois de plus, sa volonté se heurta à la barrière froide qui lui en interdisait l'accès. Alors, il étudia le langage de son corps.

Son regard troublé, ses joues en feu, ses seins qui pointaient sous le fin lainage... Il n'en fallait pas plus à Cian. Elle le désirait autant que lui.

En trois enjambées, il franchit l'espace qui les séparait. Arrivé à sa hauteur, il posa une main sur son épaule, la fit reculer vers le couloir, sortit de la bibliothèque et referma la porte derrière eux.

Enfin seuls !

Le vaste couloir baignait dans la faible lueur rouge des derniers rayons du couchant, qui filtraient par le vitrail d'une fenêtre.

Plus brusquement qu'il ne l'aurait voulu, Cian plaqua Jessica contre le mur. Elle était chaude et douce contre lui, et de son corps montait l'entêtant parfum d'une femme amoureuse. Quant à lui, ses reins étaient en feu. Il n'attendait qu'une chose : l'instant de bonheur où il plongerait de nouveau en elle.

— Espèce de salaud ! gémit Jessica.

Dans sa jolie bouche, ces mots perdaient toute vulgarité, songea-t-il, attendri.

— Je sais.

Cian réprima un soupir de nostalgie. Si seulement il avait rencontré Jessica plus tôt, avant le soir fatidique où Lucan avait frappé à la porte de son château, jamais il n'aurait ouvert au sorcier. Ce soir-là, il aurait été dans sa chambre en compagnie de sa femme, avec un ou deux bébés au berceau non loin du lit conjugal...

Alors, aucun sortilège, aucune incantation n'aurait pu le détourner de son destin. Il ne serait pas parti sur les chemins aux côtés de Trevayne, n'aurait pas atteint les rivages de l'Irlande…

Et jamais, jamais, il ne se serait faufilé dans le petit village de Capscorth par un matin de printemps pour en sortir au soir, les mains souillées du sang de tous ses habitants.

Oui, il était un salaud. Bien plus que Jessica ne le pensait.

Elle s'était donnée à lui sans savoir qu'il était condamné, et elle lui en voulait pour cela. Il en était conscient, il aurait dû lui dire la vérité avant cette nuit-là. Elle avait le droit de choisir, mais ce droit, il ne le lui avait pas accordé.

Il n'en avait pas eu le courage.

Dès l'instant où il avait posé les mains sur sa peau, lorsqu'il s'était jeté devant elle pour la protéger de Roman, dans ce bureau d'une lointaine université américaine, il avait compris ce qui se passait.

L'instant qu'il avait attendu si longtemps était arrivé…

Autrefois, il avait cru que trente années d'attente, c'était déjà trop long. S'il avait su alors qu'il devrait encore patienter mille cent trente-trois ans avant de rencontrer celle qui lui était destinée de toute éternité… et qu'il n'aurait que vingt jours, pas un de plus, pour vivre avec elle une vie entière d'amour et de bonheur !

Oui, il avait compris tout cela ce fameux soir, à Chicago. À la seconde où il l'avait touchée, une phrase s'était imposée à son esprit.

Elle est pour moi.

Quatre petits mots qui mettaient fin à plus de mille ans d'attente.

Jusqu'à présent, il était resté aveugle à cette vérité. Le simple fait d'admettre qu'il avait enfin rencontré son âme sœur, la seule femme à qui il pourrait s'unir, aurait risqué d'affaiblir sa détermination.

Cian McKeltar n'était pas un faible.

Il décidait. Il agissait.

Et il payait pour ses actes, quel qu'en soit le prix. En ce qui concernait le péché qu'il avait commis, seule son âme pourrait le racheter… et encore n'était-il pas certain que cela suffirait.

— Tu m'as menti !

— Je sais, répéta-t-il.

Ce qu'il savait, surtout, c'était qu'elle aurait dû être à lui mais qu'elle en épouserait un autre, porterait les enfants d'un autre, vivrait sans lui sa vie de femme. Alors, il avait tout fait pour qu'elle ne l'oublie jamais. Au moins aurait-il conquis un peu de son cœur…

— Je te hais !

— Je sais, dit-il pour la troisième fois.

— Tu n'as rien d'autre à dire pour ta défense ?

— Si, répondit Cian en prenant son visage entre ses mains pour la regarder droit dans les yeux. Quatorze jours. C'est tout ce que j'ai à te donner. Je n'ai pas de temps pour les excuses ou les jérémiades.

— Pourquoi ?

— Parce que dès l'instant où je t'ai vue, je t'ai aimée. Parce que je sais que dans une autre vie, tu aurais été ma femme, que j'aurais consacré mon existence à t'adorer et à te faire des enfants, et que jamais je n'aurais touché à la magie noire. Parce que je t'aurais aimée jusqu'à la fin des temps, Jessica McKeltar. Mais cette vie-là ne nous a pas été offerte. Alors, je te prends comme la vie te donne à moi. Et je ne vois pas de raison de m'en excuser.

Jessica cessa soudain de se débattre. Elle plissa ses grands yeux de jade, comme si elle cherchait à sonder son esprit.

— Tu… tu m'aimes ? murmura-t-elle avec une timidité d'adolescente qui la rendait plus bouleversante encore.

— *Aye*.

Les forces de Cian vacillaient, comme si une barrière en lui venait de céder.

— *Och, lass*, murmura-t-il, je regretterai pour l'éternité chaque larme que tu as versée à cause de moi, mais si je dois brûler à jamais dans les flammes de l'enfer pour ces vingt jours passés avec toi, je me damnerai encore et encore.

Jessi ferma les yeux et appuya sa tête contre le mur. Cian attendit, sans un mot, observant son fin visage pour en graver chaque courbe dans sa mémoire. Ses lourdes boucles noires, ses paupières de nacre, son petit nez impertinent, ses lèvres roses délicatement ourlées et son menton menu, qu'elle redressait d'un air de défi à la moindre contrariété... voilà l'image qu'il emporterait avec lui à l'heure de sa mort.

Il lui semblait à présent qu'il avait toujours eu ce visage à l'esprit. Qu'il le connaissait avant de rencontrer Jessica et avait guetté son apparition toute sa vie.

Mais elle n'était pas venue, et il avait cessé de croire à la légende des âmes sœurs des Keltar.

Et il avait sombré dans la magie noire.

— Tu es à moi, murmura-t-il avec adoration.

Elle battit des cils, et ses paupières s'ouvrirent sur ses prunelles couleur de jade. Dans ses yeux, Cian discerna de la douleur, de la colère... mais aussi de la compréhension.

— Quel dommage ! dit-elle en secouant sa jolie tête.

D'un haussement de sourcils, il l'invita à poursuivre.

— Que tu ne m'aies rien dit plus tôt. Je me serais donnée à toi dès le premier jour.

Cian tressaillit de douleur. Avait-elle besoin de remuer ainsi le couteau dans la plaie ? Puis il comprit qu'elle venait de lui donner l'absolution qu'il n'espérait plus. Son cœur se gonfla de fierté. Elle était bien digne d'être la femme d'un guerrier tel que lui !

— Alors, prends tout ce que tu pourras de moi, Cian, poursuivit-elle. Prends-le sans regret, puisque de toute façon, ce ne sera jamais suffisant.

— Je sais, mon amour. Je sais...

Et il fit ce qu'elle lui demandait. Il la prit, là, contre ce mur, sans attendre.

Jessi n'éprouvait plus la moindre réserve. Elle se donna à Cian corps et âme, comme si cet instant était leur dernière fois.

« Dans une autre vie, tu aurais été ma femme, avait-il dit. Je t'aurais aimée jusqu'à la fin des temps, Jessica McKeltar... » Ces mots-là, elle les avait attendus depuis le soir où elle avait posé les yeux sur lui, mais pas un instant elle n'avait imaginé les entendre un jour.

Voilà que le rêve prenait vie... et qu'il lui fallait y renoncer aussitôt.

D'une certaine façon, elle aurait préféré qu'il ne lui dise rien. Cela lui aurait permis de continuer à ne voir en lui qu'un odieux personnage. C'était tellement plus confortable de haïr un homme que de le pleurer !

Désormais, plus moyen de détester Cian. Il avait prononcé les mots qui ouvraient les portes de son cœur. La colère de Jessi s'était envolée, ne laissant en elle que d'insondables regrets... et une formidable envie d'aimer Cian de toute son âme et de consumer dans la passion chaque instant qui leur serait donné.

Elle ne laisserait pas le chagrin dévorer le peu de bonheur auquel elle avait droit. Elle porterait le deuil plus tard. Pour l'instant, Cian était là, avec ses mains chaudes, son odeur d'homme et son insatiable appétit d'elle...

Lorsque Jessi se réveilla, il faisait nuit et elle se trouvait dans une chambre. Seule.

S'étant finalement souvenus qu'ils étaient dans un lieu de passage, Cian et elle s'étaient réfugiés dans la première chambre venue – manifestement, le château n'en manquait pas.

Elle s'étira voluptueusement entre les édredons moelleux, l'esprit encore plein de ses ébats avec Cian. Une pensée désagréable, tel un insecte importun, semblait voleter autour d'elle, mais elle la repoussa fermement.

Elle voulait vivre dans l'instant, savourer chaque minute sans penser à ce que l'avenir lui réservait. Elle s'était endormie entre les bras puissants de son amant, bercée par les battements de son cœur. Au moins ce bonheur-là lui aurait-il été donné une fois dans sa vie...

Si elle l'avait pu, elle aurait consacré un coin de sa mémoire à chaque minute passée avec Cian – un sanctuaire dans lequel elle aurait pu se recueillir plus tard, lorsque Cian serait... Non, elle refusait de prononcer ce mot, fût-ce en pensée.

Pressée de retrouver Cian, elle s'habilla en hâte et courut à la bibliothèque. Elle ne voulait pas perdre une seule précieuse minute de sa présence. Elle remonta le couloir plongé dans l'obscurité, poussa la porte de la bibliothèque... et se figea, envahie par une peur panique.

Le Miroir avait disparu.

— Nous l'avons déplacé, dit une voix masculine depuis les profondeurs obscures de la pièce.

Elle plissa les yeux et scruta la pénombre. Qui était là ? Drustan ? Dageus ?

— C'est Dageus, dit ce dernier lorsqu'elle posa la question. Dis-moi, *lass*, puisque nous avons quelques instants... Il y a une chose qui m'intrigue. Comment se fait-il que je ne puisse pas lire dans tes pensées ?

— Ah ? Cian non plus n'y arrive pas. Je suppose que c'est lié à la plaque de métal que je porte sous la peau, pour souder les os de mon crâne. J'ai eu un accident quand j'étais jeune.

Dageus émit un petit rire.

— Alors, comme cela, le puissant Cian McKeltar ne peut pas pratiquer l'Écoute profonde sur toi... Je suppose que c'est ce qui pouvait vous arriver de mieux.

— Il dit que sa magie n'a aucune prise sur moi.

— Tiens ? fit Dageus, songeur. Très intéressant...

Jessica se retint de tout commentaire désagréable. Pour sa part, elle n'était pas certaine que leur situation était « ce qui pouvait leur arriver de mieux », mais Dageus leur avait offert l'hospitalité, et il n'était en rien responsable de leurs problèmes.

— Comment vas-tu, Jessica ? demanda Dageus.

Une curieuse question, étant donné les circonstances, à laquelle Jessi fut tentée de faire une curieuse réponse – « Je me sens plus heureuse et plus vivante que jamais, et en même temps, il me semble que je marche vers ma propre mort. » Elle se contenta de répondre par une autre question.

— Où est le Miroir ?

— Dans le grand hall, à la demande de Cian. Quand j'ai fait construire ce château, j'ai enterré quatre pierres de protection sous le dallage de l'entrée, à chaque point cardinal. Cian a perçu leur pouvoir et a voulu que le Miroir soit installé là. Nous l'avons déposé sur le premier palier de l'escalier.

Puis, après une courte pause, il ajouta d'un ton plus grave :

— Il est décidé à se venger et à empêcher Lucan de le reprendre. Je te donne ma parole que nous ferons tout pour l'y aider.

Quelque chose disait à Jessi que Dageus n'approuvait pas sans réserve les projets de son aïeul, mais elle pressentait également que la solidarité envers son clan l'emporterait.

— Merci, dit-elle simplement.

Sans un mot de plus, elle quitta la bibliothèque.

Vingt minutes plus tard, roulée en boule dans une couverture au pied du miroir, Jessica leva les yeux vers Cian, de l'autre côté de la glace.

— Bonne nuit, Cian.

— Dors bien, ma Jessica. Fais de beaux rêves.

Jour J moins quatorze : ce soir, nous nous couchons en nous souhaitant bonne nuit, comme un couple marié depuis des années.

D'accord, elle était sur le carrelage froid du palier, et lui enfermé dans un miroir. Et alors ? Ce serait tout de même un beau souvenir !

25

Jour J moins treize : aujourd'hui, nous nous sommes embrassés dans les cent cinquante-sept pièces du château (y compris les salles de bains, débarras et celliers).

Jour J moins douze : à minuit, pique-nique au clair de lune dans la roseraie du château. Au menu, saumon fumé, foie gras et profiteroles au chocolat, avec trois vins différents (ouh ! Ma tête !). Puis nous nous sommes baignés, nus, dans les bassins du jardin, et nous avons fait l'amour sous le jet d'eau.

Jour J moins onze : avons chassé les marmitons des cuisines pour préparer de la fondue au chocolat et de la crème chantilly (par pudeur, je ne préciserai pas l'usage exact que nous avons fait de ces ingrédients).

Jour J moins dix : aujourd'hui, visite de Lucan Trevayne.

À un pas de l'invisible frontière qui le séparait des terres protégées des Keltar, Lucan scrutait le château avec attention. Il avait pris soin, jusqu'à présent, de demeurer dans les limites du sol marqué de son propre sceau. Prenant une profonde inspiration, il s'avança et entra dans l'espace des Keltar.

Aussitôt, une désagréable vibration se fit sentir sous ses pieds. Ici, la terre était chargée d'une énergie puissante, en totale opposition avec la sienne.

Il lui avait fallu la nuit entière, et l'aide d'une douzaine d'assistants bien entraînés, pour accomplir tous les rituels de protection sur cette portion de terrain. Ne restait qu'à espérer que cet espace suffirait à l'accomplissement de son projet...

Sa limousine était stationnée près de là, au cas où il devrait battre en retraite précipitamment. Une lune pâle baignait le paysage, allumant des reflets d'argent sur les toitures du château Keltar, deux cents mètres en contrebas.

Cian s'était contenté de protéger les environs immédiats du château. Par manque de temps et de ressources, estima Lucan, mais aussi parce que cela n'était pas utile. Lucan ne pouvait s'approcher des bâtiments, car il se heurtait à la puissante barrière énergétique créée par Cian. Ce dernier savait très bien ce qu'il faisait...

Tant que Lucan demeurerait à l'extérieur de ce périmètre, le captif du Miroir Sombre ne pourrait user de sorcellerie contre lui. Tant que celui-ci resterait à l'intérieur, Lucan ne pourrait lui jeter aucun sort. Cette situation risquait de durer un certain temps... à moins que l'un d'eux ne franchisse la ligne, dans un moment de colère ou d'étourderie.

Lucan secoua la tête, dubitatif. Ils étaient tous les deux trop aguerris pour commettre une telle erreur de débutant !

Il aurait pu provoquer le Highlander et lui proposer un duel de sortilèges, mais il n'aimait pas cette solution. Il n'aurait pas parié sur l'issue d'un combat de sorcellerie contre Cian, qui avait été à son époque le plus fort des druides, et un sorcier exceptionnel.

Pas question de courir le risque de se retrouver pris au piège d'un enchantement, telle une mouche dans une toile d'araignée ! Bien sûr, si cela lui arrivait, il finirait un jour ou l'autre par s'en libérer, mais dans combien de temps ?

En outre, de là où il se trouvait, il pouvait sentir le pouvoir des deux autres Keltar, dont il ne savait rien sinon qu'ils étaient druides, eux aussi, presque aussi puissants que Cian, et aussi anciens que leurs prénoms.

Depuis la veille, il étudiait le terrain, en vain. Pas une brèche, pas la moindre faille. Sans aide, il ne pourrait s'introduire dans la place.

C'était le moment de faire usage de sa malice naturelle, qui l'avait si bien aidé mille cent trente-trois ans plus tôt...

— Trevayne, dit Cian sans dissimuler son mépris.

— Keltar, répondit l'autre sur le même ton.

La langue de Lucan était aussi noire que les sorts qu'il avait prononcés, et Cian s'étonnait qu'elle n'ait pas pourri dans sa bouche, de même que son âme avait pourri dans son corps...

— On dirait que tu n'es pas encore prêt à mourir, Highlander ?

Cian laissa échapper un petit rire sec.

— Voilà un millier d'années que je m'y prépare.

— Ah, oui ? Pourtant, quand on a une femme aussi sexy que la tienne... D'ailleurs, je saurai bientôt si elle est aussi douée au lit qu'elle en a l'air. Dès que la dîme aura été versée.

— Il n'y aura pas de paiement, Trevayne.

— Le plus drôle, c'est que tu seras obligé de nous regarder. Je la prendrai devant le Miroir, d'abord par...

— Je n'ai pas de temps à perdre avec tes vantardises, dit Cian en se détournant.

Surtout, il n'avait pas d'énergie à gaspiller en tentatives pour se retenir de franchir la ligne et aller étrangler Trevayne.

— Dans ce cas, pourquoi es-tu venu, Keltar ? Que veux-tu ?

Cian fit volte-face, revint vers l'invisible frontière qui le protégeait du sorcier et y posa un pied dans un geste de défi. Ils étaient si proches l'un de l'autre que seule l'épaisseur d'un cheveu les séparait.

À cet instant, Lucan vit un mouvement derrière le Highlander. La fille Saint-James venait de sortir sur le perron du château. Exactement ce qu'il espérait !

— Ce que je veux ? demanda Cian avec un calme trompeur. Regarder au fond de tes yeux et y voir la Mort. C'est ce que je viens de faire.

Sur ces mots, il pivota sur ses talons et prit la direction de l'imposant bâtiment.

— Rentre dans le château, Jessica. Dépêche-toi ! cria-t-il à l'intention de la femme, qu'il n'avait pas dû remarquer jusqu'alors.

Il était nerveux. Lucan se frotta les mains. Il ne lui restait plus qu'à exploiter le point faible du Highlander…

— Et elle ? demanda-t-il, cachant avec peine sa satisfaction. Que pense-t-elle de tout ceci ?

Il avait parlé à dessein d'une voix forte, afin d'être entendu de l'intéressée.

— Attend-elle l'heure de ta vengeance avec autant d'impatience que toi ? ajouta-t-il.

Cian ne répondit pas. Maudit druide ! N'allait-il pas tomber dans le panneau, comme autrefois ?

— Dis-moi, Cian, ta femme est-elle aussi pressée que toi de te voir mourir ?

Sans répondre, celui-ci se mit à courir vers le perron, dont il gravit les marches quatre à quatre.

— Pour ma part, je crois que tu tiens à la vie, Keltar ! cria Lucan, les mains en porte-voix. Et moi aussi, j'y tiens. En fait, je serais prêt à tout accepter – tout, tu m'entends ? – pour faire passer la dîme de l'autre côté du Miroir à minuit, la nuit de Samhain.

L'écho de sa voix traversa les pelouses au tracé impeccable, avant de rebondir contre les murs de pierre du château.

En haut de l'escalier, Cian poussa sa femme pour la faire rentrer de force à l'intérieur, puis il claqua la porte derrière eux avec fracas.

Lucan haussa les épaules, blasé.

Il avait fait ce qu'il voulait : semer le doute dans l'esprit de la fille Saint-James, qui était venue fort à propos lui montrer son visage hagard et ses yeux cernés par l'angoisse.

Ne restait plus qu'à attendre que les graines germent…

Lucan ne pouvait lire dans l'esprit de la fille, car ses pensées se heurtaient à une barrière glaciale qu'il n'identifiait pas, mais il restait confiant. Il n'y avait pas plus malléable qu'une femme amoureuse…

— Médite tout ceci, Jessica Saint-James, murmura-t-il entre ses dents. Et que mes paroles te dévorent le cœur !

Cela faisait plusieurs heures que Lucan Trevayne était reparti à bord de sa limousine noire. Dans la bibliothèque plongée dans la pénombre, Jessi était assise devant l'écran de l'ordinateur.

Elle posa ses paumes sur la surface froide de la petite table, en veillant à tenir ses mains à l'écart du clavier et de la souris.

Il était 4 heures du matin ; le château était plongé dans un silence sépulcral. Jessi frissonna. Tout lui semblait d'un froid mortel, ce soir.

Elle n'était pas la seule à broyer du noir depuis la visite de Lucan Trevayne cet après-midi-là. Les jumeaux et leurs épouses semblaient eux aussi très affectés. Seul Cian avait paru se réjouir des derniers événements.

— Il vient négocier, avait-il dit. Il sait qu'il est en train de perdre. C'est moi qui vais gagner !

Gagner ? En y laissant sa vie ? Belle victoire ! songea Jessi avec amertume.

Elle ramena en arrière ses boucles folles et pressa son front entre ses mains. Si seulement elle avait pu chasser de son esprit l'effroyable apparence de Lucan Trevayne ! Rien ne l'avait préparée au spectacle qu'il offrait…

Si Gwen et Chloé, influencées par la Voix de Trevayne, n'avaient vu en lui qu'un bel homme d'une quarantaine d'années, Jessi n'avait pas été dupe. Protégée de toute tentative d'ensorcellement, elle l'avait vu tel qu'il était.

Un monstre avide de sang et de pouvoir.

En vérité, il n'y avait plus rien d'humain en lui. Il était si tatoué que sa peau semblait se défaire par endroits, comme un vieux cuir rongé par la pourriture. Il se déplaçait d'une allure rampante qui évoquait celle d'un reptile. Ses yeux n'étaient que deux fentes injectées de sang. Sa langue était noire, malsaine, ignoble.

Plus terrifiante encore était l'impression de pure cruauté qui émanait de sa personne, une sorte d'aura malsaine qu'elle avait perçue depuis le perron, malgré la distance qui la séparait de lui.

Elle n'aurait pas dû sortir du château – Cian le lui avait d'ailleurs formellement interdit –, mais lorsqu'elle avait vu le Highlander depuis les fenêtres, nez à nez avec l'être infâme venu le narguer, cela avait été plus fort qu'elle. N'obéissant qu'à son instinct, elle s'était ruée vers Cian. Elle devait se tenir aux côtés de l'homme qu'elle aimait, quelles qu'en soient les conséquences !

Ce n'était qu'en posant les yeux sur le sorcier qu'elle avait mesuré son impuissance. À ce moment seulement, elle avait compris les craintes de Cian et sa volonté d'arrêter Trevayne dans sa course au pouvoir... à n'importe quel prix. Si le Livre Noir tombait entre les mains de ce monstre, rien ni personne ne pourrait plus l'arrêter.

À présent, elle regrettait l'impulsion qui l'avait poussée à sortir du château. Trop tard ! Les paroles de Trevayne commençaient à faire leur œuvre... *En fait, je serais prêt à tout accepter – tout, tu m'entends ? – pour faire passer la dîme de l'autre côté du Miroir à minuit, la nuit de Samhain.*

Jessi n'était pas stupide. Ce n'était pas à Cian que cette proposition était destinée, mais bien à elle. Le sorcier avait un atout dans son jeu : la vie de Cian.

Elle se massa les tempes pour chasser une migraine naissante. L'écho des paroles de Trevayne ne s'était pas éteint dans son esprit que, déjà, la faiblesse s'était emparée d'elle. N'existait-il pas, avait murmuré une petite voix au fond de sa conscience, un moyen de discuter avec le sorcier ?

La réponse s'était imposée comme une évidence. Myrddin@Drui.com

La batterie de son portable était vide, et Jessi n'avait pas emporté le chargeur. Aussi avait-elle attendu que tout le monde dorme pour se glisser dans la bibliothèque à la faveur de la nuit et allumer l'ordinateur du château.

Sa boîte aux lettres contenait une centaine de nouveaux messages, dont quarante-deux envoyés par Lucan Trevayne. Malgré elle, Jessi parcourut les phrases qu'il avait saisies dans la rubrique « objet ».

Est-ce que tu l'aimes, Jessica ?

Es-tu prête à le voir mourir ?

Tu peux le sauver !

Et lui, te laisserait-il mourir ?

N'oublie pas que tu peux gagner un peu de temps.

Il y a toujours une solution...

Elle secoua la tête, désespérée. Les méthodes de Trevayne étaient si puériles qu'elle en aurait ri... si elles n'avaient pas été si efficaces.

Un clic, et elle entrerait en relation avec lui. Elle aurait mis sa main au feu que dans sa somptueuse résidence londonienne, ou dans quelque retraite proche du château Keltar, Trevayne était assis devant un ordinateur, guettant un message d'elle tel un fauve épiant sa proie.

Un mot d'elle, et Cian pouvait être sauvé.

La question était de savoir si elle était prête à en payer le prix...

— Tu l'as vu tel qu'il est, n'est-ce pas ? lui avait demandé Cian après l'avoir poussée dans le hall.

Elle avait acquiescé d'un hochement de tête, bouleversée.

— Il faut que je l'arrête, *lass*. Je suis la seule barrière entre Trevayne tel qu'il est aujourd'hui et Trevayne tel qu'il peut devenir s'il met la main sur le Livre Noir.

— Merci, j'avais compris, avait-elle répondu, plus sèchement qu'elle ne l'aurait voulu.

Elle s'était aussitôt mordu la lèvre. Il leur restait quelques jours avant la date fatidique, et elle était déterminée à en savourer chaque minute. Inutile de perdre ce temps précieux en vaines disputes ! Elle se lamenterait plus tard, quand tout serait fini. Pour l'instant, elle avait une longue vie de bonheur conjugal à loger dans les quelques jours qu'il lui restait à partager avec Cian.

— Excuse-moi, avait-elle dit, furieuse de sa propre faiblesse.

Il l'avait prise dans ses bras pour la serrer contre lui.

— C'est moi qui m'excuse, *lass*. J'aurais dû tout te dire depuis le déb...

D'un geste tendre, elle l'avait fait taire.

— Chut ! N'aie aucun regret. Moi, je n'en ai pas.

Un pieux mensonge... Des regrets, elle n'avait que cela ! Elle regrettait de ne pas s'être donnée à lui dès le premier jour. Elle regrettait de s'être enfuie du bureau de Keene le soir où elle avait vu Cian dans le miroir, au lieu de prononcer le serment qui l'aurait libéré de sa prison et de passer une journée de plus avec lui. Elle regrettait d'être aussi lâche...

Pourquoi Cian devait-il se sacrifier pour éliminer Trevayne ?

Pourquoi devait-elle sacrifier son bonheur à peine éclos ?

Elle se mordit les lèvres, indécise. Referma la main sur la souris. La retira. La posa de nouveau.

Finalement, le choix se résumait à ceci : perdre Cian en acceptant qu'il meure en tuant Trevayne, ou perdre Cian en le trahissant et en faisant alliance avec Trevayne afin qu'il reste en vie.

Non seulement elle le perdrait dans les deux cas, mais il la haïrait si elle l'obligeait à vivre et à renoncer à sa vengeance.

— Je ne peux pas, murmura-t-elle, désemparée.

Elle éteignit l'ordinateur, se leva et quitta la bibliothèque.

Alors que la porte se refermait derrière Jessica, Dageus émergea de derrière les lourds rideaux et poussa un soupir de soulagement.

Peu après la visite de Lucan Trevayne, Jessica l'avait intercepté alors qu'il se faufilait dans le château par une porte dérobée. Depuis plusieurs jours, il multipliait les précautions afin d'éviter tout contact avec Cian. À aucun prix ce dernier ne devait écouter ses pensées !

— Dageus, lui avait-elle demandé d'une voix altérée par l'angoisse, n'y a-t-il rien dans la mémoire du Draghar qui pourrait nous servir ? Aucun élément qui nous permettrait de sauver Cian ?

Il avait secoué la tête et lui avait fait la même réponse qu'à Drustan quelques jours plus tôt, lorsque son frère lui avait posé la question.

— Non, avait-il menti.

26

Jour J moins neuf : Cian et moi sommes mari et femme ! Noces sans aucun rapport avec ce que j'avais imaginé, et bien plus parfaites que tout ce dont j'aurais pu rêver. Après avoir échangé nos vœux – que nous avions rédigés nous-mêmes – dans la petite chapelle, nous avons apposé notre signature dans la bible des Keltar, faite d'un épais parchemin doré sur tranche.

Jessica McKeltar, épouse de Cian McKeltar.

Tout le monde était présent à la cérémonie, à l'exception de Dageus, souffrant.

J'ai encore du mal à croire que Cian est mon époux !

Nous avons partagé un petit-déjeuner au champagne, puis nous nous sommes enfermés dans la Chambre d'Argent pour une journée de lune de miel...

Les vœux de Cian m'ont émue jusqu'aux larmes. Comme j'aimerais lui en avoir écrit d'aussi beaux ! Même Drustan a semblé touché par ses paroles. Il faut dire qu'elles étaient d'une très grande poésie. Je les retranscris ici, afin de m'en souvenir à jamais.

Si je devais perdre quelque chose, que ce soit mon honneur afin de préserver le tien.

Si je devais sacrifier quelque chose, que ce soit mon âme pour sauver la tienne.

Que la mort nous menace, je donnerai ma vie pour la tienne.

Sur mon âme, je m'y engage.

Rien que de les écrire, cela me donne le frisson. Dieu que j'aime cet homme !

Jour J moins huit : ce matin, avons choisi les prénoms de nos enfants. Il veut des filles qui me ressemblent, je veux des garçons à son image. Nous décidons d'en avoir quatre, deux filles et deux garçons.

(À la réflexion, un seul me suffirait. Si quelqu'un m'écoute, là-haut : un seul me suffirait ! Merci.)

Jour J moins cinq : il me demande de ne pas être là lorsque cela arrivera.

La conversation avait commencé le plus innocemment du monde, alors que Jessi était étendue sur son amant, le corps encore vibrant du plaisir qu'il lui avait prodigué. Épuisée et ravie, elle avait niché son visage au creux de son cou, là où elle pouvait s'enivrer de son odeur et entendre battre son cœur.

Le silence était tombé entre eux – un de ces silences un peu tendus qui revenaient de plus en plus souvent depuis quelques jours, comme s'il y avait trop de sujets douloureux à ne pas aborder, et pas assez de temps pour vivre cet amour condamné.

— Que se passerait-il si nous brisions le Miroir ? demanda soudain Jessi.

Cian caressa ses boucles brunes d'un geste tendre.

— Le Miroir Sombre n'est que la fenêtre, ou plutôt la porte qui me permet d'accéder au monde, Jessica. La prison *unseelie* où je suis retenu ne se trouve pas derrière la glace mais dans une autre dimension, dont je resterais captif, sans aucun moyen de rejoindre cet univers. Ensuite, puisque la dîme ne pourrait plus être versée, Lucan mourrait, et moi aussi – lui dans ce monde, et moi dans ma prison sans fenêtre.

Jessi frissonna.

— Puisque tu sais qu'il te suffit de casser le Miroir pour éliminer Lucan, pourquoi ne l'as-tu pas fait bien plus tôt, avant d'arriver à Chicago ?

— Parce qu'avant de te rencontrer, je n'avais trouvé personne pour me libérer. J'ai tenté de persuader le voleur de prononcer l'incantation, mais il a pris peur et a enfermé le Miroir dans une caisse. Après cet échec, j'ai conclu qu'il serait plus sage de mettre un peu de temps et d'espace entre Lucan et moi. Trevayne a de nombreux contacts parmi les antiquaires et les marchands ; je ne pouvais pas prendre le risque de me montrer trop souvent, sous peine que quelqu'un parle de moi et que l'information parvienne jusqu'à ses oreilles. Il fallait que le Miroir reste hors de sa portée jusqu'à Samhain ; rien d'autre ne comptait pour moi.

Il marqua une pause, songeur.

— Puis je t'ai vue, et tout a changé, reprit-il d'une voix plus douce. Si je t'ai demandé de me libérer, ce n'était que pour être en mesure de te protéger. Pendant mille ans, je n'avais pensé qu'à la vengeance ; je serais mort avec joie pour atteindre mon but... et tout à coup, l'idée de renoncer à la vie me devenait insupportable.

Un rire amer s'échappa de ses lèvres.

— Ça a été dur à avaler, ajouta-t-il.

Jessi poussa un soupir désolé. Comment Cian pouvait-il accepter sa mort comme une fatalité ? Pour sa part, elle ne renoncerait jamais !

À mesure que les jours passaient et que les jumeaux continuaient à répondre par la négative chaque fois qu'elle leur demandait s'il n'y avait vraiment aucun espoir de sauver Cian, sa peur se transformait en colère.

La noblesse de ses sentiments cédait peu à peu devant une volonté farouche, presque instinctive, de protéger l'homme qu'elle aimait.

Chaque nuit, assise devant l'ordinateur, elle demeurait immobile de longues heures, dans les affres de l'indécision.

Elle n'avait plus aucune certitude. Où était le bien ? Où était le mal ? Ne rien faire, cela portait un nom : non-assistance à personne en danger – et cela, elle ne pouvait s'y résoudre...

— Mais si le Miroir était cassé pendant que tu n'y es pas ? insista-t-elle.

— Cela ne changerait rien. Ce n'est pas le Miroir qui me rappelle, mais le monde *unseelie* dont je suis prisonnier. J'y retournerais, pour ne plus en sortir jusqu'au jour de ma mort – en admettant que Lucan cesse un jour de verser la dîme.

Jessi se redressa et, dans un élan de rage, donna un coup de poing à l'oreiller le plus proche.

— C'est tout de même incroyable ! s'écria-t-elle, incapable de contenir sa colère. Il y a de la magie partout dans ce château. Vous êtes trois druides – sans compter que tu es sorcier et que Dageus porte en lui la mémoire de treize entités maléfiques –, et aucun d'entre vous n'a de solution ! Il n'existe vraiment pas de sort, d'enchantement ou de... de truc cabalistique qui pourrait résoudre le problème ?

Cian secoua la tête d'un air navré et attendri.

— *Naye, lass*. Nous sommes des Keltar, mandatés pour protéger le monde *seelie*, et uniquement celui-ci. Même si certains d'entre nous ont emprunté des voies obscures, nous n'avons que très peu de connaissances en magie noire, et encore moins en ce qui concerne la part sombre des Tuatha Dé Danaan.

— Cian, il doit y avoir une solution. Il le faut !

Il se redressa et prit Jessi par les épaules. Dans ses prunelles dorées rougeoyait un éclat de braises incandescentes.

— *Och, lass*, crois-tu vraiment que je veuille mourir ? S'il existait un autre moyen d'arrêter Lucan, je le choisirais. Je t'aime, et je ferais tout pour rester avec toi. Tout ! Seulement, c'est ma vie qui permet à Lucan d'être toujours de ce monde, et rien sauf ma mort ne peut lui faire perdre son immortalité. Il trouvera le Livre Noir, ce n'est qu'une question de temps. Je n'ai pas le droit de laisser faire cela. Ce qui est en jeu dépasse de loin ma petite existence. C'est l'avenir de ce monde ! Aujourd'hui, je peux encore arrêter Trevayne. Demain, plus personne ne le pourra.

— Et bien sûr, il faut que tu joues les héros, commenta Jessi d'un ton sarcastique.

— *Naye*, Jessica. Je n'ai jamais eu un comportement héroïque, et je n'ai pas la prétention de rattraper le temps perdu. Seulement, il y a certaines choses qu'un homme peut accepter, mais pas d'autres.

Il parut se plonger dans ses pensées.

— Je t'ai dit un jour que j'avais été pris au piège dans le Miroir, et c'était la vérité. En revanche, ce que je ne t'ai pas avoué, c'est que moi aussi, j'ai voulu le posséder.

Jessi se figea, interdite. Cian allait-il enfin lui révéler la vérité qu'il lui cachait depuis si longtemps ?

— Je t'écoute.

Une ombre passa sur le visage de son amant. Un instant, Jessi craignit qu'il n'en dise pas plus, mais il reprit la parole d'une voix ferme. L'heure des aveux était venue.

— Lucan et moi étions amis, autrefois. Du moins, c'est ce que je croyais. J'ai compris trop tard qu'il m'avait menti depuis le premier soir.

— Tu n'as pas écouté ses pensées ?

— Si, car ma mère se méfiait de lui, mais je me suis contenté d'un sondage rapide. Dans mon arrogance, je me croyais si puissant et si savant que je ne l'ai pas considéré comme une menace sérieuse. Si j'avais su à quel point je me trompais sur son compte... Je ne me suis pas douté un instant qu'il m'avait volontairement choisi pour l'aider à obtenir le Miroir, ni qu'il avait une revanche à prendre sur la vie. Il était le fils bâtard d'un obscur druide, rejeté par son père et par les autres druides, qui avaient refusé de lui enseigner leur science.

» Ce qu'il avait appris avant de me rencontrer, il l'avait acquis par le sang et la violence. Pendant des années, il avait emprisonné et torturé des druides de moindre importance pour leur extorquer leur savoir. Peu à peu, même les plus puissants d'entre eux avaient commencé à l'éviter.

» Un jour, il a décidé de maîtriser l'art de l'Écoute profonde. Comme il ne réussissait pas à capturer un druide possédant ce talent et que ma réputation était parvenue jusqu'à lui, il est venu en Écosse pour me trouver. Moi, isolé dans mes chères montagnes, je n'avais jamais entendu parler de lui. J'ai appris bien plus tard que tout le pays de Galles, l'Irlande et une partie de l'Écosse connaissaient le fameux Lucan Myrddin Trevayne.

» Il m'a joué la comédie de l'amitié, et j'ai eu la naïveté de le croire. Peu à peu, nous avons échangé nos connaissances, puis nous nous sommes lancé des défis. C'est alors qu'il m'a parlé du Miroir Sombre, qu'il appelait le Miroir de catoptromancie. Il me proposait de m'aider à le trouver si, en échange, je lui apprenais l'art de la Voix.

— Le Miroir de catoptromancie ? répéta Jessi.

— *Aye*. Il ne m'a pas dit la vérité sur la nature de cet objet. D'après lui, il servait à lire l'avenir et à empêcher certains événements de se produire. J'étais impatient à l'idée d'ajouter un tel pouvoir à mes talents, d'autant que je commençais à me demander ce que me réservait la vie. Je n'avais toujours pas rencontré mon âme sœur, et j'allais bientôt fêter mes trente ans.

— Pardon ?

— Selon une légende familiale, il existe dans le monde une âme sœur et une seule pour chaque druide Keltar : la femme idéale pour lui, l'unique épouse qui puisse répondre à son amour. S'il la rencontre, ils peuvent choisir d'échanger les vœux druidiques et d'unir leurs âmes pour l'éternité, créant ainsi un lien que rien ne peut briser, pas même la mort.

Il se tut un instant et parut s'absorber une fois de plus dans ses pensées.

— Cependant, poursuivit-il, si seul l'un des deux prononce le serment, il sera aussi le seul à être engagé par sa parole. L'autre restera libre de donner son cœur ailleurs, s'il le souhaite.

Jessi tressaillit, prise d'un espoir fou. À quoi un druide Keltar reconnaissait-il son âme sœur ? Question subsidiaire, était-elle celle de Cian ? Elle brûlait de le lui demander, mais les mots restaient bloqués dans sa gorge. Elle n'aurait pas supporté de s'entendre dire qu'elle ne l'était pas...

Puis les dernières paroles de Cian prirent sens dans son esprit. *L'autre restera libre de donner son cœur ailleurs.*

— Tu veux dire que si l'un des deux seulement prononce le serment, il donne son cœur pour l'éternité à quelqu'un qui ne répondra peut-être jamais à son amour ?

— *Aye*, dit Cian avec douceur.

— Quelle malédiction !

Cian haussa les épaules en un geste évasif.

— Cela dépend des circonstances. Pour certains, cela peut être une bénédiction... Quoi qu'il en soit, j'ai accepté le marché de Lucan. Je lui ai enseigné l'art de la Voix, et nous sommes partis pour le petit village d'Irlande où était conservé le Miroir Sombre, sous la protection d'une douzaine de saints hommes et d'une armée de mercenaires surentraînés.

» Lucan m'avait enseigné un sort de sommeil que je devais utiliser à notre arrivée. Notre plan était d'endormir les gardes, d'entrer dans l'enceinte du village sans descendre de cheval, de prendre le Miroir et de nous enfuir. Je n'avais aucune raison de me méfier de Lucan ; il m'avait fait une démonstration du sort à plusieurs reprises, et chaque fois, les victimes avaient aussitôt sombré dans un profond sommeil.

» Il ne m'avait confié la tâche de prononcer l'incantation que parce que j'étais plus fort que lui, et le seul de nous deux capable d'endormir un village tout entier. Pour ma part, je lui avais enseigné l'art de la Voix, mais il n'était pas assez puissant pour se faire obéir de plus de quelques personnes à la fois. On peut apprendre la technique, mais chacun n'a pas les mêmes capacités pour l'appliquer. Tout le monde ne naît pas avec les mêmes talents...

— Je crois que je commence à comprendre, murmura Jessi, fascinée et effrayée par le récit de Cian.

Cian hocha la tête, mais son regard était bien loin, perdu dans les brumes de l'Irlande du IXe siècle...

— L'incantation avait ceci de particulier qu'elle ne faisait qu'endormir les gens lorsque Lucan la prononçait, pour la bonne raison qu'il ne possédait pas le pouvoir d'invoquer le sort de mort foudroyante. Moi, si. À mon insu, parmi mes nombreux dons innés, se trouvait ce talent effrayant, si rare dans notre lignée que je ne m'en étais jamais préoccupé.

» Lorsque j'ai prononcé l'incantation, j'étais persuadé qu'elle n'aurait d'autre conséquence que de plonger les villageois dans un sommeil temporaire. Je n'ai compris ce qui s'était réellement passé que quand je me suis agenouillé devant le saint homme qui s'était dressé devant moi pour protéger le Miroir et qui gisait sur le sol, sans vie.

» Sous le choc, je n'ai pas compris tout de suite ce qui se tramait. Comment imaginer que Lucan m'avait trahi ? Il était mon ami ! Pendant que je tentais en vain de ranimer l'homme, Trevayne a tissé autour de moi un puissant sort de captivité. Il connaissait l'incantation, il avait l'or nécessaire à la transaction et une victime toute trouvée : moi. Quant au sang d'innocents que réclamait l'opération, c'était moi qui m'étais chargé de le verser.

» Lorsque j'ai repris mes esprits, Lucan était devant moi. De l'autre côté du Miroir, dont j'étais captif. Avant de quitter le village, Trevayne m'a obligé à regarder ce que j'avais fait. En quelques mots, j'avais tué non seulement les gardiens du Miroir mais aussi tous les habitants de Capscorth. Des hommes, des femmes, des enfants... ils étaient tous tombés là où ils se trouvaient, dans les rues, devant les maisons... Il y avait des centaines de cadavres, comme si la peste s'était abattue sur le village. Et cette peste, c'était moi.

Il ferma les yeux, comme pour chasser la vision de cette journée de cauchemar.

— Tu n'es pas responsable ! s'écria Jessi. Tu n'étais que l'arme utilisée par Lucan. C'est lui, le coupable.

Maudit soit ce Lucan Trevayne ! songea Jessi, bouleversée. Par sa faute, Cian avait eu sur la conscience, pendant plus d'un millénaire, le poids des centaines de vies qu'il avait volées sans le vouloir...

— Je sais, murmura Cian. Avec le temps, j'ai fini par l'admettre, mais je ne me pardonnerai jamais le mal que j'ai fait malgré moi... En revanche, s'il y a une chose que je n'accepterai jamais, c'est de laisser Lucan acquérir plus de pouvoir encore. Une fois qu'il sera en possession du Livre Noir, ce ne sera plus un village mais le monde entier qui sera menacé. Seule ma mort peut empêcher cela.

Il lui caressa la joue d'un geste nostalgique.

— Ma douce Jessica, tu dois l'accepter, tout comme je l'ai accepté moi-même. Je n'ai pas le choix.

Les larmes brûlèrent les paupières de Jessi.

— Tu peux me demander beaucoup, mais pas cela, dit-elle dans un souffle.

— Alors, je vais te demander autre chose.

Il avait parlé d'une voix si basse et si tendue que Jessi sentit son cœur manquer un battement. Que voulait-il ?

— Tu vas me promettre de ne pas être là lorsque cela arrivera.

Elle secoua la tête, incapable d'endiguer le flot d'angoisse et de chagrin qui montait en elle. Elle refusait d'accepter le sacrifice de Cian. Elle refusait d'envisager l'instant fatal où celui-ci se désintégrerait en quelques instants et tomberait en poussière. Elle refusait d'imaginer que son Highlander n'avait plus que quelques jours à vivre.

— Nous passerons ensemble le temps qui me sera accordé ce jour-là, puis tu t'en iras avec les autres. Donne-moi ta parole, Jessica. Drustan brisera ensuite le Miroir, afin que personne ne puisse plus jamais y être enfermé.

— Cian, ce n'est pas juste. Tu ne peux pas...

— Ça l'est, et je le peux, coupa-t-il d'un ton résolu. Ce sont mes dernières volontés, Jessica. Je veux que tu gardes de moi le souvenir d'un homme fort et libre, pas d'une victime de la magie noire. Et je refuse que tu assistes à ma mort. Promets-le-moi, et sois sincère.

C'en était trop ! Jessi éclata en sanglots. À travers ses larmes, elle regarda l'homme qu'elle aimait, et toute une vie de bonheur passa devant ses yeux. Une vie qui resterait un rêve.

Pourtant, elle parvint à rassembler assez de courage pour répondre d'une voix ferme :

— Très bien, Cian McKeltar. Je ne te regarderai pas mourir. Je t'en fais la promesse.

Lorsqu'il la prit dans ses bras et la serra contre lui, Jessi remercia l'étrange fatalité qui empêchait Cian de lire dans son esprit.

Certes, elle lui avait promis de ne pas le regarder mourir, mais pas dans le sens où il l'entendait.

Elle n'avait tout simplement pas l'intention de le laisser se sacrifier.

27

Nuit de Samhain, heure H moins vingt-neuf minutes

— C'est le moment, Jessica. Les protections sont tombées. Tu sais ce que cela signifie ?

Jessi acquiesça d'un signe de tête.

— Cela veut dire que Lucan peut entrer dans le château, mais que sa sorcellerie y restera sans effet.

— Exact. Mais ne commets pas l'erreur de croire que tu ne crains rien de lui, *lass*. Il reste capable de te faire du mal, comme n'importe quel homme. Par précaution, tu porteras ceci. Tends ton bras droit.

Plus tendue qu'elle ne voulait le montrer, Jessi regarda Dageus attacher à son avant-bras un fourreau, puis y glisser une dague, la pointe tournée vers son coude.

— Maintenant, fais comme moi.

Tout en parlant, il avait effectué une rapide rotation du poignet. Jessi l'imita. Aussitôt, l'arme descendit et vint se placer au creux de sa main. Dageus aida ensuite Jessi à rentrer le poignard dans son fourreau et rabattit la manche de son pull sur l'ensemble.

— Très bien. N'oublie pas que Lucan est aux abois : il est prêt à tout. Alors, tiens-toi sur tes gardes et attends-toi à une trahison de dernière seconde. Il y en aura une.

Jessi lui jeta un regard scrutateur. Il avait prononcé ces paroles avec une telle assurance que c'en était suspect. Lui cachait-il quelque chose ?

— Tu m'as pourtant dit hier que, d'après toi, il ferait passer la dîme à travers le Miroir et s'en irait, lui rappela-t-elle, anxieuse. Et tu m'as aussi assuré qu'il allait concentrer son attention sur le Livre Noir et qu'il ne s'occuperait que plus tard de reprendre le Miroir aux Keltar. C'est bien cela, n'est-ce pas ? Pour l'instant, il essaie de gagner du temps ?

Il la dévisagea un long moment d'un regard pensif.

— Tout ce que je te demande, c'est de ne jamais relâcher ta vigilance. À aucun moment, tu m'entends ? Garde bien à l'esprit que tout peut arriver d'un instant à l'autre. Attends-toi à une trahison, jusqu'au dernier moment.

— Tu voudrais me faire peur que tu ne t'y prendrais pas autrement, dit Jessi dans un soupir. Et si on essayait plutôt de...

— Chut ! Je dois y aller, à présent. L'heure tourne ; il ne faut pas qu'il me voie. Il croit que tu agis seule et doit continuer à le croire. N'aie crainte, je veillerai sur toi.

Il s'éloigna d'un pas rapide, avant de s'immobiliser et de pivoter sur ses talons.

— Sois sur le qui-vive à chaque instant, Jessica ! ordonna-t-il en chuchotant.

Jessi réprima un geste de nervosité. Elle fit jouer son bras droit pour sentir le poids rassurant de la dague.

— Promis, Dageus, répondit-elle. Je serai la prudence même.

Heure H moins vingt minutes

Réprimant un frisson, Jessi remonta le couloir au pas de course. Lorsque, cinq jours auparavant, elle avait fait à Cian la promesse de ne pas le regarder mourir, elle était animée d'une grande détermination, mais d'un faible espoir.

Puis tout avait basculé quelques heures plus tard.

Peu après que Cian avait été repris par le Miroir, elle avait quitté la Chambre d'Argent pour se rendre à la bibliothèque, bien décidée, cette fois-ci, à entrer en communication avec Lucan.

Elle était assise devant l'ordinateur, sur le point de sélectionner l'un de ses messages pour lui répondre, quand Dageus avait jailli de derrière les rideaux et avait retenu sa main à la dernière seconde. Puis, à sa grande stupeur, elle l'avait entendu lui expliquer qu'il savait que Lucan tentait de la contacter et qu'il épiait son manège depuis plusieurs nuits.

Jessi lui avait jeté un regard terrorisé. Allait-il la traîner jusqu'à la plus haute tour du château pour l'y enfermer, selon la coutume médiévale, afin de la punir de son audace ? Après un silence pensif, Dageus s'était contenté de lui poser cette étonnante question :

— Jusqu'où es-tu prête à aller pour qu'il vive, *lass* ?

Jessi n'avait pas eu besoin de réfléchir longtemps. Au point où elle en était, qu'avait-elle à perdre ?

— Je ferais n'importe quoi, avait-elle répondu sans hésiter. Même s'il devait me haïr jusqu'à la fin de ses jours.

Son seul espoir, alors, était que Cian lui pardonne un jour d'avoir aidé son ennemi à verser la dîme à travers le Miroir afin qu'il ne meure pas.

— Ce n'est pas toi qu'il haïra, avait alors affirmé Dageus. C'est moi.

— Tu m'as pourtant bien dit que personne ne pouvait rien pour Cian, non ? lui avait-elle rappelé. Pourquoi fais-tu cela ?

— Et toi ? avait-il rétorqué.

— Parce que je suis sûre qu'il existe un moyen de le libérer une fois pour toutes et que je n'ai pas d'autre solution pour gagner du temps.

— Moi aussi, avait répondu Dageus.

Jessi l'avait regardé sans comprendre. Jusqu'à présent, elle avait été animée d'un espoir fou, irréaliste, parfaitement irrationnel. Et voilà que, sans prévenir, un Keltar, druide lui aussi, semblait se ranger à son avis ! Tout à coup, la perspective de sauver Cian n'était plus simplement possible, elle devenait probable.

Peut-être même certaine...

Ni Dageus ni Drustan n'auraient pris le risque de laisser Trevayne payer la dîme, prolongeant ainsi son immortalité et se rapprochant encore de son but, la possession du Livre Noir, s'ils n'avaient pas été convaincus de pouvoir libérer rapidement Cian du Miroir par la suite.

Après cet entretien, Jessi avait eu toutes les peines du monde à cacher à Cian ce revirement de situation. Pourtant, elle y était parvenue. Dageus avait bien insisté sur ce point : elle ne devait s'ouvrir à personne de leur plan. Il était même allé jusqu'à la prévenir qu'il renoncerait à toute initiative pour sauver Cian si ce dernier avait le moindre soupçon. Qu'il suspecte un instant qu'ils ourdissaient un complot pour le protéger malgré lui, et tout serait fini ! l'avait avertie Dageus.

Jessi avait joué le jeu de son mieux. Elle ne voulait surtout pas mettre un peu plus en danger l'homme qui était toute sa vie...

Ce soir-là, Dageus lui avait donné ses instructions.

— Tu vas envoyer un e-mail à Trevayne pour lui dire que tu l'aideras à pénétrer dans le château afin de payer la dîme, mais que le Miroir Sombre restera sous la garde des Keltar.

Elle avait obtempéré. Trevayne avait commencé par refuser et par proposer d'autres accords, mais, suivant les ordres de Dageus, elle était demeurée inflexible.

Ce n'était que la veille, à vingt-quatre heures de l'échéance fatale, qu'il avait capitulé.

Et maintenant – Jessi fit halte à la porte de service, le cœur battant la chamade –, il était là, de l'autre côté du lourd battant de bois. Probablement aussi répugnant que dans son souvenir. Il semblait à Jessi qu'elle pouvait sentir sa hideuse présence à travers le battant, bien trop proche d'elle.

Et sur le point d'être plus proche d'elle encore, songea-t-elle avec un frisson de dégoût.

Trevayne n'avait accepté sa proposition qu'à condition qu'elle soit son otage. « Vous serez mon sésame pour entrer dans le château et en sortir », avait-il spécifié.

Elle consulta sa montre. Minuit sonnerait dans dix-huit minutes précisément. Dageus avait insisté pour qu'ils laissent à Trevayne le moins de temps possible pour se rendre auprès du Miroir et faire passer l'or à travers la glace.

— Je veux qu'il ait l'esprit et les mains constamment occupés pendant le temps où tu seras seule avec lui. Une fois le versement effectué, j'entrerai en scène et je t'aiderai à le reconduire à la sortie.

C'était le moment.

Jessi prit une profonde inspiration pour se donner du courage. L'épouse de Cian McKeltar n'avait pas le droit de montrer la moindre faiblesse au moment de passer à l'action !

Le monstre qu'elle s'apprêtait à faire entrer dans le château avait trahi son mari et l'avait retenu captif pendant plus d'un millier d'années. Jessi n'avait jamais été une personne violente, mais en cet instant, si elle avait eu une seule chance de tuer Lucan Myrddin Trevayne, elle lui aurait volontiers plongé son poignard dans le cœur – ou ce qui en tenait lieu.

Elle fit coulisser le loquet et tourna la poignée.

— Bonsoir, dit-elle froidement.

— Mes hommages, belle Jessica, répondit Trevayne avec un sourire enjôleur.

Lorsqu'il la prit par le bras, une sourde nausée monta en elle. Plus que dix-huit minutes, songea Jessi en réprimant un mouvement de recul instinctif.

L'oreille aux aguets, Dageus se tenait à son poste, dans l'ombre de la balustrade qui surplombait le hall. Il avait effectué de longs détours par les couloirs les moins fréquentés du château afin de ne pas passer devant le palier où était installé le Miroir.

Gwen, Chloé et les jumelles étaient rassemblées dans un petit salon, situé dans une autre aile du bâtiment, sous la protection de Drustan. On n'était jamais trop prudent.

Dageus ne leur avait révélé son plan que quelques instants plus tôt, afin que personne ne puisse le trahir, même involontairement, en pensant à son projet en présence de Cian.

— C'est risqué, avait grommelé Drustan.

— Oui, mais c'est la seule solution.

— Le Draghar en était absolument certain ?

— *Aye*.

— Trop d'éléments peuvent échapper à notre contrôle, Dageus. Tu n'auras aucun moyen de maîtriser la situation.

Dageus n'avait pas discuté plus longtemps. Il savait très bien qu'il ne pouvait écrire les dialogues de la scène qui allait suivre, ni en choisir le dénouement. Tout ce qui était en son pouvoir, c'était d'installer le décor, d'y faire entrer les acteurs... en espérant que ceux-ci réagiraient comme il l'espérait. Il y aurait une grande part d'improvisation.

Drustan ne lui avait donné son accord que lorsqu'il lui avait assuré que, quoi qu'il arrive, il ne laisserait pas

Lucan déposer l'or dans le Miroir. Il l'en empêcherait personnellement.

Mais pas avant l'ultime seconde, avait-il ajouté en son for intérieur.

À quelques mètres en contrebas, posé contre le mur du vaste palier, à mi-course de l'escalier, le Miroir n'offrait qu'une anodine surface argentée. Dageus avait le cœur serré lorsqu'il pensait à Cian, enfermé de l'autre côté de la glace. Il savait, pour l'avoir lui-même vécu, ce que ressentait un Keltar qui vient de rencontrer son âme sœur et de prononcer le serment qui le liera à elle pour l'éternité, alors qu'il se sait condamné à une mort presque certaine...

C'était même la similitude de leurs situations qui lui avait soufflé son plan.

Il consulta sa montre. Minuit moins quinze minutes.

« Attends-toi à une trahison de dernière seconde, avait-il dit à Jessica. Il y en aura une. » Ce qu'il n'avait pas précisé, c'était qu'elle ne viendrait pas de Lucan.

Mais de lui.

Tout au long de la soirée, Cian avait écouté l'horloge du grand hall égrener les heures. Encore quelques minutes, et les douze coups de minuit sonneraient. Il vivait ses derniers instants. Il était prêt – dans la mesure où un Keltar dans la force de l'âge et fou d'amour pour sa belle pouvait accepter une mort imminente...

Il partirait le cœur et l'esprit emplis de l'image de Jessica.

Il tressaillit, alerté par un bruit de pas. Jessica ? Elle avait promis de ne pas assister à sa fin. Il se redressa et tendit l'oreille. Il n'y avait pas une personne, mais deux. La première était bien Jessica, il reconnaissait le son de sa voix. Quant à la seconde... Non ! Cet éclat de rire sinistre, ce raclement de gorge à vous glacer le sang...

C'était Trevayne.

Que faisait-il ici ? Il n'avait aucun moyen d'entrer dans le château, sauf avec la complicité de...

— Jessica ! gémit-il. Non, pas toi ! Dis-moi que ce n'est pas toi !

Mais il n'avait pas besoin qu'elle lui réponde pour savoir qu'il ne s'était pas trompé.

Jessica l'avait trahi.

Un sourire amer se dessina sur ses lèvres. À sa place, il en aurait fait autant. Il aurait défié Dieu et le diable pour elle, il serait allé jusqu'en enfer pour la chercher...

Comment la blâmer ? En agissant de la sorte, elle lui montrait un amour plus profond encore que ce qu'il avait cru possible. Elle l'aimait assez pour enfreindre toutes les règles et risquer l'avenir de l'univers.

Oui, il en aurait fait autant pour elle. Il l'aurait sauvée, quel qu'en ait été le prix.

La voix grinçante de Trevayne résonna dans la pièce avec des accents de triomphe.

— Je te retrouve, Highlander. On dirait que tu vas devoir supporter ma présence pendant encore un siècle ou deux !

Le sourire de Cian s'évanouit.

Malgré sa folle bravoure, Jessica ne pouvait rien pour lui.

— Plutôt mourir, murmura-t-il.

Jessi leva les yeux vers le Miroir au pied duquel elle avait dormi chaque nuit durant les deux semaines précédentes, sauf lorsque Cian pouvait s'échapper pour s'étendre à ses côtés dans l'une des chambres du château.

La haute silhouette de son époux se dressait dans le cadre doré, son regard sévère posé sur elle. Mais, contrairement à ce qu'elle avait cru, ce fut d'une voix très douce qu'il s'adressa à elle.

— Libère-moi, *lass*, avant qu'il ne soit trop tard. Ne m'empêche pas de l'arrêter.

Jessi se redressa de toute sa hauteur et secoua la tête. Elle n'avait pas le droit de faiblir. Pas maintenant ! Elle jeta un regard vers la grande horloge de l'autre côté du hall. Minuit moins cinq. Lucan avait tout juste le temps de déposer l'or dans le Miroir, avant que...

Que se passait-il ? Une étrange sensation de distorsion spatiale venait d'envahir la pièce, et le cadre du miroir se mettait à briller d'un éclat surnaturel, comme lorsqu'elle prononçait l'incantation magique.

Sauf qu'elle n'avait rien dit.

Ce ne fut qu'en voyant Dageus sortir de l'ombre de la balustrade et descendre vers eux qu'elle comprit ce qui se passait. C'était lui qui venait de libérer Cian, en prononçant l'incantation qu'elle lui avait elle-même apprise, le soir de son arrivée au château Keltar.

— Dageus ? s'écria-t-elle en le voyant s'interposer entre elle et le Miroir. Que fais-tu ?

En même temps qu'elle posait la question, elle en devina la réponse.

Dageus la trahissait. Elle réprima un rire sec. Ne l'avait-il pas prévenue ?

Perdue dans ses pensées, elle ne réagit que trop tard. Lucan venait de lancer une corde autour de son cou et serrait sans ménagement.

— Lâche-la ! gronda Cian en jaillissant du Miroir.

Pour toute réponse, Lucan tira un peu plus sur le nœud coulant. Jessi s'immobilisa, pétrifiée par l'effroi. Dans sa position, la dague que Dageus avait attachée à son bras ne lui serait d'aucun secours. Elle avait déjà vu sur d'anciennes reproductions des garrots identiques à celui que Lucan avait placé autour de son cou. Que le sorcier serre encore, et elle était morte.

Lucan avait pris Jessica en otage.

— Retourne dans le Miroir, Highlander, et je la laisse en vie. Allons !

Cian serra les poings, furieux du tour que prenait la situation. En un éclair, il fit le point. Si Lucan avait pu s'introduire dans le château, cela voulait dire que les protections avaient été abaissées. Cela ne signifiait pas pour autant que Trevayne pouvait utiliser ses pouvoirs de sorcier. Par conséquent, il serait incapable de contrer un sort si Cian lui en jetait un. Lequel choisir ? Vite ! Ce n'était pas le moment de se tromper.

Cian n'eut pas le temps d'ouvrir la bouche. Lucan, qui avait deviné son intention, siffla entre ses dents :

— Prononce un mot, et elle est morte.

Cian pinça furieusement les lèvres.

— L'avertissement vaut aussi pour toi ! ajouta Trevayne à l'adresse de Dageus. Tentez de me jeter un sort, l'un ou l'autre, et je la garrotte. Toi, Keltar, rentre dans le Miroir. Je vais déposer l'or.

Soudain, des siècles de rage et de frustration se réveillèrent en Cian. Vibrant de haine, il regarda l'homme qui avait volé sa vie et s'apprêtait à voler celle de sa femme. Il n'allait pas le laisser faire une fois de plus.

Il avait vécu pour cet instant pendant plus d'un millénaire, et rien, alors, ne comptait plus à ses yeux que de voir Trevayne mort. Quel qu'en soit le prix.

Jusqu'au jour où il avait croisé le regard clair d'une ingénue au corps de rêve.

À présent que Lucan tenait entre ses mains la vie de sa tendre Jessica, tout avait changé.

Peu lui importait, soudain, que Trevayne vive ou meure. Peu lui importait l'avenir du monde. Tout ce qui comptait, c'était l'avenir de Jessica. Il fallait qu'elle vive. Qu'elle voie se lever l'aube suivante, qu'une journée de plus lui soit accordée, et une autre, et encore une autre...

Elle était sa vie, sa lumière, sa seule vérité.

En l'espace d'un battement de cœur, la haine qui le submergeait s'évanouit, et un puissant sentiment d'amour l'envahit.

L'amour était la seule voie.

Trevayne n'existait plus pour lui. Il n'y avait que Jessica.

Empli d'une soudaine sérénité, il se tourna vers elle.

— Moi aussi, *lass*, j'aurais négocié avec le diable pour te sauver. J'aurais fait n'importe quoi pour toi. Parce que je t'aime et que tu es mon âme sœur. N'oublie jamais cela.

— Dans le Miroir ! tonna Lucan avec impatience. Ou je la tue !

— Tu veux payer la dîme, Trevayne ? À ta guise !

D'un mouvement fluide, il pivota sur lui-même, souleva le Miroir, se retourna et le jeta dans l'escalier.

Dans un fracas à réveiller les morts, la lourde glace rebondit le long de la cinquantaine de marches qui séparaient le palier du rez-de-chaussée.

— Tiens, dit Cian en se frottant les mains. Attrape-le si tu peux !

Les paroles de Cian résonnaient encore aux oreilles de Jessi. Elle était son âme sœur !

Encore incrédule, elle le regarda lancer le Miroir, au risque de le briser, dans l'immense escalier de pierre.

En agissant ainsi, Cian savait très bien ce qu'il faisait : il obligeait Trevayne à choisir entre maintenir le garrot autour de son cou et la lâcher pour rattraper le Miroir.

Il la sauvait.

Elle pouvait lui faire confiance : Cian connaissait Lucan mieux que quiconque. Comme il l'avait prévu, le sorcier abandonna la corde pour se ruer vers l'escalier. Jessi se débarrassa de l'infâme garrot en un tournemain, le jeta au loin avec dégoût et observa la scène, haletante.

Si, par miracle, Lucan parvenait à intercepter le Miroir, l'objet volerait probablement en éclats lorsqu'il l'arrêterait, sous la violence de l'impact.

Elle jeta un rapide coup d'œil vers Cian. Debout sur le palier, il la couvait d'un regard intense. Un amour infini brillait dans ses prunelles dorées. Voilà l'image qu'elle garderait de lui jusqu'à la fin de ses jours.

Dans un déclic, la petite et la grande aiguille se rejoignirent tout en haut du cadran de l'horloge.

Le cœur de Jessi se serra. Elle n'avait plus le temps de gravir la volée de marches pour se ruer vers l'homme qu'elle aimait et le serrer dans ses bras une dernière fois.

Lucan avait presque atteint le Miroir.

Presque.

Jessi retint son souffle. Le miracle était encore possible. Lucan pouvait toujours lancer l'or à travers la glace, repoussant à plus tard l'issue du combat.

À quelques centimètres de la main du sorcier, le Miroir s'effondra sur le sol. L'un des coins du cadre heurta le dallage de pierre dans un craquement sinistre.

Et l'immense glace se désintégra en milliers de paillettes d'argent.

Il sembla à Jessi que l'univers entier se figeait, tandis que la myriade d'éclats se répandait avec une lenteur infinie en cascades argentines sur les dalles du hall.

La vie de son mari était indissolublement liée à cette mer d'or gris qui roulait sur le sol à n'en plus finir...

Le premier coup de minuit retentit. Dans un hoquet de douleur, Jessi relâcha le soupir qu'elle retenait depuis une éternité.

Un coup. Deux.

Elle s'arracha à la contemplation de la catastrophe et leva les yeux vers Cian. Le Miroir Sombre était irrémédiablement brisé. La dîme ne serait pas versée. Cian était perdu.

Trois. Quatre.

Elle regarda Lucan, si surpris et désemparé qu'il en devenait presque humain, immobile au milieu du flot d'éclats d'argent.

Cinq. Six.

Elle ressentait les mêmes émotions que lui, songea-t-elle. De la stupeur. De l'incrédulité. Une détresse sans fond…

Sept. Huit.

Elle perçut un mouvement à la limite de son champ de vision : Drustan avait rejoint Dageus. Tout le monde semblait pétrifié, dans l'attente d'un dénouement qui n'en finissait pas d'arriver.

Neuf.

Dans le regard de Cian, elle lut une prière muette. Elle comprit aussitôt. Elle lui avait promis de ne pas le regarder mourir. Elle s'était juré de tenir parole, même si ce n'était pas ainsi qu'elle avait imaginé les choses.

Dix.

— Je t'aime, murmura-t-elle, les yeux dans les siens.

Les larmes roulèrent sur ses joues, brouillant sa vision.

Onze.

Jessi ferma les paupières.

Douze.

28

En entendant Lucan éclater d'un rire mauvais – après le douzième coup de minuit ! –, Jessi rouvrit les yeux.

Le sorcier se trouvait toujours au milieu du hall. Incrédule, Jessi leva les yeux... et crut que son cœur allait s'arrêter de battre.

Cian était encore là, lui aussi !

Que s'était-il passé ?

Le Miroir avait été brisé.

Il était minuit passé.

La dîme n'avait pas été versée.

Ils auraient dû être morts tous les deux... Réduits en poussière !

— Cian ? appela-t-elle, bouleversée. Tu es vivant !

Folle de bonheur, elle s'élança dans l'escalier.

— Jessica, attention ! hurla Cian.

Du coin de l'œil, elle vit que Lucan se ruait vers elle, trébuchant et glissant sur les éclats de verre.

— Par les tripes du diable ! gronda Dageus. Il est mortel, à présent, Cian. Ne le tue pas, nous devons savoir où est le Livre Noir !

Son avertissement arriva trop tard, pour Cian comme pour Jessi.

En voyant le sorcier bondir vers elle, elle fit pivoter son poignet droit. Aussitôt, la poignée de la dague vint se loger dans sa paume. Jessi l'agrippa fermement, leva le poing et abattit l'arme de toutes ses forces.

La lame s'enfonça dans la poitrine de Trevayne.

Au même instant, un coutelas incrusté de pierres précieuses transperça le dos du sorcier. Jessi n'eut que le temps de reculer pour éviter qu'il ne lui tombe dessus.

Lorsqu'elle retrouva ses esprits, Cian était auprès d'elle et la serrait contre lui à l'étouffer, une main posée sur ses yeux pour la protéger de l'horrible spectacle.

Elle entendit Dageus interpeller Lucan.

— Où est le Livre Noir, Trevayne ? Dis-nous ce que tu sais, puisque tu n'as plus rien à perdre.

— Va rôtir en enfer, maudit Keltar ! répliqua Lucan dans un sinistre gargouillement.

Ce furent les derniers mots qu'il prononça.

— Je n'arrive pas à y croire ! s'écria Jessi. Tu es vivant. Vivant !

Tout en parlant, elle couvrait Cian de caresses et de baisers, comme pour s'assurer qu'il n'allait pas se volatiliser d'un instant à l'autre.

— *Aye*, mon amour. Je suis vivant.

Il la serra une fois de plus contre lui – il semblait lui aussi ressentir le besoin urgent de vérifier qu'elle était bien en vie.

— Petite folle, murmura-t-il à son oreille, tu as cru que l'on pouvait pactiser avec le diable ? Je t'interdis de risquer de nouveau ta vie pour moi. Tu m'entends ?

Sans attendre sa réponse, il lui renversa la tête en arrière et prit ses lèvres pour un baiser brûlant de passion.

— Tu en aurais fait autant pour moi, répondit Jessi lorsqu'elle put reprendre son souffle.

Ne l'avait-il pas affirmé lui-même, le jour de leur mariage ? Elle se souvenait encore de ses paroles : « Que la mort nous menace, je donnerai ma vie pour la tienne. »

Il avait refusé qu'elle lui retourne ses vœux ? Qu'à cela ne tienne ! Elle les avait tout de même formulés.

En silence, dans le secret de son cœur.

Sur mon âme, je m'y engage.

— Là n'est pas la question, maugréa Cian. N'importe qui ferait cela pour son âme sœur.

À ces mots, Jessi se figea, interdite. Comment se faisait-il qu'elle n'ait pas compris plus tôt ?

— Tes vœux de mariage étaient exactement ceux du serment des Keltar, n'est-ce pas ? Tu t'es lié à moi sans possibilité de retour, mais tu n'as pas accepté que j'en fasse autant.

Cian hocha la tête d'un air grave.

— Tu as triché ! s'écria-t-elle.

— Je ne pouvais pas te laisser t'engager pour toujours envers un mort, *lass*, mais par ailleurs, je ne pouvais pas non plus renoncer à la chance de te donner mon cœur pour l'éternité. Même si cela signifiait que j'aurais dû renaître indéfiniment afin de te protéger, tout en te regardant en aimer un autre. Te savoir en vie m'aurait suffi.

Il marqua une pause, songeur.

— Enfin, presque... Pour être honnête, je crois que de là où j'aurais veillé sur toi, j'aurais tout fait pour que tu ne t'attaches à personne.

Jessi éclata de rire à travers ses larmes. Elle n'en attendait pas moins de Cian ! D'ailleurs, il n'aurait eu aucun mal à l'empêcher d'aimer un autre homme : son cœur était déjà tout à lui... Quant à elle, rien ne lui interdisait plus de prononcer les vœux qui la lieraient à Cian pour toujours.

— Tu n'es pas mort, dit-elle doucement. Maintenant, je peux m'engager moi aussi.

Sans attendre sa réponse, elle prononça d'une voix douce mais ferme le serment que Cian lui avait fait dans la petite chapelle du château Keltar, quelques jours seulement auparavant.

— Si je devais perdre quelque chose, que ce soit mon honneur afin de préserver le tien.

» Si je devais sacrifier quelque chose, que ce soit mon âme pour sauver la tienne.

» Que la mort nous menace, je donnerai ma vie pour la tienne.

» Sur mon âme, je m'y engage.

Envahie par une émotion intense, elle écouta l'écho de ses paroles résonner dans l'immense hall dallé de pierre. Désormais, songea-t-elle, le cœur serré, elle était unie à Cian pour les siècles des siècles...

Manifestement bouleversé, son bel Highlander la prit dans ses bras et la pressa contre son torse musclé, avant de déposer sur ses lèvres un baiser qui était plus celui d'un amant que celui d'un époux.

— Au fait ! s'écria Jessi lorsqu'il consentit à la libérer. Comment se fait-il que tu sois encore en vie ? Que s'est-il passé ?

Ce fut Dageus, qui venait de les rejoindre dans le hall, suivi du reste du clan, qui lui répondit.

— Je ne t'ai pas tout dit, avoua-t-il. En vérité, je n'avais trouvé aucun moyen de libérer Cian. Mon seul espoir résidait dans l'annulation du contrat *unseelie*. Le Draghar pensait que, de même qu'un pacte *seelie* peut être rendu caduc par une mauvaise action, un engagement *unseelie* peut être invalidé par un geste gratuit. Définitivement. Les deux parties sont alors dégagées de leur parole, et chacune retourne à son état antérieur.

— Le Draghar pensait ? répéta Drustan. Tu m'as dit que les Treize en avaient la certitude !

— Disons qu'ils le pensaient avec certitude, rectifia Dageus d'un ton penaud. De toute façon, je n'avais pas d'autre choix que de leur faire confiance.

— Dans ce cas, dit Chloé, le fait que Cian ait été prêt à donner sa vie pour empêcher Lucan d'obtenir le Livre Noir aurait dû suffire. N'était-ce pas un acte gratuit ?

— *Naye,* répliqua Dageus. Cian agissait par vengeance, et non par pure philanthropie.

— Exact, confirma l'intéressé. Je n'avais aucune envie de mourir. Mon principal objectif était de me venger de Lucan pour le mal qu'il m'avait fait, même si je voulais par ailleurs débarrasser l'humanité de ce fléau.

— En revanche, il acceptait pleinement de donner sa vie pour toi, Jessica, dit Dageus. Voilà sur quoi je tablais. Lorsque Cian a fracassé le Miroir, il avait complètement oublié toute idée de vengeance. Il ne s'agissait que d'un sacrifice désespéré, dicté par un amour absolu. Et cela a suffi à annuler le contrat *unseelie* qui le liait à Lucan.

— Bref, tu n'avais aucune certitude, marmonna Cian.

— Je le reconnais. En revanche, j'avais déjà vécu une expérience similaire...

Il passa le bras autour des épaules de Chloé.

— ... et j'ai fait le pari que tes sentiments pour Jessica avaient le pouvoir de tout changer.

— Un pari risqué.

— Nous n'avions pas d'autre carte à jouer.

— Tu as mis ma femme en danger.

— Et tu as su la protéger grâce à ton amour pour elle, répliqua Dageus d'un ton irrité. Mais surtout, ne me remercie pas de t'avoir sauvé la vie.

— Ce n'est pas toi qui as sauvé Cian, mais lui-même, précisa Gwen, avec la rigueur scientifique qui la caractérisait. Toi, tu as seulement créé les circonstances favorables.

— Si j'avais su qu'on me serait aussi reconnaissant, je me serais lavé les mains de toute cette histoire, riposta Dageus d'un ton sec.

— Ne compte pas sur moi pour te féliciter, dit Drustan. Tu nous as fait courir un grand risque à tous.

— Eh bien, moi, je te remercie ! s'exclama Jessi avec chaleur. Je n'aurai pas assez de ma vie pour te dire ma gratitude.

— Tout le plaisir a été pour moi, maugréa Dageus.

— Et moi, je te félicite ! s'exclama Chloé en applaudissant. Tu as fait tout ce qui était en ton pouvoir, et ton intuition était la bonne.

À ces mots, les traits de Dageus se détendirent. Soudain radieux, il déposa un baiser léger sur le bout du nez de sa femme. Manifestement, songea Jessi, émue, ces deux-là étaient toujours solidaires l'un de l'autre.

— À propos de circonstances favorables... dit Drustan, songeur, j'éprouve une curieuse impression depuis votre arrivée au château, Cian et Jessica. D'ailleurs, je l'avais déjà ressentie avant votre venue. Il me semble que... Non, c'est ridicule.

— Finis ta phrase, dit Dageus, visiblement intrigué.

Drustan se frotta la joue, le regard soucieux.

— Je me trompe sans doute, mais j'ai le sentiment qu'il se passe autour du château plus de choses que nous n'en voyons, depuis quelque temps...

— Je vois ce que tu veux dire, renchérit Jessi. Je ne peux pas parler de ce château, bien sûr, mais en ce qui me concerne, j'ai une impression de... Comment dire ? Il y a un mot pour décrire cela...

Elle fronça les sourcils, contrariée de ne pas retrouver le mot qu'elle avait sur le bout de la langue depuis plusieurs jours.

— J'y suis ! s'écria-t-elle soudain. Synchro...

— ... nicité, murmura Aoibheal, souveraine des Tuatha Dé Danaan, en plissant ses yeux irisés.

Une coïncidence d'événements si hautement improbable qu'elle semble supposer une intervention divine.

Un fin sourire étira ses lèvres, mais elle se ressaisit aussitôt. Elle avait si souvent emprunté une apparence humaine, récemment, qu'elle finissait par imiter malgré elle les expressions des mortels !

Ceux-ci assimilaient systématiquement les actes des faës – du moins ceux qui les concernaient – à la divine Providence. D'une certaine façon, ils n'avaient pas tort. Remailler sans cesse la trame cosmique, et de manière si subtile, cela relevait effectivement du divin...

À présent, les druides étaient réunis sous ses yeux, telles des pièces sur un échiquier. Plus que des pions, moins que des rois...

Finalement, la catastrophe du XVIIe siècle n'avait pas eu lieu ; Aoibheal avait procédé à une nouvelle distribution des événements et fait sceller la bibliothèque souterraine des Keltar. Quant à celle du XXe siècle, elle n'était pas plus advenue que la précédente, pour des raisons identiques, et il en allait de même des deux autres, bien que ce fût pour des causes différentes.

— *J'adoube*[1], murmura-t-elle. Je touche. J'ajuste.

C'était la septième fois maintenant qu'elle empêchait l'extinction de la plus pure et de la plus puissante lignée druidique de tous les temps.

Elle avait disposé cinq druides, les plus exceptionnels qui aient jamais vécu, là où elle le souhaitait, c'est-à-dire là où ils lui seraient utiles.

Là où ils pourraient la sauver.

Il y avait Dageus, qui détenait les plus vastes connaissances, grâce à la mémoire des treize âmes maudites du Draghar. Les souvenirs qu'Aoibheal lui avait laissés exerçaient sur lui un effet qu'il n'avouait à personne, pas même à son frère jumeau ou à son âme sœur.

Il y avait Cian, détenteur d'une force inégalée : la combinaison génétique imprévue, la mutation la plus heureuse qu'on puisse imaginer et qui ne survenait qu'une fois dans une lignée.

1. En français dans le texte (*N.d.T.*).

Ce dont ces deux-là étaient capables, s'ils en avaient la volonté, l'effrayait presque.

Puis il y avait Drustan, moins puissant et moins savant que ses deux parents surdoués, mais supérieur à eux sur un autre plan. Dageus et Cian pouvaient être une bénédiction ou une malédiction pour l'humanité. Drustan McKeltar, lui, était un cœur pur, que rien, jamais, ne viendrait corrompre. Il était de cette race d'hommes si rares dont le nom reste dans les légendes, un guerrier capable de mourir pour ses idéaux, non pas une fois, mais des milliers de fois successives, s'il l'estimait nécessaire.

Quant aux deux autres élus, ils allaient bientôt faire leur apparition...

À ses pieds, dans le grand hall du château Keltar, le petit groupe continuait à discuter sans s'apercevoir de sa présence, inconscient du drame qui se préparait. D'ici à cinq ans, après l'écroulement du mur qui séparait humains et faës, leur monde plongerait dans le chaos et tomberait sous le brutal joug *unseelie*. Les Ombres s'étendraient de nouveau, les Traqueurs affirmeraient leur autorité, prononçant des sentences de mort pour la plus légère infraction, et les délicats princes *unseelie* laisseraient libre cours à leur insatiable appétit pour les femmes mortelles, qu'ils brutaliseraient et violenteraient sans scrupules avant de les laisser à demi folles...

Et elle ?

C'était là toute la question.

Son regard descendit vers la scène qui se déroulait à ses pieds.

Ceux de sa tribu pouvaient se déplacer dans le passé, mais non dans un futur encore non advenu. S'ils tentaient de s'aventurer malgré tout au-delà de leur présente existence, ils se heurtaient simplement à un infranchissable mur de brume blanche. Et s'ils voulaient remonter trop loin dans le passé, la même barrière les arrêtait.

Même les Tuatha Dé Danaan n'avaient pas percé les secrets du temps. Ils ne savaient en traverser que les périodes les moins complexes.

Aoibheal était intervenue dans le passé à d'innombrables reprises, depuis son existence actuelle, cinq ans et demi plus tard, afin d'opérer de subtiles modifications dans la trame des événements, tout en essayant de créer le moins de remous possible et en cachant à tous, même à ceux de sa propre cour, ses rapides déplacements dans le temps.

Les mondes étaient fragiles ; il était si facile de détruire toute une planète par inadvertance ! Cette erreur, elle l'avait déjà commise, et elle en portait le poids – un lourd fardeau qu'elle partageait avec son royal époux de longue date, à la différence que le Roi Noir à l'âge incalculable se souciait peu du sang de millions d'individus versé par sa faute.

Voilà plus de soixante mille ans qu'elle était en vie. La plupart de ceux de sa tribu se fatiguaient de l'existence bien plus tôt que cela.

Pas elle. Elle n'éprouvait aucune lassitude. La perte d'Adam Black pour son âme sœur la désolait, et elle avait envisagé de modifier cela, mais elle avait appris que dans toute intervention, il était hautement dangereux de miser sur l'élément humain. Le pouvoir de l'amour, toujours imprévisible, affectait les événements dans des proportions que son esprit Tuatha Dé Danaan n'avait su anticiper à plus d'une occasion.

Comment prévoir ce qui échappait à sa compréhension ? Parfois, il lui semblait que l'amour humain recelait une puissance bien plus formidable encore que les pouvoirs dont sa race était dotée. En vérité, c'était l'union de chacun de ces trois druides Keltar avec leur âme sœur qui avait canalisé leurs énergies, les avait fortifiés et avait fait d'eux des alliés dignes d'une souveraine.

Tout à coup, le silence s'abattit sur le hall. Intriguée, Aoibheal regarda le petit groupe.

Dageus, Chloé, Drustan, Gwen et Jessica s'étaient tournés vers Cian... qui avait levé les yeux vers la balustrade où elle se trouvait et la regardait d'un air stupéfait.

Elle tressaillit. Non, c'était impossible. Il ne pouvait la voir, car elle n'était pas réellement là. Il ne s'agissait que d'une projection d'elle-même, dissimulée derrière d'innombrables voiles d'illusion, à l'abri d'une impénétrable protection faë. Même le plus doué des *sidhe-seers* n'aurait pu déceler sa présence sous le leurre dimensionnel qu'elle avait créé.

Certes, mais ce druide-là était doté de talents qui surpassaient ceux des autres...

— Qu'y a-t-il, Cian ? demanda Drustan.

Aoibheal se figea. Il était trop tard pour tenter une diversion. Dans un instant, le Highlander l'aurait trahie...

Non ! Il n'était pas encore temps ; cela pouvait bouleverser dramatiquement la suite des événements, et réduire à néant le peu de chances qu'il leur restait !

Elle avait atteint un équilibre précaire, qu'un rien pouvait faire basculer. Il lui fallait encore du temps.

Elle soutint le regard de Cian et joua de son apparence humaine pour lui adresser une prière muette. *Ne dis rien, mon Keltar !*

Le Highlander continua de la regarder en silence. Puis il hocha la tête en un acquiescement à peine perceptible et se retourna vers Drustan.

— Rien, lui dit-il. Il n'y a rien du tout.

Cher lecteur,

Malgré l'insistance des McKeltar pour que nos deux héros restent au château Keltar, Cian avait trop besoin de liberté pour rester enfermé entre des murs de pierre.

Avec l'aide de ses relations au musée de Manhattan, où elle avait travaillé dans le passé, Chloé organisa la vente des antiques bracelets et du *skean dhu* de Cian, faisant de lui un homme riche.

Après un rapide aller-retour aux États-Unis – lors duquel Lilly Saint-James, ayant accordé sa bénédiction au jeune couple, exigea qu'une seconde cérémonie de mariage réunisse le clan Saint-James au grand complet –, les jeunes mariés rentrèrent en Europe pour visiter les îles Britanniques, afin que Cian puisse voir ce monde moderne encore inconnu de lui et que Jessi assouvisse sa passion pour les antiquités.

Cian usa de ses talents très personnels pour laver son épouse de tout soupçon concernant la disparition du Miroir et les événements concomitants. Quant à Jessi, elle envisage d'achever un jour son doctorat, mais pour l'instant, elle est trop occupée à vivre sa vie pour la planifier.

La dernière fois qu'on les a vus, ils dansaient joue contre joue au son d'une ballade écossaise, dans un petit pub des Highlands…

Autre chose : nombre d'entre vous m'ont écrit pour savoir s'il y aurait de nouvelles aventures des Keltar et des faës.

La réponse est oui ! Plusieurs récits sont en cours de préparation. Je n'ai pas l'intention de mettre un point final à la série des Highlanders avant un certain temps.

Merci à tous de partager mon affection pour mes druides Keltar.

Bonne lecture à tous et à toutes !

Glossaire

Amergin : le plus influent des trois druides ayant, selon la légende, conduit la migration des Celtes venus d'Espagne pour s'installer en Irlande.

Aye : oui.

Danu : planète d'origine des Tuatha Dé Danaan.

Féth fiada (*féth* : brume, *fiada* : seigneur) : brume ou brouillard magique qui rend invisibles ceux qui s'y cachent. Également appelé *ceó druidecta* ou *ceó draiodheacht* (brume des druides). Le *féth fiada* est un charme à triple action qui rend celui qui s'en sert impossible à voir, entendre ou toucher par le commun des mortels.

Handfastings : Ancienne coutume écossaise selon laquelle un homme et une femme instauraient des liens conjugaux sur la seule base d'un contrat de mariage verbal qui les engageait pour une durée d'au moins douze mois et un jour.

Laird : noble, propriétaire d'une terre et d'un manoir en Écosse.

Lass : jeune fille ou bonne amie.

Naye : non.

Och ! : oh !

Samhain : dans la tradition celtique, fête de Halloween.

Sidhe : autre nom donné dans la mythologie celte aux Tuatha Dé Danaan après leur exil (se prononce *shee*).

Sidhe-seer (*seer* : voyant ou voyante) : humain capable de voir les faës parce qu'insensible aux effets du *féth fiada*.

Skean dhu : poignard de combat dissimulé dans les vêtements qui ne servait que comme ultime moyen de défense.

Découvrez les prochaines nouveautés de nos différentes collections J'ai lu pour elle

AVENTURES & PASSIONS

Le 2 avril :

Les chaînes de l'amour — Jennifer Blake (n° 3240)

Afin d'empêcher un duel qui aboutira de façon certaine à la mort d'un homme, Anya garde en captivité Ravel, son ancien ennemi accusé à tort de la mort de son fiancé. Mais la geôlière va être prise à son propre piège, devenant peu à peu l'esclave des caresses exquises de son prisonnier...

Le destin des quatre sœurs — Eloisa James (n° 8315)

Angleterre 1816. Après la mort de leur père, un lord écossais, Tess et ses trois sœurs doivent céder leur domaine à un lointain cousin et partir pour l'Angleterre sous la garde de leur tuteur Raphaël, le duc d'Holbrook. Comme la dot de chacune des sœurs est un cheval de course renommé, les courtisans vont se livrer une bataille sans merci pour obtenir le cœur des demoiselles...

Jake — Leigh Greenwood (n° 8316)

Texas, 1866. La guerre terminée, Jake Maxwell est de retour dans son ranch mais s'aperçoit très vite que les fermiers ne veulent plus de son bétail. Sans argent, en proie à leurs attaques incessantes, il doit trouver un moyen de vendre une partie de ses têtes en ville sous peine d'être totalement ruiné. Mais comment l'acheminer seul ? C'est alors qu'il rencontre Isabelle et sa troupe d'orphelins...

Le 19 avril :

Lady Vixen — Shirlee Busbee (n° 3143)

Orpheline, Nicole Ashford décide de s'enfuir de chez elle plutôt que de subir les humiliations infligées par ses tuteurs. Déguisée en garçon, elle se fait engager à bord de la *Belle Garce*, navire du Capitaine Saber. Désormais libre, Nicole doit néanmoins cacher sa véritable identité. Cette mission s'avère d'autant plus délicate qu'elle doit partager la cabine de Saber qui se rend compte de la supercherie et rêve de faire vibrer ce corps inexploré.

Nouveau ! 2 rendez-vous mensuels aux alentours du 1er et du 15 de chaque mois.

Le 19 avril :

Un cadeau empoisonné ❧ Julie Garwood (n° 3219)

Pour tenter de réconcilier deux familles ennemies, le roi George III décide de marier de force Sara Winchester, quatre ans, à Nathan St James quatorze ans, moyennant une forte récompense. Quelques années plus tard, Nathan enlève son épouse et l'emmène sur son vaisseau afin de prendre possession du trésor promis. Mais Sara, follement éprise de lui, est bien décidée à faire chavirer son cœur...

Promise malgré elle ❧ Alexandra Bassett (n° 8324)

Le misérable Nathan Cantrell semble être la réponse aux prières de Sir Harlan. Moyennant une forte récompense, Nathan doit épouser l'une de ses trois filles. Il a le choix entre Violette, la veuve sensuelle, Sophie, la jeune spirituelle et Abigail, la prétentieuse. Le jeu commence lorsque Violette et Sophie désirent les faveurs du jeune homme. Mais ce dernier jette son dévolu sur la mystérieuse Abigail...

Nouveau ! 2 rendez-vous mensuels
aux alentours du 1er et du 15 de chaque mois.

Si vous aimez Aventures & Passions,
laissez-vous tenter par :

Passion intense

Quand l'amour vous plonge dans un monde de sensualité

Le 19 avril :

Ardente innocence ❧ Susan Johnson (n° 8325)

Angleterre, 1788. Julius, marquis de Darnley, aristocrate libertin, n'est toujours pas marié au grand dam de sa famille. Allant de femmes en femmes, son intérêt se porte un jour sur Elsbeth, épouse d'un homme en chaise roulante, qui a la réputation d'être insensible aux charmes masculins. Mais cette dernière cache en réalité de terribles souffrances...

Nouveau ! 1 rendez-vous mensuel
aux alentours du 15 de chaque mois.

Romance d'aujourd'hui

Le 19 avril :

En souvenir de lui ☙ Fern Michaels (n° 8321)
Ricky Lam, acteur célèbre à Hollywood, est sorti de l'enfer de la drogue grâce à son frère Philip. Sa vie bascule subitement lorsque Philip trouve accidentellement la mort, le laissant héritier d'une fortune étonnante. Afin de percer les secrets de la vie de son frère, Ricky se lance alors dans une enquête solitaire, en commençant par Roxy, sa défunte épouse…

Material girl ☙ Julia London (n° 8322)
Quand le père mourant de Robin décide qu'il est grand temps pour sa fille d'apprendre quelques leçons sur la vie et les affaires, il ne s'attend pas à être à ce point exaucé. Arrogante, matérialiste, Robin va, sans le vouloir, travailler sans relâche et tomber dans les bras d'un charmant entrepreneur…

Nouveau ! 2 titres tous les deux mois aux alentours du 15.

Retrouvez également nos autres collections :

SUSPENSE

Le 2 avril :

Les brumes du passé ☙ Meryl Sawyer (n° 4883)
Quand Greg entraîne son chien aux techniques de sauvetage sur le bord d'une falaise, il ne s'attend pas à y découvrir une réelle victime coincée dans une voiture. Touché par la détresse de cette jeune femme miraculée, Greg l'accueille chez lui. Amnésique, celle-ci ne se souvient de rien, et surtout pas ce que fait la chaussure d'une morte à son pied…

Superstition ☙ Karen Robards (n° 8314)
Joe Franconi pensait avoir trouvé la tranquillité au sein du district de police d'une petite île de Caroline du Nord. C'était sans compter sur l'arrivée d'une équipe de télévision animant un show de « true crime » qui commence à déterrer les vieux fantômes du passé…

Nouveau ! 1 rendez-vous mensuel aux alentours du 1er de chaque mois.

MONDES MYSTÉRIEUX

Le 2 avril :

Pour toujours ☙ Jude Deveraux (n° 8318)
Darci Monroe, jeune fille dotée de pouvoirs psychiques, obtient un poste de secrétaire à New York auprès d'Adam Montgomery, ignorant que celui-ci cache un mystérieux dessein : détruire un réseau de sorcières, responsable de plusieurs disparitions dans une petite ville de la Nouvelle-Angleterre...

Crimson city –1, La cité écarlate ☙ Liz Maverick (n° 8319)
Dans une Amérique futuriste, la ville est dominée par une caste de vampires qui cohabite avec le bas peuple constitué d'humains et de loups-garous. Après la mort de ses parents, Fleur Dumont doit régner sur le clan des vampires alors que le chaos fait rage : aidée de Dain, un homme et ancien policier, elle est bien décidée à ramener le calme dans la ville...

Nouveau ! 1 rendez-vous mensuel aux alentours du 1er de chaque mois.

Et toujours la reine du roman sentimental :

Barbara Cartland

Le 2 avril :

Au péril de l'amour (n° 1097) *Collect'or*
Tant de larmes, tant d'amour (n° 8312)

Le 19 avril :

Pourquoi m'as-tu trahi ? (n° 4295)

Nouveau ! 2 rendez-vous mensuels aux alentours du 1er et du 15 de chaque mois.

8278

Composition Nord Compo
Achevé d'imprimer en France (Manchecourt)
par Maury-Eurolivres
le 2 février 2007.
Dépôt légal février 2007. EAN 9782290352915

Éditions J'ai lu
87, quai Panhard-et-Levassor, 75013 Paris
Diffusion France et étranger : Flammarion